아내를 죽였습니까

THE BLUNDERER

by Patricia Highsmith
First published in 1956
Copyright © 1993 by Diogenes Verlag AG Zurich

Korean translation copyright © 2016 by Openhouse for Publishers Co., Ltd.
All rights reserved.
This edition published by arrangement with Diogenes Verlag AG through
Shinwon Agency Co.

아내를
죽였습니까
THE BLUNDERER

퍼트리샤 하이스미스 지음
김미정 옮김

오픈하우스

L에게

일러두기

1. 본문의 괄호는 모두 옮긴이주이다.
2. 외국 인명, 지명은 외래어표기법을 따르되 일부는 관용적인 표기를 따랐다.
3. 책, 신문, 잡지는 『 』, 영화, 연극, TV와 라디오 프로그램은 「 」, 노래 제목은 〈 〉,
   음반, 오페라, 뮤지컬은 《 》로 묶어 표기했다.

1

군청색 바지에 청록색 스포츠 셔츠를 입은 남자가 안절부절못하며 줄을 서서 기다렸다.

그는 매표소 여직원이 아둔해서 잔돈을 후딱후딱 바꿔주긴 아예 글렀다고 생각했다. 불 켜진 차양 밑으로 피둥피둥한 대머리를 디밀고 현재 상영작 「요주의 여자」라고 적힌 영화명을 읽더니, 반쯤 헐벗은 여자의 허벅지가 드러난 포스터를 덤덤히 바라보았다. 혹시 아는 사람이 줄을 섰는지 뒤돌아보았지만 아무도 없었다. 그래도 시간을 이렇게까지 기막히게 맞출 수는 없을 거라 생각했다. 8시 상영 시간에 딱 맞춰서 왔으니 말이다. 유리 창구 밑으로 지폐를 밀어 넣었다.

"안녕하세요." 그는 웃으며 금발의 여직원에게 말했다.

"네." 여직원의 멍해 보이는 푸른 눈동자가 반짝였다. "오늘도 안녕하시죠?"

여자가 대답을 듣자고 건넨 말이 아니라서 그는 대답하지 않았다.

남자는 살짝 냄새 나는 극장으로 들어섰다. 뉴스 영화에서 나오는 날카로운 군악 나팔 소리가 막 울려 퍼지기 시작했다. 사탕과 팝콘을 파는 매대를 지나 반대편까지 간 다음, 우람한 체구를 우아하게 틀어 주변을 둘러보았다. 토니 리코가 보였다. 그는 발걸음을 재촉해 중앙 통로에서 토니와 마주쳤다.

"토니, 안녕하신가!" 토니가 아버지의 델리에서 계산대를 보고 있으면 그가 깔보듯 건네던 바로 그 말투로 인사를 건넸다.

"안녕하세요, 키멜 씨. 오늘은 혼자 오셨어요?" 토니가 미소를 지었다.

"집사람이 지금 막 올버니(뉴욕 주의 주도)로 갔어." 남자는 손을 흔들더니 객석 줄 안쪽으로 들어가기 시작했다.

토니는 중앙 통로를 따라 스크린에 더 가까운 쪽으로 걸어갔다.

남자는 무릎을 좌석 뒤쪽에 대고 '실례합니다'와 '고맙습니다'를 웅얼거리며 안으로 밀고 들어갔다. 그를 안으로 들여보내느라 다들 아예 일어서거나 엉거주춤했다. 그는 안으로 계속 밀고 들어가 벽 쪽 통로까지 간 다음, 통로를 따라 붉은 '비상구' 등이 밝혀진 출구로 가서 양쪽 철문을 밀어젖힌 후 후텁지근한 인도로 빠져 나갔다. 극장 차양이 있던 쪽에서 정반대편으로 나오자마자 길을 건너서 모퉁이를 돈 다음 검은색 투 도어 쉐보레에 올라탔다.

그는 카디널 라인 버스 터미널을 끼고 있는 블록까지 차를 몰고 가, 10분가량 차 안에서 대기했다. '뉴어크-뉴욕-올버니'라고 적힌 버스 한 대가 터미널에서 나오자 그 뒤를 쫓았다.

그는 홀란드 터널 입구에서 지겹도록 막히는 정체를 뚫고 버스를 따라간 다음, 맨해튼에 들어선 다음 북쪽으로 향했다. 버스와 그의 차 사이에 차량 두 대를 계속 끼워 넣었다. 맨해튼을 빠져 나오자 교통량이 줄어 흐름이 빨라졌지만 여전히 차간 거리를 유지했다. 첫 번째 휴게소는 태리타운 인근, 혹은 그보다 빠를 수도 있다. 거기가 여의치 않으면 계속 따라 갈 작정이다. 만일 버스가 휴게소에 또다시 들르지 않으면, 올버니에서도 좋고 아무 골목에서나 괜찮다. 그는 운전에 집중하며 두툼한 입술을 오므렸지만, 두꺼운 안경 너머로 쪽 찢어진 갈색 눈동자는 흔들리지 않았다.

버스가 불을 밝힌 음식점과 카페가 밀집한 구역 앞에 정차하자, 그는 버스를 지나쳐 차를 세웠다. 길가에 바싹 붙여 주차하다가 차 옆면이 나무 잔가지에 쓸렸다. 후다닥 차에서 내려서 버스 쪽으로 뛰어가다가 버스가 주차한 훤한 곳에서는 뛰지 않고 걸었다.

승객들이 계속해서 버스에서 내리고 있었다. 여자가 내리는 모습이 남자의 시야에 들어왔다. 여자는 아담한 몸을 어색하게 튼 채로 버스에서 내리더니 걸음을 막 옮기기 시작했다. 여자가 여섯 발자국을 떼기도 전에 남자가 그 옆에 따라붙었다.

"여보!" 여자가 말했다.

여자의 검회색 머리칼은 헝클어져 있었고, 멍한 갈색 눈동자에는 동물적 놀라움, 동물적 두려움이 담겨 있었다. 여자는 그런 눈으로 그를 쏘아보았다. 그는 두 사람이 뉴어크에 있는 주방에서 아직도 말다툼 중인 것 같다는 착각이 들었다. "아직 할 말이 남았어, 헬렌. 이쪽으로 가자." 그는 여자의 팔을 붙들고 여자의 몸을 도로 쪽으로 틀었다.

여자가 뿌리쳤다. "버스가 딱 10분만 선댔어. 할 말 있으면 지금 해."

"20분 정차한대. 내가 벌써 물어봤어." 남자는 지겹다는 듯이 말했다. "남들 귀에 안 들리게 우리 이쪽으로 내려가자."

여자는 남자와 같이 움직였다. 그는 차를 세워 놓은 길가 오른편으로 키 큰 나무와 덤불이 있는 곳을 미리 봐두었다. 조금만 더 내려가면……

"에드워드에 대한 내 마음이 변할 거라 생각한다면." 여자는 부들부들 떨면서도 당당한 목소리로 입을 열었다. "그럴 일 없어. 절대로."

에드워드라! 사랑에 빠져서 교만하긴, 그는 역겨움이 치밀었다. "내가 마음을 바꾸었어." 그는 후회하듯 차분히 말했지만 자기도 모르게 말랑말 랑한 여자의 팔뚝을 손으로 꽉 붙들었다. 더는 참을 수가 없어서 여자를 고속도로 쪽으로 몰고 갔다.

"멜키오르, 이렇게까지 멀리 오면 안 되는데……"

남자는 여자를 고속도로 옆 덤불 속으로 휙 떠밀며 여자에게 달려들었 다. 그는 넘어질 뻔했지만 왼손으로 여자의 손목을 계속 붙든 채, 오른손 으로 여자의 옆얼굴을 강타했다. 얼마나 세게 후려쳤는지 여자의 목이 부 러지고도 남을 정도였다. 남자는 여자의 왼쪽 손목을 아직도 놓지 않았다. 이제 시작일 뿐. 여자가 쓰러지자 남자는 왼손으로 여자의 목을 졸라 그녀 의 비명소리를 틀어막고, 오른손으로 주먹을 쥐고 여자의 몸뚱이를 휘두 들겼다. 주먹을 망치 삼아 말캉말캉한 젖가슴 사이 흉골을 가격했다. 이마 와 한쪽 귀에도 방금 전 휘두른 망치 같은 주먹세례를 퍼부은 다음, 사내 를 후려 패듯 여자의 턱 밑을 주먹으로 치받으며 마무리 지었다. 그다음, 주머니에서 칼을 꺼내 날을 펴서 셋, 넷, 다섯 번 찔렀다. 머리통을 깨부수 고 싶은 마음에 여자의 두상을 집중적으로 쑤셨다. 주먹을 움켜 쥔 채 여 자의 뺨을 연거푸 휘두들기다 보니 줄줄 흐르는 피에 손이 미끄러져 힘이 빠지기 시작했다. 그런데도 그걸 몰랐다. 오로지 순도 높은 희열과 영예로 운 정의감만 느껴졌다. 그는 상처를 되갚아 주는 것 같았다. 수년간 겪은 치욕과 상처, 권태와 어리석음을, 그 모든 어리석음을 여자에게 대부분 되 돌려준 것이다.

그는 숨이 차서 동작을 멈추었다. 정신을 차리고 보니 양쪽 무릎으로 여자의 한쪽 허벅지를 깔아뭉개고 있었다. 욕지기가 솟아 여자의 몸에서 무릎을 떼었다. 남자의 눈에는 시신이 여름 원피스를 입혀 놓은 환한 기둥처럼 보일 뿐 전혀 사람 같지 않았다. 그는 어둠 속에서 주위를 두리번거리며 귀를 세웠다. 윙윙거리는 벌레 소리, 고속도로를 질주하는 차 소리. 이것 말고는 아무 소리도 들리지 않았다. 남자는 그가 지금 고속도로에서 고작 몇 걸음 떨어지지 않은 곳에 있다는 걸 깨달았다. 여자는 죽은 것 같았다. 분명했다. 그는 문득 여자의 얼굴을 보고 싶은 마음에 주머니에 손을 넣어 펜라이트를 찾았다. 그러나 불빛이 새어나가는 위험을 감수하고 싶지는 않았다.

남자는 조심스레 몸을 앞으로 숙인 채 큼지막한 손을 뻗어 손가락을 살살 펴서 시신을 만질 준비를 했다. 손이 가까워질수록 혐오감이 붙어났다. 미끄덩거리는 살갗이 손끝에 닿는 순간, 몸서리가 쳐졌다. 남자는 일어섰다. 잠시 숨을 거칠게 몰아쉬며 아무 생각도 하지 않았다. 그저 귀만 열어 두었다. 고속도로 쪽으로 걸어가기 시작했다. 고속도로의 누런 가로등 불빛을 받으며 어디어디에 피가 묻었는지 살폈다. 양쪽 손 말고 다른 데엔 묻지 않았다. 멍하니 양손을 부비며 걸을수록 손만 더 끈끈해지고 메스꺼울 뿐이었다. 먼저 운전부터 한 다음에 손을 씻어야 하는 상황이 마뜩찮았다. 그는 집에 도착해 싱크대에서 행주를 적신 다음 운전대를 구석구석 세심히 닦는 모습을 상상했다. 박박 문질러야겠다.

버스가 떠났다. 그는 그 일이 얼마나 걸렸는지 알지 못했다. 다시 차에 올라 차머리를 남으로 돌렸다. 손목시계를 보니 10시 45분이었다. 셔츠 소매가 찢겼다. 이것도 꼭 없애야 한다. 계산해 보니 새벽 1시가 막 넘을 때 뉴어크에 도착할 것 같았다.

2

월터가 차에서 기다리는 동안 빗방울이 떨어지기 시작했다.

그는 신문을 읽다 말고 고개를 들어 차창에 걸쳤던 팔을 거두었다. 파란색 마 재킷 소매에 남색 점이 여기저기 흩뿌려졌다.

여름철 굵은 소나기가 차창 지붕을 세차게 두드리자 아스팔트 도로가 순식간에 촉촉이 반짝거렸다. 한 블록 앞쪽에 보이는 드러그스토어의 붉은 네온사인 불빛이 길 위에 흐트러져 길게 반사되고 있었다. 황혼이 내리는 사이에 퍼부은 소나기로 마을은 순식간에 더 짙은 그림자로 뒤덮였다. 도로 저 아래쪽에 있는 멀끔한 뉴잉글랜드 주택들은 점점 짙어지는 하늘 밑에서 더욱 하얘 보였고, 잔디밭을 두른 낮고 하얀 펜스는 자수 견본 위에 수놓인 자수처럼 도톰히 도드라졌다.

이상적이야, 정말 이상적이군, 월터는 생각했다. 건강하고 성격 좋은 여자와 결혼해 하얀 집에 살면서 토요일이면 낚시를 다니다가 아들들이 크면 같이 데리고 다니는 그런 마을이었다.

구질구질해. 오늘 오후, 클라라가 호텔 벽난로 옆에 놓인 소형 물레를 가리키며 말했다. 아내는 월도 포인트를 관광지로 여겼다. 월터가 고심 끝에 이 마을을 고른 이유는 이곳이 코드 곶(매사추세츠 남동부에 위치한 곳)을 따라 줄줄이 늘어선 마을 중에서 가장 관광지답지 않았기 때문이다. 프로빈스타운에 갔을 때 아내가 참으로 즐거워하며 관광지라고 투덜대지 않았던 모습이 떠올랐다. 그때는 결혼 1년차였고, 지금은 4년차다. 스핀드리프트 호텔 주인은 조부가 이 물레를 만들어서 자기 어머니와 이모들에게 물레질을 배우도록 했다고 어제 월터에게 설명했다. 딱 1분만이라도 클라라가 그래 준다면……

그건 정말 사소한 거야, 월터는 생각했다. 두 사람의 논쟁은 늘 그랬다. 어제만 해도 그랬다. '결혼 생활이 2년을 넘어 가면 부부는 서로의 육체에 어쩔 수 없이 질릴 수밖에 없는가'란 주제로 얘기를 나누었다. 월터는 꼭 그런 건 아닌 것 같았다. 그에겐 클라라가 그 증거였다. 하지만 클라라는 꽤나 비꼬며 떨떠름하게 그건 피치 못할 일이라고 쏘아붙였다. 결국 월터는 클라라의 몸을 예나 지금이나 똑같이 사랑한다고 말하느니 그 전에 혀부터 깨물어 끊어버리고 싶어졌다. 클라라도 그걸 알지 않을까? 이 논쟁에서 아내가 그런 입장을 취하는 최종 목표는 그의 신경을 긁기 위한 것이 아니었던가?

월터는 차 안에서 자세를 바꾸고 풍성한 금발 머리를 손가락으로 쓸어내린 다음, 느긋하게 신문을 읽으려고 애를 썼다. 그는 이런 생각이 들었다. 젠장, 무슨 놈의 휴가가 이래……

그는 프랑스에 주둔한 미군 상황에 관한 칼럼을 훑어보면서도 클라라 생각을 하고 있었다. 낚시 배를 타고 아침 일찌감치 나갔다가 돌아와 낮잠을 잤던 수요일 오전을 회상했다. 아내는 매뉴얼처럼 나가서 배울 게 많다며 낚시 여행을 즐거워했다. 간만에 기분이 어지간히 좋았다. 무엇 때문인지 모르겠지만 두 사람은 활짝 웃었고, 아내는 그의 목에 팔을 두르더니 서서히 조였다……

사흘 전 그날, 수요일 오전에만 그랬다. 그리고 그다음 날이 되자, 클라라는 목소리가 까칠해졌고, 친절을 베푼 후 벌을 내리는 오랜 패턴을 답습했다.

8시 10분, 월터는 차창 밖 약간 뒤로 보이는 호텔 정문을 응시했다. 클라라는 아직도 나오지 않았다. 그는 시선을 내려 신문을 읽었다.

뉴욕 태리타운에서 여성 숨진 채 발견

여자는 심각한 자상과 폭행을 입었으나 강도를 당한 건 아니었다. 경찰은 단서를 찾지 못했다. 뉴어크 발 올버니 행 버스를 타고 가던 여자가 휴게소에서 실종되자 버스는 여자를 태우지 않은 채 떠났다.

월터는 에세이에 가져다 쓸 만한 것이 기사 내용 중에 있는지 살폈다. 범인이 이 여자와 특별한 관계가 아니었을까? 예전에 읽었던 신문 기사가 떠올랐다. 뚜렷한 동기가 없는 살인 사건이었으나, 범인과 피해자가 일방적인 우정 관계였음이 후일 밝혀졌다. 채드 오버턴과 마이크 듀빈의 우정처럼 말이다. 그는 채드-마이크의 우정 속에 내재된 잠재적 위험 요인을 부각시키기 위해 예전의 그 살인 사건 기사를 차용했었다. 신문 한쪽 귀퉁이에 작게 실린 뉴어크 여성 살인 사건 기사를 찢은 다음 주머니에 쑤셔넣었다. 범인에 관해 뭐라도 밝혀지는지 보려면 며칠은 이 기사를 보관해 둘만했다.

최근 2년간, 월터는 여가 활동으로 에세이를 썼다. '어울리지 않는 우정'이라는 포괄적인 제목 하에 에세이 열한 편을 쓸 예정이다. 그런데 채드와 마이크에 관한 에세이 하나만 완성했을 뿐, 다른 작품들은 윤곽만 잡아 놓았다. 죄다 월터의 친구들과 지인들을 관찰한 것을 토대로 했다. 그의 지론은, 사람들은 대부분 자기보다 열등한 친구를 적어도 하나는 두는데, 바로 그 열등한 친구가 특정 욕구와 결핍을 반추 혹은 보완해 주기 때문이라는 것이다. 예를 들어 채드와 마이크의 경우, 둘 다 부유한 가정에서 자랐으나 그 때문에 망가진 친구들이다. 그나마 채드는 일을 하기로 했지만, 마이크는 집에서 용돈을 끊어 버리자 하고 놀 것이 없으면서도 계속 백수로 지냈다. 술꾼에 제대로 하는 일은 하나도 없고, 친구란 친구는 죄다 이용해 먹는 파렴치한이라 남은 친구는 채드, 딱 하나뿐이었다. 사실 마이크를 친구로 둘 이유가 거의 없는데도, 채드는 '신의 은총을 받지 못했더라면 나도 저 지경이 되었을 것'이라고 굳게 믿고 돈을 따로 떼어 두었다가 마이크에게 따박따박 쥐여 주었다. 월터는 이 원고를 어디에 갖다 주고 책을 낼 생각은 없었다. 에세이 쓰기는 순전히 자기만족을 위한 것이기에 언제 다 쓸 것인지, 정말로 끝낼 수 있을지에 대해서는 전혀 신경 쓰지 않았다.

월터는 자동차 시트에 몸을 파묻고 눈을 감았다. 클라라가 성사시키려고 애쓰는 오이스터베이의 5만 달러짜리 저택을 떠올렸다. 클라라를 위해서도, 그를 위해서도 매입 후보자 둘 중 누구든 그 집을 꼭 사게 해달라고 살짝 마음속으로 기도했다. 아내는 어제 오후 내내 앉아 그 집의 구조와 대지 형태를 파악하더니 다음 주에 밀어붙일 거라고 말했다. 월터는 클라라가 열정적으로 매수자들을 공략한다는 것을 알았다. 아내가 윽박지르지 않는 모습도 놀라웠고, 사람들이 뭐든 계약하는 것도 신기했다. 정말 그랬다. 클라라는 나이츠브리지 부동산 중개소에서 최고의 영업 사원으로 꼽혔다.

월터는 어떻게든 아내를 느긋하게 만들어 주고 싶었다. 클라라에게 제대로 된 안정감을 줘야겠다고 생각했다. 내가 그걸 못 주나? 사랑과 애정, 거기에 돈까지 주는데. 그러나 제대로 되지 않았다.

아내의 발자국 소리가 들렸다. 또각, 또각, 또각, 아내가 하이힐을 신고 뛰는 소리가 들렸다. 그는 재빨리 몸을 세우며 생각했다. 아뿔싸, 비가 오니 차를 호텔 정문 앞에 댈 걸 그랬네. 그는 몸을 기울여 아내를 위해 차문을 열었다.

"왜 호텔 앞에 차를 대지 않은 거야?" 아내가 물었다.

"미안, 지금 막 생각났어." 그는 간 크게 미소를 지어 보였다.

"비 오는 거 안 보여?" 아내는 자그마한 머리를 체념하듯 흔들었다. "내려가 있어, 제프. 젖었어!" 클라라는 애완견 폭스테리어, 제프를 시트에서 내려가라고 떠밀었지만 제프가 도로 올라왔다. "제프, 제발!"

제프는 장난치는 줄 알고 신나서 멍! 하며 짖었다. 강아지가 세 번이나 스프링처럼 튀어 오르자, 클라라는 어쩔 수 없다는 듯 제프를 사랑스럽게 품었다.

월터는 도심을 향해 차를 몰았다. "밥 먹기 전에 멜빌에서 술 한 잔 어때? 오늘이 마지막 밤인데."

"나는 안 마실래. 당신이 한 잔 하고 싶다면 내가 옆에 앉아는 있을게."

"좋아." 어쩌면 그는 톰 콜린스(진으로 만든 칵테일)를 한 잔 하라고 아내를 설득할 수 있을지 모른다. 달달한 베르무트 앤드 소다도 괜찮을 것 같다. 그래도 아내를 꾀진 못할 것이다. 아내를 옆에 앉혀 놓고 혼자 술을 마시는 게 무슨 의미가 있을까? 게다가 두 잔은 마셔야 하는데. 술을 마실까 말까 갈등하는 사이, 마음이 엇갈리더니 의지가 상실되고 말았다. 월터는 호텔을 그냥 지나쳤다.

"멜빌에 가자며?" 클라라가 물었다.

"마음이 바뀌었어. 당신은 같이 안 마실 거잖아." 월터는 손을 아내의 두 손 위에 올리고 꼭 쥐었다. "랍스터 팟으로 가자."

그는 도로 거의 끝에서 좌회전을 했다. 랍스터 팟은 해안가 작은 절벽 위에 있었다. 차창으로 시원하고도 짭짤한 바닷바람이 세차게 불어왔다. 순간, 월터는 완벽한 암전에 빠졌다. 랍스터 팟에 걸린 파란색 줄 전구를 찾으려고 주위를 두리번거렸지만, 어디에서도 보이지 않았다.

"다시 큰길로 나가서 늘 가던 주유소로 해서 올라가야겠어." 월터가 말했다.

클라라가 웃음을 터뜨렸다. "하긴 고작 다섯 번밖에 안 갔으니까. 아니 더 갔었나!"

"뭐 어때?" 월터는 애써 아무렇지 않은 척했다. "급할 것도 없잖아."

"없지. 그렇지만 애당초 조금만 더 정신 차렸으면 제대로 갈 수 있는 길 인데, 시간에다 기운까지 허비하다니 미련하잖아!"

월터는 기운을 더 허비하는 건 자기가 아니라 클라라라고 말하려다 꾹 참았다. 온몸에 힘을 주고 굳은 얼굴을 앞 유리에 갖다 댄 클라라를 보니 월터는 이번 일주일 휴가도 헛수고였다는 생각이 들었다. 낚시 여행을 갔다 온 후 맞이한 눈부신 오전도 부질없었다. 근사한 밤이나 아침을 보내도 그다음 날이면 잊히다니. 월터는 잠깐의 오아시스가 작년에 몇 번이나 있었는지 세어 보았지만 까마득했다. 그는 차에서 내리기 전에 아내를 기분 좋게 해줄 말을 꺼내려고 머리를 쥐어짰다.

"당신이 그 숄을 하고 있는 게 참 좋더라." 그는 웃으며 말했다. 클라라가 맨 어깨에 숄을 느슨하게 한 바퀴 둘러 양쪽 팔에 감고 있었다. 그는 아내의 패션 스타일과 안목을 늘 칭찬해 주었다.

"이건 스톨이야."

"스톨이구나. 사랑해, 여보." 그가 입을 맞추려고 몸을 숙이자 아내는 입술을 내밀었다. 월터는 아내의 립스틱이 망가지지 않도록 가볍게 키스했다.

클라라는 평소 좋아하는 마요네즈를 곁들인 차가운 랍스터를 시켰고, 월터는 생선 구이와 리즐링 포도주 한 병을 주문했다.

"당신이 오늘 고기를 먹을 줄 알았는데, 그렇게 생선을 시키면 제프가 먹을 게 하나도 없잖아!"

"알았어." 월터가 말했다. "내가 스테이크를 시킬게. 그럼 제프가 먹을 게 많을 테니."

"무슨 순교자라도 되는 것처럼 말하네."

랍스터 팟의 스테이크는 굉장히 형편없었다. 요전 날에도 월터는 제프 때문에 스테이크를 시켰었다. 제프가 생선을 안 먹기 때문이다. "난 정말 괜찮아, 여보. 마지막 밤을 위해 우리 뭐가 됐든 말꼬리는 잡지 말자."

"말꼬리 잡는 게 누군데 그래? 먼저 걸고넘어진 건 당신이야."

결국 스테이크를 주문했다. 클라라는 제멋대로 굴면서 한숨을 쉬더니 허공을 응시했다. 딴생각을 하는 게 분명했다. 제프라면 그리 사족을 못 쓰면서 개에게 먹일 음식 값을 아끼다니, 월터는 클라라가 이상해 보였다. 왜 저러지? 어떤 환경에서 자랐기에 하나부터 열까지 돈을 밝히는 사람이 되었을까? 클라라의 집은 넉넉하진 않았지만 그렇다고 쪼들리지도 않았다. 이건 월터가 절대로 풀지 못할 클라라의 또 하나의 미스터리였다.

"우리 냥옹이." 이것은 그가 애정을 담아 부르는 클라라의 애칭이었다. 그는 이 말이 닳아 없어질까 봐 아껴서 불렀다. "오늘 밤은 재미있게 보내자. 우리 다시 여행 오려면 한참 있어야 할 텐데. 저녁 먹고 멜빌에 가서 춤추는 거 어때?"

"좋아. 대신 내일 아침 일찍 일어나는 거 까먹지 마."

"잊지 않을게." 집에까지 가려면 여섯 시간만 운전하면 되지만, 클라라는 나이츠브리지 부동산 중개소장 필포트 부부와 차를 마시려면 늦은 오후까지는 집에 도착해야 했다. 월터는 테이블 위로 손을 뻗어 아내의 손을 잡았다. 그는 클라라의 손이 좋았다. 작지만 너무 작지 않고 예쁘면서도 좀 다부지게 생긴 손. 아내의 손이 그의 손 안에 쏙 들어왔다.

클라라는 월터와 눈을 맞추지 않았다. 허공을 멍하니 보는 게 아니라 쨰려보고 있었다. 얼굴은 작고 예쁘장해도 인상은 차갑게 굳어 있었다. 가만히 있으면 입매가 칙칙했다. 튀지 않는 얼굴이라 처음 보는 사람들은 잘 기억하지 못했다.

그는 뒤를 바라보며 제프를 찾았다. 클라라가 목줄을 풀어놓는 바람에 제프는 넓은 식당 안을 총총 돌아다니며 사람들의 발에 코를 대고 킁킁거리다가 남들이 주는 음식을 한입씩 얻어먹었다. 남들이 주는 생선은 다 받아먹으면서, 월터는 생각했다. 요전 날 저녁엔 웨이터가 와서 강아지에게 목줄을 채워 달라고 부탁했기에 월터는 이 상황이 신경 쓰였다.

"우리 제프는 괜찮아." 클라라가 선수 치며 말했다.

월터는 와인을 시음한 후 괜찮다며 웨이터에게 고갯짓했다. 그는 클라라가 잔을 들 때까지 기다렸다가 따라 들었다.

"남은 여름도 즐겁게 보내고 오이스터베이 건 성사를 위하여 건배!" 월터가 말했다. 오이스터베이 얘기가 나오자 클라라의 갈색 눈동자에 광채가 돌았다. 클라라가 와인을 몇 모금 마시자 월터는 이렇게 물었다. "그 파티, 날짜는 언제가 좋을까?"

"무슨 파티?"

"베네딕트에서 출발하기 전에 얘기했던 파티 말이야. 당신이 8월 말이 좋겠다고 했잖아."

"그러지 뭐." 클라라는 내키지 않는 목소리로 작게 말했다. 어떤 대회에서 정정당당하게 우승을 했는데 타이틀을 빼앗긴 사람처럼 클라라는 내켜하지 않았다. "그럼 28일 토요일로 해."

두 사람은 손님 명단을 작성하기 시작했다. 새해 첫날 뷔페 파티를 연이후 제대로 된 파티를 열지 않았는데도 열두 번이나 초대받은 것 말고는 파티를 열 별다른 이유는 없었다. 베네딕트에 사는 친구들은 성대한 파티를 자주 열었다. 월터 부부가 늘 초대받는 건 아니었지만, 그래도 소외됐다는 기분이 들지 않을 만큼은 받았다. 아이어턴 부부는 당연히 불러야 하고, 매클린톡 부부, 젠슨 부부, 필포트 부부, 존 카, 채드 오버턴도 초대해야 한다.

"채드를 부르겠다고?" 클라라가 물었다.

"그럼, 불러야지 안 불러? 우리가 신세 진 것도 있는데."

"당신이 내 생각을 물을까 봐 얘기하는데, 채드는 우리한테 사과를 해야 해!"

월터는 담배를 집어 들었다. 어느 날 저녁, 채드가 몬탁(뉴욕 주 롱아일랜드 최동단)에 갔다 돌아오는 길에 두 사람의 집에 들렀다. 어쩌다 그리된 건지 월터는 몰랐지만, 아무튼 채드가 마티니를 잔뜩 마시더니 소파에서 정신을 잃고 곯아떨어졌다. 채드가 무더운 날씨에 종일 운전하느라 진이 빠져서 저리된 거라고 월터가 아무리 설명해도 소용없었다. 채드는 블랙리스트에 올라갔다. 그런데도 월터와 클라라는 뉴욕으로 연극을 보러 가서 여러 번 채드의 아파트에서 며칠씩 묵곤 했다. 그때마다 채드는 부부를 배려해 아파트를 내어 주고 자기는 친구 집에서 지냈다.

"생각 안 나?" 월터가 물었다. "채드는 좋은 친구야. 게다가 똑똑하고."

"그 작자는 술병을 보기만 하면 필름이 또 끊기겠지."

월터는 클라라에게 채드가 예전에도, 그 후에도 필름이 끊긴 모습을 보인 적이 없다고 항변했지만 부질없었다. 지금 다니는 로펌도 채드 덕분인 거 모르냐고 상기시켰지만 헛수고였다. 월터는 법대를 졸업하던 해 애덤스 애덤스 앤드 브래노어 로펌에서 채드의 어쏘 변호사(로펌이나 법률사무소에 채용된 월급 변호사)로 일했다. 월터는 로펌을 그만둔 후 개업할 생각으로 샌프란시스코로 갔다가 클라라를 만나 결혼했다. 클라라는 남편이 다시 뉴욕으로 돌아가 계속해서 로펌 소속 변호사로 일하기를 원했다. 그게 훨씬 연봉이 셌기 때문이다. 채드는 크로스 마틴슨 앤드 부크먼이라는 법률 고문 로펌에 월터를 분에 넘치도록 강력히 추천했다. 채드가 마틴슨과 절친한 사이였기 때문이다. 로펌에서는 고작 서른밖에 안 된 월터에게 시니어 변호사 대우를 해주었다. 채드가 아니었다면 지금 두 사람은 랍스터 팟에 앉아 수입산 리즐링을 마시지 못했을 것이다. 월터는 언제 한 번 맨해튼에 가서 채드에게 점심을 대접해야 한다고 생각했다. 아니면 클라라에게 둘러대고 저녁을 같이하든가. 아예 거짓말하지 않고 곧이곧대로 말해야지. 월터는 담배를 입으로 가져갔다.

"식사 도중에 담배를 피게?"

요리가 나왔다. 월터는 애써 차분하게 담배를 재떨이에 눌러 껐다.

"신세는 채드가 우리에게 졌잖아? 적어도 꽃을 한 아름은 들고 와야 하는 거 아니야?"

"알았어, 클라라. 다 알았다고."

"그런데 당신 목소리가 왜 못마땅한 것처럼 들리지?"

"내가 채드를 좋아해서 그래. 우리가 계속 이렇게 채드와 거리를 두면, 마침내 채드를 잃게 될 거야. 위트니 부부를 잃은 것처럼."

"위트니 부부를 잃긴 누가 잃어. 당신은 친구로 지낼 마음에 그 사람들한테 알랑거리면서 그 치욕을 다 참아내야 한다고 생각하나 본데, 이 세상 모든 사람들이 날 좋아하는지 아닌지 당신처럼 신경 쓰는 사람은 처음 봐!"

"싸우지 말자, 여보." 월터는 두 손으로 얼굴을 가렸다가 도로 손을 내렸다. 이건 그가 집에서 아무도 없을 때 하던 오래된 버릇이었다. 휴가 막판에 이런 상황을 견딜 수가 없었다. 그는 두리번거리며 다시 제프를 찾았다. 제프가 식당 반대편에서 어떤 여자의 발을 붙들려고 기를 쓰고 있었다. 여자는 영문도 모른 채 제프의 머리를 연신 쓰다듬었다. "가서 잡아와야겠어." 월터가 말했다.

"제프가 무슨 피해를 주는 것도 아니잖아. 당신이나 진정해." 클라라는 능숙하게 가재 살을 발라서 늘 그렇듯 냉큼 입에 넣었다.

바로 그때, 웨이터가 오더니 웃으며 말했다. "손님, 목줄을 채워 주시겠습니까?"

월터는 일어나 식당을 가로질러 제프에게 갔다. 흰 바지에 하늘색 재킷을 입은 차림이 너무 튀는 것 같았다. 제프는 아직도 여자의 발에 매달리려고 버둥대다가 점박이 얼굴을 돌리며 별일 아니라는 듯 씩 웃었다. 월터는 여자의 발목에서 작고 팔팔한 강아지 다리를 떼어내느라 애를 먹었다. "정말 죄송합니다." 월터가 여자에게 말했다.

"뭘요, 정말 귀여운데요!" 여자가 말했다.

월터는 두 손으로 개 대가리를 으스러뜨리고 싶은 충동을 누르면서 정석대로 개를 안고 자리로 돌아왔다. 한 손으로는 따뜻하고 헐떡거리는 작은 가슴을 받쳐 들고, 나머지 한 손은 대가리에 올려 달래는 자세를 취했다. 그는 클라라 옆쪽 바닥에 강아지를 살포시 내려놓고 목줄을 채웠다.

"당신은 얘가 싫지?" 클라라가 물었다.

"버릇없는 것 같아서 그래. 그게 다야." 클라라가 제프를 안아 무릎에 앉히자 월터는 아내의 얼굴을 쳐다보았다. 강아지를 토닥이자, 아내의 표정은 아름답고 너그러워지더니 애정이 넘쳐흘렀다. 아내는 아기를, 자기 자식을 어루만지는 것 같았다. 제프를 쓰다듬는 클라라의 얼굴을 바라보는 게 월터가 제프에게 얻는 가장 큰 기쁨이었다. 월터는 제프가 못마땅했다. 녀석의 건방지고 이기적인 성격이 마음에 들지 않았다. 게다가 월터를 쳐다볼 때마다 멍청한 표정으로 이렇게 말하는 것 같았다. "난 이렇게 잘 사는데 아저씬 뭐냐?" 제프는 클라라에게 완전무결한 존재지만, 자신은 클라라에게 하찮은 존재인 것 같아서 월터는 개가 미웠다.

"정말 제프가 버르장머리가 없다고 생각해?" 클라라는 축 늘어진 강아지 귀를 만지작거리며 물었다. "그래도 오늘 아침 우리가 해변에 갔을 때 잘 따라오던데."

"다른 개들보다 폭스테리어가 똑똑하다고 해서 당신이 얘를 고르지 않았느냐는 뜻이었어. 그런데 당신은 기본 규칙조차 녀석에게 가르치지 않잖아."

"좀 전에 제프가 식당을 돌아다닌 일을 말하는 거야?"

"그것도 포함해서. 이제 제프도 두 살이 다 됐는데 계속 이렇게 굴면 녀석을 식당에서 풀어 주면 안 될 것 같아. 보기에 정말 거슬려."

클라라가 눈썹에 힘을 줬다. "우리 제프가 무슨 피해라도 줬나? 그냥 놀기만 했잖아. 당신 말하는 걸 보니 제프를 시샘하는 것 같은데. 놀라워라, 당신이 그런 소리를 다 하다니." 클라라는 덤덤한 목소리로 놀라운 듯 말했다.

월터는 웃지 않았다.

다음 날 오후, 부부는 집으로 돌아왔다. 클라라는 오이스터베이 매매 건이 십중팔구 한 달가량 지연될 거라는 사실을 알게 되었다. 그녀가 마음을 졸이는 상태라 매매가 성사되든 어그러지든, 그때까지는 파티를 열 수 없었다.

그 후 2주 사이, 채드가 집에 방문해도 되겠느냐고 전화했다가 퇴짜를 맞았다. 채드는 거절을 당하자 월터가 전화를 받으러 가기도 전에 끊어 버렸다. 월터와 절친한 친구 존 카도 전화했지만 토요일 아침 월터가 보는 앞에서 바로 거절당했다. 클라라는 월터에게 존이 그다음 주에 열리는 조촐한 저녁 파티에 두 사람을 초대했지만 거기에 가자고 맨해튼까지 운전할 가치는 없다고 생각한다고 말했다.

가끔 월터는 친구 하나, 아니 여럿에게, 어쩌면 모두에게 버림받는 꿈을 꾸었다. 쓸쓸하고 가슴 아픈 꿈이라 숨이 턱 막히는 기분으로 잠에서 깼다.

월터는 이미 친구 다섯에게 절교를 당했다. 클라라가 친구들을 집에 들이지 않는 노골적인 의도 때문이었다. 그럼에도 그는 친구들에게 계속 편지하고 기회가 되면 만났다. 두 명은 월터의 고향인 펜실베이니아에 살았고, 한 명은 시카고, 나머지 둘은 뉴욕에 있었다. 솔직히 말하자면, 시카고의 하워드 그래즈와 뉴욕의 도널드 밀러는 월터를 아예 없는 사람 취급했다. 월터는 이 사실을 받아들인 후 그들에게 더는 편지를 쓰지 않았다. 편지를 보내야 하는 건 그쪽일 것이다.

월터는 뉴욕에 사는 도널드가 집에서 파티를 여는데 그가 초대받지 못했다는 소식을 듣는 순간 클라라의 미소를 기억했다. 진정한 승리의 미소였다. 남자들만 모이는 자리였는데도 월터는 초대받지 못했다. 클라라는 자기가 도널드한테서 남편을 확실히 떼어 놓았다며 기뻐했다.

사실 월터는 2년 전에 자신이 신경증 환자와 결혼했다는 사실을 처음 깨달았다. 어떤 면에서 보면 제정신이 아닌 여자, 신경증 환자와 결혼한 것이다. 그는 그녀와의 황홀했던 첫해를 계속해서 떠올렸다. 다른 여자보다 월등히 지적인 클라라가 얼마나 자랑스러웠는지 모른다. 그러나 지금 그는 '지적'이라는 단어를 혐오한다. 클라라가 지적인 것에 집착하기 때문이다. 둘이서 같이 얼마나 많이 웃었는지, 베네딕트의 집을 꾸미면서 얼마나 즐거웠는지 월터는 기억하고 있었다. 그 시절의 클라라가 기적처럼 되돌아올 수 있다면. 아무튼 클라라는 그때나 지금이나 같은 사람, 같은 몸이었다. 그는 여전히 아내의 몸이 좋았다.

8개월 전 아내가 나이츠브리지에 직장을 잡자 월터는 그곳이 아내가 경쟁심을 분출하는 장소가 되기를 기대했다. 그는 아내의 시기심을, 심지어 남편까지 시샘하는 마음을 해소할 기회가 되기를 바랐다. 사실 월터는 제법 성공적인 커리어를 쌓아가고 있었다. 그런데 아내의 취업은 오히려 경쟁심과 스스로에 대한 유별난 불만을 부추기고 말았다. 지금까지 그저 연기만 피우던 화산이 뚫리더니 활동을 재개하는 꼴이었다. 월터는 클라라에게 일을 그만두라고 했지만, 클라라는 말을 듣지 않았다. 그녀를 타당하게 바쁘게 만들 방법은 아이일지도 모르겠다는 생각에 월터는 아이를 갖자고 제안했지만 클라라는 원치 않았다. 월터는 아내를 적극적으로 설득한 적이 한 번도 없었다. 클라라는 애들을 견디지 못했다. 자기 자식이라고 해도 조금도 달라지지 않을 것 같았다. 게다가 스물여섯 결혼할 당시에도 클라라는 농담 삼아 너무 늙었다며 투덜거렸다. 그녀는 자기가 월터보다 생일이 두 달 빠르다는 걸 지나치게 의식했다. 그래서 월터는 클라라가 자기보다 훨씬 어려보인다고 누구이 확인해 주어야 했다. 이제 클라라는 서른이다. 월터는 아이 문제를 다시는 꺼내지 않아야 한다는 것을 알았다.

베네딕트에 있는 누군가의 잔디밭에서 두 번째 하이볼 잔을 들고 서 있었을 때였다. 월터는 스스로에게 이렇게 물었다. 저기 저 유쾌하고 자부심을 느끼며 윤택하게 살지만 천성적으로 따분한 사람들 틈에서 지금 난 뭘 하고 있는 것일까? 나는 평생 뭘 하고 있는 거지? 크로스 마틴슨 앤드 부크먼을 나올 생각이 머릿속에서 사라지지 않았다. 그는 로펌에서 가장 가깝게 지내는 동료 딕 젠슨과 같이 개업하려고 구상 중이었다. 딕도 월터처럼 개업하길 원했다. 두 사람은 어느 날 밤새도록 다른 로펌에서 거들떠보지 않는 사건을 수임하는 작은 법률사무소를 맨해튼에 내자고 의논했다. 수임료는 적어도 건수는 많을 것이다. 두 사람은 책이 빽빽하게 들어 찬 딕의 서재에서 블랙스톤(옥스퍼드 최초의 영국법 교수)와 위그모어(미국 법률학 교수)의 저서를 꺼낸 후, 신화에 가까운 블랙스톤의 신념에 대해 토론했다. 블랙스톤은 법이라는 권력으로 이상 사회를 건설할 수 있다고 믿었다. 이 일로 월터의 법대 시절 열정이 되살아났다. 그 시절 법은 그가 배워서 사용할 청렴한 도구였다. 그 시절 그는 약자를 돕고 정의를 바로 세우기 위해서 첫발을 내딛는 젊은 기사가 되리라 생각했다. 그날 밤, 두 사람은 연초에 크로스 마틴슨 앤드 부크먼을 나오자고 결의했다. 40번가 서쪽 어딘가에 사무실을 얻기로 했다. 월터는 이 얘기를 클라라에게 전했다. 아내는 적극 찬성지도, 말리지도 않았다. 아내의 연봉이 5천 달러는 확실히 넘기에 돈은 문제가 아니었다. 클라라의 어머니가 결혼 선물로 사준 집도 있었다.

그가 평생 뭘 하고 있는지에 대해 긍정적인 대답을 줄 수 있는 건 딕과 함께 법률사무소를 개업하는 일뿐이었다. 그는 그곳에서 일이 넘쳐 나고 고객들이 만족해서 줄줄이 돌아가는 모습을 상상했다. 만약 기대에 미치지 못하면 어쩌지? 만일 딕의 마음이 식으면 어쩌지? 월터는 완벽한 성공은 흔치 않다고 생각했다. 인간이 법을 만들고 목표를 세웠지만 거기에 미치지 못하지 않은가. 결혼도 그의 기대에 미치지 못했다. 클라라도 부족했고, 그 역시 클라라의 성에 차지 않을 것이다. 그래도 그는 노력했고 여전히 노력 중이다. 그가 제대로 아는 몇 가지 중 하나를 꼽자면 클라라를 사랑한다는 사실이었다. 아내를 기쁘게 해주면 그도 행복했다. 그에겐 클라라가 있다. 그는 이 일을 하고, 이곳의 유쾌하지만 따분한 사람들 틈에 섞여 살면서 아내를 기쁘게 해주고 있었다. 하지만 아내는 누려야 할 만큼 제대로 누리지 못하고 사는 것 같았다. 월터가 전에 물었다. 하지만 클라라는 다른 데로 이사 가서 지금 하는 일 말고 다른 일을 하는 걸 거부했다. 서른이 되자, 그는 불만이 있는 게 당연하다는 결론에 도달했다. 인간의 삶은 대부분 다소 이상에 미치지 못하지만, 그래도 운 좋게 사랑하는 이가 곁에 있다는 사실에서 위안을 얻는다는 생각만은 마음속에서 떨치지 못했다. 만일 클라라가 계속 이런 식으로 나온다면 그나마 남은 아내에 대한 희망마저 사라질지 모른다.

6개월 전, 지난 봄, 둘은 처음으로 이혼 얘기를 꺼냈으나 그 후 덮어 두었다.

3

9월 18일 저녁이 되자 말버러 가 길가를 따라 자동차 열대여섯 대 정도가 줄줄이 늘어섰고, 몇 대는 스택하우스의 집 마당에 주차되어 있었다. 클라라는 사람들이 차를 잔디 위에 세운 게 못마땅했다. 얼마 전 잔디가 잘 자라라고 과인산 석회를 뿌리고 23킬로그램이나 되는 피이트 모스(잔디 씨를 뿌린 후 씨앗 보호와 보습을 위해 덮는 이끼)를 덮느라 노임까지 무려 200달러나 들였기 때문이다. 클라라는 월터더러 사람들에게 차를 옮기라 말하라고 시켰다.

"내가 해도 되지만, 이런 건 남자가 해야 할 것 같아." 클라라가 말했다.

"저 차를 옮겨도 나중에 차가 더 올 텐데. 차를 저기에 세우는 건 여자들이 하이힐을 신고 한참 걷기를 싫어해서 그런 거잖아. 당신도 잘 알면서."

"보아하니 당신이 말 꺼내기가 껄끄러운 거네." 클라라가 쏘아붙였다.

월터는 아내가 누구한테든 차를 옮기라고 말하지 않기를 바랐다. 베네딕트에서는 다들 잔디 위에 차를 세운다.

손님들 모두, 최연장자이자 보수적인 필포트 부부까지도 다들 한껏 흥이 나 보였다. 필포트 씨는 하얀 디너 재킷과 이브닝 바지에 로퍼를 신고 왔다. 월터는 필포트의 습관에서 비롯된 차림이라고 생각했다. 남자들은

29

정장할 필요 없고 여자들은 원한다면 차려 입고 와도 좋다고 클라라가 콕 집어 말했기 때문이다. 여자들은 언제나 차려 입기를 좋아하지만 남자들은 전혀 달랐다. 필포트 부인이 커다란 캔디 상자를 클라라에게 선물했다. 월터는 부인이 선물과 함께 몇 마디 건네자 클라라의 얼굴이 환해지는 모습을 바라보았다. 클라라는 열흘 전 필포트의 고객 중 한 명에게 오이스터 베이 매매 계약을 성사시켰다.

월터는 층층나무 장작이 잔뜩 든 벽난로 앞에 홀로 있는 존 카에게로 갔다. 존은 술을 네다섯 잔이나 마셨는데도 여전히 점잖았다. 존은 맨해튼에서 열린 칵테일파티에서 곧장 오느라 저녁을 못 먹었다고 했다. "샌드위치 먹을래? 주방에 잔뜩 있어." 월터가 물었다.

"샌드위치는 안 돼." 존은 단호했다. "내 배를 좀 봐. 스카치까지 마셨으니 배가 더 나오겠어."

"사무실엔 별일 없고?" 월터가 물었다.

존은 유리 및 유리 빌딩 자재를 전문적으로 다루는 잡지의 최신호에 대해 설명했다. 존 카는 건축 전문 잡지 『스카이라인스』의 에디터였다. 6년 전 그가 창간한 이 잡지는 이제 여느 출판 그룹에서 발간한 건축 잡지 못지않게 팔렸다. 월터에게 존은 흔치 않은 미국인의 표상이었다. 그는 잘 크고 잘 배운 데다가 원하는 것을 얻으려고 공사판 인부처럼 일하는 것을 부끄러워하지 않았다. 그의 부모는 그가 일에서 성공할 수 있도록 충분히 뒷받침할 경제적 여력이 없었다. 그래서 그는 졸업할 무렵부터 일을 병행한 끝에 건축학과를 마쳤다. 사실 월터는 존을 존경했고, 존이 월터를 좋아한다는 사실에 솔직히 우쭐했다. 존의 입장에서 바라본 후 두 사람의 우정을 '어울리지 않는 우정'이라는 범주에 집어넣기까지 했다.

존은 다음 주 일요일에 채드하고 몬탁포인트에서 낚시 배를 타고 멀리 나갈 수 있느냐고 월터에게 물었다. "클라라도 같이 가겠다면 데려 와도 좋아. 채드한테 새 여자 친구가 생겼으니 클라라는 그 여자하고 같이 해변에 있고, 우리는 낚시하러 가면 되겠네. 그 여자 이름은 밀리야. 성격이 밝아서 클라라도 좋아할 거야. 클라라가 바닷가를 좋아하나? 그건 그렇고, 채드는 어디 있지?"

월터는 씩 웃었다. "유감스럽게도 지금 채드가 비호감 인물이잖아."

존은 손을 살짝 움직이며 이렇게 말했다. "됐다, 이쯤하자."

월터는 클라우디아가 들고 돌아다니는 쟁반에서 갓 따른 하이볼을 한 잔 집어 들고 필포트 부인에게 내밀었다. 부인이 그만 마시겠다고 했지만 월터는 그래도 권했다. 벽난로 옆에서 부인과 대화를 나누면서 월터는 한쪽 발을 거슬리지 않게 살짝 움직여서 어떤 여자의 다리를 붙들려는 제프를 저지했다. 제프는 문으로 달려가 새로 오는 손님을 맞이했다. 녀석은 파티가 열리니 신이 나 어쩔 줄 몰랐다. 거실과 테라스, 정원을 뱅뱅 돌아다니며 사람들의 손길을 받고 카나페를 얻어먹었다.

"클라라가 저희 직원 중에 최고의 미녀랍니다, 스택하우스 씨." 필포트 부인이 말했다. "클라라가 작정하면 사거나 팔지 못할 집은 하나도 없어요."

"집사람한테 말씀을 전하죠."

"클라라도 알고 있을걸요!" 필포트 부인은 눈을 깜빡이며 말했다.

월터는 미소로 화답했다. 그는 필포트 부인의 작고 자글자글한 눈을 마주하며 서로 두터운 신뢰를 주고받는 느낌이 들었다. "그 사람 너무 일만 하게 내버려 두지 마세요." 월터가 당부했다.

"천성이 그런데 어쩌겠어요. 그건 저희도 못 말릴 것 같아요."

월터는 웃으며 고개를 끄덕였다. 부인이 즐겁게 말했다. 물론 부인의 입장에서는 좋은 일이다. 월터는 클라라가 거실 복도 문에 서 있는 모습이 보이자 그쪽으로 갔다.

"잘되고 있는 거지?" 그가 물었다.

"응. 조앤은?"

"못 온다고 전화 왔어. 어머니가 편찮으셔서 집에 같이 있어야 한대." 조앤은 월터의 비서였다. 스물넷의 밝고 매력적인 아가씨로 월터는 조앤을 칭찬했다. 월터는 클라라가 조앤을 전혀 질투하지 않아서 기뻤다.

"꽤 아프신가 봐." 클라라가 말했다.

클라라는 자기 어머니를 좋아하지 않았다. 클라라가 사이좋은 모녀 관계를 전혀 인정하지 않는다는 것을 월터는 전부터 알고 있었다. "오늘 당신 정말 근사한데. 정말 예뻐."

클라라는 그를 한 번 쳐다보더니 살짝 미소 지었다. 그녀는 아직도 손님들을 살피는 중이었다. "그리고 또 누구더라…… 이름이 뭐였지? 피터, 피터도 안 보여."

"피터 슬로트니코프! 맞아. 그걸 알아차리다니 당신 정말 똑똑하네. 피터하고 만난 적도 없으면서."

"여기 있는 사람들은 전부 알거든. 그것도 확실히."

월터는 시계를 들여다보았다. 10시 17분이었다. "이제 올 거야. 길을 좀 헤매나 봐."

"차로 온대?"

"아니, 피터는 차가 없어. 기차 타고 오는 것 같아." 만일 피터를 뉴욕에까지 태워줄 사람이 아무도 없을 경우, 월터는 그에게 서재에 있는 소파를 하룻밤 내어 주고 싶었다. 그렇지만 그런 상황이 닥치기 전까진 클라라에게 말을 미루기로 했다. "있잖아, 여보. 존이 나더러 다음 주 일요일에 같이 낚시하러 가자는데. 몬탁 근처래. 당신도 초대받았어. 당신은 가서 바닷가에 있어도 되고. 채……, 아니 존의 여자 친구도 갈 거래."

"존의 여자 친구라고?"

"아니…… 그냥 친구." 월터는 말을 바꾸었다. 존이 이혼한 이후 여자를 기피한다는 소문이 파다했기 때문이다.

클라라는 작은 얼굴로 꽤 놀란 표정을 지으며 잠시 당황하더니, 가능한 모든 각도에서 그 제안을 일일이 재보는 것 같았다. 뭐가 득이고 실일지. "그 여자 이름이 뭐야?"

"이름까지는 모르겠어. 존이 괜찮은 여자라고 그러던데."

"전혀 재미없을지도 모를 사람하고 하루 종일 같이 있고 싶진 않아." 클라라가 말했다.

"사실 존이 그러는데 그 여자가……"

"당신 친구가 왔나 봐."

피터 슬로트니코프가 현관으로 들어오고 있었다. 월터는 유쾌하고 느긋한 인상을 지닌 착한 집주인처럼 보이도록 표정을 가다듬으며 피터에게 향했다.

피터는 쑥스러운지 당황하다가 월터를 보더니 반가워했다. 스물여섯, 진중한 성격에 약간 살집이 있다. 부모는 백계 러시아 난민이었다. 그는 열다섯 살에 미국에 오기 전까지 영어를 한 마디도 못했지만 미시건 법대를 우수한 성적으로 졸업했다. 월터의 로펌에서는 그를 주니어 변호사로 확보하게 되어 운이 좋았다고 여겼다.

"친구랑 같이 왔어요." 피터는 월터가 현관 근처에서 소개한 몇몇에게 인사한 후 이렇게 말했다. "이쪽은 엘리 브리스예요. 엘스페스 브리스 양, 이쪽은 월터 스택하우스 변호사님이십니다." 피터는 더욱 진중히 말했다.

월터와 엘리는 서로 인사를 나누었다. 이제, 월터는 두 사람을 거실로 데리고 들어가 사람들에게 소개한 다음 술을 갖다 주었다. 월터는 피터에게 여자가 있을 거라고 상상도 못했다. 게다가 미인이라니. 클라우디아의 쟁반에서 가장 짙은 하이볼을 집어 피터에게 건넸다.

"얘기하고 싶은 상대가 안 보이면, 테라스에 TV가 있어." 월터가 피터에게 말했다. 그는 그날 밤 야구 경기를 보길 원하는 사람들을 위해 테라스에 TV를 설치했다.

월터는 이동식 바로 가서 클라라가 좋아하는 이탈리안 베르무트 앤드 소다를 한 잔 만들어 아내에게 가져갔다. 아내는 벽난로 옆에서 베티 아이어턴과 얘기 중이었다.

"저희 남편도 제 술을 이렇게 잘 챙겨주면 얼마나 좋을까요." 베티가 말했다.

"제가 한 잔 갖다 드리죠." 월터가 제안했다.

"아니, 그런 뜻이 아니에요. 전 이미 많이 마셨어요." 베티는 들고 있는 잔 위로 반듯하고 좁은 얼굴에 미소를 지었다.

베티 아이어턴은 남자들 앞에서 끼를 부리지만 악의는 하나도 없었다. 클라라 앞에서도 베티는 월터가 베네딕트 최고의 미남이라며 종종 추켜세웠다. 클라라는 베티가 나쁜 마음을 품은 게 아니라는 것을 알기에 전혀 신경 쓰지 않았다.

"당신이 저쪽으로 가서 피터하고 인사했으면 좋겠어." 월터가 클라라에게 말했다.

"그럼 전 저희 남편 잘 있나 확인하러 가야겠어요. 그이가 정원에서 사라졌거든요." 베티가 말했다.

"일요일은 어떻게 할까?" 월터가 클라라에게 물었다. "존한테 오늘 밤에 대답해 주고 싶어."

"하루 날 잡아서 우리끼리 낚시하러 가자. 아까 그 얘긴 정말 별로야."

"하, 클라라. 나 낚시 다녀 온 지 몇 달이나 지났어."

"보나마나 채드도 갈 텐데 그럼 술을 마시겠지? 그러다 집에 오면 당신은 한참이나 술 냄새를 풍겨댈 거면서."

"꼭 그러진 않아."

"아니긴 뭐가 아니야. 안 봐도 훤해." 클라라가 가버렸다.

월터는 이를 악물었다. 젠장, 나는 왜 훌쩍 떠나지 못하는 걸까? 이 질문에 대답은 바로 이것이다. 후일 클라라가 만들 지옥이 눈앞에 펼쳐지기 때문이다. 필포트 부인이 소파에서 그를 쳐다보고 있었다. 월터는 단박에 얼굴을 풀었다. 혹시 부인은 이해해 줄 수 있을까. 부인의 얼굴은 연륜 있고 현명해 보였다. 사실 여기 파티에 온 사람들은 모두 이해해 주었다. 월터와 클라라 부부와 하룻저녁을 같이 보내 본 사람이라면 누구라도 그랬다.

"노땅 월터, 나 한 잔 더 해도 돼?"

월터는 눈에 익은 딕 젠슨의 늘어진 얼굴을 보며 미소를 지었다. 그에게 팔이라도 두르고 싶은 심정이었다. "당연하지, 형씨. 나도 한 잔 해야겠다. 주방으로 가자."

클라우디아가 차가운 로스트비프를 준비하느라 정신이 없었다. 월터는 클라우디아에게 식사를 내기엔 너무 이르다며 술이 더 필요한 사람이 있는지 살펴보는 게 낫겠다고 말했다.

"부인께서 저더러 지금 음식을 내오라고 시키셨어요. 스택하우스 씨." 클라우디아는 중간에 끼어서 체념한 듯 말했다.

"자, 그렇다면, 법원에 의해 기각된 걸로 합시다." 딕이 말했다.

월터는 더는 문제 삼지 않았다. 일찌감치 뷔페 음식을 내놓아 오늘 밤 그 누구든 취하지 않게 막겠다는 것이 클라라의 심산임을 딕조차 알고 있었다. 월터는 딕에게 넘치도록 한 잔 만들어 주고, 자기 것으로 독하게 한 잔 만들었다. "폴리는?" 월터가 물었다.

"테라스로 나갔을걸."

월터는 혹시 폴리가 빈손일 경우를 대비해 폴리의 것도 한 잔 만든 다음 테라스로 나갔다. 폴리는 테라스 난간에 기대어 TV를 보고 있다가 월터를 보더니 웃으며 그에게 손짓했다. 폴리는 미인은 아니었다. 엉덩이는 평퍼짐하고 목 뒤로 고리타분한 갈색 머리칼을 동그랗게 말아 묶었다. 그래도 유쾌한 성격만큼은 이 세상 최고였다. 폴리 옆에 잠깐이라도 있으면 월터의 깊은 열망이 채워졌다. 이를테면 알몸으로 선탠하기와 같은 어쩌다 드는 열망 같은 것 말이다.

"부동산 거물하고 같이 사시는 기분이 어떠세요?" 폴리는 큼지막한 치아를 내보이며 웃었다.

"끝내줍니다! 세상에서 돈 걱정할 필요가 이제 없잖아요. 빨리 은퇴나 해야겠습니다." 술기운이 막 돌기 시작하자 월터는 얼굴이 약간 뜨뜻해진 것 같았다.

딕이 오더니 아내의 팔을 붙들었다. "미안, 이 사람 좀 빌리자. 피터한테 인사시키려고."

"피터가 이쪽으로 못 온대?" 월터가 물었다.

"저쪽에서 심도 있는 대화 중이라." 딕이 폴리를 데리고 갔다.

월터는 폴리가 거절하고 남은 하이볼을 집어 들고 마땅히 줄 사람이 있나 주위를 둘러보았다. 그의 시선은 테라스 저쪽 끝에서 그를 바라보는 어느 여자에게 멈추었다. 피터의 여자가 홀로 있었다. 월터는 그녀에게 다가갔다.

"술이 없으시네요." 월터가 말을 건넸지만, 여자의 이름이 기억나지 않았다.

"벌써 한 잔 마셨어요. 고맙습니다. 바깥 공기를 쐬려고 막 나왔어요."

"한 잔 더 드셔야죠!" 그가 잔을 건네자 여자가 받아들었다. "뉴욕에서 오셨나요?"

"네, 거기에 살아요. 지금은 그곳에서 일자리도 구하고 있죠. 어디든지요." 여자는 눈을 들어 그를 똑바로 바라보았다. 따스하고 다정한 눈빛이었다. "전 음악을 해요. 음악을 가르치죠."

"무슨 악기를 하시나요?"

"바이올린하고 피아노요. 그런데 바이올린이 더 재미있어요. 아이들에게 음악을 가르쳐요. 음악 감상도요."

"아이들에게 음악을 가르치시는군요!" 아이들에게 음악을 가르친다는 소리에 월터는 마음이 확 끌렸다. 그는 이렇게 말하고 싶었다. 음악을 가르쳐 달라고 부탁할 아이가 없어서 부끄럽습니다.

"공립학교에서 일자리를 찾는 중인데, 학위나 자격증 같은 게 별로 없어서 힘드네요. 그래서 사립학교 쪽으로 지원해 보려고요."

"행운을 빌겠습니다." 월터가 말했다. 여자는 피터와 동년배 같았다. 그녀는 소박했다. 다부진 모습이 피터와 아주 잘 어울려 보였다. 햇볕에 그을린 피부는 콧등을 따라 살짝 광채가 돌았다. 여자가 웃자 새하얀 치아가 드러났다. "피터하고는 얼마나 알고 지내셨어요?"

"몇 달 안 됐어요. 피터가 로펌에 입사한 직후였으니까요. 피터는 회사가 아주 좋은가 봐요."

"저희도 피터가 좋아요."

"어느 날, 피터가 버스에서 저한테 말을 걸었어요. 둘 다 똑같은 바이올린 케이스를 들고 있었거든요. 피터도 바이올린을 해요. 아시죠?"

"몰랐어요. 멋지네요."

"아, 피터는 정말 대단히 근사한 남자예요." 여자는 확신에 찬 목소리로 대답했다. 그에 비해 월터는 자기가 한 말이 가볍게 느껴졌다.

"전 여기에 앙고스투라(쓴 맛이 나는 액체)를 넣어 먹는 걸 좋아하는데, 혹시 있나요?"

"물론이죠, 있어요! 잔 이리 주세요." 월터는 거실로 들어가 이동식 바로 갔다. 앙고스투라 여섯 방울을 똑똑 떨어뜨린 후 막대기로 저었다. 그가 테라스로 돌아오자 존이 그 여자와 대화 중이었다. 여자는 고개를 뒤로 젖히고 방금 전 존이 한 말에 크게 웃었다.

"월터! 일요일은 어쩔래?" 존이 물었다.

"아마 못 갈 거야, 존. 일요일이면 그날 우리가……"

"알아, 이해해." 존이 웅얼거렸다.

"미안해. 있잖아 내가……"

"다 이해한다니까, 월터." 존은 짜증스레 말했다.

여자를 쳐다보고 있자니 월터는 무안하고 속이 울렁거렸다. 만일 저 여자가 없었더라면 존은 이랬을지도 모른다. "클라라한테 말해, 호수에나 뛰어들라고!" 전에도 존이 두어 번 이렇게 말한 적이 있지만, 그때도 월터는 그 말을 따르지 않았다. 이젠 존이 이 얘기를 길게 하지도 않으려는 것 같았다.

"잠깐만 내 얘길 들어." 존은 품위 있는 편집장다운 목소리로 말했다. 그러더니 말을 끊고 체념한 듯 한숨을 쉬었다.

여자는 눈치껏 자리를 피하려고 계단을 통해 정원으로 내려갔다.

"네가 무슨 말할지 다 알아. 그래도 어떻게, 감수하고 살아야지."

존은 편안하게 미소를 지었다. 아무 말 하지 않기로 한 것이다. "그건 그렇고, 채드가 다음 주 금요일에 파티를 여는데, 너도 오라고 전해 달래. 집에서 저녁 먹고 극장에 가재. 친구 리처드 벨이 금요일에 연극을 새로 올린다네. 한 여섯 명 정도 모일 거야. 클라라에게 벗어나. 그게 너한테 좋아. 채드는 자기가 클라라에게 찍힌 걸 알더라. 너희 집에 전화도 하기 싫대."

"좋아, 갈게." 클라라가 채드를 따돌리면, 채드도 클라라를 멀리 하게 될 것이다.

"그래야지." 존은 그에게 손을 흔들더니 정원으로 내려갔다.

그날 밤 아무도 취하지 않았다. 다만 딱 한 사람, 필포트 부인은 달랐다. 부인은 균형을 잃더니 라디오 겸용 전축 앞에 쾅 하고 주저앉았다. 그러더니 기분 좋게 상황을 받아들이고는 바닥에 그대로 앉아 빅 로저스가 매력적인 몇 사람을 위해 연주하는 음악을 듣고 있었다. 그렇게 새벽 3시까지 바닥에 퍼질러 앉아 있었다. 다들 집으로 돌아갔고 여섯 명만 남았다. 클라라는 짜증이 한가득이었다. 새벽 3시면 무슨 파티든 끝나야 한다고 생각했기 때문이다. 필포트 부부가 여태 미적거리는데도 클라라는 감히 눈치조차 줄 수 없었다.

"그냥 즐기게 둬." 월터가 말했다.

"저 여자 취했나 봐." 클라라는 진저리치며 목소리를 깔았다. "내가 저 여자를 일으켜 세울 수는 없잖아. 내가 벌써 세 번이나 부탁을 했다고."

뜬금없이 클라라가 필포트 부인에게 저벅저벅 걸어가더니 양쪽 팔을 부인 겨드랑이 밑에 끼우고 힘차게 부인을 들어올렸다. 월터는 믿기지 않는다는 듯이 바라보았다. 빌 아이어턴이 잽싸게 의자를 끌어다 부인에게 받쳤다. 순간, 월터는 필포트 부인이 클라라를 바라보는 눈빛을 읽었다. 놀라서 말문이 막힌 채 분개한 표정이었다.

필포트 부인은 클라라의 손길을 몸에서 지우려는 듯 어깨를 털었다. "이런! 바닥에 앉아 있는 게 법에 저촉되는 줄은 미처 몰랐네요!"

암담한 침묵이 집 안을 뒤덮었다. 빌 아이어턴은 갑자기 술이 확 깬 듯이 보였다. 월터는 이 상황을 무마하려고 자기도 모르게 튀어나가더니 그 역시 종종 바닥에 앉는다고 부인에게 말을 건넸다.

빌 아이어턴이 웃음을 터뜨렸다. 그의 아내도 따라 웃었다. 웃음바다가 되었다. 필포트 부인까지 웃고 말았다. 다들 웃었다. 한 사람만 빼고. 클라라만 신경질적인 미소를 지었다. 월터는 클라라에게 한쪽 팔을 두르고 다정히 끌어당겼다. 그는 필포트 부인을 바닥에서 끌어 올려 세운 아내의 충동은 무슨 수를 써도 막을 수 없었다는 걸 알았다.

몇 분 후 다들 집으로 돌아갔다.

침실 창으로 부드럽고 어스름한 새벽빛이 드리웠다. 제프가 이불이 젖혀진 침대 위 베개 사이에 엎드려 있었다. 녀석이 가장 좋아하는 자리였다.

"저리 가라." 월터는 이렇게 말하며 손가락을 튕겨 녀석을 깨웠다. 강아지는 부스스 일어나 침대에서 내려갔다. 월터가 침실 한쪽 구석에 놓인 제프의 바구니 침대 속 방석을 토닥이자 녀석은 그 안으로 기어들어갔다. "오늘 제프도 힘들었나 봐." 월터가 웃으며 말했다.

"당신보다 더 잘하던데." 클라라가 말했다. "당신한테 술 냄새 나. 얼굴도 벌겋고."

"양치하고 오면 냄새 안 날 거야." 월터는 욕실로 향했다.

"피터 슬로트니코프가 데려온 여자는 누구야?"

"몰라." 월터가 샤워기 너머에서 소리쳤다. "엘리 뭐라던데."

"엘리 브리스. 그냥 뭐 하는 여자인지 궁금해서."

월터는 너무 피곤해서 엘리가 음악을 가르친다는 말을 크게 할 수 없었다. 게다가 클라라가 진심으로 알고 싶어 하는 것 같지도 않았다. 엘리에게 차가 있는 게 분명했다. 피터와 차를 타고 같이 뉴욕으로 갔기 때문이다. 월터는 침대에 누워 클라라를 살포시 안고 치약 냄새조차 풍기지 않도록 조심하면서 아내의 뺨과 귀에 입을 맞추었다.

"여보, 나 진짜 피곤해."

"나도 그래." 그는 아내의 베개 옆으로 머리를 디밀었지만, 그러면서도 제프가 누웠던 여전히 뜨뜻한 자리는 피했다. 한 손으로 클라라의 허리를 휘감았다. 실크 잠옷을 입은 클라라가 보드랍고 포근하게 느껴졌다. 숨을 쉴 때마다 들락거리는 아내의 배가 사랑스러웠다. 월터는 그녀를 끌어당겼다.

클라라가 몸을 비틀었다. "월터……"

"굿 나이트 키스만 할게, 우리 냐옹이." 월터는 어스름한 빛에서도 못마땅하고 불편해하는 아내의 표정이 보였지만, 그럼에도 클라라를 끌어안았다.

클라라가 월터를 밀치더니 벌떡 일어나 앉았다. "섹스 중독자!" 그녀는 분개하며 쏘아붙였다.

월터도 일어나 앉았다. "내가 요즘 얼마나 쪼그라들었는데. 나한테 중요한 건 당신을 사랑하는 일뿐이라고!"

"역겨워." 클라라는 도로 누워 베개를 베더니 등을 돌렸다.

월터는 속이 부글거렸다. 침대를 박차고 일어나 집 밖으로 뛰쳐나가고 싶었다. 아니, 거실에라도 내려가서 자고 싶었다. 그러나 거실에서 잤다간 잠을 설쳐서 내일 더 힘들어질 것이다. 가만히 누워 있자, 그는 스스로를 토닥였다. 월터도 베개에 머리를 파묻었다. 그런데 클라라가 낮은 소리로 제프를 부르자, 제프가 바닥을 가로질러 졸린 걸음으로 따각따각 걸어오는 소리가 그의 귀에 들렸다. 제프가 클라라가 누운 쪽으로 홀짝 뛰어오르자 침대가 출렁거리는 느낌이 월터에게 전해졌다.

월터는 이불을 걷고 침대에서 뛰쳐나갔다.

"월터, 멍청하게 굴지 마." 클라라가 말했다.

"됐어." 그는 정색하며 차분히 말했다. 실크 목욕 가운을 옷장에서 꺼냈다가 도로 집어넣고 뒤쪽 고리를 뒤적거려 플란넬 가운을 찾았다. "난 개하고 한 침대에서 자는 건 도저히 못하겠어."

"웃기시네."

월터는 아래층으로 내려갔다. 꿈에서처럼 집도 회색이었다. 소파에 앉았다. 클라라가 재떨이와 빈 잔까지 싹 치워서 모든 게 제자리로 돌아가 있었다. 월터는 창틀에 놓인 필로덴드론이 가득한 이탈리아산 대형 유리

화병을 쳐다보았다. 지난 생일에 저 유리화병과 체인 금팔찌를 아내에게 선물했었다. 새벽빛이 녹색 유리화병을 뚫고 반짝거리자 이리저리 엉킨 줄기가 우아하게 드러났다. 추상화처럼 아름다웠다.

제장, 기품 있는 삶이군!

4

다음 날 월터는 몸이 노곤하고 으슬으슬했다. 잠을 설쳐서인지 클라라의 잔소리 때문인지 머리도 약간 띵했다. 클라라는 거실 바닥에서 자는 월터를 보더니 바닥으로 떨어진 것도 모를 정도로 취했다며 그를 몰아세웠다. 그날 아침, 월터는 집 근처 말버러 가 한쪽 끝에서 시작하는 숲 속을 한참 거닐다가 돌아와서 낮잠을 청했지만 잠이 오지 않았다.

클라라가 제프를 목욕시킨 다음 이층 테라스로 나가 햇볕을 쪼이며 야외에서 빗질을 해주고 있었다. 월터는 침실 건너편에 있는 서재로 들어갔다. 서재는 북향이라 여름이면 창밖으로 서 있는 나무에 그늘이 가려져 어둑어둑하면서도 안락했다. 벽면 양쪽에 책장이 짜여 있고, 편편한 책상이 하나 놓여 있었다. 바닥에는 펜실베이니아 주 베슬리헴 본가 그의 방에 깔려 있던 케케묵은 오리엔탈 러그를 옮겨놨다. 클라라는 구멍이 났으니 걸어 버리자고 했고, 월터는 서재는 내 공간이니 러그를 그대로 두겠다고 했다. 그 러그는 월터가 단호하게 자신의 주장을 관철시킨 몇 안 되는 것들 중 하나였다.

월터는 책상에 앉아 베슬리헴에 사는 동생 클리프가 지난주에 보낸 편지를 다시 읽었다. 작고 저렴한 노트 패드에 여러 장을 써서 보낸 편지였다. 거기엔 클리프가 아버지 대신 도맡아 운영하는 농장의 하루 일과에 대해 적혀 있었다. 계란 값이 올랐다는 둥, 경주 대회에서 우승한 암탉의 최근 기록이 어떻다는 둥, 그런 내용이었다. 한 줄 건너 한 번씩 클리프가 썰렁한 농담을 적지 않았더라면 따분한 편지가 될 뻔했다. 클리프는 『베슬리헴 신문』에서 오려낸 기사를 동봉했다. 월터가 처음 보는 내용이었다. 거기에는 "형수님한테 읽어드려. 이거 보면 웃으실지 몰라."라고 적혀 있었다. 〈디어 플레인필드〉라는 칼럼이었다.

디어 플레인필드

집사람은 듣도 보도 못한 방식으로 저를 들들 볶습니다. 얼마나 아내가 대단한 전문가처럼 구는지 도저히 같이 살 수가 없어요. 풋볼을 파고 들 때면 전국에서 열린 대회 스코어를 꿰고 각 팀의 성적을 줄줄 읊어요. 상황이 그렇다 보니 아내와 풋볼 얘기를 하면 재미가 하나도 없어요.

지금은 실내 화초에 관심이 꽂혔는지, 아내는 몇 주에 걸쳐 돈을 퍼부어 필로덴드론 두비아, 필로덴드론 몬스테라, 게다가 옹색하게 생긴 필로덴드론 하스타툼까지 사들였어요. 이게 뭐냐면 우리가 베고니아라고 부르는 식물이에요.

아내가 사 모은 화초 중에 정말 근사한 떡갈잎 고무나무가 있어요. 그런데 제가 그걸 보고 떡갈잎 고무나무라고 부르면, 아내는 부르르 열을 내며 이렇게 으르렁거립니다. "이건 피커스 판두라타야!" 인도 고무나무의 경우에도 마찬가지입니다. 아내에게 그건 고무나무가 아니라 '피커스 엘라스티카'인 거죠.

저는 화초가 싫지 않아요. 화초를 키우는 사람도 싫어하지 않고요. 그렇지만 고구마 넝쿨을 보고 드라세나 와네키라고 하지 않았다고 콧방귀를 뀌는 사람들은 정말 싫습니다. 제 집사람이 그런 식이거든요.

아스피디스트라(엽란속의 학명)로부터

월터는 씩 웃었다. 그렇지만 이걸로는 클라라를 웃길 수 있을 것 같지 않았다. 그는 클리프가 왜 이걸 보냈는지 알았다. 일전에 클라라와 아버지를 뵈러 갔을 때였다. 클리프는 부부에게 농장을 구경시키면서 트랙터를 보고 '채드'라고 했다. 그건 그 트랙터를 만든 제조사명을 짧게 줄여서 말한 것이었다. 클라라는 클리프에게 대체 '채드'가 무슨 뜻이냐며 아주 진지하게 물었다. 그러고는 트랙터 앞쪽을 힐끔 쳐다보더니 "채드윅이잖아요."라고 크게 말했다. 그러고 나자 클리프는 웃지도 않고 다른 장비들을 가리킬 때마다 웅얼웅얼 약칭으로 뭉개서 발음했다. 클라라는 클리프가 왜 그러는지 눈치채지 못하고 그저 당혹스러워 했다. 클라라는 클리프가 제정신이 아니라고 생각했는지 도련님이 진짜 이상하니 당신이 무슨 조치를 취하라며 월터를 중간중간 설득하려고 애를 썼다. 월터는 농장에 정착해서 아버지를 모시고 사는 클리프가 고마웠다. 아버지는 당신처럼 월터도 미국 성공회 감독교 신부가 되기를 바랐으나, 월터는 아버지의 뜻을 어기고 법조계로 진출했다. 월터보다 두 살 어린 클리프는 진중한 성격이 아니어서, 아버지는 동생에게 성직자가 되라는 말은 꺼내지도 않았다. 클리프가 대학을 중퇴하자 주변에서는 그가 훌쩍 떠나리라 예상했다. 그러나 동생은 고향으로 돌아와 농장 일을 거들었다.

월터는 편지를 책상 한쪽에 던져두고 큼지막한 에세이용 스크랩북을 펼쳤다. 스크랩북은 열한 개의 섹션으로 나뉘었다. 각각의 섹션에는 단짝 친구, 혹은 여러 명의 친구들에 관한 내용이 담겨 있었다. 어떤 페이지에는 월터가 손으로 작게 쓴 날짜별 메모가 잔뜩 붙어 있었다. 또 어떤 페이지에는 불현듯 떠오른 생각을 적은 메모와 간간이 사무실에서 타자기로 친 종이가 군데군데 붙어 있었다. 뼈대를 잡아둔 이야기의 도입부가 적힌 페이지도 있었다. 월터는 딕 젠슨과 윌리 크로스에 관해 뼈대를 잡아 놓고 작업에 막 들어갔다. 페이지를 양쪽으로 나누어 딕의 특징과 윌리 크로스의 성격에 대해 사람들이 하는 말을 줄줄이 적었다.

딕 젠슨

겉보기엔 깔끔하고 소탈한 외모이나 야심찬 이상주의자.

크로스를 존경하나 그가 자길 무시한다고 하소연함.

윌리 크로스

욕심이 많고 과시적임. 자신의 성과 대부분에 대해 허세를 부림.

그가 딕에게 전권을 주었을 경우, 부각될 딕의 잠재력을 두려워 함.

월터는 두 사람에 대해 써 놓은 메모가 더 있다는 게 기억나 그걸 가지러 침실로 갔다. 재킷 주머니를 뒤적이다보니 종이 몇 장이 만져졌다. 월터는 그중에서 신문에서 찢은 기사 하나와 접혀진 봉투를 찾았다. 그 위엔 월터가 끼적인 내용이 적혀 있었다. 월터는 그것들을 들고 서재로 돌아갔다. 딕에 관한 메모는 이랬다. 'D와 C와 함께 점심. C의 다른 로펌 프리랜서 변호사 제안에 D 격분.'

짧지만 꽤 알찬 메모였다. 크로스는 법률 고문들이 차린 어느 로펌에서도 파트너 변호사로 근무 중이었는데, 월터는 그곳의 이름을 정확히 기억하지 못했다. 전에 딕이 그 제안에 대해 월터에게 숨김없이 털어놓았다. 구미가 당기는 제안이라 월터는 그가 과연 거절할 수 있을지 확신할 수 없었다.

낮게 노크하는 소리가 들렸다.

"들어오세요, 클라우디아." 그가 말했다.

클라우디아가 쟁반에 치킨 샌드위치와 맥주 한 병을 담아 들고 들어왔다.

"이게 딱 당겼는데." 월터는 이렇게 말하더니 맥주병을 땄다.

"출출하실 것 같아서요. 부인께서는 벌써 점심을 챙겨 드셨대요. 제가 커튼을 좀 열어드려도 될까요, 스택하우스 씨? 오늘 바깥 햇살이 참 환하거든요."

"고맙습니다. 까먹고 있었어요. 그런데 오늘 뭐하러 오셨어요? 어제 파티 음식도 많이 남아서 오늘은 그거 먹으면 되는데요."

"부인께서 오지 말란 말씀을 안 하셔서요."

월터는 깡마르고 호리호리한 부인이 긴 커튼을 열어젖혀 묶어 매는 모습을 쳐다보았다. 클라우디아는 구하기 힘든 가정부였다. 자기 직업을 즐기다 보니 일을 완벽하게 해내기 때문이다. 베네딕트 사람들은 웃돈을 얹어서라도 클라우디아에게 집안일을 맡기려 했다. 그러나 클라우디아는 클라라가 매일 이 집에서 해야 하는 일들을 지정해 놓고 까탈을 부리는데도 그 제안을 모조리 거절했다. 헌팅턴에 사는 클라우디아는 버스로 매일 아침 7시 정각에 출근해서 11시까지 일하다가 외출해 베네딕트에서 보모 일을 한 다음, 오후 6시에 다시 월터의 집으로 돌아와 9시에 퇴근했다. 클라우디아는 늦잠을 잘 수 없었다. 헌팅턴에서 같이 사는 어린 손자를 돌봐야 하기 때문이다.

"저희 때문에 일요일을 망치셔서 죄송하네요." 월터가 사과했다.

"무슨요, 스택하우스 씨. 전 괜찮아요!" 클라우디아는 책상 옆에 서서 월터가 샌드위치 먹는 것을 지켜보았다. "더 필요하신 거라도?"

월터가 자리에서 일어나 주머니에 손을 넣었다. "네, 있어요. 이거 받으세요. 이걸로 딘에게 뭐라도 사주세요." 월터가 10달러짜리 지폐 한 장을 건넸다.

"10달러네요! 스택하우스 씨! 애가 10달러나 어디에 쓰겠어요?" 그러나 클라우디아는 좋아서 눈이 반짝거렸다.

"그럼 딘 대신 클라우디아가 생각해 보세요."

"정말 고맙습니다, 스택하우스 씨. 마음씨가 좋은 분이세요." 클라우디아는 인사하고 서재를 나갔다.

월터는 맥주를 홀짝이며 신문지 조각을 펼쳤다. 월도포인트에 갔을 때 찢어둔 기사였다.

뉴욕 태리타운에서 여성 숨진 채 발견
[8월 14일, 태리타운] 오늘, 태리타운 남쪽으로 1.6킬로미터 떨어진 숲에서 여성의 변사체를 발견했다고 3구역 경찰이 발표했다. 신원은 헬렌 P. 키멜(39세, 뉴욕 주 뉴어크)로 확인되었다. 사인은 교살, 안면과 전신의 심한 자상 및 구타. 지갑은 시신이 있던 장소에서 몇 미터 떨어진 곳에서 발견되었으나, 내용물은 그대로였다. 피해자는 뉴어크에서 올버니로 향하는 버스를 타고 언니 로스 게인스를 만나러 가던 길이었다. 카디널 버스 운송 회사 소속 운전사 존 맥도너에 따르면, 어젯밤 9시 55분경 고속도로 휴게소에 정차하여 15분간 휴식을 취한 후 헬렌 키멜이 사라진 것을 알았다고 진술했다. 피해자의 짐은 버스에 실려 있었다. 피해자는 고속도로를 따라 잠시 산책하다가 변을 당한 것으로 보인다. 승객들을 심문했으나 비명을 들은 자는 아무도 없었다.
피해자의 남편 멜키오르 키멜(40세, 뉴어크 서적상)이 오늘 오후 태리타운에서

시신을 확인했다. 경찰은 단서를 좇고 있다.

월터는 범인이 아마도 미치광이일 테니 에세이에 가져다 쓸 만하지 않다고 판단했다. 그런데 여자가 버스에서 아주 멀리 있지 않았는데 본 사람도, 들은 사람도 없다는 게 이상했다. 면식범이 그곳에서 피해자를 만나 잠깐 얘기하자며 꾀어낸 다음 일을 저지른 게 아닐까. 그는 망설이다가 쓰레기통 쪽으로 몸을 기울여 신문지 조각을 내던졌다. 종이가 날아가다가 쓰레기통 옆 카펫 위로 떨어졌다. 월터는 나중에 줍기로 했다.

머리를 팔에 대고 엎드렸다. 갑자기 잠이 올 것 같았다.

5

월터는 감기로 화요일까지 꼬박 침대에 누워 있었다.

클라라는 남편이 왜 아픈지 이유를 알아야겠다며 의사를 부르자고 우졌다. 사실 월터는 독감이란 걸 알았다. 파티에 왔던 누군가가 베네딕트에서 독감이 돌아 환자가 발생하고 있다고 말했기 때문이다. 어쨌든 피트리치 박사가 왕진하여 독감이라고 진단한 후 월터를 침대에 눕히고 알약과 페니실린 약을 처방했다. 클라라는 잠깐 앉아 있다가 남편에게 필요한 것들을 살뜰히 챙겨 놓았다. 담배와 성냥, 책, 물 한 잔, 클리넥스.

"여보, 고마워. 정말 고마워." 월터는 아내가 그를 위해 해준 모든 것에 대해 고마움을 전했다. 월터는 자기가 아내를 귀찮게 하고 있으며, 아내가 그에게 잘해 주려고 억지로 애쓰고 있는 것 같은 기분이 들었다. 여간해선 거의 없지만 어쩌다 앓아누울 때면, 월터는 아내와 같이 있는 게 생판 모르는 사람과 있는 것처럼 부담스러웠다. 드디어 아내가 출근하자 월터는 기뻤다. 클라라가 하루 종일 전화 한 통도 하지 않을 것이며, 저녁에는 1층에서 석간신문을 다 읽은 후에야 그를 살피러 올라올 것이다. 월터는 이 사실을 알고 있었다.

그날 저녁, 월터는 클라라가 만든 부용(고기와 채소를 넣고 끓인 맑은 수프)조차 삼길 수 없었다. 비강이 불타듯 쓰라려서 담배는 엄두도 못 냈다.

약을 먹자 졸음이 쏟아졌다. 중간에 잠깐 잠에서 깨면, 시커멓고 묵직한 공기 같은 우울감이 마음을 짓눌렀다. 그는 스스로에게 이런 질문을 던졌다. 어쩌다 그는 그가 사랑한다고 믿는 여자, 그의 이마조차 짚으려 하지 않는 여자가 퇴근하기를 기다리는 신세가 되었을까? 딕에게 왜 내년 초가 아니라 올 가을에 로펌에서 나오자고 더욱 강력하게 말하지 못했을까? 파티가 열리던 날 밤 딕에게 얘기를 꺼냈다. 사실 좋은 타이밍은 아니었지만, 로펌에서 이 얘기를 꺼내면 딕은 민망해했다. 마치 크로스가 안 보이게 심어둔 도청 장치가 로펌 도처에 깔린 것처럼 딕은 소극적인 태도를 보였다. 월터는 결국 혼자 로펌을 나오게 되는 건 아닌지 궁금했다. 하지만 열이 펄펄 나고 화가 치미는 와중에도, 월터는 딕이 꼭 있어야 한다는 걸 알았다. 두 사람이 구상한 법률사무소를 운영하려면 변호사가 둘은 있어야 하는데, 딕은 실무 파트너로서 귀한 장점을 지니고 있었다.

퇴근해서 돌아온 클라라가 이렇게 물었다. "몸은 좀 나아졌어? 지금 몇 도야?"

그날 오후, 클라우디아가 체온을 쟀기 때문에 월터는 몇 도인지 알았다. 39.4도였다. "괜찮아, 기분도 좋아지고."

"잘됐네." 클라라는 가방을 꼼꼼히 비우더니 몇 가지는 화장대 위에 올려놓고 저녁을 먹으러 아래층으로 내려갔다.

월터는 눈을 감았다. 클라라가 거실에 앉아 라디오를 들으며 석간신문을 읽는 모습 말고 다른 쪽으로 생각을 돌리려 했다. 그는 밤에 잠들기 직전이나 아침에 깨자마자 더러 하던 게임을 해보았다. 눈앞에 신문이 펼쳐져 있다고 상상하고, 눈으로 모든 기사의 처음 몇 줄을 재빨리 훑는 게임이다.

오늘 지브롤터에서 양측 외무부 장관이 배석한 가운데, 어쩌고저쩌고, 우유부단한 오점투성이 대통령이 새로운 상호 협정에 서명했으며……

아내는 "그이가 내 사랑을 망쳤습니다! 전 아이를 지켜야 했다고요!"…… 어제 로널드 W. 프리가티 경찰서장은 안타까운 사연을 들었다. 금발의 젊은 여성이 공포로 휘둥그레진 푸른 눈동자로 남편이 퇴근 후 매일 저녁 6시면 프라이팬으로 자신과 아이를 줄기차게 폭행했다고 진술했다……

남아메리카 기온이 점점 상승할 것이라고 전문가가 예고했다. 볼리비아 아친체 산 좌측 산마루에서 말랑말랑한 운석 조각을 발견할 가능성은, 기상학자들이 600년 후 친칠라 다람쥐가 세금을 직접 계산할 수 있을 거라고 믿는 것만큼이나 희박하다……

모스크바에서 피살된 소비에트 연방의 탐험가 토미앗킨의 상여를 뒤따르며 애통해하는 문상객들의 행렬이 무선전송 사진을 통해 보인다……

국제직물무역 박람회가 쾰른의 유명한 글라스 리셉터클에서 개최된다……

월터는 흐릿한 기억 속 퍼즐 조각을 이리저리 꿰맞추다 보니 미소가 지어졌다. 그러다가 그가 신문에서 찢어둔 버스 휴게소 여성 살인 사건 기사도 눈앞에 떠올랐다. 글자는 보이지 않았지만 피해자의 사진이 보였다. 여자가 숲에 누워 있고, 눈에서 흐른 피가 뺨을 타고 입꼬리까지 이어져 피가 낭자한 모습이었다. 미인은 아니었지만 밝은 인상이었다. 구불구불한

흑발에 몸매는 탄탄하면서도 수수했고 믿음직한 입매였다. 범인에게 처음 가격당하는 순간, 공포에 질려 저 입매가 벌어졌을 것이다. 저런 여자는 오다가다 만난 낯선 이와 어디든 갈 리가 없다. 여자가 아는 사람이 그녀에게 인사하는 모습이 월터의 머릿속에 펼쳐졌다. '헬렌, 할 말이 있어. 이쪽으로 가지……' 여자는 놀란 눈으로 남자를 쳐다보았을 것이다. '당신이 여기엔 웬일이죠?' '그건 됐고, 우리 얘기 좀 해. 헬렌, 이 문제를 매듭지어야겠어.' 남편이 범인일 수도 있다. 월터는 그렇게 생각했다. 그는 사건 발생 당시 남편이 어디 있었는지에 관한 신문 기사가 있었는지 떠올려 보았지만, 그런 내용은 없었다. 헬렌과 멜키오르 키멜 부부는 지옥 같은 결혼 생활을 했을 것이다. 부부가 뉴어크에 있는 집에서 싸우다가 또다시 벽에 부딪히자, 아내는 친척을 만나러 여행을 떠났을 것이다. 만일 남편이 아내를 죽이고 싶었다면, 차로 아내를 쫓아가다가 아내가 버스 휴게소에서 내릴 때까지 기다렸을 수도 있다. 그리고 이렇게 말했겠지, '할 말이 있어.' 그리고 아내는 남편을 따라 고속도로 옆에 음침한 덤불을 따라 내려가다가……

목요일 저녁, 클라라는 퇴근 후 그의 침대 발치에 잠깐 앉았다. 아내는 남편한테서 독감이 옮을까 봐 찝찝해서 잠도 서재 소파에서 잤다. 월터는 클라라가 방에 들어와도 그에게 손을 대지 않은 지 벌써 사흘이나 된 것을 떠올렸다. 아내는 긍정적인 측면에서 지독했다. 그는 아내에게 거의 말을 걸지 않았지만, 그녀는 알아채지 못했다. 클라라는 롱아일랜드 노스쇼에 있는 매물 건을 성사시키려고 온통 그쪽으로 정신이 쏠려 있었다.

클라라가 밉다, 월터는 생각했다. 그는 이 사실을 통렬히 실감하고 있었다. 이런 생각만으로도 꽤 기쁨을 얻었다.

그날 밤 늦은 시각에 자동차 엔진 소리가 들렸다. 월터는 선잠에서 깼다. 계단에서 두 사람의 목소리가 들렸는데 여자 목소리도 섞여 있었다.

클라라가 피터 슬로트니코프와 엘리를 방으로 안내했다. 피터는 전화도 없이 불쑥 찾아와서 미안하다고 했다. 엘리는 글라디올러스를 한 다발 가져왔다.

"나 아직은 안 죽어." 월터는 쑥스럽게 말했다.

월터는 주위를 둘러보며 꽃을 꽂을 만한 데를 찾았다. 클라라는 벌써 방에서 나가고 없었다. 월터는 두 사람이 전화도 하지 않고 찾아와서 아내가 성질이 났음을 눈치챘다. 꽃병이 보이지 않았다. 피터가 복도에서 꽃병을 들고 들어오더니 욕실로 가서 안에 물을 채워 왔다. 월터는 도로 베개를 베고 누워서 꽃꽂이하는 엘리의 손을 쳐다보았다. 얼굴처럼 손도 다부지고 정갈했고, 물건을 만질 때도 조심스러웠다. 월터는 엘리가 바이올린을 한다는 말을 떠올렸다.

"뭐 마시겠어?" 월터가 물었다. "맥주라면 냉장고에 있어, 피터. 아래층에 내려가서 마시고 싶은 거 가져와."

둘 다 맥주를 마시겠다고 했다. 피터가 방에서 나갔다.

엘리는 방 안 반대편에서 클라라가 화장대 의자로 쓰는 팔걸이 없는 의자에 앉았다. 소매를 말아 올린 하얀 블라우스에 트위드 스커트를 입고 모카신을 신었다. "여기에 사신 지 얼마나 되셨나요?" 엘리가 물었다.

"한 3년이요."

"집이 정말 예뻐요. 전 시골이 좋아요."

"시골이라뇨!" 월터가 크게 웃었다.

"뉴욕 바깥이면 제겐 다 시골이에요."

"하긴 차가 없으면 여기까지 오기가 쉽지 않아요."

엘리가 미소를 짓자 파란색이 감도는 갈색 눈동자가 반짝였다. "그게 장점 아닌가요?"

"아니요. 전 사람들이 집에 오는 게 좋거든요. 차가 있으니 다음에도 또 오세요."

"고맙습니다, 제 차 못 보셨죠? 고물 컨버터블인데요, 뚜껑이 잘 작동되지 않아서 아예 열고 다녀요. 비가 퍼부을 때만 빼고는요. 부모님 집에 있을 때는 부모님 차를 늘 썼었는데, 뉴욕 주로 오고 나니 돈이 없어도 차는 필요하더라고요. 그래서 보아디케아를 샀어요. 제 차 이름이에요."

"어디에 사세요?"

"북쪽 코닝(뉴욕 주 북북서에 있는 도시로 펜실베이니아 주 경계 근처)이에요. 좀 심심한 동네예요."

월터는 기차로 그곳을 지나친 적이 있었다. 기억 속 그곳은 탄광촌처럼 아예 회색이었다. 엘리가 거기에 산다니 상상이 가지 않았다.

피터가 맥주를 들고 들어와 조심스레 잔에 따랐다.

"혹시 담배 피워도 되나요?" 엘리가 물었다. "꼭 펴야 하는 건 아니지만요."

"그러세요. 저도 같이 피우면 좋으련만." 월터가 대답했다.

엘리가 담배에 불을 붙였다. "제가 독감에 걸렸을 땐 코까지 욱신거려서 거의 자지도 못했죠. 그러니 무슨 담배 피울 마음이 들겠어요?"

월터는 웃었다. 독감에 걸린 이후 들은 얘기 중에서 가장 공감 가는 말이었다. "사무실은 어찌 돌아가나, 피터?"

"파슨스-설리번 건 때문에 젠슨 씨가 고생 중입니다." 피터가 말했다.

"대표님 둘 중에 한 분은 괜찮은데, 나머지 한 분이…… 뭐랄까, 거짓말을 하는 것 같아요. 나이가 더 많은 분이요."

월터는 젊은 피터의 진솔한 얼굴을 바라보며 이렇게 생각했다. 자네도 한 2, 3년 지나면 세상에서 가장 뻔뻔한 거짓말을 들어도 눈썹 하나 까딱하지 않게 될 걸세. "사람들은 종종 거짓말을 하지."

"저희가 먼저 전화하지 않고 들른 것 때문에 사모님께서 불쾌해하지 않으셨으면 좋겠어요." 피터가 말했다.

"그럴 리가." 월터는 복도에서 클라라의 발자국이 점점 다가오다가 멀어지는 소리를 들었다. 아내는 그날 저녁에 침구를 정리할 거라고 했다. 엘리는 클라라를 어찌 생각할까? 엘리와 피터에게 아예 무관심한 클라라가 어떻게 보일까? 탁자 램프에서 흘러내린 빛이 원을 그렸다. 그 원 바깥에 앉은 엘리가 월터를 계속 뚫어져라 보았다. 월터는 괘념하지 않았다. 진지한 눈빛도 아니었고, 클라라나 다른 여자들이 그를 서서히 말려죽이던 그런 시선도 아니었다. "일자리 찾기는 잘되고 있어요, 엘리?" 월터가 물었다.

"네, 잘하면 해리지 학교에서 뭔가 될 것 같아요. 다음 주에 알려주겠대요."

"해리지 학교면 롱아일랜드네요?"

"네, 레너트예요. 여기에서 남쪽이죠."

"그럼 되게 가깝네요." 월터가 말했다.

"그게, 제가 아직은 뽑힌 게 아니어서요. 현재로썬 제가 필요 없대요. 그래도 밀어붙여 보는 중이에요." 엘리는 웃더니 벌떡 일어났다. "이제 가야겠어요."

월터는 더 있다 가라고 했지만, 두 사람은 가겠다고 했다.

엘리가 손을 내밀었다.

"독감에 걸릴까 봐 걱정 안 되세요?"

"전혀요." 엘리가 웃었다.

그는 그녀가 내민 손을 잡았다. 엘리의 손은 그의 예상대로였다. 엘리는 제법 단단한 손으로 빠르고도 힘차게 악수했다. 반짝이는 엘리의 눈동자가 놀라울 정도로 다정해 보였다. 엘리는 남들도 이런 눈길로 바라볼까?

"어서 쾌차하세요."

두 사람이 나가자 방이 횅했다. 아래층에서 클라라와 서로 인사하는 목소리에 이어, 차에 시동이 걸리더니 멀어지는 소리가 들렸다.

클라라가 방으로 들어왔다. "그래서 브리스 양이 이 동네에 직장을 구했대?"

"그럴 수도 있대. 당신 엿들었어?"

"아니, 내가 물어봤어. 지금 막." 클라라는 서랍장 서랍 안에 목욕 타월을 몇 장 집어넣었다. "저 여자가 저렇게 고지식한 피터와 어울려 다니면서 대체 뭘 하려는지 궁금해."

"피터를 좋아하는 것 같던데. 간단하잖아."

클라라는 남편을 흘겨보았다. "저 여잔 주변에 다른 남자를 더 좋아해. 내 말이 맞아."

6

토요일이 되자 월터는 자리를 털고 일어났고, 일요일에는 아이어턴 부부의 집으로 점심을 먹으러 갔다.

날이 화창했다. 월터와 클라라가 도착했을 무렵, 스무 명 정도가 잔디밭에서 칵테일을 마시고 있었다.

클라라는 어네스틴 매클린톡과 매클린톡 부부의 친구이자 화가 그레타 로다가 있는 곳에서 걸음을 멈추었다. 월터는 계속 앞으로 걸어갔다. 빌 아이어턴이 이동식 바 주위에 모인 남자들에게 농을 건네는 중이었다.

"뻔한 얘기지." 빌이 이렇게 말했다. "아닌 여자한테 늘 헛물켜는 거잖아!" 박장대소가 터지자 월터의 양쪽 귀가 찌릿했다. 월터는 독감을 앓고 난 후 소음이 들리면 실제로 한 방 맞은 것처럼 귀가 욱신거렸고, 빗으로 머리를 빗기만 해도 아팠다.

빌 아이어턴이 각얼음을 만지던 차갑고 축축한 손으로 월터의 손을 꼭 쥐었다. "네가 오다니 정말 기쁘다! 많이 나아졌어?"

"이제 괜찮아. 걱정해 줘서 고마워." 월터가 말했다.

베티 아이어턴이 다가와 인사하더니 월터를 데리고 이 집에 주말을 보내러 온 여자 손님에게 소개를 시켰다. 그 후론 월터는 혼자 돌아다니며 빳빳한 잔디를 발밑으로 느꼈다. 술이 주는 진정 효과가 머리에 직방으로 퍼졌다.

빌이 월터에게 다가와 빈 잔을 도로 채워주더니 따라오라고 손짓했다. "클라라한테 무슨 일 있어?" 빌이 걸음을 옮기며 물었다. "지금 베티한테 한 방 먹였어."

월터는 긴장했다. "왜?"

"보아하니, 이 파티가 전부 못마땅한가 봐. 클라라가 마실 거 필요 없다고 했는데도 베티가 콜라를 갖다 줬거든. 그랬더니 클라라가 자긴 아무것도 안 마셔도 파티에서 아주 즐거울 수 있다고 하지 않았느냐며 베티한테 따지고 들더라." 빌은 완곡하게 돌려서 말하며 클라라처럼 눈썹을 맞붙였다. "아무튼 베티는 차라리 클라라가 안 왔더라면 기분이 훨씬 좋았겠대."

월터는 그 장면을 정확히 상상할 수 있었다. "미안해, 빌. 나 그 말 심각하게 받아들이지 않을게. 사실 내가 일주일 내내 아팠고, 클라라가 그 치다꺼리를 다 했으니 좀 까칠해진 거야."

빌은 믿지 않는 눈치였다. "만약 클라라가 앞으로 안 오겠다 해도 우린 다 이해해. 우린 널 보는 건 언제나 좋거든. 잊지 마."

월터는 아무 말도 하지 않았다. 이런 식으로 받아들이든 저런 식으로 받아들이든, 빌이 한 말은 사실상 클라라에겐 모욕이었다. 월터는 빌이 클라라에게 보이는 반응을 완벽히 파악했기 때문이다. 월터는 잔디밭을 가로지른 쪽의 사람들을 바라보며 화사한 여름용 스커트를 입은 여자들을 구경했다. 그는 자신이 엘리를 찾고 있음을 문득 깨달았다. 엘리가 오늘 여기에 있을 리 없다. 엘리 브리스. 엘리 브리스. 이제 그 여자의 이름은 외웠다. 그녀에게 딱 어울리는 이름이라고 생각했다. 평이하나 평범하지 않고 약간 독일식 느낌이 풍기는 이름. 월터는 두 번째 잔을 비우자 기분 좋게 취기가 오르는 것 같았다. 아이어턴의 가정부와 그의 어린 두 딸이 맛있는 바비큐와 프렌치프라이를 올린 쟁반을 들고 돌아다니고 있었다. 월터는 쟁반에서 음식을 집어 매클린톡 부부와 그레타 로다와 함께 기다란 흔들의자에 앉아 점심을 먹었다. 자리에서 일어나려는 순간 월터가 비틀거리자 빌과 클라라가 와서 양쪽에서 부축했다.

"취한 건 아니고 갑자기 맥이 쭉 빠져서 그래." 월터가 말했다.

"누워 있다가 겨우 일어나서 그런 거잖아, 이 노친네야." 빌이 말했다. "너 별로 마시지도 않았어."

"넌 참 괜찮은 녀석이야." 월터가 빌에게 말했다.

그러나 클라라는 화가 폭발했다. 집으로 돌아오는 길에 월터는 운전대를 잡은 클라라 옆에 조용히 앉아 있었다. 클라라는 월터가 운전대를 잡으면 안 된다고 우기더니, 얼마나 어리석고 나태하면 대낮에 취할 수가 있느냐고 오는 내내 비난을 퍼부었다.

"그 집에 술이 있었다는 것과, 당신이 인사불성이 되도록 마시는데도 아무도 말리지 않았다는 게 문제야!"

그는 딱 두 잔을 마셨을 뿐이다. 집에 와서 커피를 마시자 정신이 맑아져 월터는 말짱한 모습으로 거실 암체어에 앉아 일요판 신문을 읽었다. 그런데도 클라라는 잊을 만하면 싫은 소리를 계속해서 퍼부었다. 그녀는 맞은편에 앉아서 하얀 원피스에 단추를 달고 있었다.

"당신이 변호사면 변호사답게 지적으로 굴어야지. 술에 절어 살지 말고 그 좋은 머리로 더 좋은 일을 생각해야 할 거 아니야. 오늘 같은 실수를 몇 번 더 저질렀다간 우린 당신 친구들한테 모조리 찍히고 말 거야."

월터는 그 소리에 고개를 들었다. "클라라, 그게 무슨 소리지?" 그는 차분히 물었다. 사실 이층 서재로 올라가 문을 쾅 닫고 들어갈까 고민하고 있었다. 그러나 그래봤자 아내는 여러 번 쫓아 올라와 듣기 싫은 소리는 안 들으려고 한다며 그를 힐난하곤 했다.

"당신이 잔디밭에서 휘청거릴 때 베티 아이어턴이 어떤 표정이었는지 알아? 진절머리를 치더라!"

"누가 좀 취했다고 베티가 진절머리 칠 거라고 생각하는 당신이 제정신이 아니야."

"당신은 보지도 못했잖아. 취해서!"

"몇 마디만 하자." 월터가 일어서며 말했다. "오늘 모임에서 처음부터 끝까지 험악한 얼굴로 인상 쓰면서 못마땅해 하느라 수고했어. 게다가 안주인한테까지 시비 걸고. 당신 때문에 우리 둘 다 블랙리스트에 오를 거야. 당신은 사사건건 누구한테든 부정적이니까."

"그래서 당신은 그렇게 긍정적이셔? 밝고 친절하고?"

월터는 주머니 속에서 주먹을 움켜쥔 채 방 안을 이리저리 돌아다녔다. 클라라를 갈기고 싶은 충동이 일었다. "오늘 보니 아이어턴 부부가 당신을 그리 좋아하진 않더라. 오래전부터 그랬던 것 같아. 우리가 아는 사람들 중에 그런 사람 많을 거야."

"지금 무슨 얘길 하는 거야? 당신은 과대망상이 심해. 정신병자라고, 월터, 완전히 돌았군!"

"그 사람들 이름, 내가 전부 다 대볼까!" 월터는 클라라에게 다가가며 더 크게 고함쳤다. "존이 그래. 내가 존하고 낚시 간다면 당신은 못 참잖아. 딱 한 번 취했던 채드도 있어. 그전에 위트니 부부도 있었지. 그 부부하고 어떻게 되었더라? 결국 멀어졌잖아, 영문도 모른 채. 그전에 하워드 그래즈 하고도 그랬지. 우리가 주말에 불러 놓고 당신이 얼마나 푸대접했어!"

"일일이 적어서 정리해 놓으셨나. 이렇게 당신이 내몰릴 상황에 대비해 미리미리 준비하느라 시간 좀 들이셨겠어."

"내가 밤에 그것 말고 할 게 뭐가 있는데?" 월터가 곧바로 쏘아붙였다.

"또 시작이군. 당신은 그 생각이 머리에서 5분도 안 떠나지!"

"영원히 떠날 수도 있어. 그럼 당신한테 좋은 건가? 당신은 나 없이도 잘 살 수 있을 테니. 그럼 내 친구들하고 날 갈라놓는 데 시간을 몽땅 쏟으면 되겠네."

클라라는 다시 바느질하기 시작했다. "당신은 나보다 친구들 걱정이 우선인 사람이야. 뻔해."

"있잖아." 월터의 목이 말라서 갈라졌다. "난 부정적인 태도에 장단 맞추지 않을 거야. 그랬다간 이 세상 살아 있는 모든 것들한테 외면당하고 말 테니."

"어머나, 그렇게 자기 자신이 걱정되나 보지!"

"클라라, 우리 이혼하자."

클라라는 바느질을 하다 말고 입을 헤벌린 채 고개를 들었다. 그가, 아니 두 사람이 친구들하고 약속을 잡으면 어떻겠냐고 월터가 물을 때마다 클라라가 짓던 바로 그 표정이었다. "진심은 아니겠지." 클라라가 대답했다.

"당신은 아니겠지만 난 진심이야. 저번하고는 달라. 상황이 나아지지 않을 거야. 보나마나 뻔해."

클라라는 놀란 표정이었다. 클라라가 그때를 기억하고 있을까, 월터는 궁금했다. 두 사람은 전에도 지금과 똑같은 상황까지 내달린 적이 있었다.

클라라는 이층에 있는 수면제를 먹겠다고 위협했다. 월터는 아내를 진정시키려고 마티니를 가득 따라 억지로 한 잔 먹였다. 당시 월터는 지금 클라라가 앉은 소파에 앉아 곁을 지켰다. 클라라는 완전히 무너져 내려서 울부짖으며 남편을 사랑한다고 털어놓았다. 그날 밤은 월터가 예상했던 것과 전혀 다른 방향으로 끝을 맺었다.

"당신의 몸을 사랑하는 것 가지고는 더는 안 되겠어. 왜냐, 난 당신을 마음속으로 경멸하니까." 월터는 조용히 털어놓았다. 입 밖으로 차마 꺼내지 못하고 천 일 밤낮으로 쌓아 두었던 얘기를 터뜨리는 기분이 들었다. 용기 없어서가 아니었다. 클라라에게 너무나 잔인하고 끔찍한 얘기였기 때문이다. 이제 월터가 아내를 쳐다보자, 죽음의 일격을 맞고도 아직 살아 있는 생명체를 바라보는 것 같았다. 아내가 그의 말을 서서히 실감하는 모습이 그의 눈에 들어왔다.

"내가 변할게." 아내는 눈물을 흘리며 벌벌 떨리는 목소리로 말했다. "정신과 의사한테 가서……"

"그런다고 당신이 바뀌리라 생각하지 않아, 클라라." 그는 아내가 정신과를 경멸한다는 걸 알았다. 그는 아내에게 정신과 치료를 받게 하려고 애를 썼지만 아내는 한 번도 가지 않았다.

클라라가 시선을 그에게 고정시켰다. 휘둥그레 멍한 눈은 눈물범벅이었다. 월터의 두 눈엔 그녀가 이렇게 납작 엎드렸는데도 마귀처럼 악다구니를 퍼 붓던 때보다 오히려 더 심하게 발광하는 것처럼 보였다. 제프는 부부가 싸우는 소리에 가만히 있지 못하고 경중거리며 클라라의 손을 핥았지만, 클라라는 제프가 왔다는 걸 알면서도 손을 대지도 않았다.

"그 여자 때문이지?" 클라라가 뜬금없이 물었다.

"뭐?"

"아닌 척 하지 마. 다 알아. 인정하지 그래? 그 여자랑 사귀려고 나랑 이혼하고 싶은 거잖아. 그 여자가 맹하니 송아지처럼 웃어 주니 당신이 얼빠졌지."

월터는 인상을 찌푸렸다. "무슨 여자?"

"엘리 브리스!"

"엘리 브리스?" 월터는 믿을 수 없는 듯 낮게 반복했다. "맙소사 클라라, 당신 미쳤어!"

"잡아떼는 거야?" 클라라가 따졌다.

"잡아뗄 필요도 없어!"

"사실이니까, 안 그래? 인정이라도 해. 단 한 번만이라도 진실을 털어놓으란 말이야!"

월터의 등줄기를 타고 소름이 끼쳤다. 그는 마음을 완전히 다른 쪽으로 전환하려 했다. 정신적으로 망가진 사람을 상대해야 하는 상황에 적응하려고 애를 썼다. "클라라, 나 그 여자, 딱 두 번 봤어. 그 여잔 우리하고 아무 상관없는 사람이야."

"못 믿어. 6시 반이 넘어도 집에는 안 오고 음흉한 밤에 그 여자 만나고 다녔잖아."

"밤이라니? 지난 월요일? 그 여자 처음 만나고 내가 출근했던 날은 월요일뿐이었어."

"일요일에도 봤잖아!"

월터는 침을 삼켰다. 일요일 아침, 그러니까 엘리를 처음 본 그다음 날 아침, 월터는 한참 산책하고 온 일이 떠올랐다. "괜한 소설 끌어다 붙이지 않아도 우리가 끝낼 이유는 넘치도록 많잖아?"

클라라의 입술이 바들바들 떨렸다. "한 번만 더 기회를 줄 수는 없어?"

"없어."

"그럼 나 오늘 밤에 수면제 먹는다." 클라라가 갑자기 냉랭한 목소리로 선언했다.

"아니, 당신은 못 먹어." 월터는 바에 가서 브랜디를 한 잔 따른 후 클라라에게 갖다 주었다.

그녀는 떨리는 손으로 그걸 받아 들더니 그 안에 뭐가 들었는지 보지도 않고 한 입에 털어 넣었다. "내가 저번에 약을 못 먹었다고 지금 농담인줄 아나 본데, 이번엔 당장 먹을 거야!"

"협박하지 마, 자기."

"날 무시하면서 '자기'라고 부르지 마." 클라라가 벌떡 일어났다. "날 혼자 내버려 둬! 최소한 자유는 줘야할 거 아니야!"

월터는 또 다른 경고가 울리기 시작했음을 자각했다. 클라라는 지금 완전히 미친 것 같았다. 갈색 눈동자가 객기 어린 듯 날카롭게 희번덕거렸고, 간질이 인 듯 온몸이 뻣뻣하게 굳어서 돌기둥처럼 서 있었다. "무슨 자유?"

"자살할 자유!"

그는 약이 있을 것 같은 이층 화장대로 가려고 몸을 어쩔 수 없이 반쯤 돌리다가 뒤돌아보았다.

"약이 어디 있는지 모르지? 내가 숨겨 놨거든."

"클라라, 신파극 쓰지 마."

"그럼 건드리지 말란 말이야!"

"알았어, 그럴게."

그는 계단을 올라 서재로 간 다음 문을 닫았다. 그리고 잠시 서성이며 담배를 한 대 꺼냈다. 그는 클라라가 일을 저지르지 않을 거라 믿었다. 클라라가 저러는 건 반은 협박이고, 반은 버려지는 게 지독히 두려워서였다. 또 저러다 말 것이다. 내일이면 클라라는 예전처럼 까다롭게 굴면서 자기만 옳다고 우기겠지. 그럼 협박 때문에 평생 발목 잡혀 클라라를 챙기는 척하며 살아야 하나? 그는 문을 박차고 아래층으로 뛰어내려갔다.

클라라가 거실에 없었다. 월터는 클라라를 큰 소리로 부르짖으며 도로 이층으로 뛰어 올라갔다. 아내는 침실에 있었다. 그를 힐끔 쳐다보더니 들고 있던 하얀 원피스 속에 무언가를 감추었다. 아니, 그가 나가기를 기다리면서 그저 원피스를 몸에 대보는 것 같기도 했다. 클라라가 원피스를 툴툴 털어서 옷걸이에 거는 것을 보니 손엔 아무것도 없었다. 그녀가 옷장으로 걸어가자 창문틀 위에 반쯤 남은 위스키 잔이 놓인 게 보였다. 그는 어이없다는 듯이 잠시 잔을 쳐다보았다.

"제발 혼자 내버려 둬." 클라라가 부탁했다. "밖에 나가서 산책이나 하고 와."

기분 좋게 방 안을 돌아다니던 제프가 발걸음을 멈추더니 자리에 앉아 월터를 뚫어져라 보았다. 개조차 월터가 나가기를 기다리는 것 같았다.

"그거 좋군." 월터는 이렇게 말한 다음 침실 문을 쾅 닫고 나갔다.

그는 다시 서재로 들어갔다. 아내를 지켜주기 위해서가 아니라 산책하고 싶지 않아서라고 혼잣말을 했다. 등 뒤에서 문이 열리는 순간, 분노가 끓어오르기 시작했다.

"하고 싶은 말이 생각났지 뭐야. 이 얘기 들으면 당신 기분이 나아질 거야. 오늘 밤 이후, 당신은 엘리 브리스와 내내 같이 있어도 좋아."

월터는 유리로 된 문진을 손에 쥐었다. 순간, 아내에게 그걸 집어 던지고 싶었다. 그는 문진을 책상 위에 쾅 내려놓고 아내를 스쳐 서재를 나갔다. 이렇게 분노가 인 적은 처음이었다. 그럼에도 자신이 객관적으로 보였다. 분노에 찬 남자, 셔츠와 바지 몇 벌을 트렁크 속에 던져 넣는다. 칫솔과 타월도 챙긴다. 생각해 보니 내일 서류 가방도 필요하다. 그는 트렁크를 잠갔다.

"오늘 밤 혼자서 이 집 마음대로 써." 그는 복도를 지나가면서 클라라에게 소리쳤다.

월터는 차에 탔다. 노스아일랜드 파크웨이를 달리면서도 지금 어디로 가는지 모르고 있었다. 뉴욕으로 갈까? 존의 집으로 갈 수도 있다. 그렇지만 존에게 속내를 모조리 털어놓고 싶지 않았다. 월터는 다음 출구로 빠지는 차선을 타고 그동안 있는지도 몰랐던 작은 마을로 들어갔다. 근처에 극장이 보였다. 월터는 주차하고 극장 안으로 들어간 다음, 발코니 석에 앉아서 스크린을 쳐다보며 담배를 피웠다. 막 들어왔을 때 나오던 만화영화가 다시 나올 때까지 억지로라도 앉아 있을 생각이다. 본편 영화가 거의 끝나가는 것 같았다. 만약 클라라가 수면제를 먹었다면 위세척을 해도 지금은 너무 늦어서 별 도움이 되지 않을 것이다. 공포감이 쭈뼛 그를 불시에 덮쳤다.

그는 자리에서 일어나 밖으로 나갔다.

7

협탁 위에 녹색 빈 병과 물이 조금 남은 컵이 놓여 있었다.

"클라라?" 그는 아내의 어깨를 부여잡고 흔들었다.

클라라는 의식을 완전히 잃었고, 입은 헤벌어져 있었다. 월터는 아내의 맥을 짚었다. 맥이 뛰고 있었다. 평소처럼 힘차게 뛰는 것 같았다. 그는 욕실로 가서 찬물에 타월을 적셔서 그걸로 아내의 얼굴을 문질렀다. 반응이 없었다. 아내의 뺨을 때렸다.

"클라라! 정신 차려!"

월터가 클라라를 일으켜 앉혔지만, 아내는 헝겊 인형처럼 축 늘어졌다. 억지로 커피를 목구멍으로 떠넘겨 봐야 가망이 없을 것 같았다. 클라라의 혀가 입 밖으로 쑥 빠져나와 있었다. 그는 복도로 달려가 전화기를 들었다.

피트리치 박사는 집에 없었고 가정부가 다른 의사의 전화번호를 알려 주었다. 그가 두 번째로 전화한 의사가 15분이면 올 수 있다고 했다.

25분이 흘렀다. 월터는 눈앞에서 클라라의 숨이 끊길까 봐 공황 상태에 빠졌다. 그럼에도 호흡이 가늘게 이어졌다. 의사는 도착하자마자 재빨리 위세척을 실시했다. 월터는 튜브 한쪽 끝에 깔때기를 대고 미온수를 부었다. 클라라의 위에서는 피가 살짝 섞인 위액으로 변색된 물밖에 나오지 않았다. 의사는 주사를 두 대 놓더니 다시 펌프질을 했다. 월터는 눈을 게슴

츠레 뜨고 기괴하게 입을 벌린 아내를 보며 의식이 돌아올 기미가 조금이라도 있는지 살폈다. 그러나 전혀 가망이 없어 보였다.

"살아날까요?" 그가 물었다.

"제가 어찌 압니까?" 의사는 짜증스레 대답했다. "부인이 깨지 않네요. 병원으로 옮겨야겠습니다."

월터는 의사에 대한 반감이 강하게 일었다.

잠시 후, 월터는 클라라를 품에 앉고 계단을 내려가 차에 태웠다.

몇몇 의사들은 자살 때문에 마음을 졸여야 하는 상황이 가장 짜증난다는 듯이 행동했고, 비난의 화살을 자동으로 월터에게 돌리려는 듯 보였다.

"환자분이 심장 질환을 앓았나요?" 어떤 의사가 물었다.

"아뇨." 그가 대답했다. "살 수 있을까요?"

의사는 관심 없다는 듯 눈썹을 치켜 올리더니 차트에 적어 내려갔다. "그거야 환자분 심장에 달려 있죠." 의사는 이렇게 말하더니 복도를 내려갔다.

클라라는 투명한 산소 텐트 속에 누워 있었다. 간호사가 주사를 더 놓으려고 아내의 팔을 문지르고 있었다. 월터는 굵은 바늘이 혈관으로 5센티미터도 더 들어가는 것을 보며 인상을 찌푸렸다. 클라라는 미동도 없었다.

"부인께서 깨어날 수도, 못 깨어날 수도 있습니다." 의사가 말했다.

월터는 허리를 숙여 클라라의 얼굴을 세심히 살폈다. 핏기 없는 입은 여전히 흉하게 뒤틀렸고, 입술은 치아 위로 살짝 말려 올라갔다. 월터가 한 번도 보지 못한 아내의 얼굴이었다. 망자의 얼굴 같다는 생각이 들었다. 클라라가 살고 싶지 않다고 했던 말이 이제야 믿겼다. 아내의 무의식적 의지는 건강한 자들처럼 사는 쪽이 아니라, 죽는 쪽으로 끌고 가는 것 같았다. 그는 무기력했다.

새벽 2시가 되어도 아내의 상태는 호전되지 않았다. 월터는 집으로 돌아가 주기적으로 병원에 전화했다. 대답은 늘 '그대로'였다. 새벽 6시, 그는 커피와 브랜디 한 잔을 마신 후 병원으로 차를 몰았다. 클라우디아가 7시면 출근하니 뭐라고 설명해야 할지 난감했다. 월터는 그녀와 마주치고 싶지 않았다.

클라라는 같은 자세로 누워 있었다. 아내의 눈꺼풀이 살짝 부은 것 같았다. 태아를 닮은 듯한 통통한 눈두덩과 무표정한 입매가 왠지 섬뜩해 보였다. 의사는 혈압이 살짝 떨어졌다고 했다. 안 좋은 예후였지만 일단 심장이 뛰는 한 아내는 스스로 숨 줄을 부여잡고 있는 것 같았다.

"살 수 있을까요?"

"대답해 드릴 수가 없네요. 병원에 데려오지 않았더라면 사망에 이를 치사량이었습니다. 앞으로 48시간 동안 지켜봐야 합니다."

"48시간이나요!"

"코마 상태가 더 길어질 수 있습니다. 만약 그렇게 되면 깨어나기 힘들 겁니다."

월터는 오전 9시경 뉴욕으로 차를 몰았다. 트렁크는 여전히 뒷자리에 실려 있었다. 사무실에 올라가기 전 서류 가방을 집어 들었다. 사실 짐을 챙기긴 했지만 호텔로 갈 생각은 전혀 없었다. 그건 클라라가 그에게 방해받지 않고 자살할 수 있도록 집을 비운 진심에서 우러나온 소품일 뿐이었다. 그는 아내가 약을 먹을 거라는 걸 미리 인지했다는 사실에서 벗어날 수 없었다. 클라라가 전에도 못 먹었기에 정말로 약을 먹을 줄 몰랐다고 스스로에게 말할 순 있지만, 그래도 이번엔 달랐다는 걸 월터는 알았다.

클라라가 죽는다면, 어떻게 보면 그가 죽인 거나 다름없었다. 월터는 클라라를 죽이고 싶었던 게 분명했다는 생각이 들었다.

월터는 점심을 거르고 책상에 앉아서 파슨스―설리번 면담에 관련하여 딕이 정리해 놓은 문서를 이해하려고 애썼다. 그러나 문단을 읽고 또 읽었지만 뭐가 빠진 건지, 아니면 이젠 그가 단어의 의미를 파악하지 못하게 된 건지 도통 알 수 없었다. 뜬금없이 전화기로 손을 뻗어 존에게 전화했다. 월터는 존에게 회사로 갈 테니 당장 만날 수 있느냐고 물었다.

"클라라 때문이지?" 존이 물었다.

"응." 월터는 목소리로 존을 속일 수 있다고는 아예 생각조차 하지 않았다. 존은 월터를 그 지경까지 몰고 갈 사람은 오로지 클라라뿐이라는 걸 알고 있었다.

존이 사무실에 위스키가 있다며 권했지만 월터는 거절했다.

"클라라가 코마에 빠져서 병원에 있어. 죽을 지도 몰라. 어젯밤 수면제를 먹었어. 집에 있는 걸 몽땅 털어 넣었어. 한 서른·알쯤 될 거야." 월터는 존에게 이혼 얘기를 꺼냈더니 클라라가 자살하겠다고 협박한 일, 그리고 자기가 집을 비운 사실까지 털어놓았다.

"이번에 처음으로 이혼 얘기를 꺼낸 거지?" 존이 물었다.

"아니." 월터는 몇 달 전 존에게 이혼을 고민 중이라고 말한 적은 있었지만, 클라라에게 얘기했다는 말까지는 존에게 털어놓지 않았었다. "내가 이혼 얘길 처음 꺼냈을 때도 클라라가 자살하겠다고 협박했어. 그래서 어제도 난 그 말을 믿지 않았던 거고."

"클라라가 협박하는 바람에 처음 이혼 얘기를 꺼냈을 때 그냥 덮어둔 거야?"

"그런 것 같아. 그것도 이유 중에 하나였어."

"나도 알아." 존은 자리에서 일어나 창밖을 내다보았다. "그래서 마침내 그 지경까지 간 거고, 맞지? 그래서 어제 그랬던 거구나?"

"그게 무슨 소리지?"

"이제 넌 이런 말이 나올 지경에까지 온 거야. '젠장, 클라라가 죽게 내버려두련다. 나도 할 만큼 했다고.'"

월터는 존의 책상 위에 놓인 커다란 청동 연필꽂이를 노려보았다. 잡지 창간 1주년 기념으로 월터가 선물한 것이다. "그래, 그거야." 월터는 손으로 얼굴을 감쌌다. "그것도 일종의 살인이야. 맞지?"

"진실을 아는 사람이라면 아무도 그걸 살인이라고 말하지 않아. 다른 사람들한테는 얘기할 필요 없어. 실상을 모르는 사람들한테는. 네가 집을 비웠다는 걸 계속 곱씹지 마."

"알았어." 월터가 대답했다.

"클라라는 털고 일어날 거야. 워낙 건강한 체질이잖아, 월터."

월터는 친구를 바라보았다. 존은 미소 짓고 있었다. 월터도 희미한 미소로 화답했다. 갑자기 기분이 한결 나아졌다.

"진짜 문제는, 클라라가 깨어나면 무슨 일이 벌어지느냐가 중요해. 그래도 이혼할 생각이야?"

월터는 클라라가 회복한 모습을 억지로 떠올려 보았다. 클라라에 대한 회한과 안쓰러움으로 가슴이 터질 것 같았다. "응." 월터는 대답했다.

"그럼 밀어붙여. 다 길이 있어. 만일 리노(네바다 주 리노는 이혼의 도시로 유명하다. 네바다 주는 이혼 산업 활성화로 세금을 많이 걷기 위해서 미국 내에서 가장 빠른 시일 내에 이혼을 종결지을 수 있는 법률을 갖추었다. 부부 중 한쪽이 소장을 제출할 경우, 이혼 소송 제기 시점을 기준으로 둘 중 한 명이 6주간의 거주 기간을 충족시키면 상대방이 재판에 참석하지 않아도 결석 재판으로 빠른 이혼이 가능하다)에까지 가야하는 상황이 된다 해도, 이제 더는 콩알만 한 메두사에게 휘둘리며 살지 마."

월터는 분노가 일더니, 존의 사연이 떠올랐다. 존은 아내가 브린턴이라는 사내와 바람을 피우고 다니는데도 아내를 사랑하는 마음에 망연자실했었다. 월터는 거의 두 달간 매일 밤 존의 곁을 지켰고, 결국 존은 마음을 정리하고 결단을 내렸다. "알았어." 월터가 대답했다.

그날 밤 월터는 집으로 가는 길에 병원에 들렀다. 아내의 손톱은 퍼래졌고 얼굴은 더 부풀어 올랐다. 그런데도 의사는 클라라가 이겨내는 중이라고 했다. 월터는 그 말이 믿기지 않았다. 클라라가 죽을 것만 같았다.

월터는 집으로 돌아가 뜨겁게 샤워하고 면도한 다음 뭐라도 먹을 생각이었지만, 그만 욕조에서 잠이 들었다. 평생 이런 적은 처음이었다. 클라우디아가 저녁이 거의 다 됐다고 부르는 소리에 월터는 잠에서 깼다.

"좀 쉬셔야죠, 스택하우스 씨. 그러다 또 편찮아지신다고요." 클라우디아가 말했다.

월터는 클라우디아에게 클라라가 지독한 독감으로 입원했다고 둘러댔다.

식사하는 동안 전화벨이 울렸다. 월터는 병원에서 온 전화인줄 알고 뛰어가 받았다.

"여보세요, 스택하우스 씨? 엘리 브리스예요. 독감은 다 나으셨어요?"

"아, 네. 고맙습니다."

"혹시 부인께서 구근 좋아하세요?"

"구근이라뇨?"

"튤립 구근이요. 스무 개도 넘게 생겼거든요. 좀 전에 해리지 학교 주임님하고 저녁을 먹었는데요, 주임님께서 저더러 가져가라고 하도 성화하셔서요. 그런데 사실 저희 집엔 심을 데가 없어요. 아주 좋은 구근인데, 혹시 필요하실까 싶어서 전화드렸어요."

"음, 저희까지 챙겨주시다니 고맙습니다."

"지금 갖다드릴 수 있어요. 한 20분 정도 어디 안 가시고 집에 계신다면요."

"좋습니다. 그러세요." 월터는 어색하게 대답했다.

그는 전화를 끊고 돌아서면서 상당히 묘한 기분에 사로잡혔다. 클라라가 바가지 긁던 소리가 떠올랐다. 클라라가 마비된 입술을 오물거리는 모습이 그려졌다. 죽어가는 자의 예언처럼 그 말을 되풀이하는 것 같았다.

몇 분 후, 엘리 브리스가 현관 앞에 도착했다. 손에 종이 상자를 들고 있었다. "이거 받으세요. 바쁘시면 저 그냥 가고요."

"아닙니다. 들어오세요." 그는 엘리를 위해서 문을 열었다. "커피 드실래요?"

"네, 고맙습니다." 엘리는 가방에서 접혀진 종이 한 장을 꺼내어 커피 테이블 위에 올려놓았다. "구근 재배법이에요."

월터는 엘리를 쳐다보았다. 엘리가 더욱 성숙하고 세련되어 보였다. 검은 원피스 차림에 검은 스웨이드 하이힐을 신어서 훨씬 늘씬해 보인다는 것을 깨달았다. "해리지 학교에서 일하게 되셨어요?"

"네, 오늘요. 그래서 저녁을 같이 먹은 거예요. 제 미래의 상관하고요."

"좋은 분이셨으면 좋겠네요."

"여자분이신데 멋지세요. 구근을 가져가라고 하도 우기긴 하셨지만요."

"직장 구하신 거 축하드립니다."

"고맙습니다." 엘리는 그를 바라보며 활짝 웃었다. "학교에서 잘 지낼 것 같아요."

엘리는 행복해 보였다. 얼굴에서 광채가 뿜어져 나왔다. 그는 엘리를 쳐다보고 싶었지만 그저 바닥만 바라보았다.

클라우디아가 커피와 그를 위해 특별히 구운 오렌지 케이크를 들고 들어왔다.

"여긴 브리스 양이에요. 파티에서 보셨죠, 클라우디아? 엘리, 이쪽은 클라우디아십니다."

두 사람은 서로 인사를 나누었다. 월터는 클라우디아가 소개를 받자 좋아하는 것을 눈치챘다. 그는 늘 사람들에게 클라우디아를 소개시키진 않았다. 클라라가 탐탁지 않아 했기 때문이다.

"부인은 안 계세요?" 엘리가 물었다.

"아, 네." 월터는 커피를 살살 따랐다. 클라우디아는 클라라가 집에 있을 때보다 더욱 그윽하고 진한 블랙커피를 내왔다.

그는 브랜디 한 병과 잔 두 개를 꺼내와 자리에 앉았다. 그러나 엘리에게 아무것도 해줄 말이 없어서 어색한 이 순간이 신경 쓰였다. 엘리에 대한 성적 끌림을 자각하자 민망해졌다. 이게 성욕일까? 그는 엘리의 무릎에 머리를 대고 눕고 싶었다. 검은 원피스 속에서 약간 굴곡진 저 허벅지 위에.

"부인께서 일을 굉장히 열심히 하시나 봐요." 엘리가 물었다.

"네, 열심히 일하든가, 아니면 아예 안 해요." 월터는 엘리의 눈동자를 응시했다. 오늘 밤 엘리의 복장과 헤어스타일은 바뀌었지만 그녀의 눈이 뿜어내는 아름다운 온기는 여전했다. 월터는 망설이다 입을 열었다. "지금 아내가 살짝 독감 기운이 있어서 아파요. 사실, 살짝은 아니고 심해서 지금 입원했어요."

"이런, 유감이네요."

월터는 임계점에 거의 다다른 것 같았다. 만일 그렇게 되면 무슨 일을 벌일지 그도 몰랐다. 정신없이 엘리를 품에 안든가, 아니면 이 집을 영영 뛰쳐나가든가. "음악 들으실래요?"

"아뇨, 괜찮아요. 음악 들을 기분이 아니시잖아요." 엘리는 소파 한쪽 구석에 앉아 있었다. "이거 마시고 가야죠."

월터는 엘리가 가방과 장갑을 챙기고 마지막으로 담배를 한 모금 빤 다음 불을 끄는 모습을 가만히 지켜보았다. 그는 엘리를 현관까지 배웅했다.

"맛있는 커피 고맙습니다."

"다음에 또 오세요. 어디에 사시죠?" 그는 어디로 연락하면 되는지 알고 싶었다.

"뉴욕이요."

월터는 그녀가 전화번호를 건네며 전화하라고 부탁한 것처럼 가슴이 두근거렸다. 사실 엘리가 뉴욕에 사는 건 이미 알았다. "매일 출퇴근하시겠네요?"

"네, 그래야죠." 엘리가 웃더니 갑자기 수줍은 표정을 지었다. "부인께 안부 전해 주세요. 그럼 안녕히 계세요."

"잘 가요." 그는 자동차 소리가 저 멀리 희미해질 때까지 문을 연 채 서 있었다.

월터는 병원으로 가서 복도 의자에 앉아 책도 읽고 졸기도 하면서 밤을 샜다.

화요일 오후, 사무실에 있던 월터는 병원에서 걸려온 전화를 받았다. 간호사의 익숙하면서도 사무적인 목소리에 행복한 느낌이 묻어났다. "부인께서 15분 전에 코마에서 깨어나셨습니다."

"이제 괜찮은 겁니까?"

"네, 괜찮으실 거예요."

월터는 더 이상 묻지 않고 전화를 끊었다. 천장에 닿을 만큼 폴짝 뛰고 싶었다. 사무실을 가로질러 딕에게 이 소식을 큰 소리로 알리고 싶었다. 그러나 딕에겐 클라라가 독감에 걸렸다고만 말해 두었다. 독감이 나았다고 이렇게 흥분하는 사람은 아무도 없다. 월터는 억지로 책상에 엉덩이를 붙이고 앉아 일을 마무리 지었다. 간신히 지옥에서 구원받은 죄인이 황송해하며 구세주를 위해 잡다한 일을 하듯, 그는 꾸역꾸역 일했다.

월터가 병원에 도착하자 간호사는 클라라가 잔다고 했다. 그래도 면회가 허용되어 아내의 얼굴을 볼 수 있었다. 이제 클라라의 입술이 조용히 맞붙어 있었다. 의사는 앞으로 2주 정도는 클라라가 몸을 제대로 가누지 못하겠지만 그래도 하루 정도 지나면 퇴원할 수 있다고 했다.

"잠시 얘기 좀 하실까요? 제 연구실로 오시죠." 의사가 말했다.

월터는 의사를 따라갔다. 그는 의사가 무슨 말을 할지 알고 있었다.

"아내분께서는 당분간 정신과 치료를 받으셔야 합니다. 약을 과다 복용했다는 건 정신이 건강치 못하다는 뜻이니까요. 게다가, 자살은 우리 주에서 범죄입니다(1963년까지 뉴저지 주를 포함하는 여섯 개 주에서는 자살을 중죄로 다루었다). 운 좋게 개인 병원으로 오셨으니 망정이지 그렇지 않았더라면 법적인 문제로 지금보다 훨씬 고생할 뻔하셨습니다."

"그게 무슨 뜻인가요, 지금보다라니요?"

"당연히 저희 병원에서는 신고를 해야 했습니다. 제가 부인의 담당 의사니 저에게도 어느 정도 책임이 있습니다. 퇴원 후 부인이 정신과 치료를 받으시는지 제게도 알려주세요."

"집사람을 설득해야 할 텐데요. 클라라는 정신과 의사를 싫어해요."

"부인께서 싫어하든 좋아하든 저는 관심이 없습니다."

"무슨 말씀이신지 알겠습니다." 월터가 대답했다.

그렇게 대화는 끝이 났다. 월터는 존에게 전화를 걸어 소식을 전했다.

그날 밤 10시가 넘은 시각, 클라라가 뒤척이기 시작했다. 월터는 침대 옆을 계속 지키고 있다가 아내 쪽으로 몸을 숙였다. 월터는 그날 밤 자기를 놔두고 집을 비웠다고 클라라가 화낼 줄 알았다. 그런데 클라라는 그런 기색 없이 월터를 보더니 아련한 미소를 지었다. 그는 아내가 기운이 하나도 없어서 그를 못 알아보는 줄 알았다.

"여보." 클라라의 손이 시트 위에서 미끄러지면서 그에게로 향했다.

월터는 양손으로 아내의 손을 잡고 침대에 걸터앉은 다음, 가슴께를 덮은 시트 위에 고개를 파묻었다. 따스하게 살아 있는 클라라의 몸이 느껴졌다. 그가 이렇게까지 아내를 사랑한 적은 없었던 것 같았다.

"월터, 날 떠나지 마. 제발 부탁이야." 클라라는 깃털 같은 목소리로 빠르게 속삭였다. "절대로 두 번 다시는 떠나지 말아 줘."

"안 떠나, 여보." 월터는 진심이었다.

클라라는 목요일 아침에 퇴원했다. 월터는 아내를 차에서 안고 내린 다음 집으로 들어갔다. 차를 타고 오는 내내 잠이 쏟아져서 클라라가 걸을 수 없었기 때문이다.

"신부를 안아서 문지방을 건너는 것 같다, 응?" 두 사람이 현관을 통과하자 클라라가 나긋하게 속삭였다.

"그러게." 월터는 클라라를 안고 문지방을 넘은 적이 한 번도 없었다. 결혼 직후 이랬더라면 클라라는 너무 진부하다고 했을 것이다.

클라우디아가 정원에서 꺾어 온 꽃으로 침실을 가득 채웠고, 거기에 월터가 좀 더 보탰다. 깨끗이 씻긴 제프가 할짝대고 짖으며 클라라를 맞이했다. 그러나 월터가 기대한 만큼 열광적이진 않았다.

"제프하곤 잘 지냈어?" 클라라가 물었다.

"제프하고 나하고는 잘 지냈지. 잠깐 앉을래, 아니면 곧장 누울래?"

"둘 다." 아내는 살짝 웃으며 대답했다.

그는 옷장에 있던 가운을 아내에게 입히고 신발을 벗겼다. 그리고 클라라가 막 벗어 놓은 원피스를 걸었다. 그런 다음 베개를 아내의 등 뒤에 받쳤다. 클라라는 설탕이 듬뿍 든 레모네이드가 마시고 싶다고 했다. 월터는 아래층으로 내려가 레모네이드를 직접 만들었다. 클라우디아가 아내가 좋아하는 감자 크림수프를 만드느라 정신이 없었기 때문이다. 만드는 법은 복잡했다.

"내 얘기 누구한테 했어?" 월터가 돌아오자 클라라가 물었다.

"존만 알아. 아무도 몰라."

"회사엔 뭐라고 했어?"

월터는 아내의 회사에서 전화 왔을 때를 힘겹게 기억해 냈다. "당신이 독감에 걸렸다고 했어. 걱정하지 마, 자기. 아무도 몰라."

"클라우디아가 그러던데 엘리 브리스가 왔다며."

"월요일 밤에 잠깐 들렀어. 맞다, 당신 주라면서 튤립 구근을 가져왔어. 당신 내일 그거 꼭 봐야해. 정말 특별한 거래."

"나 병원에 있는 사이에 당신은 하나도 안 심심했겠네."

"아, 클라라, 제발……" 그는 그녀에게 다시 레모네이드 잔을 권했다. "의사 선생님이 물을 많이 마시라고 했어."

"내 말이 맞았어. 엘리 맞지?"

화내면 안 돼, 그는 생각했다. 아내가 기력이 완전히 바닥나서 아직은 정상이 아니다. 그러나 클라라가 약을 먹기 전에도 정상이 아니었음이 기억났다. 클라라는 간신히 목숨을 건지더니 전에 멈췄던 지점에서부터 다시 시작하는 중이었다. "클라라, 내일 얘기하자. 당신 너무 지쳤어."

"그 여자를 사랑한다고 인정하지 그래?"

"아니라니까." 그는 몸을 앞으로 숙여 아내를 품에 안았다. 월터는 클라라를 지금처럼 이렇게 사랑하고 이토록 원한 적이 없는데, 클라라는 그를 이렇게까지 의심한 적이 없다는 게 아이러니했다. "당신이 아프다고 그 여자한테 정확히 말했어. 엘리가 어젯밤에 당신이 어떠냐고 안부 전화했더라. 그래서 나아졌다고 했어."

"엘리가 좋아했겠네."

"나 오늘 서재에서 잘게, 여보." 월터는 아내의 팔을 다정히 쥐었다가 일어섰다. "당신이 혼자 자야 훨씬 편히 쉴 수 있을 것 같아서 그래." 그는 혹시나 클라라가 그의 의도를 곡해할까 봐 덧붙였다.

그런데 기분 상한 듯 노려보는 아내의 모습을 보니, 월터는 클라라가 거기에 어떻게든 또 다른 의미를 부여했음을 깨달았다.

8

일주일 내내 클라라는 두 시간마다 낮잠을 자면서 대부분 침대에서 시간을 보냈다. 저녁이면 월터는 클라라를 태우고 짧게 드라이브를 나갔고, 베네딕트에 있는 드라이브스루 편의점에서 초콜릿 소다도 사주었다. 베티 아이어턴이 집으로 두 번 찾아왔다. 다들 월터가 둘러댄 클라라가 심한 독감에 걸렸다는 얘기를 믿는 것 같았다. 어느 날 저녁, 클라라는 영화를 보러 나갔다 오더니 이튿날, 월요일부터 다시 출근하겠다고 선언했다. 퇴원한 지 채 2주가 되지 않았다. 같은 날 밤인 금요일, 클라라의 어머니가 해리스버그(미 펜실베이니아 중부에 있는 도시)에서 전화를 했다.

월터는 클라라가 어머니에게 냉랭하고 달갑지 않은 목소리로 인사하는 소리를 들었다. 그러더니 한참 침묵이 흘렀다. 어머니가 클라라에게 와달라고 애원하는 것 같았다.

"있잖아, 엄마 기분이 그렇게 안 좋은데 내가 왜요?" 클라라가 쏘아붙였다. "나 여기서 일하는 거 엄마도 알잖아요. 누구 변덕 맞춰주러 갈 수는 없다고요."

월터는 안절부절못하고 일어나 라디오를 껐다. 두 번이나 풍을 맞은 장모는 건강이 좋지 않았다. 클라라는 아픈 사람한테 어쩌면 저렇게 매몰차게 굴 수 있을까? 12일 전만 하더라도 죽음의 문턱에까지 갔다 왔던 사람이.

"엄마. 편지할게요. 이렇게 전화하면 요금 많이 나와. 네, 알았어요. 오늘 밤. 약속할게요."

월터는 엘리가 주고 간 튤립 구근이 문득 떠올랐다.

클라라가 한숨을 내쉬며 뒤돌아섰다. "엄마랑은 끝이야, 완전히 끝."

"당신이 안 갈 줄 알았어."

"내가 거길 왜 가?"

"그래도 한 달 정도 갔다 오면 당신한테 좋을 텐데. 좀 쉬면서……"

"나 엄마랑 같이 못 있는 거 당신도 알잖아."

월터는 그냥 두기로 했다. 아내를 짜증나게 하는 얘기는 피하려고 노력 중이다. 이 얘기도 분명 그중 하나였다. "튤립 구근은 어땠어? 클라우디아가 안 보여줬어? 내가 당신한테 보여 주라고 했는데."

"내다 버렸어." 클라라는 소파에 다시 앉아 책을 도로 들면서 대답했다. 그녀는 월터를 덤빌 듯이 쳐다보았다.

"꼭 그래야 했어? 죄 없는 튤립 구근을 죄다 버릴 필요까지는 없었잖아."

"난 그 여자 꽃이 우리 정원에서 피는 게 싫어."

그는 욱하며 화가 치밀었다. "클라라, 황당하고 옹졸한 일을 저지르다니!"

"튤립이 필요하면 우리가 사다 심으면 돼. 그래서 당신이 나더러 해리스버그에 가라는 거구나. 맞지? 한동안 날 치워버리고 싶어서 그런 거지?"

월터는 하마터면 그녀의 따귀를 때릴 뻔했다. 이런 적은 처음이었다. "당신 지금 하는 말 신물 나. 모멸적이야."

"그 여자한테나 가봐. 전화해서 오늘 밤에 보자고 해. 내내 그 여자 보고 싶었을 텐데."

월터는 클라라에게 한 걸음 나아가 손목을 붙들었다. "그만해. 제발. 히스테리 부리지 말고!"

"이거 놔!"

월터가 손을 놓자 클라라가 손목을 문질렀다. "미안해. 내가 당신 뺨을 제대로 갈기면 당신이 제정신으로 돌아올 것 같은 생각이 종종 들 때가 있어." 월터가 말했다.

"충격 요법을 하시겠다?" 클라라가 경멸하듯 말했다. "난 말짱해. 당신도 알잖아. 월터, 사실대로 말하지 그래? 내가 입원한 새 그 여자랑 잤지?"

월터는 무슨 말을 하려다 말고 방을 나갔다. 부엌에 가서 셔츠 단추를 풀었다. 거실에서 흘러 들어오는 어스름한 조명을 받으며 옷을 벗은 다음, 빗자루와 대걸레 뒤쪽에 있는 주방 옷장에서 낡은 옷을 꺼내 갈아입기 시작했다. 그가 집 주변을 손볼 때 입는 낡고 누런 바지에 낡은 셔츠와 스웨터였다. 대걸레 밑에 놓인 테니스화도 보였다. 그리고 집을 나가 차에 올랐다.

월터는 베네딕트로 차를 몰았다. 몸이 부들부들 떨렸다. 아마 지친 게 가장 큰 이유일 것이다. 그는 클라라가 일을 저지른 일요일 밤부터 지금까지 마분지처럼 온몸이 뻣뻣하게 긴장된 상태였다. 이제 클라라가 회복되었지만 상황은 하나도 나아지지 않았다. 둘이서 새 출발을 할 수 있으리라 기대했던 그가 바보였다.

그는 쓰리 브라더스 터번은 피했다. 한 번도 안 가본 바로 가고 싶었다. 헌팅턴으로 가는 도로변에 바가 하나 보였다.

월터는 바에 들어가 더블 스카치와 물을 시키고 안에 있는 사람들을 둘러보았다. 트럭 운전사처럼 보이는 남자 둘, 맛없어 보이는 박하 리큐어를 한 잔 시켜 놓고 잡지를 보는 촌스러운 여자, 약간 취해서 서로 말다툼하는 지극히 평범한 중년 부부. 월터는 눈을 질끈 감고 주크박스에서 흘러나오는 노래의 공허한 가사에 귀를 기울였다. 자신이 누구인지, 오늘 밤 머릿속에 떠오르는 생각까지 깡그리 지우고 싶었다. 바에 앉아서 누런 바지를 내려다보았다. 덜 잠긴 단추가 보이자 태연히 단추를 잠근 다음 스툴에서 일어나 바에 몸을 기댔다. 부부의 언성이 계속 올라가자 음악 감상에 방해가 되었다.

남편은 대략 쉰 살쯤 되어 보였고 면도를 하지 않은 삐쩍 마른 얼굴이었다. 부인은 통통하고 지저분했다. 부부는 결혼한 지 한 30년은 되어 보였다. 월터는 그들이 부러웠다. 두 사람은 자잘하고 사소한 이유로 싸우고 있었다. 남편의 얼굴이 화로 일그러졌지만, 그건 가볍게 살짝 화내는 거였다. 남자는 팔을 들어 아내를 치려는 듯 장난삼아 휘두르더니 도로 내렸다.

그 모습을 보니 뭐가 뭔지 모르겠지만, 그는 클라라를 때린 적이 단 한 번도 없다는 사실이 떠올랐다. 그는 잔을 들어 술잔을 비운 후 내려놓았다. 살해당한 키멜 부인 생각도 났다. 그 여자 남편은 폭행에서 멈추지 않고 살인까지 저질렀다. 그런데도 남편을 범인으로 생각하는 사람이 아무도 없었다. 이게 월터가 기억하는 내용이었다. 그건 그만의 생각이었다. 어쩌면 남편이 일을 저질렀을지 모른다. 아무튼 남편은 버스 휴게소에서 아내에게 다가가 마음을 돌리려고 잠깐 같이 걷자고 했을 것이다. 월터는 지금 그 사건이 어디까지 밝혀졌는지 궁금했다. 그리고 그가 혹시 놓친 기사가 있는지도 궁금했다. 신문에서 지면을 많이 할애하는 기사가 아니었기에 충분히 그럴 만했다. 월터는 호기심이 일었다. 범인이 여태 밝혀지지 않은 건가? 남편이 용의선상에 올랐을까?

"더 드시겠습니까?" 바텐더가 월터의 잔에 손을 댄 채 물었다.

"아뇨, 좀 이따가요." 월터가 대답했다.

월터는 담배를 한 개비 더 피우며 바 아래쪽 선반에 놓인 술병과 술잔을 계속 응시했다. 서적상 멜키오르 키멜이라고 기억하고 있었다. 보기만 해도 그 사람이 살인자인지 아닌지 단박에 알아보는 능력을 지닌 사람이 과연 있을까? 당연히 없을 것이다. 그래도 그자가 살인을 저지를 만한 사람인지 아닌지는 구별할 수 있지 않을까? 갑자기 월터는 멜키오르 키멜에 대한 호기심이 일었다. 멜키오르 키멜이 하는 서점이 있는지, 멜키오르 키멜이라는 사람을 실제로 만날 수 있는지 뉴어크에 가서 확인하고 싶었다.

월터는 술값을 내고 팁을 올려놓은 다음 밖으로 나갔다.

그날 밤, 월터는 서재에서 자다가 꿈을 꾸었다. 그가 어느 서점으로 멜키오르 키멜을 만나러 갔다. 알고 보니 키멜은 서점의 남상주(고대 건축물에서 발코니나 기타 돌출부를 받치는 기둥에 사용되는 형상) 중 하나였다. 회색 돌로 된 이 형상은 반쯤 헐벗은 모습을 한 채 서점의 기다란 대들보를 떠받치고 있었다. 월터는 단박에 그를 알아보고 말을 걸었지만, 멜키오르 키멜은 그저 웃기만 할 뿐, 돌로 된 배를 출렁이며 월터가 묻는 말에 대답하지 않았다.

9

다음 날은 토요일이었다. 월터는 9시에 기상해 아침을 먹으러 아래층으로 내려갔다. 클라우디아는 클라라가 외출했다고 했다.

"가든 시티로 쇼핑하러 가신다고 하셨어요. 언제 돌아올지 모르시겠대요."

"네, 고마워요."

오후 3시가 다 되어도 클라라는 돌아오지 않았다. 월터는 잔디를 깎고 두툼한 울타리 덤불 두 군데를 다듬었다. 그리고 딕 젠슨에게 빌린 뉴욕 형법 관련 서적을 다 읽었다. 뒤숭숭한 마음에 맥주를 한 병 마셨다. 이걸 마시고 나른해져서 낮잠을 자려 했지만 잠이 오지 않았다. 거의 4시가 되었을 무렵, 차를 몰고 뉴어크로 향했다.

멜키오르 키멜이라는 이름은 전화번호부에 없지만, 대신 키멜스 북스토어는 있었다. 주소는 사우스휴런 가 313번지. 월터는 뉴어크 지리를 전혀 몰라서 담배 가게 점원에게 방향을 물었다. 점원은 그 서점이 열 블록 정도 떨어진 곳에 있다며 그리로 가는 길을 일러주었다.

서점은 지저분한 상점가에 있었다. 월터는 서점 입구에 남상주가 있는지 바로 훑어보았지만 그런 게 있을 리 없었다. 안으로 밀려들어간 출입문 양쪽으로 먼지 긴 전창이 있고 그 안에는 책이 잔뜩 쌓여 있었다. 주로 학

7

생용 교과서와 중고 서적을 다루는 서점 같았다. 월터는 도로 반대편에 주차한 후 차에서 내려 서점으로 천천히 다가갔다. 안경을 쓴 젊은 남자가 긴 테이블에 기댄 채 책을 읽고 있었다. 그 사람 말고 안에는 아무도 보이지 않았다. 한쪽 창에는 대수학 교재가 잔뜩 쌓여 있었고, 다른 쪽 창에는 각종 인기 소설이 널려 있는 가운데, 중앙에서부터 직선이 방사형으로 뻗어 나가는 문양에 빨간 글씨로 '89센트'라고 적힌 카드 한 장이 보였다. 월터는 안으로 들어갔다.

서점은 퀴퀴하면서도 달착지근한 냄새를 풍겼다. 책장이 바닥에서부터 천장까지 사방에 짜여 있었다. 서점 너비의 절반쯤 되는 기다란 테이블이 두 개 있었고, 그 위에 책들이 무심코 올라가 있었다. 알전구 두세 개가 천장에 매달려 있는데 뒤쪽이 더 흰했다. 월터는 느릿느릿 계속 안쪽으로 들어갔다. 녹색 창유리에 차양을 치고 전등을 환하게 밝힌 책상에 마흔 정도 되어 보이는 대머리 남자가 앉아 있었다. 월터는 저 남자가 멜키오르 키멜이라는 확신이 들었다. 전에 사진으로 봤던 인물인 것 같았다.

남자가 시선을 들어 월터를 쳐다보았다. 큼직한 입은 벌겋고 입술은 아파서 부은 듯 두툼했다. 남자는 무테안경 뒤로 보이는 작은 눈으로 잠시 월터의 움직임을 좇더니 이내 고개를 숙이고 책상 위 서류를 들여다보았다. 남자가 앉은 책상 너머로 2미터 정도 되는 공간이 더 있었고 책장이 조금 더 보이면서 끝이 났다. 남자의 몸은 얼굴처럼 비교적 크고 다부졌고, 새하얀 셔츠 차림의 등은 구부정했지만 널찍했다. 그나마 몇 가닥 남은 밝은 갈색 머리카락이 양쪽 귀 위쪽에서부터 혐오스레 번들거리는 벌건 뒤통수 아래쪽을 따라 구불구불 둥글게 이어졌다.

"딱히 찾으시는 게 있습니까?" 남자가 책상 모서리를 한 손으로 잡고 의자에 앉은 채 몸을 세워서 틀며 물었다. 그의 두툼한 입술이 살짝 늘어졌다.

"아뇨. 구경 좀 해도 될까요?"

"물론이죠." 그는 다시 서류에 집중했다.

목소리는 고상하네, 월터는 생각했다. 저 몸에서 저런 목소리가 나올 줄은 몰랐다. 몸이 저래 보이고 얼굴도 못생겼지만 지적이었다. 월터는 키멜의 기가 꺾인 느낌을 받았다. 월터는 멜키오르가 변을 당한 아내를 둔, 섬뜩한 비극을 겪은 남자일 뿐이라는 생각이 들었다. 이제 멜키오르 키멜이 살인범일지 모른다고 의심했던 자신이 어리석어 보였다. 지금쯤이면 경찰에서 진실을 밝혀내지 않았을까?

월터는 '시-형이상학파'라고 적힌 선반을 쳐다보았다. 책은 낡았고 대부분 학술 전문 서적이었다. 월터는 법률 서적 코너를 발견하고 그쪽으로 갔다. 그는 남자와 다시 얘기하고 싶었다. 월터는 낡아가는 책들이 꽂힌 칸을 살폈다. 블랙스톤의 『영국법 주해』, 『각종 불법행위법』, 『1938년 뉴저지 민사 법원』, 『1945년도 뉴욕 주 변호사 협회 저널』, 『1933년 미 판례집』, 무어의 『증거의 무게』 등이 꽂혀 있었다. 월터는 램프 아래에 앉은 남자가 있는 쪽으로 되돌아갔다.

"혹시 『법을 왜곡하는 자』라는 책 있습니까? 제목은 확실한데요, 저자가 누구인지 모르겠어요. 로버트 마일스였던 것 같기도 하고."

"『법을 왜곡하는 자』라고요?" 남자는 책 이름을 따라하며 자리에서 일어섰다. "나온 지 얼마나 됐죠?"

"한 15년 정도요."

남자는 법률 서적 코너에 서서 펜라이트로 책 제목을 비추며 재빨리 훑더니 앞줄에 꽂힌 책을 당겨 팔뚝에 대고 뒤에 있는 책들도 살폈다. 선반에는 조명이 달려 있어서 앞줄에 펜라이트를 비출 필요가 없었다. 월터는 남자의 시력이 나쁘다는 것을 짐작할 수 있었다. 그래서 그런지 책상 위조명도 지나치게 환했다.

"마빈 쿠다이는 아닌가요?"

월터는 저자가 쿠다이임을 알았지만, 키멜도 그를 안다니 놀라웠다. 쿠다이는 은퇴한 시카고의 판사로 법률 윤리에 관한 책을 두어 권 썼지만 유명하진 않았다. "쿠다이는 확실히 아니었어요. 누가 썼는지는 모르겠지만 제목은 확실해요."

남자는 월등히 큰 키로 월터를 내려다보았다. 월터는 그를 살피며 개인적 특징을 감지, 아니 상상했다. 그러다 보니 살짝 민망해서 남자의 작은 연갈색 눈을 바라보다가 희고 깨끗한 셔츠 앞쪽으로 시선을 내렸다. "구해 드릴 수 있어요. 최대 몇 주 걸리는 게 문제이지만요. 성함과 주소를 남기시면 연락드리죠."

"고맙습니다." 월터는 남자를 따라 책상으로 갔다. 이름을 남기려니 갑자기 쑥스러웠다. 그런데 키멜이 손에 연필을 들고 적을 준비를 하자, 월터가 이렇게 말했다. "스택하우스요." 라고 한 후 늘 하던 대로 스펠링을 불러주었다. "롱아일랜드 베네딕트, 말버러 가 49번지."

"롱아일랜드." 키멜은 중얼거리며 재빨리 받아 적었다.

"멜키오르 키멜 씨, 맞죠?" 월터가 물었다.

"네." 두꺼운 안경알 때문에 유난히 작아 보이는 황갈색 눈이 월터를 뚫어져라 응시했다.

"기억이 나는 것 같은데…… 아내분께서 얼마 전에 변을 당하신 거 맞죠?"

"네, 피살당했습니다."

월터는 고개를 끄덕였다. "범인이 잡혔다는 기사를 어디에서도 본 기억이 없어요."

"못 잡았습니다. 아직도 찾는 중입니다."

월터는 키멜의 목소리에 짜증이 섞인 것을 감지했다. 그리고 키멜의 몸이 뻣뻣해진 것도 눈치챘다. 그것도 아주 살짝. 월터는 이제 어찌해야 할지 몰라서 운전용 장갑을 양손으로 비틀며 화제를 돌릴 말을 찾았다.

"왜 물어보시는 거죠? 혹시 저희 집사람을 아십니까?"

"아뇨. 그냥 이름이 떠올랐어요. 우연히요."

"아, 네." 그는 또렷하고 유쾌한 목소리로 대답했지만 월터의 얼굴에서 시선을 거두지 않았다.

월터는 통통하고 널찍한 키멜의 오른쪽 손등을 바라보았다. 책상 위 조명이 손등에 떨어졌다. 손등은 주근깨투성이였지만 털이 하나도 없었다. 순간 월터는 자신이 오로지 그를 보러 여기에 왔다는 것을, 저급한 호기심을 달래기 위해 왔다는 것을 키멜에게 적나라하게 들킨 것 같은 기분이 들었다. 이제 키멜은 월터가 롱아일랜드에 산다는 것까지 알게 되었다. 키멜이 월터에게 바싹 붙어 섰다. 순간 공포가 월터를 덮쳤다. 키멜이 저 투박한 손을 들어 한 방 내려치면 월터의 목이 날아갈지 모른다. "범인이 잡히기를 바랍니다."

"고맙습니다." 키멜이 대답했다.

"불쑥 말을 꺼내서 죄송합니다." 월터는 거북하게 말했다.

"아니, 안 그러셨습니다." 키멜이 급작스레 과하게 친절한 태도를 보이며 피둥피둥한 심장을 가로로 잘라놓은 듯 툭 튀어나온 입술을 과민하게 움직였다. "걱정해 주셔서 고맙습니다."

월터는 출입구로 향했다. 키멜이 그 뒤를 바짝 따르며 배웅했다. 월터는 갑자기 마음이 편안해졌다. 그런데 막판에 월터가 안 그랬다며 키멜이 그를 두둔하던 순간, 월터는 키멜이 아내를 죽였을지 모른다는 느낌을 받았다. 야수 같은 덩치 때문도, 그의 눈에 어린 경계심 때문도 아니었다. 키멜이 갑자기 과잉 친절을 보였기 때문이다. 게다가 월터가 일이 잘 마무리되기를 비는 사람일 뿐 형사가 아니라는 사실을 알고 난 후 한숨 돌리던 키멜의 모습이 그의 머릿속을 스쳤다. 월터는 문 앞에서 몸을 돌려 무심코 손을 내밀었다.

키멜이 놀라우리만큼 가볍게 손을 잡고 악수하며 몸을 살짝 굽혔다.

"안녕히 계세요. 고맙습니다." 월터가 말했다.

"안녕히 가십시오."

월터는 길을 건너 차로 갔다. 차 안에 앉아 서점을 바라보았다. 멜키오르 키멜이 출입구 전창 뒤에 서서 한쪽 팔을 들더니 손으로 천천히 대머리를 쓸어 넘기고 있었다. 일정 시간 긴장했다가 긴장이 풀리면 나오는 동작이었다. 월터는 그가 차분히 서점 뒤쪽으로 걸어가는 모습을 바라보았다. 훤칠한 키에 대머리, 우람한 체구에서 긴팔이 살짝 두드러져 보였다.

멜키오르 키멜은 책상에 앉아 나란히 모아둔 작은 보관함 속을 응시하며 생각했다. 귀찮은 사람이 또 찾아왔군. 지금껏 왔던 사람들 중에서 가장 똑똑하고 옷도 제일 잘 입은 사내였어. 혹시 형사가? 멜키오르 키멜이 둘이 나눈 대화를 곱씹자 작은 눈이 거의 감겼다. 아니, 남자는 눈에 띄게 불안해 보였다. 게다가 뭘 캐려고 한 게 있었나? 아무것도 없었다. 멜키오르는 그자가 진짜 변호사임을 눈치챘다. 비록 자기 입으로 변호사라는 말은 하지 않았지만 말이다. 키멜은 남자의 이름과 부탁한 책 제목이 적힌 노트패드로 손을 뻗어서 노란 종이를 뜯은 다음 현재 진행 중인 거래 건을 모아 두는 보관함 속에 집어넣었다. 마치 같은 동작을 반복하는 기계를 작동시킨 듯, 종이, 편지, 온갖 크기의 각종 노트를 집어 들어 앞쪽 책상 위 각종 보관함에 넣는 동작이 이어졌다. 보관함은 무슨 배전반이라도 되는 양 복잡해 보였다. 동작에 따라 덩치 좋은 그의 몸도 같이 따라 움직였다. 몇 분간 그의 뇌는 두툼한 팔뚝과 손에 집중하는 것 같았다. 그는 작은 갈색 공책 한 권을 보관함에 넣기 전에 맨 뒷장을 펼치더니, 짧게 세로줄을 긋고 날짜와 'B-2489 참조'라고 적었다. 그건 바로 앞장에 있는 추가 주문 건 번호였다. 이제 그 페이지에는 옆에 세로줄이 그어진 날짜는 일곱 개, 별표가 붙은 날짜는 세 개가 되었다. 세 개의 별표는 형사를 의미했다. 키멜이 형사라고 눈치챘지만 자신들은 들키지 않았다고 착각하고 있을 형사를 의미했다. 나머지는 단순히 방문객일 뿐이다. 키멜은 여기에 적힌 건들을 별로 대수롭지 않게 여겼다.

그는 하품을 하면서 통통한 주먹을 쭉 뻗어 올린 후 탄탄한 등을 뒤로 젖힌 다음, 힘을 빼고 팔걸이 없는 가죽 의자에 몸을 기댔다. 두 눈을 감고 고개에 힘을 뺐지만 턱 아래쪽 두툼한 살이 머리를 살짝 받쳐주었다. 조는 건 아니었다. 이완되는 근육의 달콤한 감각을 즐기는 중이었다. 나른함이 온몸에 부드럽게 퍼지면서 팔에서 다리로, 뭉뚝한 손끝으로 전해졌다. 바쁜 토요일이었다.

10

밤 9시경, 월터는 집에 도착했다. 클라라에게 주려고 하얀 백합 여남은 송이를 사들고 들어왔다. 클라라가 거실에 앉아 소파 위에 서류 몇 장을 펼쳐 놓고 있었다.

"나 왔어. 저녁 같이 못 먹어서 미안해. 당신이 집에 온 지도 몰랐어."

"뭐, 괜찮아."

"이거 받아." 월터가 상자를 내밀었다.

클라라는 상자를 쳐다본 후 그를 올려다보았다.

월터는 미소를 거둬들였다. "꽃병에 꽂을까?" 갑자기 그가 신경을 곤두세우고 물었다.

"응." 클라라는 꽃은 상관없다는 듯이 냉랭히 대답했다.

월터는 주방에서 꽃 상자를 열고 꽃병에 물을 채웠다. 사실 카드도 하나 썼었다. '나만의 클라라에게.' 그는 카드를 찢어서 텅 빈 꽃 상자 속에 집어 던졌다.

"엘리는 어땠어?" 그가 거실로 꽃병을 들고 들어가자 클라라가 물었다.

월터는 대답하지 않은 채, 커피 테이블에 꽃병을 올려놓고 담배를 꺼내어 불을 붙였다.

"남은 밤 시간도 엘리랑 함께 보내지 그래?"

좋은 생각이군, 월터는 이렇게 생각했지만 입을 다물고 이를 꽉 깨물었다. 그는 주방으로 가서 싱크대에 있는 세제로 손과 얼굴을 씻고 키친타월로 물기를 닦았다. 복도를 걸어 현관으로 갔다. 그가 나가자 클라라가 뭐라고 중얼거렸다.

그는 쓰리 브라더스 터번으로 가서 주위를 둘러보며 혹시 빌이나 조엘이 왔는지 살폈다. 그들과 술이라도 한 잔 하면 좋으련만, 아는 사람이 하나도 없었다. 월터는 바텐더 벤에게 손을 흔들어 인사한 후 맨해튼 전화번호부가 있는 쪽으로 가서 엘리 브리스의 전화번호를 뒤적거렸다. 엘렌 브리스와 엘스페스 브리스라는 이름이 보였다. 엘스페스 브리스 쪽이 가능성이 훨씬 높아 보였다. 월터는 그 번호로 전화를 걸었다. 전화 교환원이 번호가 바뀌었다며 롱아일랜드 레너트 번호를 알려주었다.

엘리가 전화를 받았다. 그날 막 이사했다고 했다.

"지금 뭐 해요? 저녁 먹을래요?" 월터가 물었다.

"저녁은 꿈도 못 꾸고 있어요. 오후 4시까지 학교에 있다가 왔더니 이삿짐센터 사람들이 짐을 방 한 가운데 싹 몰아놓고 가버렸지 뭐예요. 미안해요. 저녁 먹으러 못 나가요."

그래도 엘리의 쾌활한 목소리에 월터는 미소가 지어졌다. "도와드릴게요. 지금 그쪽으로 가도 되나요? 지금 근방에 있어요."

"음…… 난장판을 견디실 수 있다면요."

"주소가 어떻게 되죠?"

"브루클린 가 187번지요. 초인종은 메이스라는 이름 아래에 있어요. 메-이-스."

그는 메이스 밑에 있는 초인종을 눌렀다. 버저 소리와 함께 문이 열리자, 문을 활짝 열어젖히고 한 번에 두 칸씩 계단을 올랐다. 겨드랑이에 샴페인 병을 풋볼 공처럼 끼고 반대편 손에는 델리 종이 가방을 들었다.

엘리가 이층에서 문을 열고 서 있었다. "안녕하세요. 환영합니다."

월터는 엘리 앞에 서자 긴장해서 머뭇거렸다. 종이 가방을 내밀었다. "샌드위치 좀 사왔어요."

"고마우셔라! 어서 들어오세요. 그런데 앉을 데가 없어요."

월터는 안으로 들어갔다. 커다란 방 하나에 창문이 길가 쪽으로 두 개나 있고, 뒤쪽 복도를 따라가면 주방과 욕실이 나왔다. 그는 여행용 트렁크와 종이 상자가 잔뜩 쌓인 곳을 힐끔 보았다. 바이올린 케이스가 두 개 있었다. 하나는 낡았고, 하나는 새것이었다. 그는 엘리를 따라 부엌으로 들어갔다.

"그리고 이것도요." 그가 샴페인 병을 건넸다. "차갑지가 않아요. 오늘 밤 베네딕트 주류 판매점에 있는 냉장고가 고장이 났다지 뭐예요."

"샴페인이네요. 뭘 위해 마실까요?"

"새 아파트를 위하여."

그녀는 샴페인을 잘 안다는 듯 샴페인 병을 집어 들었다. 얼음 바구니로 쓸 만한 게 하나도 없었다. 엘리는 거실에 있는 종이 상자에서 목욕 타월을 한 장 꺼낸 다음 그 위에 얼음 틀 두 개에서 빼낸 얼음을 붓고 샴페인 병에 둘둘 감았다.

"샴페인이 차가워질 때까지 스카치 한 잔 하실래요?" 엘리가 물었다.

"좋죠."

"샌드위치도 드실 거죠? 맛있는 거 사오셨네요. 이건 칠면조 샌드위치고…… 이건 뭐죠?"

"송로버섯이요."

"송로버섯 샌드위치네요."

"좋아하세요?"

"정말 좋아해요." 엘리는 신문지에 싸인 접시 더미에서 한 장을 꺼냈다. 모카신을 신고 블라우스와 스커트 차림인 그녀는 얼굴에 화장기가 하나도 없었다. "오늘 함께 마실 사람이 있어서 좋네요. 저는 술을 안 마시면 짐을 싸기도, 풀기도 싫거든요. 그렇다고 혼자 마시면 울적해지고요."

"제가 오늘 술도 같이 마셔 드리고 짐 정리도 거들어 드릴게요. 뭐 다른 거 시키실 일 없어요?"

"잠시 짐 정리는 잊고 싶어요." 엘리가 접시를 내밀자 월터는 샌드위치 한 조각을 집어 들었다.

두 사람은 술잔과 접시를 들고 거실로 자리를 옮겼다. 부엌에 식탁이 없어서 바닥에 접시를 내려놓아야 했기 때문이다.

엘리는 악보가 잔뜩 쌓인 쪽을 내려다보았다. "스카를라티 좋아하세요?"

"네, 피아노곡이요. 저한테 몇 가지……"

"잘됐네요. 제가 바이올린으로 스카를라티를 연주하거든요."

월터는 살짝 웃으며 바닥에 있는 트렁크 위에 접시를 올려놓았다. 두 사람은 소파에 앉았다. 그는 이 집에 여러 번 와본 것 같은 기분이 들었다. 그리고 몇 분 후, 둘이 술잔을 비우고 나면 전에도 여러 번 그랬듯이 사랑을 나눌 것만 같았다. 엘리는 뉴욕에 살던 이마 가트너라는 여자 얘기를 해주었다. 엘리는 가트너가 엘리를 그리워할 거라고 했다. 엘리가 2주에 한 번씩 도서관에서 가서 그녀 대신 악보를 대출하고 반납하는 일을 도맡아 해주었기 때문이라고 했다. 가트너는 몸이 불편한 예순다섯 살 할머니이며 바이올린 연주자였다.

"여전히 연주가 좋아요. 그분이 여자만 아니었다면 레스토랑이든 어디서든 현악 연주 팀에 들어갈 수 있었을 거예요. 그런데 그 나이 때 여자를 아무도 써주지 않으니 정말 딱해요. 그렇죠?"

월터는 클라라가 우정이나 연민으로 누군가를 걱정하여 찾아가는 모습을 상상해 보려고 애를 썼지만 불가능했다. 하얀 블라우스를 입은 엘리의 어깨가 가냘파 보였다. 그녀를 품에 안고 싶었다. 그럼 어떻게 될까? 엘리가 응하거나, 차갑게 굴든가 둘 중 하나일 것이다. 만약 후자라면 월터가 엘리를 보는 것도 마지막일 것이다. 엘리에게 팔조차 두를 수 없다면 엘리를 계속 만나면서 자학하고 싶지 않았다. 그는 소파 뒤에 팔을 올렸다가 서서히 내려 그녀의 어깨를 감쌌다. 엘리가 시선을 들어 그를 바라보았다. 그러더니 그에게 머리를 기댔다. 그의 욕망이 포도 덩굴처럼 몸을 타고 스멀스멀 기어 내려갔다. 그가 고개를 돌리자 여자도 같이 고개를 돌렸다. 두 사람의 입술이 맞닿았다. 키스가 오래도록 이어졌다. 그런데 엘리가 몸을 홱 틀며 빼더니 일어섰다.

엘리가 방 한가운데에 선 채 몸을 돌려 그를 바라보았다. 활짝, 그러나 부끄러운 듯 미소를 지었다. "얼마나 시원해졌을까요?"

그는 그녀에게 다가갔지만, 엘리가 약간 겁을 먹은 듯, 아니 짜증난 것처럼 보여서 발걸음을 멈추었다.

그녀가 부엌으로 천천히 걸어갔다. 스커트와 치마를 입은 그녀의 몸이 그의 눈에 상당히 어려 보였다. 관심 없는 척하는 게 어려 보였다. 엘리가 샴페인 병을 만졌다:

"잔에 얼음을 넣어서 마시면 괜찮겠는데요. 혹시 얼음 넣어 마시는 거 싫어하세요?"

"아뇨."

그녀는 수줍고도 들뜬 시선으로 그를 다시 쳐다보았다. "제가 샴페인을 마실 옷차림이 아니네요. 10분만 기다려주시겠어요? 여기 잔이요. 저희 집엔 촌스러운 잔밖에 없어요." 그녀는 그에게 잔을 건넨 다음 거실로 돌아와 가방에 뭔가 하얀 것을 꺼내더니 욕실로 들어갔다.

월터의 귀에 샤워하는 소리가 들렸다. 그는 잔에 얼음을 넣은 다음 트렁크 위에 샴페인 병과 함께 올려놓았다. 샤워하는 소리가 한참 이어졌다. 그는 스카치를 한 잔 더 마시려다가 말았다.

엘리가 하얗고 도톰한 목욕 가운을 입고 맨발로 나왔다. "최고로 예쁜 옷을 입어야 할 텐데요." 그녀는 트렁크 안을 살피며 말했다.

"아무것도 입지 마요." 테리 타월로 된 목욕 가운이었다. 순간, 월터는 테리 타월이 싫다는 클라라가 떠올랐다. "그것도 마저 벗었으면 좋겠어요."

엘리가 못 들은 척했다. 그 모습은 엘리가 보여준 반응 중에서 그를 가장 흥분시켰다. "샴페인 따주세요." 그녀는 트렁크 옆 바닥에 주저앉아 소파에 몸을 기댔다.

월터는 코르크를 따고 샴페인을 따랐다. 두 사람은 묵묵히 그것을 음미했다. 그는 메인 조명을 껐다. 부엌에서 흘러 들어오는 조명뿐이었다. 그녀는 발이 예뻤다. 다리처럼 부드럽고 가느다란 갈색이었다. 발은 손과 어울리지 않아 보였다. 그는 샴페인을 더 따랐다. "괜찮죠?"

"괜찮아요." 엘리가 그의 말을 받아서 말했다. 그녀는 다시 소파에 머리를 기대었다. "좋네요. 전 정리정돈이 안 된 상태가 좋을 때가 있는데, 오늘 밤이 그러네요."

그는 일어나 바닥에 녹색 담요를 깔았다. "바닥이 점점 딱딱하게 느껴질 거예요."

그녀는 담요 위에서 배를 깔고 누워 한쪽 팔로 얼굴을 받치고 그를 올려보았다. 그는 담요 위 여자 옆으로 내려앉았다. 샴페인이 영원히 마르지 않을 것 같았다. 마치 신화 속에 나오는 술병처럼.

"그 옷 벗어 주실래요?" 그녀가 부탁했다.

그는 옷을 벗었다. 그리고 목욕 가운의 허리끈을 풀었다. 엘리의 몸은 감탄이 터질 정도로 보드라웠다. 젖가슴을 만지니 우유처럼 매끄러웠다. 그는 마룻바닥에 누운 엘리가 다칠까 봐 최대한 천천히 조심스레 움직였다. 그런데 엘리가 별로 개의치 않는 눈치여서 그도 바닥에 누운 사실을 잊었다. 그러나 그에게 냉정한 이성의 순간이 찾아왔다. 지금처럼 엘리가 그동안 누구와 사랑을 나누었을까? 그는 둘이 전에도 여러 번 사랑을 나눈 것 같은 기분이 들었다. 두 사람이 살아 있는 한 이 사랑은 절대로 사그라지지 않을 것만 같았다. 그리고 이 사랑에 비하면 클라라는 하찮아 보였다.

그는 사랑한다고 말하고 싶었다. 그러나 아무 말 하지 않았다. 엘리가 눈을 뜨더니 그를 바라보았다.

그는 남은 샴페인을 마저 붓고 담배 한 개비에 불을 붙여 둘이 나눠 피웠다.

"지금 몇 시예요?" 엘리가 물었다.

그는 아직도 손목에 시계를 차고 있다는 사실이 싫었다. "고작 새벽 1시 55분이네요."

"고작이라뇨!" 엘리는 일어나 라디오가 있는 쪽으로 간 다음 작게 틀었다. 그리고 도로 와서 그의 앞에 무릎을 꿇고 앉아 이마에 입을 맞추었다.

그는 엘리가 옷을 입는 모습을 지켜보았다. 그리고 그도 서둘러 옷을 입었다. 월터는 자고 갈 생각이 없었지만, 엘리는 기대하는 눈치였다. "언제 다시 만날 수 있어요?" 그가 물었다.

엘리가 그를 올려다보았다. 집으로 가려는 그의 모습에 실망하는 기색이 엘리의 두 눈에 서렸다. "난 계획 같은 거 세우지 않아요."

"내가 뭘 해주면 되죠?" 월터가 물었다.

"그게 무슨 뜻이에요?"

"잔심부름 같은 거요. 새로 이사 온 아파트를 위해서요."

엘리가 웃으며 텅 빈 책장에 몸을 기대었다. 어둑어둑한 불빛 속에서도 그녀의 갈색이 감도는 파란 눈동자가 보였다. 두 눈이 그를 흠모하는 듯 웃고 있었다. "이거 다 정리하지도 못할 것 같아요. 내가 말했죠? 이런 난장판을 좋아한다고요."

그는 천천히 그녀에게 다가갔다. "전화할게요."

"다정하군요."

월터는 웃으며 그녀의 손목을 잡더니 몸 쪽으로 당겼다. 두 사람은 키스했다. 그는 처음부터 또다시 시작할 수 있을 것만 같았다. 그러나 문을 열었다. 잘 자라고 인사한 후 밖으로 나섰다. 계단을 내려가는 그의 몸이 가뿐하고 젊어진 것 같았다. 마치 온몸에 있는 세포 하나하나가 바뀐 것 같았다. 그는 웃고 있었다.

그가 침실로 들어가는 바람에 클라라가 깼다.

"어디 갔다 왔어?" 클라라가 잠결에 물었다.

"술 마셨어. 빌 아이어턴하고." 그는 빌하고 함께 있지 않았다는 걸 클라라가 알든 말든 상관없었다. 엘리와 함께 있었다는 것을 알았다 해도 신경 쓰지 않았다.

더 이상 캐묻지 않는 걸 보니 클라라가 잠든 게 분명했다.

월요일 아침, 월터는 엘리에게 전화해서 같이 저녁을 먹자고 했다. 클라라에게는 뉴욕에서 존과 만나기로 했다고 둘러댈 것이다. 그는 퇴근 후 집으로 돌아가지 않을 생각이었다. 그러나 엘리는 저녁 내내 바이올린 연습을 해야 한다고, 꼭 해야 한다고 말했다. 수업에 쓸 음악 감상용 곡목들을 새로 연습해야 하기 때문이라고 했다. 그는 엘리의 목소리가 너무나 차갑게 느껴졌다. 엘리가 그만 만나기로 작정한 것 같았다. 다시는 그를 보지 않기로 결심한 것 같았다.

월요일 점심시간에 월터는 공립 도서관으로 가서 8월 한 달간 뉴어크 신문에 실린 키멜 관련 기사를 검색했다. 사건 현장에서 찍은 시신 사진은 딱 한 장뿐이었다. 여자의 시신은 딱딱하고 시커멓게 보였고, 얼굴은 한쪽으로 돌아가 있었다. 피로 얼룩진 밝은색 원피스가 천으로 절반쯤 덮인 모습 말고는 보이는 게 거의 없었다. 그는 키멜의 알리바이가 몹시 궁금했다. 여러 가지 문장으로 언급되긴 했지만 내용은 하나였다. '멜키오르 키멜은 사건 발생 시각 뉴어크에서 밤 8시에서 10시까지 영화를 보았다고 진술했다.' 월터는 키멜이 그의 알리바이를 증명할 사람을 만들어 놓았기 때문에 알리바이가 절대로 의심받지 않은 거라 단정했다.

범인은 아직까지 잡히지 않았다. 월터는 살인 사건 발생 직후 며칠간의 신문을 훑어보았지만 추가 단서가 될 만한 것은 보이지 않았다. 속상하면서도 은근히 부아가 나는 기분으로 도서관을 나섰다.

11

"당신을 꼭 봐야겠어요. 잠깐이라도요." 월터가 애원했다.

결국 엘리가 그러자고 했다.

월터는 레너트로 급히 달려갔다. 오후 7시. 클라우디아는 클라라가 필 포트 부부와 저녁을 먹으러 나갔다고 했다. 그는 엘리가 오늘 밤 내내 시간이 비었기를 바랐다. 엘리의 바이올린 소리가 그녀가 사는 아파트 아래 인도에서도 들렸다. 월터는 엘리가 같은 구절을 세 번 반복할 때까지 기다렸다가 초인종을 눌렀다. 그러자 엘리가 화음을 짚고 활을 세게 긁는 소리가 울려 퍼졌다. 버저와 함께 문이 열렸다.

엘리는 이번에도 복도에 서 있었다.

그가 키스하려 하자 엘리가 이렇게 말했다. "밖으로 나가도 괜찮죠?"

"그럼요."

아파트는 완전히 달라졌다. 장밋빛 러그가 바닥에 깔리고, 그림도 몇 점 걸렸다. 책도 책장에 꽂혀 있었다. 그런데 스카를라티가 맨 위에 올라간 악보 더미는 그대로 쌓여 있었다. 그걸 본 월터는 요전 날 밤이 떠올랐다. 엘리가 옷장에서 외투를 꺼내 들고 나왔다.

그는 엘리를 헌팅턴 인근에 있는 올드 밀하우스 호텔로 데려갈 생각이었다. 거기로 가면 아는 이와 마주칠 것 같지 않았기 때문이다. 엘리는 차 안에서 학교 얘기를 늘어놓았다. 월터는 엘리와 한없이 멀어진 기분이 들었다. 엘리는 그를 조금도 그리워하지 않은 것 같았다.

두 사람은 테이블에 앉아 마티니를 주문했다. 월터는 좀 더 호젓하게 술을 마시고 싶었지만, 이미 사내들이 왁자지껄하게 바를 점령하고 있었다. 동호회 모임인지 결혼식 전날 신랑 친구들 모임인지 모르겠지만 저들이 얼마나 흥청대는지 두 사람이 앉은 자리에서도 남자들의 말소리가 들릴 정도였다. 엘리는 말을 멈추었다. 월터와 같이 있는 게 수줍은 것 같았다.

"사랑해요, 엘리."

"아니, 당신은 날 사랑하지 않아요. 내가 당신을 사랑하지."

그 말이 그의 가슴에 와서 콕 박혔다. 사춘기 소년이 가슴앓이 하듯 달콤하면서도 저릿했다. "왜 나더러 당신을 사랑하지 않는다고 하는 겁니까?"

"내가 아니까요. 당신이 날 사랑할 때까지 그날 밤 같은 일은 다시는 하지 않겠어요. 그날 밤은 내가 얼마나 강한지 보여 주고 싶어서 그랬던 것 같아요."

"엘리!" 그는 인상을 찌푸렸다. "뭐가 뭔지 너무 복잡해요. 게다가 꽤 러시아 스타일인데요."

"내가 러시아계 미국인이잖아요." 엘리가 미소를 지었다. "나 솔직하게 다 말해도 되죠? 당신은 날 사랑하지 않아요. 그저 부인과 달라 보이는 나에게 끌렸을 뿐이에요. 부부 사이가 좋지 않으니 나한테 온 거잖아요…… 맞죠?" 그녀가 작게 말하는 바람에 월터는 목소리를 들으려고 애를 썼다. "그래도 난 유부남하고 일을 벌일 만큼 바보는 아니에요. 아무리 사랑해도요."

"엘리, 나 이 세상 어떤 여자보다 당신을 사랑하는 것 같아요. 정말로 사랑합니다."

"하지만 뭘 어떻게 할 건데요? 보아하니 당신은 아무것도 안 할 것 같거든요." 엘리는 화난 목소리가 아니었다. 사실을 있는 그대로 진술하듯 덤덤히 말했다.

"그걸 당신이 어떻게 압니까?"

"글쎄요, 내가 뭘 알겠어요. 틀렸을 수도 있죠."

진지한 엘리의 태도에 월터는 어찌할 바를 몰랐다. 사실 그는 어떤 계획도 해결책도 없이 부딪혀 보려고 했다는 것을 깨달았다. 엘리가 그를 바라보듯, 문득 그도 자신이 객관적으로 보였다. 부끄러운 마음이 들었다.

"난 당신을 모르지만 당신을 안다고 생각해요. 당신을 사랑할 만큼은 충분히요. 당신은 기본적으로 경우가 바른 분이에요. 강인하고요. 난 당신을 처음 보는 순간 사랑에 빠졌어요."

월터는 이 말을 엘리에게 고스란히 되돌려줄 수 있을지 궁금했다. 그날 밤 파티는……

"난 상당히 우울하게 자랐어요. 아버지는 술에 절어 사시다가 내가 열여섯 살 때 돌아가셨죠. 그 바람에 엄마를 모셔야 했어요. 오빠가 있지만 오빠도 아빠처럼 몹쓸 사람이었거든요. 내 이름은 엄마가 지어 주셨어요. 엘스페스라는 이름이 예뻐 보이셨대요. 아마 이게 엄마가 아빠랑 함께 살면서 엄마 마음대로 하신 유일한 일일 거예요. 내가 찾은 것 중에서 확실한 거라고는 오로지 음악뿐이었어요. 사랑은 두 번 해봤는데, 당신과는 다르게 가볍게 끝났죠." 엘리는 미소를 지었다. 목소리보다 얼굴이 훨씬 어려 보였다. "난 확실한 게 좋아요. 가정을 갖고 싶어요. 아이도요."

"나도 그래요." 월터가 말했다.

"존경할 수 있는 남자와 가정을 꾸리고 싶어요. 난 확실한 걸 원해요. 그런 내가 당신한테 반했다니 이것도 내 운이겠죠?"

"정확히 알겠어요. 당신이 무슨 말을 하는지." 월터는 밤색 나무 테이블 상판을 내려다보았다. "난 당신 앞에서 아내와 조만간 이혼할 거라고 말한 적이 한 번도 없어요. 그렇다고 지금 이혼 수속 중인 것도 아닙니다. 하지만 우리 집에 오는 사람이면 다들 알아요. 난 상황이 정리되자마자 이혼하고 싶은 마음입니다." 그는 진심이었다. 그런데 월터는 과연 엘리와 결혼하고 싶은 걸까? 아직 거기까지는 확실히 대답할 수 없기에 더 이상 말하지 않았다.

"언제요?"

"길어 봐야 몇 주 정도일 겁니다. 만약 그때까지 우리가 서로를 여전히 좋아하면, 여전히 서로를 사랑한다면……"

"몇 주 후에도 난 당신을 사랑하고 있을 거예요. 확신이 안 서는 건 당신이죠." 엘리가 담배에 불을 붙였다. "확신이 들 때까지 당신은 날 안 보는 게 좋겠어요."

"당신을 사랑하는 마음이요?"

"이혼 말이에요."

"알겠어요." 월터가 대답했다.

"난 당신을 너무나 사랑해요…… 이해할 수 있겠어요? 원래 이런 말하면 안 되는 거죠? 난 당신이 옆에 있기만 해도 좋아요. 이렇게 물리적으로요. 지금 내 상태가 이래요. 그렇다고 말버러 가 근처를 배회하거나 하진 않을 거예요."

그는 라이터만 쳐다보고 있었다.

"나 지금 집에 가도 되죠? 더 이상 할 말이 없어요. 무슨 얘기든요."

"알았어요." 월터는 두리번두리번 웨이터를 찾아서 계산서를 달라고 했다.

두 사람이 바에서 나가는 와중에도 남자들은 여전히 신나게 떠들고 있었다.

월터가 집으로 돌아온 시간은 겨우 9시 15분이었다. 클라라는 침대에서 독서하는 중이었다. 월터는 필포트 부부와의 저녁 식사는 어땠는지 물었다.

"안 만났어." 클라라는 시비조로 냉랭히 말했다.

월터는 아내를 쳐다보았다. "안 만났어?"

"오늘 저녁 엘리 브리스 아파트 앞에 당신 차가 서 있더라."

"이제 엘리가 어디 사는지도 아는군." 그가 말했다.

"주소를 알아내려고 내 직업을 이용했지."

월터는 아내가 끈질기게 지켜보았다는 것을 눈치챘다. 왜냐하면 오늘 밤 그가 엘리의 아파트를 오가며 그 앞에서 채 5분도 머물지 않았기 때문이다. "그래서 앞으로 어쩔 건데? 간통했으니 이혼하자고 하면 되겠네?" 그는 천천히 담뱃갑을 새로 뜯었지만 심장은 두려움에 쿵쾅거렸다. 아내가 의심하던 죄를 실제로 처음 저질렀기 때문이다.

"그래도 난 당신이 잘 정리하리라 믿어." 클라라가 말했다. 아내는 베개를 베고 누웠지만 머리와 어깨는 뻣뻣해 보였고 입술은 일자로 앙다물고 있었다. 월터의 눈에 클라라가 몇 년은 확 늙어 보였다. 클라라가 그를 향해 한쪽 팔을 뻗었다. "여보, 이리 와." 다정한 척하는 클라라의 목소리에 월터는 소름이 끼쳤다.

그는 아내가 키스를 기다리고, 그보다 더 진한 것까지 원하고 있음을 감지했다. 퇴원한 이후 두 번 이런 적이 있었다. 클라라는 낮에는 그를 욕하고 힐난하더니 밤이 되자 이를 무마하려고 몸을 섞는 행위로 그를 묶어두려 했다. 딱 한 번 월터가 응했었다. 끔찍했지만 억지로 아내와 사랑을 나누자 구역질이 났다.

"이제 우리 마무리 짓자. 나 하고 싶어. 못 기다리겠어." 그가 말했다.

"뭘 마무리 짓자는 거야?"

"이혼하자, 클라라. 이번엔 상의가 아니라 통보야. 그리고 우리가 이혼하는 건 엘리 때문이 아니야. 이것도 확실히 해두겠어."

"6주 전만 해도 사랑한다 했잖아."

"그건 실수였어."

"기어코 당신 두 손으로 시체를 안고 싶은 거구나."

"난 앞으로 당신이 죽을 때까지, 그리고 내가 죽을 때까지 당신 뒤치다꺼리나 하면서 살지 않을 거야. 당신이 동의하지 않으면 리노에 가서라도 이혼하겠어."

"재판 이혼이라니!"

월터는 클라라를 노려보았다. 아내는 그의 말을 믿지 않는 눈치였다. 그건 너무 끔찍했다.

12

월터의 뒤 어딘가에서 엘리가 그를 부추기고 사주했다. 엘리가 근방에서 기다리고 있었다. 버스에 불이 켜지자 월터는 승객들이 한 명씩 내리는 모습을 지켜보았다. 클라라가 한쪽 팔뚝에 무릎 담요처럼 생긴 것을 걸치고 버스에서 내리고 있었다. 월터는 부리나케 그녀에게 다가갔다.

"클라라?"

클라라는 월터를 보고도 별로 놀란 기색이 아니었다.

"할 말이 있어. 우리 침실을 그 지경으로 만들어 놓고 나왔잖아."

그녀는 내키지 않는 목소리로 웅얼거렸지만 그와 함께 걸었다.

그는 그녀를 도로 쪽으로 유인했다. "조금만 더 가면 조용히 얘기할 데가 있어."

두 사람은 그가 미리 봐 둔 빽빽한 관목에 이르렀다.

"너무 멀리 가면 안 돼. 버스가 10분 있다 출발한다고 했어." 클라라는 이렇게 말했지만, 전혀 걱정하는 목소리가 아니었다.

월터는 클라라를 덮쳤다. 클라라의 목을 양손으로 조른 채 덤불 쪽으로 질질 끌었다. 이상하게도 클라라가 남자보다 무거워서 그가 있는 힘을 쥐어짜자, 클라라가 덤불을 필사적으로 붙들었다. 월터는 클라라를 잡아당겨 양손으로 숨통을 조이며 클라라가 비명을 지르지 못하게 막았다. 그런데 클라라의 목이 튼튼하게 꼬인 굵은 동아줄처럼 느껴지기 시작했다. 이러다 클라라를 죽이지 못할까 봐 월터는 덜컥 겁이 났다. 얼마 후 클라라의 몸부림이 멈추었다. 클라라가 죽었다. 월터는 동아줄 같은 아내의 목에서 손을 뗐다. 자리에서 일어나 그녀가 들고 있던 무릎 담요로 아내를 덮었다. 제프가 그 자리에 있었다. 녀석은 평소처럼 명랑하게 짖으며 발발거렸다. 월터가 덤불 바깥으로 나가자 제프도 그의 뒤를 졸졸 따랐다.

엘리는 있겠다고 한 바로 그 자리에서 그를 기다리고 있었다. 월터는 엘리에게 다 끝났다고 고개를 끄덕이는 신호를 보냈다. 엘리가 안도의 미소를 짓더니 그의 팔을 붙들고 존경하는 눈빛으로 바라보았다. 엘리가 뭐라고 말하려는 순간, 두 사람 바로 앞에서 폭발이 일어났다. 폭탄이 터졌거나 차 사고가 난 것이다. 자욱한 회색 연기구름이 사방으로 퍼졌다.

"다리가 끊겼다! 더는 갈 수가 없어!" 월터가 소리쳤다.

그런데도 엘리는 계속 앞으로 걸어갔다. 그는 그녀를 붙들려 했지만 그녀는 월터를 두고 홀로 계속 걸었다.

정신을 차리고 보니 월터는 엎드린 채 양팔로 몸을 들어 올리려는 중이었다. 혼미하고 징징 울리는 머리를 돌렸다. 옆에 누운 사람이 엘리인가? 그는 뚫어져라 보았다. 뿌옇게 보이던 검은 머리와 작은 얼굴이 또렷해졌다. 클라라가 그를 보고 누워 있었다.

"무슨 꿈 꿨어?" 클라라는 한참 전에 깬 듯한 목소리로 차분하고도 초롱초롱하게 물었다.

월터는 상황을 정확히 파악했다. "아무것도 아니야. 악몽이었어."

"무슨 꿈이었는데?"

"뭐였더라…… 기억이 안 나." 그는 다시 침대에 누워 클라라에게 등을 돌렸다. 큰 소리로 잠꼬대를 했을까? 그는 뻣뻣하게 누워서 아내가 다시 말하기를 기다렸다. 그런데 아무 말 없었다. 그저 그녀의 가녀린 숨소리만 들릴 뿐. 이건 클라라가 잠들었다는 뜻이다. 그도 자신의 잠꼬대를 듣지 못했다. 식은땀이 등골을 따라 흘렀다. 그는 침대의 차가운 나무 프레임을 붙들고 땀범벅이 된 손으로 비틀었다.

13

그는 쓰리 브라더스 터번에서 엘리에게 전화를 걸었다. "혼자 있어요?" 엘리가 혼자 있는 것 같지 않아서 물었다.

"아니요, 친구랑요." 엘리가 다정히 말했다.

"피터?"

"아니, 여자예요."

월터는 엘리가 전화를 받으려고 문이 없이 뻥 뚫린 거실 겸 방에서 등을 돌린 채 복도에 서 있는 모습을 상상했다. "다음 주 토요일에 리노 이혼 재판소에 갈 겁니다. 6주 정도 걸릴 거예요. 이혼하려면 이 길밖에 없어요." 그가 기다렸지만 엘리는 아무 말도 하지 않았다. 월터는 미소를 지었다. "잘 지냈어요, 자기?"

"잘 지내고 있어요."

"내 생각을 하긴 합니까?"

"그럼요."

"사랑해요." 월터가 말했다.

두 사람은 아무 말 없이 서로의 침묵에 귀를 기울였다.

"앞으로 두 달간 여전히 그 마음 그대로라면, 내가 여기에서 기다리고 있을게요."

"그대로일 겁니다." 그는 이렇게 말하고 전화를 끊었다.

클라라가 현관에서 그를 맞이했다. "오늘 무슨 일 있었는지 들었어? 나 차 사고 났어. 차가 다 부서졌다고!"

월터는 복도 탁자에 서류 가방을 내려놓았다. 벌벌 떠는 아내의 몸이 시야에 들어왔다. 어디 다친 데는 없어 보였다. 그는 한쪽 팔을 아내의 어깨에 두르고 클라라를 거실 소파로 데려가 앉혔다. 그가 아내의 몸에 손을 댄 건 며칠 만에 처음이었다.

클라라는 오늘 사고를 낸 트럭에 대해 얘기했다. 오이스터베이 근처 숲으로 난 샛길에서 트럭이 후진하다가 클라라의 차를 들이받았다고 했다. 당시 클라라는 시속 40킬로미터 미만으로 주행 중이었으나 숲에 가려서 트럭을 보지 못했다고 했다. 게다가 트럭이 경사로를 후진으로 살살 내려오느라 차 소리도 들리지 않았다고 했다.

"자동차 보험이 있잖아." 월터는 이렇게 말하고 술을 한 잔 따라 클라라에게 내밀었다. "얼마나 망가졌어?"

"앞쪽이 완전히 뭉개졌어. 차가 뒤집힐 뻔했다고!" 클라라는 열심히 핥아대는 제프에게서 손을 홱 잡아 뺐다가 도로 내리더니 신경질적으로 제프를 토닥였다.

월터는 클라라에게 브랜디를 내밀었다. "이거 마셔. 진정이 될 거야."

"난 진정하고 싶지 않아!" 클라라가 소리를 치며 일어서더니 코에 휴지를 대고 이층으로 뛰어 올라갔다.

월터는 얼음 없이 스카치와 소다만 넣고 술을 한 잔 만들었다. 잔을 들자 손이 바들바들 떨렸다. 그는 클라라가 얼마나 충격 받았는지 상상할 수 있었다. 아내는 지금껏 단 한 번도 사고를 내지 않은 사실에 자부심이 대단했다. 월터는 잔을 들고 계단을 올랐다. 클라라는 침대에 반쯤 쓰러진 채 여태 울고 있었다.

"누구나 한 번씩 사고를 당하는 법이야. 그렇게 자책하지 마. 필포트 부부가 당신한테 기사 딸린 차를 내줄지도 모르잖아? 당신은 당분간 운전하지 마."

"내 기분이 어떤지 이해하는 척할 필요 없어. 오늘 밤에도 엘리나 만나러 나가란 말이야! 당신이 미워하는 여자가 있는 이 집엔 안 와도 된다고!"

월터는 이를 악 물고 도로 침실을 나와 아래층으로 내려갔다. 클라라는 그가 저녁에 집에 들어오지 않고 엘리와 매일같이 있다고 오해하는 것 같았다. 그는 이제는 달라져야 한다고 생각했다. 사실 클라라가 이 집에 불을 놓고 이 안에서 타 죽을까 봐 겁을 먹고 있었다. 클라라에게 절대로 그런 일이 일어나지 않게 막아야 한다. 그는 자신이 클라라를 지키고 있다고 생각했다. 상황이 이렇다 보니 클라라만큼이나 그 역시 조마조마해지고 있었다.

클라우디아가 방으로 들어왔다. "두 분 저녁 드실 준비되셨나요, 스택하우스 씨?"

평소라면 클라우디아가 저녁이 다 됐다고 이렇게 부르지 않았다. 이층에서 악다구니를 쓰는 클라라의 목소리가 클라우디아의 귀에까지 들렸기 때문이라는 것을 월터는 눈치챘다. "네, 클라우디아. 내가 올라가서 집사람을 부르죠."

14

아침 식사 중에 초인종이 울렸다. 클라우디아가 주방에 있어서 월터가 일어났다. 클라라 앞으로 온 전보였다. 그는 장모가 보낸 것임을 직감했다.

클라라가 급히 전보를 읽었다. "엄마가 위독하시대. 의사가 보낸 거야."

월터가 전보를 집어 들었다. 장모가 또다시 뇌졸중으로 쓰러져서 36시간 이내 사망할 것 같다는 내용이었다. "당신 비행기 타야겠다." 그가 말했다.

클라라는 의자를 뒤로 밀며 일어섰다. "나 비행기 안 타는 거 알면서."

월터는 알고 있었다. 클라라는 비행기를 타는 걸 겁냈다. "그래도 가긴 가야 하잖아." 월터는 클라라를 따라 복도로 들어섰다. 클라라는 그날 아침 9시까지 어디를 가야 해서 일찌감치 집을 나설 참이었다.

"당연히 가야지. 엄마가 오랫동안 미뤄둔 돈 문제도 처리해야 하고." 클라라는 짜증 섞인 목소리로 말하더니, 복도 탁자에 있는 서류를 챙겨서 늘 들고 다니는 종이 폴더에 집어넣었다.

"당신 차가 수리 들어가서 어쩌지." 월터가 말했다.

"그러게, 덕분에 돈이 훨씬 더 들게 생겼어."

월터가 살짝 미소를 지었다. "그럼 내 차를 가져갈래?"

"당신도 써야지."

"오늘내일 이틀인데 뭐. 토요일은 차가 필요 없고." 토요일 아침, 월터는 네바다 주 리노 행 비행기에 오를 예정이었다.

"당신 차는 당신이 써." 클라라가 말했다.

월터는 담배를 꺼냈다. "몇 시에 떠날 거야?"

"오늘 오후 늦게. 사무실에서 해결해야 할 일이 있어. 엄마 일이든 아니든."

"전화할게. 몇 시에 데리러 가면 되지?" 월터가 물었다.

"뭐하러?"

"당신이 몇 시에 출발하는지 알려고 그러지! 내가 어떻게든 도와주려고." 월터가 짜증스레 말했다. 그는 자신에게 화가 났다. 대체 왜 클라라를 도와야 하지?

"꼭 그러고 싶다면 12시쯤 전화해." 그녀는 '패커드 오브 필포트'라고 적힌 대형차가 들어오자 창문을 내다보며 말했다. "로저가 왔어. 나 가야해. 클라우디아! 짐을 싸야 하니 침대 위에 옷 좀 꺼내서 펼쳐 놓으세요. 회색 원피스하고 녹색 정장이에요. 이따가 서너 시쯤 올게요." 그리고는 나갔다.

월터는 12시에 클라라의 사무실로 전화했다. 클라라는 버스로 간다며 34번가 버스 터미널에서 오후 5시 30분에 출발한다고 했다.

"버스라니! 그러다 지쳐, 클라라. 몇 시간이나 걸릴 텐데."

"해리스버그까지 다섯 시간인데 뭐. 기차는 내 스케줄하고 안 맞고. 전화 끊어, 월터. 나 12시 반에 로커스트 밸리에서 점심 약속이 있어. 그럼."

월터는 화가 나서 수화기를 내려놓았다. 목 단추를 끄르는 순간, 단추가 코르크 바닥에서 두 번 튕기는 소리가 들렸다. 월터는 아내를 배웅하러 터미널에 나갈 것이다. 그런데 클라라에게 그렇게 해주려니 억울했다. 토요일이 되기 전까지 아내에게 물으려던 몇 가지 질문에 대한 대답을 꼭 듣고 싶었다. 예를 들어, 집은 어쩔 것인지 등이었다. 물론 집은 클라라 명의니 아내가 그걸로 뭘 하든 뭐하러 신경 쓰지? 자기 일은 알아서 잘 챙기는 여잔데.

그는 타이를 바싹 당긴 후 머리를 쓸어내렸다. 조앤에게 인터폰을 했다. 발송해야 할 편지가 있는데 조앤이 응답하지 않았다. 조앤이 점심을 먹으러 나간 것이다. 그는 직접 편지를 부치려고 챙기기 시작했다. 그때 조앤이 종이 봉지 두 개를 들고 들어왔다.

"점심 사왔어요. 제가 안 사오면 변호사님께서 아무것도 안 드실 것 같아서요. 저 오늘 착한 일 했죠?"

"고마워요." 월터는 놀라서 대답했다. 조앤은 이렇게 개인적으로 그를 챙기는 사람이 아니었다. 그는 주머니에서 손을 넣었다. "여기 점심 값 받아요."

"아닙니다. 제가 사드리는 거예요." 조앤은 샌드위치와 커피 한 잔을 봉지에서 꺼내 그의 책상 위에 올렸다. "변호사님. 사실 전 여기에서 무슨 일이 어떻게 돌아가는지 잘 몰라요. 변호사님하고 크로스 씨 사이에서요. 그래도 한 말씀드리고 싶어요. 만약 변호사님께서 여기를 나가 다른 로펌으로 가실 생각이라면, 저도 같이 데려갔으면 좋겠어요. 월급은 상관없어요."

이 말을 듣는 순간, 월터는 남들의 이목이 신경 쓰이기 시작했다. 로펌에서는 기다렸다는 듯이 그에게 6주간의 휴가를 승인했다. 월터는 6주 휴가를 떠난 사이 회사로 복귀할 필요가 없다고 통보하는 크로스의 모습이 그려졌다. 크로스는 월터와 딕 젠슨이 이 로펌에서 나가기로 한 사실을 알고 있음을 은근히 내비쳤다. 급기야 어제는 월터가 일하는 게 마음에 들지 않는다고까지 했다. "변화가 있을지도 모릅니다. 사실 그러길 바라는 게 내 심정이에요. 만일 내가 복귀하지 않으면, 그래도 연락하죠." 월터가 말했다.

"알겠습니다." 조앤의 동그란 얼굴에 미소가 퍼졌다.

"대신 회사엔 아무 말 하지 말아요."

"그럼요. 안 해요. 변호사님, 몸 잘 챙기세요."

월터가 웃었다. "고마워요."

딕이 점심을 먹고 돌아오자마자, 월터는 그의 사무실로 가서 크로스가 두 사람의 계획을 얼마나 아는지 물었다. 딕은 크로스가 월터의 업무 능력이 마음에 들지 않으며, 월터가 열정이 부족한 것 같다고 한 말을 전했다. 딕은 월터에게 마음을 다져 먹고 두 사람이 이 로펌에 있는 날까지는 열심히 하자고 말했다.

"내일부터 출근 안 해도 난 상관없어." 월터가 말했다.

딕이 월터를 보며 인상을 찌푸렸다.

월터는 그의 사무실에서 나와 문을 닫았다.

오후 5시 15분, 월터는 버스 터미널로 갔다. 신문 가판대 주위를 서성이는 클라라가 한눈에 들어왔다. 새로 장만한 타이트한 녹색 트위드 정장을 입고 있었다.

"하나 더 있어." 그를 보자마자 클라라가 이렇게 말했다. "차가 내일이면 수리가 끝날 거야. 그쪽에서 앞 범퍼 크롬 작업을 다시 했다고 해도 추가로 돈 내지 마. 처음에 견적서 작성할 때 그것까지 다 넣었어. 작업소 소장은 아니라고 하겠지만."

월터는 그녀의 파란 트렁크를 집어 들었다. 그녀가 뭔가를 물으러 창구로 갔다. 월터는 클라라를 쳐다보며 기다렸다. "해리스버그엔 얼마나 있을 거야?" 클라라가 돌아오자 월터가 물었다.

"토요일에 올 거야. 아니면 내일 저녁이나." 클라라가 월터를 올려다보았다. 아내는 생글생글 웃고 있었지만 눈에는 눈물이 고여 있었다. 월터는 그 모습에 깜짝 놀랐다.

"만약 장모님이 돌아가시면? 장례식까지 치르고 와야 하잖아?"

"아니." 클라라가 자그마한 하이힐을 신은 한쪽 발로 중심을 잡으며 몸을 숙이더니 반대편 하이힐 바닥에 끼인 작은 종잇조각을 빼냈다. 클라라가 잡아 달라며 한 손을 자동으로 내밀자 월터는 그 손을 잡았다.

아내의 손끝이 닿자 이상한 느낌이 그의 온몸에 퍼졌다. 짜릿한 쾌감과 미움, 더불어 가망 없는 다정함까지 느껴졌다. 그걸 인지하는 순간, 월터는 억장이 무너졌다. 지금 이 마지막 순간, 아내를 꽉 안아 주고픈 마음이 솟구치자 아내의 손을 치워버렸다.

"그리고 이거 받아." 클라라가 재킷 주머니에서 접혀진 종이 하나를 꺼내 건넸다. "내일 아침에 내가 전화하기로 한 두 명이야. 당신이 필포트 부인에게 전화해서 이 번호를 불러줘. 그럼 부인이 다 알아서 할 거야." 클라라는 검은색 양가죽 장갑 중 하나를 빼내 손에 끼면서 고개를 숙였다. 장갑 위로 눈물 한 방울이 떨어지는 것이 보였다.

그는 클라라가 엄마 때문에 너무나 속상해서 이러는 건지, 다른 이유로 이러는 건지 걱정스레 쳐다보았다. "도착하면 전화해. 몇 시든."

"당신은 나 없는 48시간을 고대했잖아? 왜 그렇게 이를 악 물고 있어? 엘리도 데리고 리노에 가지 그래?" 클라라는 마녀의 마음으로 이 모든 걸 계획한 듯이 월터를 노려보며 악랄한 억지 미소를 지었다. 월터가 절대로 엘리와 함께할 수 없으며, 월터를 위한 행복은 이 세상에 절대로 존재할 수 없다고 말하는 것 같았다.

클라라가 버스로 향하자 그는 트렁크를 들고 뒤따랐다. 트렁크 손잡이를 꽉 쥔 채 이걸로 클라라의 머리통을 후려칠 용기가 그에게 있기를 바랐다. 뉴욕-피츠버그 구간에 실릴 다른 가방들 옆에 클라라의 트렁크를 내려놓았다.

"당신 하나도 안 행복해 보이네." 그녀가 그에게 밝게 말했다.

월터는 클라라를 내려다보다가 입술에 살짝 머금은 미소가 사그라지게 두었다. 만일 클라라가 진저리치게 밉다면…… 그는 생각에 잠겼다. "버스가 중간에 어디서 쉰대?" 그가 불쑥 물었다.

"휴게소 말이야? 잘 모르겠는데. 아마 앨런타운(펜실베이니아 주 동부 도시)에서만 쉬지 않을까." 클라라는 주위를 살펴보았다. 아직도 그 광기 어린 미소는 그대로였다. "이제 타야겠어."

클라라가 버스 계단을 올랐다. 통로로 들어가 자리를 찾더니 뒤편 통로쪽 자리에 앉았다. 그러고는 밖을 내다보며 그에게 웃으면서 손을 흔들었다. 버스 출발 시간까지 채 5분도 남지 않았다. 그는 갑자기 몸을 돌려 대기실로 들어갔다. 뜬금없이 술을 한 잔 하고 싶었지만, 바를 지나쳐 밖으로 나갔다.

그는 터미널에서 서쪽으로 두 블록 떨어진 주차장에 차를 세워두었다. 차를 몰고 나와 동쪽으로 향했다. 도로는 차들로 꽉 막혀 있었다. 버스가 대로로 합류한 후 남으로 향했다. 그는 저게 클라라가 탄 버스인지 아닌지 확신할 수 없었다. 월터의 차가 정체된 도로에 갇혀 찔끔찔끔 굴러가다가 다시 서자, 그는 담배에 불을 붙였다. 그가 보는 앞에서 뉴욕-피츠버그 버스가 10번가로 꺾어 들어갔다. 순간 클라라까지 보였다.

신호가 바뀌자 월터는 우회전해서 버스를 쫓아갔다. 그는 계속해서 도심에서 홀랜드 터널 방향으로 향했다. 그다음, 버스를 따라 터널을 통과했다.

뉴어크에서 잠깐 섰다가 한 바퀴 돌아서 가야지, 그는 생각했다. 뉴어크에 있는 멜키오르 키멜이 떠올랐다. 안 그래도 서점에 한 번 들를 참이었는데. 아직 문을 열었을 것이다. 그가 주문한 책이 왔을지 모른다.

그러나 월터는 식빵처럼 생긴 회색 버스 뒤를 계속 따라가며 뉴어크를 관통하고 있었다. 그의 차가 빨간불에 걸리고 버스가 모퉁이에서 순식간에 사라지자, 월터는 미칠 것만 같았다.

담배나 피워야겠다. 다 피우면 돌아가야지.

우여곡절 끝에 버스가 길게 뻗은 번화가를 지나 뉴어크를 빠져 나가자, 월터도 계속해서 그 뒤를 따랐다.

클라라는 지금 무슨 생각을 할까? 돈? 그는 궁금했다. 어머니가 사망하게 되면 클라라는 세금을 제하고 5만 달러를 유산으로 받게 된다. 그렇게 되면 클라라가 조금은 더 쾌활해지겠지? 그럼 나하고 엘리는 어떻게 될까? 클라라가 과연 울기는 할까? 『월드 텔레그램』을 읽느라 이런 생각을 조금도 안 하겠지? 클라라가 신문을 내려놓고 고개를 뒤로 젖히는 모습이 떠올랐다. 그건 클라라가 잠시 눈을 쉴 때 하던 자세였다. 그는 그의 두 손으로 그녀의 가느다란 목을 감싸 쥐는 모습을 상상했다.

얼마나 용기가 있어야 살인을 저지를 수 있을까? 얼마나 미워해야 그게 가능할까? 나에게도 그런 마음이 충분히 있을까? 그건 그저 미움만으로는 안 된다는 것을 월터는 알았다. 미움은 그저 하나의 요인일 뿐, 이런

저런 감정이 각별히 뒤엉키고 거기에 광기까지 더해져야 가능한 것이다. 월터는 그가 줄곧 지나치게 이성적이었다는 생각이 들었다. 적어도 지금 이 순간엔 그랬다. 클라라를 때리고 싶었던 순간도 있었지만, 단 한 번도 손찌검하지 않았다. 그는 언제나 지나치게 이성적이었다. 심지어 지금, 이렇게 버스에 탄 그녀를 쫓아가면서까지도 그랬다. 상황은 이상적이었다. 얼마 전 꿨던 꿈과 비슷했다.

첫 번째 휴게소까지만 따라가자, 월터는 생각했다. 그는 클라라에게 다가가 꿈에서 했던 얘기를 고대로 할 것이다. 멜키오르 키멜이 했던 말을 그대로 따라할 것이다. '클라라, 할 말이 있어. 나랑 같이 가.' 그다음 클라라와 잠시 걸을 것이다. 그러면 버스 터미널에서 나누었던 쌉쌀한 대화가 다시 오갈 것이다. 클라라는 엘리에게 악담을 퍼부을 것이고, 갈 길 안 가고 이 먼 길까지 쫓아온 그를 바보라고 할 것이다. 그래도 그는 클라라를 도로 버스에 데려다줄 것이다. 더불어 무너지는 순간도 겪을 것이다. 자기도 모르게 한쪽 발에 힘이 들어가자 차가 쏜살같이 튀어나갔다. 액셀러레이터를 바닥까지 꾹 밟았다. 앞 차를 거의 박을 뻔하자 발에서 힘을 풀었다.

월터는 진짜로 그 일을 저지를 경우 어떻게 되는지 상상해 보려고 애썼다. 일단, 그에겐 알리바이가 없다. 또한 버스 휴게소에서 누군가에게 들킬 위험이 있다. 혹시나 클라라가 월터를 보는 순간, '월터!'라고 외치는 소리를 남들이 들을 수 있다. 그럼 사람들은 고속도로 쪽으로 걸어가던 두 사람을 기억할 것이다.

그리고 엘리가 그를 경멸할 것이다.

그는 달리는 버스 뒤에서 속도를 올리며 따라갔다.

월터는 클라라를 처음 만난 날이 떠올랐다. 그날, 그는 샌프란시스코에서 오랜 대학 동창 할 스켑스와 점심을 같이 먹었다. 할이 클라라를 데려왔다. 할은 우연이었다고 나중에 말했다. 그건 사실이었지만 당시에는 몰랐다. 클라라를 보는 순간, 부풀어 오른 그의 가슴이 지금도 기억난다. 첫눈에 사랑에 빠진 것 같았다. 후일, 클라라도 그에게 같은 말을 했다. 월터는 그날 오후 할에게 걱정스레 전화하던 모습이 지금도 생생했다. 할이 클라라와 약혼했거나 사귀는 사이일까 봐 걱정했다. 할은 그런 사이가 아니라며 그에게 확실히 선을 그으며 이렇게 덧붙였다. '그런데 조심해. 클라라가 제멋대로야. 요나(히브리서에 등장하는 예언자로 불길한 사람을 의미한다) 같아. 사귀고 헤어질 때 말이야.' 월터는 그녀가 얼마나 유쾌했었는지, 주체할 수 없이 가슴이 널뛰던 처음 몇 주간의 시절을 기억했다. 클라라는 월터에게 전에 사귄 두 명에 관해 말해 주었다. 각각 1년씩 사귀었고, 두 남자 모두 그녀와 결혼하고 싶어 했지만, 클라라가 거절했다고 했다. 클라라가 했던 말을 되짚어 보면, 두 남자 모두 클라라에게 휘둘렸던 것 같았다. 클라라는 자기가 휘두를 수 있는 남자가 좋지만 그렇다고 결혼은 하고 싶지 않다고 말했다. 월터는 혹시 클라라가 그를 가장 만만하게 보고 결혼한 건 아닌지 석연치 않았다. 기분이 그리 유쾌하지 않았다.

폭발물이 연쇄적으로 터지듯 철로가 그의 차바퀴에 연달아 걸렸다. 차가 수평을 잡는 동안 그의 고개가 까딱거렸다. 버스는 빨리 달아나고 있었다. 시계를 보니 6시 20분이었다. 월터는 시계를 귀에 갖다 댔다. 시계가 섰다. 그는 왼손으로 핸들을 잡고 대충 감으로 7시 5분에 바늘을 맞춘 후 태엽을 감았다. 30분 후면 버스가 휴게소에서 정차할 것 같았다.

길이 오르막이 되면서 구불구불해졌다. 버스가 언덕을 오르느라 기어를 바꾸자 월터도 속도를 줄여야 했다. 저 멀리 왼편으로 도시의 불빛이 보였다. 그는 지금 여기가 어딘지 알지 못했다.

버스가 언덕 정상에서 속도를 늦추었다. 월터도 속도를 줄였다. 버스가 갑자기 왼쪽으로 홱 꺾였다. 월터는 저러다 버스가 절벽 아래로 굴러 떨어지는 건 아닌지 걱정하며 긴장했다. 기다란 버스가 짙게 깔린 어둠 뒤로 사라졌다.

월터도 언덕길을 올랐다. 알고 보니 어둠의 정체는 풀숲이었다. 버스는 가로변 여관 앞쪽 초승달처럼 생긴 구역에 정차했다. 월터는 여관을 몇 미터 지나 고속도로 갓길에 차를 대고 라이트를 껐다. 그리고 차에서 내려 여관 쪽으로 거슬러 올라가기 시작했다. 초승달처럼 생긴 구역은 식당 위쪽에 걸린 네온사인 덕분에 훤했다. 네온사인은 빨간색과 라벤더 색으로 번갈아 번쩍거리고 있었다. 그는 버스에서 내려 돌아다니는 승객들 틈에서 클라라의 아담하고 잽싼 체구를 찾았다. 클라라가 보이지 않았다. 그는 버스에 다가가 안을 들여다보았다. 클라라는 이미 내리고 없었다.

월터는 식당 유리문을 열고 들어가 계산대와 테이블을 둘러보았다. 그 어디에도 클라라가 보이지 않았다. 그는 무대에서 연기하고 있는 듯한 기분이 들었다. 그는 설득력 있게 연기하는 중이다. 불안에 사로잡힌 남편이 쫓아와 아내를 죽이려고 찾는다. 몇 분 후, 그는 두 손으로 아내의 숨통을 조일 것이다. 그러나 죽이진 않을 것이다. 왜냐, 이건 연극일 뿐이니까. 그냥 죽이는 척만 할 것이다. 가짜 살인인 셈이다.

월터는 여자 화장실 문 앞까지 갔다. 몇 사람이 유리문으로 들어오자 그는 화장실에서 시선을 거두고 그쪽을 바라보았다. 긴 계산대를 다시 살피고 테이블 저쪽까지 샅샅이 훑었다.

그는 식당에서 나와 버스 주변을 맴돌다 도로 식당 안으로 들어가 계산대 한쪽 끝에 섰다. 여자 화장실에서 2미터 정도 떨어진 위치였다. 문 너머로 보이는 벽시계를 본 다음, 손목시계를 7시 29분으로 맞추었다. 아까 엇비슷하게 시간을 맞춘 것이다.

"버스가 몇 분이나 정차합니까?" 월터가 계산대에 앉은 남자에게 물었다.

"15분이요." 남자가 대답했다.

월터는 문을 향해 초조히 몇 걸음 떼었다가 도로 돌아왔다. 한 7분 정도 지난 것 같았다. 클라라가 여자 화장실에 있을 가능성이 가장 높았다. 그런데 그녀는 피치 못할 상황이 아니면 공중 화장실에 가지 않는 사람이다. 월터는 뒤로 핵 돌아 그가 좀 전에 물어본 남자의 얼굴을 직시했다. 월터가 쳐다보자 남자는 시선을 피했다. 월터는 출입문 쪽으로 계속 걸어갔다. 한쪽 벽면에 전신 거울이 달려 있었지만, 거기에 비친 모습을 감히 쳐다보지 못했다. 그는 미간 사이에 짙게 세로 주름이 잡힌 것을 알고 그것만 신경 써서 인상을 풀었다. 미간 주름 때문에 종종 낯선 이들까지 그를 쳐다보기 때문이다.

월터는 허겁지겁 버스 주변에 모인 사람들 쪽으로 갔지만, 클라라는 거기에도 없었다. 그는 까치발로 버스 안을 살폈다. 한 3분의 1정도 차 있었다. 이 버스가 아닌가? 그런데 차창 정면에는 뉴욕-피츠버그라고 적혀 있다. 그럼 같은 스케줄에 버스가 두 대나 다닌다는 말인가?

월터는 손으로 재킷 주머니를 뒤졌다. 찢어진 종이 성냥갑이 잡히자 너덜너덜한 것들을 끄집어내 바닥에 내동댕이쳤다. 그는 천천히 버스 주위를 맴돌며 기다렸다. 15분이 지났다. 돌아서다가 누군가와 부딪혔다.

"죄송합니다!"

"미안해요." 여자가 앵무새 같은 목소리로 말한 후 계속 걸어갔다.

갑자기 월터는 온몸에 식은땀이 흐르는 것 같았다. 버스 운전사가 식당에서 걸어 나오고 있었다. 버스가 거의 다 찼다. 월터는 초승달처럼 생긴 구역에 서서 컴컴한 고속도로를 요리조리 살폈다. 그러나 클라라가 어둠 속을 걷고 있는 것 같지 않았다. 그는 불이 밝혀진 식당 출입구를 뒤돌아보았다. 그쪽도 비어 있었다. 그 위로 '해리스 레인보우 그릴'이라고 적힌 네온사인이 번쩍이며 라벤더 색에서 빨강색으로 바뀌었다.

버스에 시동이 걸렸다. 월터는 운전사가 통로를 따라 걸으며 손으로 승객수를 세는 모습을 바라보았다. 그러더니 앞으로 나와 버스 밖을 내다보았다.

"아직 한 명이 안 와서 기다리는 중입니다." 운전사가 말하는 소리가 월터의 귀에까지 들렸다.

월터는 그게 클라라라고 확신했다. 주머니 속에서 주먹을 꽉 움켜쥐었다. 운전사가 식당으로 도로 들어가 뭐라고 외치더니 나왔다. 그가 뭐라고 외쳤는지는 월터에게 잘 들리지 않았다.

운전사는 키가 작고 통통한 여자가 버스 계단에 오르는 것을 거들었다. "혹시 여자 화장실에 사람이 아직 있던가요?" 운전사가 여자에게 물었다.

"아무도 없던데요." 여자가 말했다.

월터는 고속도로 양쪽으로 컴컴한 갓길이 한눈에 들어오는 위치에 서 있었다. 그곳에서 식당 출입구도, 버스 문도 보였다. 버스의 시동 소리가 점차 커지더니 월터가 선 땅이 흔들렸다. 버스는 후진했다가 앞으로 출발하여 굽이진 고속도로를 따라 멀어졌다. 월터는 소리치고 싶었지만 이를 악물었다. 식당 안으로 들어가 여자 화장실 문 앞까지 갔다. 그리고 문을 열어젖히고 클라라의 이름을 외치려 했다. 그러나 그러지 않았다. 월터는 인상을 쓴 채 도로 식당에서 걸어 나왔다.

이 상황을 설명할 길은 딱 하나밖에 없었다. 뉴어크에서 빨간 신호등에 걸렸을 때 클라라가 버스에서 내린 것이다. 그런데 빨간불에 걸렸을 때 클라라가 트렁크까지 챙겨서 내릴 수는 없었을 텐데. 그렇다면 버스 운전사가 지금까지 찾은 사람이 클라라가 아니란 말인가? 그럼 없어진 사람이 클라라가 아니면 대체 누구지? 고속도로 위에 서서 월터는 양방향을 살펴보았지만 아무도 보이지 않았다. 이제 차를 세워 놓은 곳으로 가려고 고속도로 위를 달렸다. 달리니까 좋았다. 그러다가 자갈을 밟고 삐끗하는 바람에 몸을 바로 세우려다 그만 넘어지고 말았다. 손바닥이 쓸렸다. 바지가 찢어진 줄도 몰랐다. 그는 차를 몰고 되돌아가면서도 얼빠진 사람처럼 고속도로 위에서 계속해서 클라라를 찾았다. 마침내 그는 찾기를 포기하고 속도를 올리기 시작했다.

　11시를 막 넘긴 시각에 월터는 집에 도착했다. 집은 컴컴했다. 이층으로 올라갔으나 침실은 휑했다. 아래층으로 내려갔다. 혹시나 클라라의 트렁크가 보이지 않을까, 거실에서 클라라의 기척이 나기를 기대했다. 그는 담배에 불을 붙이고 잠시나마 억지로라도 소파에 앉았다. 클라라의 행방을 알려줄 전화가 오기를 기다렸다. 그러나 전화는 울리지 않았다.

　월터는 엘리에게 전화했다. 그러나 받지 않았다.

　월터는 차를 몰고 레너트로 향했다. 브랜디라도 한 잔 마실걸, 월터는 이런 생각이 들었다. 그는 영문을 알 수 없는 상황 때문에 조마조마한 마음으로 신경을 곤두세웠다. 자기가 클라라를 죽인 것 같은 죄책감이 들었다. 버스 주변에서 기다리던 때를 지친 마음으로 돌이켜 보았다. 고속도로 옆으로 숲이 우거진 길가를 클라라와 둘이 걷는 모습이 눈앞에 펼쳐졌다. 그가 무언가를 회피하려는 듯 자기도 모르게 주위를 두리번거리고 있었다. 그런 일은 일어나지 않았다. 확실했다. 그런데 바로 그때, 앞쪽 도로가 아른거리기 시작했다. 월터는 핸들을 꽉 움켜잡았다. 시커먼 도로 위로 헤드라이트가 미끄러지며 흩어졌다. 그제야 그는 비가 내리고 있다는 것을 깨달았다.

　엘리의 아파트 창은 어두웠다. 길에도, 아파트 건물 옆 텅 빈 주차장에도 엘리의 차는 보이지 않았다. 혹시나 하는 마음에 초인종을 눌렀다. 응답이 없었다.

월터는 차를 몰아 아파트에서 좀 떨어진 바로 가서 마르텔(코냑 브랜드)을 한 잔 시켰다. 술을 마시며 최대한 그곳에서 시간을 때우다가 도로 엘리의 아파트로 갔다. 집은 여전히 컴컴했고 초인종 역시 대답이 없었다. 그는 바로 돌아갔다.

"무슨 일이십니까?" 바텐더가 물었다. "누가 병원에 계신가요?"

"네?"

"누가 병원에 입원하신 줄 알았습니다." 바텐더는 유리잔을 들고 광을 내기 시작했다. "저쪽 아래편에 병원이 있거든요."

"몰랐어요. 아뇨, 병원에 입원한 사람은 없어요." 그는 마음을 달래려고 브랜디를 몇 잔 마셨지만 치아가 맞부딪히며 덜덜 떨리기 시작하는 느낌이 들었다.

월터는 12시 반에 엘리의 초인종을 또다시 눌렀다. 그가 막 돌아서려는 순간, 엘리의 차가 들어오고 있었다. 그의 심장이 튀어나올 듯이 쿵쾅거렸다. 운전석에 앉은 사람은 엘리가 아니었다. 피터 슬로트니코프였다.

"안녕하세요, 스택하우스 변호사님!" 피터가 기분 좋게 웃으며 인사했다.

"어, 그래!" 월터가 인사를 받으며 대답했다.

"지금 막 고든네에서 오는 길이에요." 엘리가 차에서 내리며 말했다. "오늘 저녁 내내 당신이 오기를 기다렸는데."

월터는 기억났다. 고든이 월터와 클라라에게 칵테일파티에 오라며 며칠 전 전화를 했었다. "갈 수가 없었어요."

"난 가야겠어요, 엘리. 7분밖에 안 남았거든요." 피터가 말했다. "차는 신문 가판대 오른쪽에 딱 붙여 세워둘게요."

"좋아요." 엘리가 대답했다. "오늘 만나서 반가웠어요, 피터." 엘리가 차창에 걸친 피터의 손을 토닥였다. 그걸 보며 월터는 세련되고 플라토닉한 스킨십이라고 생각했다. "잘 가요."

피터가 차를 몰고 사라졌다.

월터는 문득 이런 생각이 들었다. 혹시 피터가 그와 엘리의 사이를 의심하는 건 아닐까? 그래서 허겁지겁 차를 몰고 간 걸까? 아니면 정말로 기차를 타러 가야 했던 것일까? 월터와 엘리가 서로를 바라보고 있었다. 거의 2주 만에 보는 엘리의 얼굴이었다.

"무슨 일 있어요?" 엘리가 물었다.

"떠나기 전에 당신 얼굴이 보고 싶어서요. 올라갈까요?"

엘리의 눈은 웃고 있었다. 그러나 그는 엘리가 계속해서 그와 거리를 두고 있다는 기분이 들었다. "좋아요." 엘리는 뒤돌아서더니 곧장 현관으로 가서 열쇠로 문을 땄다.

두 사람은 말없이 계단을 올라 아파트로 들어갔다.

"고든네 파티에 안 와서 아쉬웠어요. 존도 왔거든요."

"까맣게 잊어버렸지 뭡니까."

"앉을래요?"

월터는 불편하게 앉았다. "클라라가 오늘 밤 친정어머니 뵈러 해리스버그로 갔어요. 장모님이 위독하세요. 돌아가실 것 같아요."

"아, 이런 어쩌나." 엘리가 말했다.

"그렇다고 내 계획이 바뀌진 않아요. 아무튼 토요일에 출발할 겁니다."

엘리는 암체어에 앉았다. "클라라가 걱정되시죠?"

"아뇨, 사실 클라라가 어머니 소식에 전혀 당황하지 않더군요. 엄마와 조금도 살가운 사이가 아니거든요." 월터는 양손으로 발목을 문질렀다. "나 한 잔 하고 싶은데, 엘리?"

"물론이죠!" 엘리는 술을 가지러 일어섰다. "물이요, 아님 소다?"

"물만 조금 넣어서요. 얼음은 빼고." 그는 일어나서 소파 발치에 있는 길고 작은 탁자 위에 놓인 엘리의 바이올린을 집어 들었다. 손에 드니 깃털처럼 가벼웠다. 그는 바이올린을 조명에 갖다 대고 현 아래 안쪽에 적힌 글자를 읽었다. '1821년 나폴리 라파엘르 가글리아노.' 그는 바이올린을 내려놓고 부엌으로 가서 식기 건조대에 세워둔 스카치의 코르크를 땄다. 엘리가 그를 위해 만든 술잔을 들고 월터에게 돌아섰다. 월터는 한 손으로 잔을 받아 들고 다른 손으로 엘리를 감싸 안은 다음 입을 맞추었다. 길고 애절한 키스. 그러나 예전 그 느낌이 들지 않았다. 심지어 이번에는 엘리가 양팔로 그의 목을 꽉 끌어안았는데도 말이다. 월터는 불현듯 이런 생각이 스쳤다. 엘리와 사랑에 빠지지 않고 조금도 사랑할 수 없다면 어떻게 되는 거지? 한 달 전엔 솔직함과 반짝이는 코, 테리 타월 목욕 가운에 반했지만 다음 달이 돼서 지겨워지면 어쩌나? 그러나 그는 엘리가 두 사람이 이혼하는 결정적 사유는 아님을 상기했다. 만일 그가 엘리에게 절대로 결혼은 하지 않겠다고 말해야 한다면, 그런 말을 한다는 이유로 지질한 기분이 들 것 같았다.

그는 팔을 푼 다음 잔을 들고 거실로 갔다. 엘리는 그가 자고 갈 수도 있다고 생각하는 것 같았다. 그가 그러길 바라는 눈치였다.

"무슨 일 있어요? 걱정거리라도 있는 거예요?"

그는 오늘 밤 엘리를 기다리면서 버스를 따라갔던 얘기를 털어놓을까 고민했었다. 그런데 지금 말하기가 두려웠다. "아무것도 아니에요."

"로펌에서는 아무 일 없어요? 6주나 비운다는데도 뭐라고 안 해요?"

"뭐라고 하겠지만, 난 신경 안 써요. 딕 젠슨과 12월 중순에 사표를 낼 겁니다. 우리 둘이서 법률사무소를 차리기로 했어요. 작은 사건을 다루는 사무소가 될 거예요. 지금 로펌에서 잘린다 해도 전혀 신경 쓰이지 않아요. 사실 이것도 무급 휴가를 받은 거예요."

"작은 사건이라면 어떤 종류죠?"

"민사 소송만 다룰 겁니다. 기업법 같은 건 전혀 취급 안 하고요. 음주 운전이나, 쫓겨난 세입자 같은 뭐 그런 건들이요." 월터는 엘리에게 이 얘기 한 번도 한 적이 없었다는 사실이 놀랍기만 했다.

"많이 바뀌겠네요." 엘리가 말했다.

"그렇죠."

"더 늦기 전에 전화하고 올게요."

엘리가 버지니아라는 여성과 전화하는 소리가 들렸다. 월터는 이 여자도 같은 학교 선생이라고 말했던 기억이 났다. 엘리는 차가 기차역에 있어서 그러니 내일 아침에 데리러 와달라며 버지니아와 약속을 잡고 있었다.

"피터하고 자주 만나나 봐요?" 월터는 통화를 끝내고 온 엘리에게 물었다.

"아뇨, 그렇지 않아요. 피터는 차가 없어서 시외로 나오기 쉽지 않거든요." 엘리는 다시 의자에 앉아 그를 쳐다보았다. "피터는 내게 특별한 관심을 조금도 보이지 않아요. 만약 당신이 그런 쪽으로 생각한다면 말이죠."

월터는 그녀의 솔직한 대답에 미소를 지었다. 엘리는 의자에서 반쯤 몸을 틀고 앉아 한쪽 팔을 뒤에 걸쳤다. 엘리의 몸이 늘씬하고 우아해 보였다. 엘리는 완벽하게 휴식을 취하는 것 같았다. 그는 클라라와 너무나도 다른 엘리의 안락함과 고요함을 사랑했다는 사실이 떠올랐다. 그런데 이제 불안해졌다. 엘리에게 가서 무릎을 꿇고 앉아 한쪽 팔로 그녀의 몸을 감싸 안았다. 그리고 V자로 패인 원피스 가슴골에, 목에, 입술에 키스했다. 그의 품 안에서 그녀의 몸이 이완되는 것이 느껴졌다.

"오늘 자고 갈래요?" 엘리가 물었다.

그는 천천히 일어나서 손바닥으로 그녀의 이마를 쓸고 바삭한 머리칼도 매만졌다. "나중에요."

그녀는 그를 올려다보았다. 실망하거나 짜증 난 기색은 아니었다.

"돌아올 때까지 아마 보기 힘들 겁니다, 엘리. 클라라가 내일 밤에 돌아올 수도 있거든요. 어쩌면요."

엘리도 일어섰다. "괜찮아요. 지금 가는 거죠?"

"네." 그는 문으로 가려다가 몸을 돌려 엘리를 다시 안고 입술에 진하게 입을 맞추었다.

"사랑해요, 월터."

"사랑해요." 그도 답했다.

16

"돌아가실 때 고생은 안 하셨으면 정말 좋겠어요." 클라우디아가 말했다. "어머니를 좋아하든 안 하든, 누구든 그렇게 힘들어 하는 모습을 보는건 정말 가슴 아프거든요. 스택하우스 부인께서 행동이야 그래도, 아마 그걸 볼 준비는 안 되셨을 거예요."

"네, 맞아요." 월터는 클라우디아가 가녀린 갈색 손으로 그릇을 치우는 모습을 지켜보았다. "아침에 전화를 해봐야겠어요." 그는 식탁에서 일어났다. 지금 득달같이 해리스버그로 전화하고 싶었지만, 클라우디아 앞에서 전화하는 모습을 보이긴 싫었다.

"오늘 저녁은 어떻게 하실 건지요, 스택하우스 씨?"

"모르겠어요. 어쩌면 집사람이 오늘 돌아올 수도 있어요. 그래도 오늘 저녁에 다시 안 오셔도 됩니다. 오늘 저녁엔 쉬세요." 그는 의자에 걸쳐 둔 재킷을 집어 들었다. 클라우디아는 그를 쳐다보았다. 오늘 그녀가 저녁을 차리러 오지 않으면 월터가 식사하지 못하게 되는 상황에 대해 뭔가 할 말이 있어 보였다. 그는 서둘러 현관으로 향했다. "내일 아침에 봐요, 클라우디아. 난 내일 아침 11시에 출발할 거예요."

월터는 사무실에 도착하자마자 해리스버그로 전화했다. 여자가 전화를 받더니 자신은 헤이브먼 여사의 담당 간호사라고 말했다.

"스택하우스 부인 계십니까?" 월터가 물었다.

"아뇨, 안 계십니다. 어젯밤에 오실 줄 알았는데 안 오셨어요. 누구시죠?"

"월터 스택하우스입니다."

"클라라는 어디 있나요?"

"저도 모르겠어요." 월터는 자포자기한 심정으로 말했다. "제가 어제 오후 5시 30분에 버스에 태워 보냈으니, 어젯밤에 분명 도착했어야 했거든요. 클라라한테 무슨 소식 못 들으셨습니까?"

"아뇨, 못 들었어요. 의사 선생님께서는 헤이브먼 부인께서 앞으로 몇 시간 못 버티실 거라고 보십니다."

"그럼 제 번호 좀 적어 두시겠어요? 몬터규 57938입니다. 집사람이 도착하면 이쪽으로 전화하라고 전해 주세요."

월터는 나이츠브리지 부동산 중개소로 전화했다. 필포트 부인에게 혹시 어제 오후 5시 반 이후 클라라한테 연락 온 게 있는지 물었다.

"아뇨, 기대도 안 하고 있었죠. 혹시 어머님 소식 들으셨어요?"

"지금 클라라가 어디에 있는지 모르겠어요. 해리스버그로 전화를 했더니 아직 도착을 안 했대요. 어젯밤 11시경이면 벌써 도착했어야 했다고요."

"세상에나! 그럼 버스가 사고 난 건 아닐까요?"

"그랬다면 지금쯤 연락이 왔겠죠."

"이런, 오늘 아침까지 아무 소식이 없으면 경찰에 신고하는 게 좋겠어요."

부인의 가느다랗고 현명한 목소리에서 위안을 얻었다. "그래야겠네요.

고맙습니다. 필포트 부인."

월터는 10시에 회의가 있었고, 12시에 쉬는 시간이 되었다. 그는 경찰에 신고하려고 곧장 사무실로 들어갔다. 조앤이 옆방에서 인터폰으로 이렇게 말했다. 필라델피아 경찰서에서 15분 전에 전화를 해서 그에게 전화 부탁한다며 번호를 남겼다고 했다.

"지금 전화 넣어 줘요." 월터가 말했다. 그는 순간 클라라가 사망했으며, 숲 속 어딘가에서 폭행당하고 칼에 찔린 클라라의 시신이 수습됐다는 직감이 들었다.

"스택하우스 씨?" 느릿느릿한 목소리가 들렸다. "필라델피아 12구역 경찰서 경감 밀라드입니다. 클라라 스택하우스로 잠정 추정되는 변사체가 오늘 아침 앨런타운 인근 낭떠러지 밑에서 발견되었습니다. 앨런타운 시신 안치소로 최대한 빨리 오셔서 신원 확인을 부탁드립니다."

17

의심의 여지가 없었다. 스타킹이 찢겨진 왼쪽 발만 봤는데도 확실했다. 경찰관은 둔부까지 천을 벗겼다. 찢어진 스커트의 절반이 피로 시커멓게 물들어 있었다.

"알아보시겠습니까?"

"전부 보여 주세요."

경찰이 천을 머리까지 벗겼다.

월터는 박살난 두상을 보는 순간, 눈을 질끈 감았다. 그리고 다시 눈을 떠서 몸 위에 올려진 팔을 쳐다보았다. 자연스러워 보였지만 팔은 으스러진 채 늘어져 있었다.

"부인의 트렁크는 여기에 있습니다." 경찰이 말했다. "버스에 실려 있더군요. 이쪽으로 들어오시겠습니까? 몇 가지 물을 게 있습니다."

월터는 그 안으로 들어가려다가 문설주를 잠시 붙들고 섰다. 전에도 시신을 본 적이 있었다. 태평양에서 폭발 사고로 죽은 시신이었는데, 그때는 그걸 보고 구토를 했었다. 이번에는 그때보다 상태가 더욱 처참했다. 월터는 경찰관의 어두운 실루엣이 황소처럼 우직하게 책상을 빙 돌아가는 모습이 어슴푸레 보였다. 까무러지지 않으려고 고개를 숙였다. 소독약 냄새 때문에 토할 것 같았다. 토하느니 차라리 다시 고개를 들었다. 경찰관이 손으로 의자를 가리키는 모습이 보였다. 월터는 그쪽으로 걸어가 시키는 대로 앉았다.

"부인의 성함은요?" 책상에 앉은 남자가 물었다.

"클라라 헤이브먼 스택하우스입니다." 월터는 철자를 불렀다.

"나이는요?"

"서른입니다."

"출생지는?"

"펜실베이니아 주 해리스버그."

"자녀는요?"

"없습니다."

"가까운 친척은 누구죠?"

월터는 해리스버그에 사는 장모의 이름과 주소를 댔다. 그는 경찰관이 차분히 서류 여기저기에 표시하는 모습을 바라보았다. 경찰관은 매일 이런 일을 하는 것처럼 보였다. "그자를 잡았습니까?" 월터가 물었다.

"그자라뇨?" 경찰관이 고개를 들었다.

"이 짓을 한 범인이요." 월터가 말했다.

경찰관은 코를 문질렀다. "사인은 자살로 추정됩니다, 스택하우스 씨. 다른 증거가 나오지 않는 한이요. 시신이 벼랑 밑에서 발견되었어요."

월터는 도저히 상상이 가지 않았다. 믿을 수 없었다. "저희 집사람이 떠밀리지 않았다는 걸 경찰에선 어찌 아시죠?"

"그건 저희 부서 소관이 아닙니다. 부검을 해야 합니다. 당연한 얘기지만요."

월터가 일어섰다. "클라라가 뛰어내린 건지, 누가 떠민 건지 관심을 갖는 사람이 있어야 하는 거 아닌가요? 저는 알아야겠습니다."

"좋아요. 그럼 저분과 얘기하시죠." 경찰관은 이렇게 말하더니 월터의 뒤편 구석을 턱으로 가리켰다.

월터가 뒤돌아보니 있는 줄도 몰랐던 남자가 보였다. 평상복을 입은 젊은 남자가 의자에서 일어나 흐릿한 미소를 지으며 월터에게 다가왔다.

"처음 뵙겠습니다. 필라델피아 경찰서 살인 사건 전담반 로렌스 코비 경위입니다."

"안녕하세요?" 월터가 웅얼거렸다.

"부인을 마지막으로 보신 게 언제죠, 스택하우스 씨?"

"어제 오후 5시 반이요. 뉴욕 버스 터미널에서요."

"부인께서 자살할 만한 이유가 있었습니까?"

"아뇨, 그 사람이……" 월터는 말을 끊었다. 버스 터미널에서 봤던 아내의 눈물이 떠올랐다. "그럴 수도 있겠지만." 그가 재빨리 말을 이었다. "거의 없는 것 같아요. 아내는 당황한 상태였어요."

"제가 오늘 낭떠러지 현장을 살펴보았는데, 거기에서 뛰어내렸을 것 같진 않아 보이더군요. 절벽까지 가기도 힘들고, 가장 높은 지점에서 9미터가량 경사로가 이어지다가 뚝 끊기는 지형이었어요." 그는 손을 움직이며 설명했다. "우연히 거기까지 걸어갈 사람은 없습니다. 도로변 여관 겸 식당 옆에 있는 낭떠러지라서 만일 그곳에서 험한 일이 벌어졌다면 사람들 귀에 안 들릴 수가 없거든요."

월터는 거기가 낭떠러지였다는 사실을 이제야 깨달았다. 그 식당이 고지대에 자리 잡고 있었다는 것을 지금에서야 안 것이다. 주변이 온통 시커멓던 이유는 바로 그 뒤가 절벽이었기 때문이다. 그는 클라라가 버스에서 내리자마자 곧장 식당 옆으로 돌아가 뛰어내리는 모습을 상상하려 했지만 도저히 상상이 가지 않았다. 게다가 언제 클라라가 그럴 수 있었단 말인가? "아내가 자살하려고 그 방법을 택했을 것 같지 않아요. 클라라답지 않아요. 사실 집사람이 한 달 전에 수면제를 먹고 자살을 시도했으니, 아마 마음속으로는 자살을 염두에 두었겠죠." 그는 자신이 횡설수설하고 있음을 알았다. 그는 앞에 있는 낯선 남자를 쳐다보았다. 마지못해, 그러나 공손히 미소 짓는 거북한 얼굴이 월터의 시선을 붙들었다. "그렇지만 클라라가 진짜로 자살했을 것 같지가 않아요. 누구든 조사를 해주셨으면 좋겠습니다."

"저희가 할 겁니다." 코비가 말했다.

책상에 앉은 남자가 말했다. "여기 부인의 장신구가 있습니다. 여기에 서명해 주시죠. 귀걸이 한쪽은 사라지고 없네요." 그는 묵직한 체인 금팔찌, 반지 두 개, 진주 귀걸이 한쪽을 한데 뭉쳐서 월터가 있는 쪽으로 밀었다. 집에 있는 화장대 위에서도 저렇게 뭉쳐진 채 놓여 있었다.

월터는 빈칸에 서명한 다음 장신구를 외투 주머니 속에 쑤셔 넣었다.

"가시기 전에 간단한 질문 몇 가지만 드리겠습니다." 젊은 경위는 열의에 찬 작고 파란 눈으로 월터를 주시했다. "혹시 부인이 원한을 살 만한 사람이 있었는지 아십니까?"

"아뇨." 월터가 대답했다. 그런데 클라라를 싫어하던 사람들은 물론, 아내가 일을 시작한 이후 그녀가 싫어하던 사람들까지 월터의 머릿속에 퍼뜩 떠올랐다. "클라라를 죽일 만한 사람은 아무도 없어요. 확실합니다." 월터는 젊은 경위를 더욱 흥미로운 시선으로 바라보았다. 아무튼 남자는 뭔가를 더 물으며 애쓰고 있었다. 기껏해야 스물대여섯쯤 되었을까. 그런데도 똑똑하고 실력 있어 보였다.

코비 경위는 경찰관이 앉은 책상 모서리에 걸터앉아 팔짱을 꼈다. "터미널에서 아내를 배웅하신 후 집으로 가셨나요?"

월터는 잠시 머뭇거렸다. "네, 그런데 곧장 가진 않았습니다. 친구를 만나려고 했거든요. 롱아일랜드에 있는 친구요. 그래서 한참 차를 타고 돌아다녔습니다."

"그래서 친구분을 만나셨습니까?"

"네."

"그게 누구죠?"

월터는 또다시 주저했다. "엘리 브리스. 레너트에 사는 여성입니다. 원하시면……" 월터가 말을 끊었다.

코비 경위는 고개를 끄덕였다. "주소를 받아 두죠."

월터는 주소와 전화번호를 일러주었다. 그는 경위가 주머니에서 꺼낸 흐물흐물한 갈색 표지 수첩에 그것을 적는 모습을 지켜보았다.

"낭떠러지를 직접 보시겠습니까?" 코비 경위가 물었다.

월터는 넓은 식당과 번쩍거리는 조명이 또 생각났다. 그 순간, 클라라가 그 길을 알고 있었다는 생각이 들었다. 아내는 롱아일랜드에서 해리스버그까지 종종 차로 오간 적이 있어서 거기가 낭떠러지라는 것도 알았을 것이다. "아뇨, 보고 싶지 않습니다."

"그러실 줄 알았습니다."

"싫습니다." 월터는 고개를 저으며 말했다. 그는 경위가 연필로 수첩에 뭐라고 적는 것을 쳐다보았다. 그가 두 손으로 클라라의 목을 부여잡고 낭떠러지 아래로 떠밀다가 둘 다 절벽 아래로 떨어져 뾰족한 바위에 찍힌 후 온몸이 쓸리는 광경이 눈앞에 선했다. 그는 눈을 감았다. 눈을 뜨자, 젊은 경위가 그를 쳐다보고 있었다.

"부검 결과가 어떻게 나올지 두고 보죠." 코비가 가벼이 말했다. "자살 가능성을 완전히 배제하시는 건 아니죠?"

월터는 이 질문이 상당히 프로답지 않게 들렸다. "네, 그렇습니다만, 그래도 잘 모르겠어요."

"당연합니다. 흠, 저희가 오늘 밤 안으로 부검 보고서를 작성해야 하니, 결과를 유선으로 통보해 드리죠." 코비가 손을 내밀었다. 월터는 그와 악수했다. 그 사이 그는 정중히 엄숙한 표정을 짓더니 몸을 돌려 재빨리 문을 빠져나갔다.

"내일 망자를 어디로 보내면 되는지 알려주시겠습니까?" 책상에 앉은 경찰관이 물었다.

월터는 매일 고속도로 출구를 빠져 나와 베네딕트로 들어가는 길에 있는 장례식장이 떠올랐다. "아직은 모르겠습니다. 이따가 전화드려도 될까요?"

"저희는 밤낮으로 열려 있습니다."

장례식장도 밤낮으로 열려 있다고 식장 네온사인이 말해 주었다. "이제 다 됐나요?"

"다 끝났습니다."

월터는 햇살이 없는 오후에 밖으로 걸어 나왔다. 차를 어디에 두었는지 잠시 기억을 더듬어야했다. 차를 세워둔 쪽으로 걸어가다가 클라라의 트렁크가 생각나서 되돌아갔다.

경찰관은 트렁크는 아직 조사 전이라 내일 시신과 같이 돌려주겠다고 했다. 월터는 이자가 부러 깐깐하고 엄정하게 구는 것처럼 보였다. 클라라의 짐이 들어 불룩한 파란색 캔버스 트렁크가 월터와 2미터 남짓 떨어진 벽에 기대어져 있었다.

"하지만 저 안엔 서류 같은 건 없고 옷가지뿐이잖습니까?" 그가 따졌다.

"규정은 규정이니까요." 경찰관은 고개를 들지도 않고 대답했다.

월터는 그를 노려보다가 돌아서서 밖으로 나왔다.

차에 시동을 걸었다. 엘리에게 알려야겠다는 생각이 들었다. 4시가 다 되었으니 엘리가 막 퇴근했을 시간이다. 그는 차 문을 열고 내리려다가 도로 닫았다. 지금 경위가 시야에서 사라졌지만 월터는 전화하는 모습을 경위에게 보이고 싶지 않았다. 차를 몰고 몇 블록을 더 가서 드러그스토어에서 전화를 걸었다.

월터는 엘리에게 클라라가 사망했으며 경찰에서는 자살로 추정한다는 얘기를 전했다. 그는 엘리의 질문을 막고 이렇게 말했다. "나 지금 앨런타운이에요. 경찰한테 어젯밤에 당신을 봤다고 진술했어요. 아마 그걸 확인하려고 경찰이 당신한테 전화할 겁니다."

"알겠어요, 월터."

"당신을 몇 시에 봤는지까지는 말 안 했어요. 물론 자정 이후라고 말해야 하지만요."

"그게 중요해요?

그는 이를 앙다물고 자신의 소심함에 저주를 퍼부었다. 어쨌든 피터도 12시 넘어서 그곳에 있는 그를 목격하지 않았는가. "아뇨." 월터가 말했다. "중요하지 않아요."

"경찰한테 당신이 여기에 12시 반쯤 왔다고 말할게요." 엘리는 월터가 그녀의 말을 반박하기를 기대하는 말투로 말했다. "맞죠?"

"네, 맞아요."

"지금 시간 괜찮으면 우리 집에 올래요?"

"네, 곧장 가죠."

"차는 두고 기차 타고 올 수 있어요?"

"두고 오라뇨?"

"목소리를 들으니 당신이 너무 당황해서 운전을 못할 것 같아서요."

"그리로 갈게요. 한두 시간 걸릴 겁니다. 기다려요."

18

"내 잘못이 아니라고 속 편히 말을 못하겠어요." 월터는 양손을 내뻗으며 말했다. "억지로라도 클라라를 정신과에 데려 갔어야 했어요. 이번에 나도 따라갔어야 했는데 그러지 않았다고요."

"클라라가 자살했다고 확신해요?" 엘리가 물었다.

"확신까진 아니지만 그래도 그럴 가능성이 가장 커요. 내가 예상했었어야 했는데." 그는 암체어에 풀썩 주저앉았다.

"지금까지 당신이 한 말을 종합해 보면, 클라라가 그동안 겪은 일들이 종국엔 자살의 원인이 된 거네요. 며칠 전 차 사고도 그렇고요."

"맞아요." 월터가 수면제 사건을 방금 전에 털어놓았지만, 엘리는 그리 놀라지 않았다. 엘리는 월터와 클라라의 관계를 상당히 많이 아는 듯했다. 육감으로든, 눈치로든. "그런데 난 이게 자살 같지가 않아요. 클라라가 절벽에서 뛰어내렸다는 게 상상이 가지 않는다고요. 클라라라면 그보다 쉬운 길을 택했겠죠." 월터가 말했다.

"경찰에서 지금 조사하는 중이죠?" 엘리가 물었다.

월터가 어깨를 으쓱했다. "네. 힘닿는 데까지 하고 있어요."

"이건 당신 잘못이 아니에요, 월터. 가기 싫다는 사람을 정신과에 억지로 끌고 갈 순 없는 노릇이잖아요."

존도 월터에게 이렇게 말했었다.

"클라라가 우리 사이를 알았어요?" 엘리가 물었다.

월터가 고개를 끄덕였다. "클라라가 의심했었어요. 당신이 내 눈에 들어오기 몇 주 전부터요. 내가 퇴근이 늦으면 당신과 같이 있다가 왔느냐며 매번 클라라가 싫은 소릴 했어요."

엘리가 인상을 찌푸렸다. "왜 나한테 얘기 안 했어요?"

월터는 잠시 대답할 수 없었다. "클라라는 병적으로 질투가 심한 사람이었어요. 심지어 내 동성 친구들까지 질투했으니까." 그는 조용히 대답했다.

"클라라가 그랬다니 안쓰럽네요. 일을 저지를 이유가 클라라에게 하나 더 생긴 거군요. 거기에 이혼까지 겹쳤으니……"

"클라라는 내가 당신을 아낀다는 사실도 전혀 믿지 않았어요."

월터는 일어나 또다시 서성거렸다. "클라라는 사람이든 뭐든 시샘을 해야 직성이 풀렸어요. 우리 관계는 어쩌다 맞춘 거고요."

"당신이 어젯밤 어디에 있었는지 경찰한테 말했어요?" 엘리가 물었다.

월터는 머뭇거렸다. 엘리에게 털어놓고 싶었다. 그런데 코비가 떠올랐다. 월터의 진술이 코비의 수첩에 모조리 적혀 있었다. "처음에는 차를 몰고 한참 돌아다녔다고 말했어요. 당신을 찾아다니고 기다리느라고요. 그런 다음 집에 잠시 들렀다가 도로 나와서 저녁 내내 거의 밖에 있었다고 했어요."

엘리는 샌드위치가 담긴 접시를 커피 테이블 위에 올려놓았다. 그녀는 그를 쳐다보다가 조심스레 얘기를 꺼냈다. "이건 내 생각인데요, 만일 경찰이…… 이번 건을 자살로 보지 않을 경우, 클라라를 살해할 동기가 당신에게 있다고 볼 수도 있어요."

"왜 그런 말을 하는 겁니까?"

"그러니까…… 경찰이 나를 보러 올 거 아니에요. 큰 그림을 보려고요."

"경찰은 거기까진 묻지 않을 겁니다." 월터는 인상을 쓰며 말했다. "코비가 아직 당신한테 전화를 하지도 않았잖아요."

"경찰이 사건 발생 시각을 오후 7시 반 정도로 본다고 했죠?"

"맞아요."

"그때 어디 있었어요?"

찌푸린 월터의 얼굴이 더욱 구겨졌다. "집에 있었던 것 같아요. 클라라를 배웅하고 난 다음 집으로 갔으니까요."

"고든이 7시 반 경에 당신 집으로 전화했어요. 안 받던데요."

"그때는 내가 밖에 있었나 보죠."

"고든이 8시 반에 또다시 전화했어요. 내가 전화기 옆에 앉아 있어서 다 알아요."

"음, 그땐 확실히 집에 없었어요." 월터는 얼굴이 새하얘지는 것 같았다. 엘리는 다 안다는 듯 그를 바라보았다.

"내 생각엔, 그러니까 경찰이 물을 경우, 당신이 정확히 어디에 있었는지 대답하는 게 나을 것 같아요. 오후 7시 반에 정확히 어디에 있었는지 기억나요?"

"안 난다니까요." 그는 항의하듯 말했다. "그때 헌팅턴에 있었던 것 같아요. 거기에서 뭘 좀 먹었어요. 시계를 안 봐서 시간은 모르겠어요. 경찰이 그렇게까지 묻지는 않을 거예요, 엘리."

"알았어요. 어쩌면 안 물어볼지도 모르죠." 엘리는 소파에 앉아 있었지만 긴장한 것 같았다. 그녀는 허리를 세우고 한쪽 발을 깔고 앉아 있었다.

"샌드위치 들어요."

엘리도 날 의심하나? 월터는 본능적으로 이런 생각이 들었다.

전화가 다시 울렸다. 엘리가 받았다.

"아, 네, 존!" 엘리는 몸을 돌려 월터를 바라보았다. "세상에나!······ 아뇨, 몰랐어요. 이런······ 그렇죠, 그분이 그럴 리가요."

월터는 긴장한 채 커피 테이블 주변을 서성이며 엘리를 주시했다. 그 사건이 석간신문에 실린 모양이었다. 그는 엘리가 놀라우리만치 냉정한 눈길로 그를 바라보는 것 같았다. 엘리가 나를 조금만 더 걱정해 주었으면. 월터는 지금 존에게 둘러대는 엘리의 모습을 보며 엘리가 이렇게나 연기를 잘하는 게 믿기지 않았다.

"분명 친구랑 같이 있을 거예요. 어쩌면 아이어턴네로 갔을지도 모르죠. 그래야죠. 전화해 주셔서 정말 고마워요, 존." 엘리가 수화기를 내려놓았다. "당신이 여기 있다는 얘기를 존에게 꼭 말할 필요는 없을 것 같아서요."

월터는 어깨를 으쓱했다. "난 상관없는데. 신문에 났다고 존이 그래요?"

"네, 존이 그러는데 오늘 오후에 딕 존슨이 전화로 알려주었대요. 아이어턴한테 전화해서 오늘 밤 그 집에서 자도 되는지 물어보지 그래요? 혼자 집으로 가지 말고요."

그는 엘리와 같이 있고 싶었다. 그런데 엘리는 그가 자고 가는 걸 달가워하지 않는 눈치였다. "그럴 기분이 아니에요. 누구한테든 이 얘기를 또 하고 싶지 않아요. 집으로 가겠어요."

"집에 가서 잘 수 있겠어요?"

"그럼요. 지금 가야죠."

엘리가 그의 목덜미를 매만지더니 그의 뺨에 입을 맞추었다. "언제든 전화해요. 오늘 밤에라도요."

"고마워요, 엘리." 그는 엘리를 건드리지 않았다. 바로 그 순간, 오늘 밤에 앨런타운 시신 안치소로 전화해 클라라의 주검을 이송할 곳을 일러주기로 했다는 사실이 떠올랐다. "고마워요." 그는 거듭 인사한 후 밖으로 나왔다.

19

장모의 주치의인 미첨 박사가 클라라 앞으로 보낸 전보가 도착했다. 장모가 오후 3시 25분에 사망했다는 부고였다. 월터는 전보를 복도 테이블 위에 내려놓았다.

자정이었다. 월터는 존에게 전화할까 갈등하다 마음을 접었다.

베티 아이어턴에게 전화가 왔다. 월터는 기계적으로 대답하다가 같이 있자고 집으로 불러준 베티에게 고맙다고 했다. 빌 아이어턴이 수화기를 건네받더니 직접 데리러 오겠다고 했다. 그러나 월터는 고마움만 전하고 거절했다.

월터는 전화를 끊고 베네딕트의 윌슨홀 장례식장으로 전화했다. 화장을 해달라고 했다. 그다음, 앨런타운 시신 안치소로 전화해 부검 결과를 물었다. 내부적 원인에 의한 사인은 발견되지 않았으며, 절벽에서 추락하면서 입은 외상 말고는 다른 요인은 없다고 했다. 그는 윌슨홀 장례식장의 위치를 일러주었다.

그날 밤 월터는 서재에 누워 집 안에 흐르는 침묵에 귀를 기울였다. 화가 난 클라라가 총총거리며 복도를 돌아다니는 발자국 소리에 이 침묵이 깨지는 날은 다시는 오지 않을 것이다. 클라라가 서재 문을 벌컥 열고 그의 사생활을 간섭하는 일도 두 번 다시없을 것이다. 월터는 이상하게도 마음이 요동치지 않고, 아직 눈물 한 방울 나지 않았다. 그 여잔 인간이 아니었어. 너덜너덜해진 마음속에서 그녀가 보였다. 클라라는 사납게 몰아치는 폭풍처럼 휘젓고 다니다가 쾅! 하는 격렬한 최후의 일격과 함께 소멸되었다. 그녀의 어머니가 쓸쓸하고 처량한 임종을 맞이한 것처럼, 클라라도 자신에게 딱 어울리는 죽음을 맞이한 것 같았다. 월터의 마음속에서 클라라라는 폭풍이 일었다. 의심과 모호함으로 가득 찬 마음 저 밑바닥에서부터 소용돌이가 치기 시작했다. 클라라에 대한 월터의 마음은 모호하기 그지없었다. 월터는 폭풍 속 어딘가에서 잠이 들었다.

문이 닫히는 소리에 월터는 흠칫 놀라 눈을 떴다. 아침 7시면 성실히 출근하는 클라우디아였다. 월터는 가운을 입고 아래층으로 내려갔다.

클라우디아가 주방에서 조간신문을 들고 서 있었다. "스택하우스 씨, 어젯밤에 기사를 봤는데도 믿을 수가 없어요!"

월터는 신문을 받아 들었다. 롱아일랜드 지역 신문에 전면 기사가 실렸다. 심지어 사진까지 나왔다. 아주 오래전, 클라라가 롱아일랜드의 어떤 클럽의 회장으로 선출되었을 때 신문사에 건넨 사진이었다. 사진 속에서 클라라가 활짝 웃고 있었다.

베네딕트 여성, 펜실베이니아에서 사체로 발견

그는 기사를 훑어보았다. 자살로 추정된다는 내용이었다. 피해자의 가방이 버스에 실려 있었고 남편이 신원을 확인했다는 글귀도 보였다.

"확인하셨어요, 스택하우스 씨?" 클라우디아는 온몸이 마비된 듯 그 자리에 서 있었다. 그녀의 갈색 눈동자에는 눈물이 그렁그렁 고였다.

"했어요." 월터가 대답했다. 가방에 대한 기사 문구는 키멜의 기사에서 봤던 문장과 정확히 일치하는 것 같았다. 그는 너무 피곤한 나머지 어젯밤에 신문을 한 장도 사지 않았다. 그런데 지금은 어제 그러지 않았다는 게 충격으로 다가왔다. 그는 클라우디아의 어깨에 손을 올리고 힘을 꾹 주었다. 무슨 말을 건네야 할지 난감했다. "커피 좀 주세요, 클라우디아. 그거면 됩니다."

"알겠어요. 스택하우스 씨."

그날 아침, 딕 젠슨, 어네스틴 맥클린톡, 이웃사촌 몇 명이 전화했다. 다들 가슴 아파하며 돕겠다고 했지만, 월터에게 필요한 일은 하나도 없었다. 그 후, 존도 전화를 했다. 월터는 처음으로 무너져 내리며 통곡했다. 존이 집으로 와서 같이 있겠다고 했다. 토요일이라 존이 출근하는 날은 아니었지만 월터는 마다했다. 대신 오후 6시에 집으로 와서 같이 저녁이나 먹자고 했다.

오후 2시를 막 넘겼을 무렵, 필라델피아의 코비 경위에게서 전화가 걸려왔다. 코비는 토요일 밤 7시까지 펜실베이니아 중앙 경찰서로 와줄 수 있는지 월터에게 물었다.

"무슨 일이십니까?" 월터가 물었다.

"지금은 설명해 드릴 수 없습니다. 귀찮게 해서 죄송합니다만, 와주신다면 저희에게 큰 도움이 될 겁니다." 코비가 정중히 부탁했다.

"가겠습니다." 월터가 대답했다.

그는 코비가 지목한 용의자가 자백을 한 건 아닌지 궁금했다. 월터는 상상도, 생각도 좀처럼 할 수 없었다. 어제는 내내 안절부절못했고, 오늘은 무슨 일을 하든 슬로모션으로 굴러가는 것 같았다.

월터는 존에게 전화를 걸어 필라델피아에 가야 해서 늦게까지 만날 수 없을 거라 했다. 존은 자기 차로 데려다주든, 아니면 월터의 차에 같이 타고 가주든 하겠다고 했다.

"고마워." 월터가 고마워하며 말했다. "그럼 5시경에 너희 아파트로 데리러 갈게."

존은 그러라고 했다.

뉴욕에서부터는 존이 월터의 차를 몰았다. 월터는 엘리에게 말했던 대로 존에게도 말했다. 존도 엘리와 엇비슷한 얘기를 했다. 사실 월터는 존이 그렇게 말할 줄 알고 있었다. 게다가 존은 거기에 조금 더 보태었다. 존은 차 안에서 진지한 목소리로 이렇게 말했다. 클라라가 월터의 인생에서 완전히 빠져 줘서, 그것도 제 발로 걸어 나가 줘서 정말 다행이라고 말했다.

"죄책감 갖지 마!" 존이 말을 이었다. "지금 너보다는 내가 이 상황을 더 잘 알아. 넌 6개월은 지나야 알게 될 거다."

20

존은 차 안에서 기다리고 월터만 홀로 경찰서로 들어갔다. 책상에 앉은 경찰관에게 코비 경위가 어디에 있냐고 물었다.

"복도를 따라가시면 117호실이 나옵니다."

월터는 그리로 가서 노크했다.

"어서 오세요." 코비 경위가 목례와 미소로 그를 맞이했다.

"안녕하십니까." 월터의 눈에 의자에 앉은 남자가 보였다. 쉰 정도 되어 보이는 건장한 남자가 양쪽 팔꿈치를 무릎 위에 세운 채 몸을 앞으로 숙이고 있었다. 월터는 저자가 그자인지 궁금했다.

"스택하우스 씨, 이쪽은 드브리스 씨입니다." 코비가 소개했다.

두 사람은 인사를 나누었다.

"드브리스 씨를 전에 보신 적이 있습니까?"

월터는 그가 노동자처럼 생겼다고 생각했다. 갈색 가죽 재킷을 입고 회고동색 머리칼에 둥그스름한 얼굴이 그리 지적으로 뵈지 않았다. 그런데 남자의 눈에는 관심인지 놀라움인지 모를 것이 담겨 초롱초롱했다. "없는 것 같은데요." 월터가 대답했다.

코비는 의자에 앉은 남자에게 몸을 돌렸다. "어떠십니까?"

구부정한 어깨 위로 솟은 회색 머리가 위아래로 움직였다.

코비 경위는 편안히 책상에 몸을 기댔다. 그의 청년 같은 미소는 더욱 환해졌지만, 크지 않은 입과 작고 가지런한 치아에서 뭔가 옹졸한 느낌이 흘러나왔다. 월터는 그 미소가 마음에 들지 않았다. "드브리스 씨 말씀으로는 부인이 돌아가시던 날 밤, 당신이 해리스 레인보우 그릴에서 버스가 몇 분이나 정차하느냐고 물어보았다고 하던데요."

월터는 드브리스를 다시 쳐다보았다. 커피를 마시다가 고개를 돌려 월터를 바라보던 둥글고 묘한 얼굴이 떠올랐다. 월터는 입술을 축였다. 코비가 그를 용의자로 지목한 후 그의 생김새를 드브리스에게 설명하는 수고를 마다하지 않은 것이다.

"보시다시피, 이게 전부 다 우연의 일치죠." 코비는 기쁜 듯 활짝 웃으며 말했다. 그 모습을 보니 월터는 펄쩍 뛰고 싶었다. "드브리스 씨는 피츠버그 운송회사 소속 트럭 운전사라서 버스를 타고 피츠버그로 복귀하실 때가 가끔 있습니다. 저희가 이분을 알고 있어서 제가 물어봤습니다. 혹시, 그날 밤 버스 휴게소에서 미심쩍은 사람이 있었느냐고요."

월터는 그동안 상황이 어찌 돌아갔는지 궁금했다. 어제 코비가 물은 질문이 떠올랐다. '친구분을 만나셨나요? 누구였죠?' "네. 거기에 갔었습니다. 버스를 따라갔어요. 아내하고 얘기하고 싶어서요." 월터가 입을 열었다.

"그래서 만나셨나요?"

"아뇨, 못 만났습니다. 온 데를 다 찾아다녔어요." 월터는 침을 삼켰다. "그러다가 결국 이분께 버스가 얼마나 정차하는지 물어보았습니다."

"일단 앉으실까요, 스택하우스 씨?"

"괜찮습니다."

"왜 저희에게 말하지 않으셨습니까?"

"제가 다른 버스를 따라갔을 가능성이 있다고 생각했기 때문입니다."

"그렇다면 부인의 사망 사실을 인지한 후에는 왜 말씀하지 않으셨죠? 당신이 그때 롱아일랜드를 차를 몰고 돌아다녔다고 한 진술은, 그러니까, 거짓말이네요?" 코비가 정중한 목소리로 물었다.

"맞습니다. 제가 멍청했습니다. 두려웠습니다." 월터가 대답했다.

코비 경위는 재킷 단추를 끄르더니 양손을 바지 주머니에 찔러 넣었다. 대학 열쇠고리가 좁다란 조끼를 가로지르는 체인에 매달려 있었다. "드브리스 씨의 증언에 따르면 부인께서 실종되는 바람에 버스 기사가 몇 분 정도 기다렸으며, 버스가 떠날 때까지 당신이 그 근처에서 서성이던 모습이 기억난다더군요."

"네, 그랬습니다." 월터가 말했다.

"그럼 부인께 무슨 일이 일어났다고 짐작하셨나요?"

"전 몰랐습니다. 집사람이 어쩌면 뉴어크에서 내렸을지 모른다고 생각했어요. 버스를 타고 가려다가 변심했을 수도 있으니까요. 제가 버스를 타고 가지 말라고 말렸었거든요."

코비는 책상 모서리에 걸터앉아 책상 위에 놓인 물건을 이것저것 들었다 놨다 했다. 스테이플러, 잉크병, 펜 등등. 뭔가 욕심도 많고 뿌듯해하는 것처럼 보였다. 책상 위에 놓인 큼지막한 명패에는 '경감 J. P. 맥그리거'라고 적혀 있었다.

"이제 가셔도 됩니다, 드브리스 씨." 코비 경위가 웃으며 말했다. "대단히 고맙습니다."

드브리스는 자리에서 일어나 문으로 걸어가며 마지막으로 월터를 향해 생생한 눈빛을 쏘았다. "안녕히 계세요." 그는 남은 두 사람 모두에게 인사를 건넸다.

"안녕히 가세요." 코비는 대답한 후 팔짱을 꼈다. "자, 이제 무슨 일이 있었는지 제대로 말씀해 주시죠. 뉴욕에서부터 버스를 쫓아갔단 말씀이신가요?"

"네, 그렇습니다." 월터는 코비가 내미는 담배를 거절하고 자기 담뱃갑을 뒤적였다.

"부인과는 무슨 말씀이 그리 하고 싶으셨나요?"

"음…… 버스 터미널에서 하던 얘기를 마무리 짓지 못한 기분이 들었습니다. 그래서……"

"싸우셨나요?"

"아뇨, 싸우진 않았습니다." 월터는 젊은 형사를 뚫어져라 보았다. "차근차근 설명드리는 편이 낫겠네요. 버스가 휴게소 앞에 있는 공터로 들어가는 것을 본 후, 고속도로 위에 차를 세우고 버스가 있는 쪽으로 도로 걸어갔습니다……."

"고속도로 위라뇨? 차를 왜 버스 휴게소 옆에 대지 않았습니까?"

모든 게 유도심문이었다. 월터는 천천히 입을 떼었다. "차를 타고 가다가 버스를 지나쳤어요. 그래서 최대한 빨리 차를 세운 다음 내렸습니다." 그는 또다시 반박당할까 봐 기다렸지만 아무런 질문도 이어지지 않았다. "어쩌다가 집사람을 놓쳤는지는 모르겠습니다. 서둘러 가봤지만 버스에도 식당에도 아내는 보이지 않았습니다."

"고속도로에서 식당까지는 좀 떨어져 있는데 왜 차를 몰고 되돌아오지 않으셨나요?"

"저도 모르겠어요." 그는 기어 들어가는 목소리로 대답했다.

"만일 부인께서 버스에서 내리자마자 곧장 절벽으로 향했다면 30초도 안 걸렸을 겁니다. 그랬을 겁니다." 코비가 거듭 말했다.

"집사람은 그 길을 알고 있었어요. 그 구간을 종종 차로 다녔거든요. 그러니 그 절벽에 대해서도 잘 알았을 겁니다."

"당신이 버스 쪽으로 걸어가는 동안 버스는 완전히 정차했었나요?"

"네, 승객들이 내리고 있었어요."

"그런데 부인은 못 보았다?"

"못 봤습니다." 월터는 코비가 흐물흐물한 갈색 수첩에 메모하는 모습을 바라보았다. 코비는 앙상한 손을 잽싸게 움직이면서 꾹꾹 눌러 적었다. 속기를 하는지 몇 초밖에 걸리지 않았다. 코비가 수첩을 치웠다. "집에서는 유서가 안 나왔죠?"

"없었습니다."

"없었다." 코비가 월터의 대답을 따라했다. 그는 고개를 들어 사무실 한쪽 구석을 바라보다가 월터를 쳐다보았다. "부인과의 사이가 어땠는지 여쭤 봐도 될까요?"

"저희 사이요?"

"두 분은 행복하셨나요?"

"아니요, 사실 저희는 이혼을 앞두고 있었습니다. 몇 주 후에 이혼할 예정이었어요."

"누가 이혼을 요구했습니까, 양쪽에서 원했나요?"

"네." 월터는 건조하게 말했다.

"이유가 뭐였는지 여쭤 봐도 될까요?"

"그럼요. 집사람은 굉장히 신경질적이라서 같이 살기 어려운 성격이었습니다. 우리는 사사건건 부딪혔어요. 부부 사이가 원만하지 않았어요."

"그래서 두 분 다 동의하셨나요?"

"그렇습니다."

코비가 월터를 쳐다보았다. 그는 책상에 앉으며 양손을 허리께에 걸쳤다. 짧게 기른 콧수염 때문에 코비는 나이 들어 보이기는커녕 오히려 어려 보였다. 월터는 음흉하고 외모에 관심이 많은 젊은이가 셜록 홈즈 놀이를 하는 것처럼 보였다. "이혼을 앞둔 상황이라서 부인이 우울했을 거라 생각하십니까?"

"분명 그랬을 겁니다."

"부인하고 하려던 얘기가 그거였나요? 그래서 버스를 따라가신 겁니까?"

"아뇨, 이혼 얘기는 이미 끝났습니다." 월터는 지친 목소리로 대답했다.

"뉴욕에서 이혼하실 거였나요? 외도로요?"

월터가 인상을 썼다. "아뇨, 제가 오늘 리노로 갈 예정이었습니다." 그는 지갑을 꺼냈다. "여기 비행기 표요." 그는 표를 책상 위로 툭 던졌다.

코비는 고개를 돌려 쳐다보았지만, 표를 집어 들지는 않았다. "취소를 안 하셨네요?"

"네."

"하필 왜 리노죠? 당신이 이혼을 서두른 거군요? 그러니까 부인께서 내켜하지 않은 거죠?"

월터는 이 질문에 마음을 다잡았다. "네, 클라라가 이혼을 원치 않았습니다. 제가 원했습니다만, 아내는 이혼하겠다는 저를 말릴 방도가 없다는 걸 알았습니다. 자살 말고는요."

코비의 입꼬리가 올라가더니 희희낙락한 웃음을 지었다. "리노에서 6주나 사셔야 하는데 그게 불편하지도 않으셨군요?"

월터는 변함없는 목소리로 대답했다. "네, 회사에서 6주간 휴가를 얻었습니다."

"부인께서는 이혼 후 뭘 하실 예정이었나요?"

"이혼 후에요? 집이 아내 명의니 그 집에서 살면서 회사를 계속 다녔을 것 같습니다." 월터가 잠시 말을 멈추자 코비가 기다려주었다. "경위님의 관점에선 이게 아주 특이한 상황으로 보일 겁니다. 저희 부부가 막판까지 한 집에서 살았으니까요. 전 아내를 혼자 두기가 겁이 났습니다. 이렇게 자살이나 험한 일을 벌일까 봐 두려웠거든요." 월터는 자기가 하는 얘기가 뭔가 말이 되기 시작하는 것 같아서 기운이 불끈 났다. 그러나 코비는 여전히 눈을 부릅뜬 채 월터를 바라보았다. 이혼을 앞둔 상황 때문에 월터에게 혐의를 찾을 새로운 길이 열린 것 같았다.

"하필 이 시점에 이혼을 요구한 특별한 이유라도 있습니까? 혹시 다른 사람을 사랑하게 되었나요?"

"아닙니다." 월터가 단호히 말했다.

"그럼 또 묻죠. 지금 당신이 설명한 두 분 상황이라는 게, 누가 무슨 짓을 하지 않았는데도 오래 살다보면 그렇게 될 수도 있다는 뜻인가요?" 코비가 웃었다. "이를 테면요." 그가 덧붙였다.

"바로 그겁니다. 결혼한 지 4년 됐는데 4년차부터 이혼 얘기가 나오기 시작했습니다."

"목요일 밤에 무슨 얘기를 끝내고 싶었는지 기억이 안 나신다는 거죠?"

"솔직히 안 납니다."

"그럼 굉장히 화가 난 상태였겠네요?"

"아닙니다. 그저 결론을 내리지 못한 듯한 기분이었어요. 그게 무슨 얘기였든 간에요." 월터는 미치도록 지겨워서 갑자기 짜증이 밀려왔다. 해군에 있을 때도 이런 기분을 느낀 적이 있었다. 그는 정기 검진을 받으려고 의사를 한참이나 기다렸다. 그것도 알몸으로 두 번씩이나. 월터는 진이 빠졌다. 얼마나 지쳤는지 신경이 다 닳아서 더 이상 움찔거리지도 못하고 바닥에 쓰러진 채 곯아떨어진 것 같았다. 오로지 경찰서에서 나가고픈 마음뿐이었다.

"하나 더 묻겠습니다." 경위가 말했다. "부인을 찾으러 다니는 동안 혹시 이상한 사람을 보셨습니까?"

월터는 이 젊은 남자의 미소에 치가 떨렸다. "전 집사람이 자살했다고 생각합니다. 아뇨, 이상한 사람은 못 보았습니다."

"어제는 아내분이 자살한 것 같지 않다고 하셨잖아요?"

월터는 아무 말도 하지 않았다.

코비 경위가 책상에서 엉덩이를 뗐다. "특이하신 분이네요. 아내나 남편이, 친척이 자살했다고 하면 보통은 절대로 믿지 않거든요. 다들 범인을 잡아달라고 경찰한테 요구하는 편입니다."

"저라도 그랬을 겁니다. 상황이 달랐다면요. 이번 건과 비슷한 사건들일 경우 자살이라는 걸 확실히 증명할 길은 없을 것 같습니다만."

"맞습니다. 다만 다른 가능성을 하나씩 지워갈 뿐이죠." 코비는 미소를 지으며 취조가 다 끝난 것처럼 문을 향해 걸어가다가 바로 문 앞에서 걸음을 멈추고 월터를 돌아보았다.

월터는 그가 버스 휴게소까지 갔던 사실이 신문에 실릴 예정인지 형사에게 묻고 싶었지만, 졸았다는 인상을 주기 싫었다. "이게 오늘의 마지막 질문인가요?" 월터가 물었다.

"저도 그랬으면 좋겠습니다만, 하나 더 있습니다." 코비는 사무실을 가로질러 도로 걸어왔다. "몇 달 전에 이번 건과 비슷한 살인 사건이 있었는데, 혹시 들어 본 적이 있습니까? 태리타운 인근 버스 휴게소에서 한 여성이 폭행을 당하고 흉기에 찔려 죽은 채로 발견된 사건인데요?"

월터는 자신의 표정이 바뀌지 않았다고 확신했다. "아뇨, 못 들었습니다."

"피해 여성의 이름은 키멜이었어요. 헬렌 키멜, 모르십니까?"

"모릅니다."

"아직 범인이 잡히지 않았습니다. 헬렌의 경우엔 살인이 거의 확실하거든요." 코비는 유쾌하게 미소를 덧붙였다. "그런데 제가 두 사건에서 공통점을 발견했습니다. 바로 버스가 휴게소에서 정차한 사이, 사건이 발생했다는 사실이죠."

월터는 아무 말 하지 않고 코비의 파란 눈동자를 똑바로 응시했다. 코비가 그를 보며 아주 다정하게 웃고 있었다. 빈혈에 걸린 남학생이 애써 활짝 웃는 듯한 표정이었지만 전혀 다정해 보이지 않았다. "그래서 경위님이 이번 사건에 이렇게 관심을 갖게 되신 건가요?"

코비가 양손을 벌렸다. "아뇨, 전 이번 건에 별로 관심이 없어요." 갑자기 그가 남들의 눈을 의식하는 것 같았다. "이번 사건이 하필 저희 주에서 일어났지 뭡니까. 그런데 미제로 남은 그때 그 사건이 떠올랐을 뿐이죠. 그 건도 꽤나 최근 일이죠. 8월에 일어난 사건이니까요." 코비가 문을 활짝 열었다. "와주셔서 고맙습니다."

월터가 머뭇거렸다. "결론을 내리신 건가요? 아내가 자살했다고 생각하십니까?"

"결론을 내리는 건 제가 아니죠!" 코비는 또다시 활짝 웃으며 대답했다. "저희가 정황 증거를 아직 다 모았는지도 모르는 상태니까요."

"그렇군요."

"안녕히 가십시오." 코비가 허리를 깊이 숙이며 인사했다.

"안녕히 계세요."

월터는 어쨌든 이 내용이 신문에 실릴 것임을 직감했다. 코비가 모든 신문사에다 대고 이 얘기를 떠들어댈 것 같았다. 월터는 존에게 무슨 일이 있었는지 모조리 털어놓았다. 대신, 한 가지는 거짓말을 했다. 그가 버스를 따라간 이유에 대해서는 이렇게 둘러댔다. 클라라와 하던 얘기가 있었는데 그걸 마무리 짓고 싶었다고 말이다.

"정말 재수가 없어서 그래." 존이 은근한 목소리로 말했다. "그래서 신문에 난대?"

"나도 몰라. 안 물어봤어."

"물어보지 그랬어?"

"내가 해야 할 일이 좀 많아?"

"경찰에선 자살로 보는 것 같든?"

"모르겠어. 아직도 가능성을 열어둔 것 같아. 어떤 의혹에 대해서도 가능성을 열어 두겠지." 그는 코비가 대놓고 그를 의심했다는 얘기까지는 존에게 하지 않았다. 존도 코비처럼 그를 의심할 것 같았기 때문이다. 만약 의심하기로 작정했다면 말이다. 월터는 존을 쳐다보았다. 월터는 약간 인상을 쓰고 아랫입술을 내민 존의 익숙한 옆얼굴을 바라보면서 존이 지금 무슨 생각을 하는지 살폈다.

"혹시나 네가 의심을 받는다 해도 그 얘기가 신문에는 나지 않을 수도 있어. 며칠 후에 뭔가 결정적인 증거가 튀어나올 거야. 살인이든, 자살이든. 난 개인적으로 자살이라고 봐. 나라면 신문 걱정은 안 하련다."

"지금 신문에 나올까 봐 걱정하는 게 아니야."

"그럼 뭐 때문에 그래?"

"수치심 때문이야. 거짓말 한 게 들통 나서."

"눈이나 붙여. 뉴욕까지 가려면 한참이야."

월터는 자고 싶지 않았지만 그래도 고개를 뒤로 젖혔다. 몇 분 후 월터는 꾸벅꾸벅 졸기 시작했다. 차가 방향을 팩 트는 바람에 잠에서 깼다. 차는 창고가 펼쳐진 회색 지대를 지나고 있었다. 기둥 위에 올라간 물탱크, 전면이 유리로 된 병원처럼 생긴 주조장도 보였다. 바로 그 순간, 월터는 코비에게 취조를 당하는 동안 노골적으로 화를 내는 멍청한 실수를 저질렀다는 사실을 자각했다. 사실 코비는 할 일을 한 것뿐이었다. 만약 다음 번에 코비를 다시 만나게 되면 다르게 행동하리라.

"어디로 갈까? 우리 집, 아니면 너희 집? 아니면 오늘 혼자 있고 싶어?"

"혼자 있기 싫어. 너만 괜찮으면 우리 집으로 가자. 네가 자고 갔으면 좋겠어."

존은 자신의 맨해튼 집 차고로 들어가서 차를 가지고 나왔다. 월터의 차에서 내리기 직전에 존은 이렇게 말했다. "그게 신문에 나올 거라고 각오하는 편이 나을 것 같아, 월터. 만약 신문에 실리기 전에 말해야 할 사람이 있다면, 오늘 밤 네가 먼저 얘기하는 편이 좋을 거야."

"알았어." 오늘 밤, 월터는 엘리에게 말해야겠다고 다짐했다.

21

두 사람은 밤 11시가 다 되어서 베네딕트로 돌아왔다. 그런데 클라우디아가 여태 퇴근하지 않고 있었다. 오는 전화를 받느라 남아 있었다는 것이다. 클라우디아는 월터에게 메모지를 잔뜩 건넸다. 엘리가 두 번이나 전화했다.

월터는 존에게 냉장고에 먹을 게 있나 찾아보라고 한 다음, 클라우디아를 차에 태워 베네딕트 시내에서 11시에 출발하는 헌팅턴 행 버스 정류장까지 데려다주었다. 그는 돌아오는 길에 쓰리 브라더스 터번에 들러 엘리에게 전화했다.

"클라우디아는 당신이 어디에 갔는지 모른다고 했어요. 왜 하루 종일 나한테 전화도 안 했어요?"

"당신 얼굴을 보고 설명해야 할 얘기가 있어요. 우리 집으로 오기엔 시간이 너무 늦었죠? 존이 지금 집에 있어서 내가 그리로 갈 수 없거든요."

엘리가 집으로 오겠다고 했다.

월터는 집으로 돌아와 엘리가 이리로 오는 중이라고 존에게 말했다.

"요즘 엘리를 자주 만나나 봐?" 존이 물었다.

"응." 월터는 쑥스럽게 대답했다. "간간이 만나." 월터는 술을 한 잔 만든 다음, 존이 접시에 담아둔 로스트비프를 하나 집어 들었다. 월터는 잠자코 있는 존이 신경 쓰였다. 로스트비프가 당기지 않아서 제프에게 주었다. 제프가 집 안을 신경질적으로 이리저리 돌아다니고 있었다. 월터는 꼭 전화해 달라고 밑줄까지 그어서 메모를 남긴 필포트 부인에게 전화하러 갔다.

월터가 필포트 부인과 통화하는 사이에 엘리가 도착했다. 존이 엘리에게 문을 열어 주었다. 필포트 부인은 긴히 할 말이 있는 건 아니었다. 월터는 통화를 하다가 부인이 취했음을 눈치챘다. 부인은 과도하게 클라라를 칭찬했다. 월터가 딱하다면서 세상에서 가장 똑똑하고 멋지고 매력적이면서도 생기 넘치는 여자를 잃은 거라고 했다. 월터는 쥐고 있던 수화기를 으스러뜨리고 싶었다. 그는 몇 번이나 전화를 끊으려고 부인의 말을 자르며 전화해 주셔서 고맙다고 말했다. 드디어 통화가 끝났다.

월터가 거실로 돌아오자 존과 엘리가 대화를 멈추었다. 엘리는 그를 걱정스러운 눈으로 바라보았다.

"내가 피해 줄까, 월터?" 존이 물었다.

"그게 무슨 소리야." 월터가 대답했다. "엘리, 나 당신한테 할 말이 있어요. 존한테는 이미 다 말했어요. 어젯밤, 아니 목요일 밤, 내가 클라라가 탄 버스를 따라갔어요. 클라라가 사망한 장소, 뛰어내린 절벽까지 차로 따라갔어요. 그곳에서 클라라를 찾았는데 못 만났어요. 내가 도착하기 전에 일이 벌어진 게 분명해요. 버스가 떠날 때까지 클라라를 찾으면서 기다렸지만, 결국엔 그냥 돌아오고 말았죠."

"클라라가 사라진 걸 알고 있었다고요?" 엘리가 못 믿겠다는 듯이 물었다.

"나도 확실히는 몰랐어요. 내가 못 본 사이 클라라가 다른 곳에서 내렸을 수도 있다고 생각했거든요. 아니면 내가 버스를 잘못 쫓아갔거나요."

"그런데 왜 아무한테도 말을 안 했어요?" 엘리가 물었다.

"실종된 사람이 클라라인지 확실하지 않아서요." 월터는 어수선하게 말했다. "해리스버그로 전화해서 클라라가 안 왔다는 소리를 들은 어제 아침에서야 경찰에 신고하려 했어요. 그런데 경찰이 먼저 나한테 전화했어요. 클라라의 시신을 발견했다고요." 월터는 당황한 엘리의 얼굴을 쳐다보았다. 그는 진실 말고는 달리 설명할 길이 없다는 것을 깨달았다. 진실이란, 그가 버스 주변에서 서성이는 동안 죄책감을 느꼈으며, 그 후 뉴욕으로 돌아오면서 클라라를 숲으로 유인해 죽이는 얼빠진 환영을 본 것이다. 그는 커피 테이블에 놓인 술잔을 들고 들이켰다. "오늘 저녁에 필라델피아 경찰서까지 갔다 왔어요. 나를 버스 휴게소에서 본 사람이, 그러니까 날 목격한 사람이 있었어요. 아마 신문에 날지도 몰라요. 날 살인 용의자로 보는 것 같진 않았어요. 경찰에서는 여전히 자살로 추정하고 있거든요. 그렇긴 해도 만일 경찰이 이번 건과 관련된 내용을 모조리 신문에 공개할 작정이라면, 기사로 나올 수도 있어요. 그게 다예요."

존은 머리를 뒤로 젖힌 채 소파 목받침에 기대고 앉아 가만히 듣고만 있었다. 그런데 월터는 존이 월터의 설명을 못 미더워하며 그를 슬슬 의심하는 것 같은 느낌을 받았다.

"당신을 본 사람은 누구예요?" 엘리가 물었다.

"드브리스라는 남자예요. 내가 클라라를 찾으면서 식당 여기저기를 돌아다니는 모습이 이상해 보여서 나를 기억한 건지, 아니면 코비가 나를 진심으로 의심해서 내 인상착의를 그 남자에게 일부러 설명한 건지는 모르겠어요. 드브리스는 그 버스에 타고 있던 승객 중 한 명이에요."

167

"코비는 누군데요?"

"형사예요. 필라델피아 형사요. 클라라의 시신을 확인하러 갔을 때 내가 유일하게 말을 건 형사예요." 월터는 애써 태연히 말하려 했다. 담배에 불을 붙였다. "코비에 따르면, 적어도 처음에 그가 한 말에 따르면, 클라라는 자살이라고 했어요."

"만약에 그 남자가 당신을 처음부터 끝까지 지켜봤다면……"

"그렇진 않아요." 월터가 중간에 말을 잘랐다. "내가 처음 도착했을 때 그 남잔 날 보지 못했어요. 그땐 이미 클라라가 절벽에서 뛰어내린 후가 분명해요. 그런 다음, 그 남자가 식당에서 서성거리는 나를 본 거죠."

"그런데 만일 당신이 그랬다면…… 클라라를 죽였다면…… 15분 동안이나 클라라를 찾으며 식당 주변을 서성이진 않았겠죠."

"내 말이!" 존이 외쳤다.

"맞아요." 월터는 소파에 앉았다. 엘리가 그의 손을 부여잡더니 나란히 앉은 두 사람 사이에 끼웠다.

"겁나요?" 엘리가 물었다.

"아뇨!" 월터가 대답했다. 두 사람의 손을 쳐다보는 존의 시선이 느껴지자, 월터는 손을 슬그머니 뺐다. "그런데 꼴이 아주 흉하게 됐어요. 이런 일은 이쪽이든 저쪽이든 절대로 결론이 날 수가 없잖아요. 안 그래요?"

"아, 그렇다니까." 존이 초조한 목소리로 말꼬리를 늘였다. "경찰이 한동안 널 죄어들 거야. 정황 조사를 좀 더 한 후에 자살로 결론짓겠지. 다른 결론이 나올 수가 없잖아."

월터는 암체어에서 몸을 말고 자는 제프를 쳐다보았다. 제프는 차가 오기만 하면 문 앞에 매달려서 클라라를 찾았다. 월터는 벌떡 일어나 술을 한 잔 더 가지러 갔다. 클라라를 분명 사랑했던 적도 있었다. 그러나 나이가 지긋한 필포트 부인 말고는 아무도 그가 클라라를 사랑했었다는 사실을 기억하지 못하는 것 같았다. 그는 술잔에 소다를 부으며 씁쓸하게 미소를 지었다. 그가 돌아서자 엘리가 그를 쳐다보고 있었다.

엘리가 일어섰다. "가야 해요. 내일 아침에 일찍 일어나야 하거든요."

"내일도요?" 월터가 물었다.

"이마를 만나기로 했어요. 뉴욕에 사는 내 친구요. 내일 이마와 함께 이스트햄프턴에 가기로 했어요. 거기에 사는 친구가 점심 식사에 초대했어요."

월터는 더 있다가 가라고 엘리를 붙들고 싶었지만, 존이 있어서 감히 그러지 못했다. 게다가 그럴 용기조차 없었다. "내일 전화해 줄 거죠?" 월터가 물었다. "나는 하루 종일 집에 있을 거예요. 3시에서 5시 사이만 빼고요." 오후 3시에서 5시까지 베네딕트의 교회에서 장례 예배가 있을 예정이다.

"전화할게요." 엘리가 대답했다.

그는 엘리를 차까지 바래다주었다. 엘리에게서 쌩한 기운을 느꼈지만 어쩔 도리가 없었다. 엘리가 차창을 열고 말했다. "걱정하지 말아요, 월터. 우린 다 잘 이겨낼 거예요." 엘리가 월터 쪽으로 몸을 빼자 그는 그녀에게 입을 맞추었다.

월터가 미소를 지었다. "잘 가요, 엘리."

엘리의 차가 멀어졌다. 월터는 휘파람을 불어 좀 전에 밖으로 따라 나온 제프를 불러 집 안으로 같이 들어갔다. 월터와 존은 몇 분간 입을 열지 않았다.

"나, 엘리를 좋아해." 결국 존이 말을 꺼냈다.

월터는 그저 고개만 끄덕였다. 또다시 침묵이 흘렀다. 월터는 존이 엘리를 어떻게 생각하는지 정확히 알 것 같았다. 그가 양손을 맞대고 꾹꾹 누르자 손바닥에 땀이 흥건했다.

"지금 한 방 맞기 전까진 그랬어. 그렇지만 이젠 엘리를 내 머릿속에서 완전히 지울게." 존이 말했다.

"그래." 월터가 대답했다.

두 사람은 엘리 얘기를 다시는 꺼내지 않았다.

다음 날 아침, 존이 손에 신문을 들고 월터의 서재로 들어왔다.

"기사 났다." 존은 월터가 자는 소파 위로 신문을 툭 던졌다.

22

멜키오르 키멜은 뉴어크에 있는 그의 이층집 널찍한 주방에서 아침을 먹고 있었다. 호밀 빵에 크림치즈를 바르고 머그에 블랙커피를 진하게 내려 설탕을 듬뿍 넣었다. 『뉴어크 데일리 뉴스』를 설탕 통에 기대어 세워 놓고, 전면 하단 구석에 실린 기사에 집중했다. 키멜은 먹다 만 빵 조각을 왼손에 든 채 허공에 그대로 굳어 버렸다. 헤벌어진 두툼한 입술이 아래로 처졌다.

스택하우스. 키멜은 그 이름을 기억했다. 사진을 보니 확실했다. 스택하우스다. 확실하다.

키멜은 두 단짜리 짧은 기사를 꼼꼼히 읽었다. 스택하우스가 아내를 따라갔으며 그것을 본 목격자가 등장했지만 그를 범인으로 보기엔 여전히 의문이 남는다는 내용이었다. '자살인가, 타살인가?' 이것은 첫 번째 문단의 소제목이었다.

(중략)······스택하우스는 버스 휴게소에서 아내를 전혀 보지 못했다고 진술했다. 그는 15분간 아내를 기다리다 버스가 출발한 후 롱아일랜드로 되돌아왔다고 했다. 그는 아내가 변을 당했다는 사실을 모르고 있다가 그다음 날, 앨런타운 경찰이 아내의 시신을 확인해 달라는 요청을 받고 나서야 알게 되었다

고 주장했다. 부검 결과, 절벽에서 추락하며 입은 것으로 추정되는 외상 말고 다른 상흔은 발견되지 않았다……

키멜은 대머리를 앞으로 잔뜩 숙였다.

'남편은 왜 아내의 실종을 신고하지 않았나?'가 두 번째 문단의 소제목이었다. 정말 왜 그랬을까? 키멜은 궁금했다. 그가 묻고 싶은 질문이었다.

그러나 두 번째 문단에서는 스택하우스가 크로스 마틴슨 앤드 부크먼 로펌에서 근무하는 변호사이며 두 사람이 이혼을 앞두고 있었다는 내용뿐이었다. 마지막 부분이 흥미로웠다.

키멜은 온몸에 소름이 돋고 당황스럽기 그지없었다. 스택하우스가 롱아일랜드에서 여기까지 왜 나를 만나러 왔을까? 키멜은 식탁에서 일어나 천천히 주위를 둘러보았다. 싱크대 아래 어지럽게 널린 맥주병, 스토브 위의 전자시계, 식기 건조대 위에 널린 낡은 유포가 보였다. 분홍색과 연두색 작은 사과 무늬가 그려진 저 기름 먹인 천을 보면 늘 헬렌이 떠올랐다. 스택하우스가 한 짓이 틀림없어. 그는 이렇게 재미있는 우연이 겹친 상황을 도저히 설명할 길이 없었다. 스택하우스는 체포될 것이다. 두 시간 동안 경찰이 압박하면 그는 결국 무릎을 꿇고 자백할 것이다. 그렇게 되면 경찰이 나에게까지 생각이 닿는 건 아닐까?

흠, 나는 그렇게 무릎 꿇을 사람이 아니다. 게다가 경찰이 나한테 무슨 증거를 들이댈 수 있을까? 게다가 두 달도 훨씬 전에 일어난 일인데? 키멜은 스택하우스가 언제 서점에 왔는지 따져 보았다. 3주 전이니 10월 초였다. 스택하우스가 주문한 책이 아직 오지 않아서 키멜은 스택하우스의 주문서를 여태 공책에 보관하고 있었다. 키멜은 주문서를 찢어 버려야 하는 건 아닌지 고민에 빠졌다. 책이 와도 스택하우스한테는 알리지 말아야겠다고 생각했다. 아무튼 그때쯤이면 스택하우스는 감방에 가 있을 것이다.

키멜은 주방을 정리하기 시작했다. 하얀 에나멜 식탁을 젖은 행주로 닦았다. 늘 토니를 내세우면 된다는 생각이 들었다. 토니가 극장에서 키멜을 목격했다. 그래서 그날 밤 키멜이 극장에서 내내 자기 뒤통수만 쳐다보았을 거라고 굳게 믿는 시나리오가 토니의 가슴에 쿡 박혀 있었다. 토니는 여기저기에서 경찰 조사를 받았지만 고작 5분뿐이었다. 만일 몇 시간 연속으로 경찰에게 심문을 당하게 되면 어떻게 될까?

그러나 키멜은 아직 그런 일은 일어나지 않았다고 생각했다.

그는 맥주 병목을 잡고 한데 모으기 시작했다. 가장 묵은 것부터 집었다. 싱크대 아래에서 벽을 따라 늘어선 맥주병이 부엌문까지 이어졌다. 주위를 둘러보니 스토브 근처에 있는 빈 종이상자가 눈에 띄었다. 그는 상자를 발로 툭 차서 맥주병 근처로 보낸 다음, 상자에 맥주병을 한가득 담아들고 뒷문으로 나가 마당에 세워둔 짙은 쉐보레 승용차에 실었다. 그리고 상자를 비운 후, 도로 그 안에 맥주병을 담았다. 맥주병이 더러워서 비누로 손을 씻었다. 그런 다음 침실로 올라가 하얀 셔츠를 꺼내 입었다. 키멜은 여태 속옷에 바지 차림이었다.

그는 서점으로 가기 전에 리코스 델리로 맥주병을 가져갔다. 토니가 계산대를 보고 있었다.

"안녕하세요, 키멜 씨? 무슨 일이세요? 대청소 하셨어요?"

"좀 했지." 키멜이 가볍게 대꾸했다. "오늘 간소시지 어떤가?"

"뭐, 늘 맛있죠. 키멜 씨."

키멜은 간소시지 샌드위치와 양파 크림소스를 곁들인 청어를 주문했다. 토니가 음식을 만드는 동안, 키멜은 셀로판 비닐에 싸인 음식 진열장을 따라 걸었다. 각종 견과류 모음, 땅콩버터 크래커, 초콜릿 마시멜로우 쿠키 봉지를 집어와 계산대에 올려놓았다.

병 보증금을 계산해 보니 돈이 아직도 남았다. 키멜은 맥주를 두 병 더 샀다. 사실 맥주를 팔기엔 시간이 한참 일렀지만, 토니는 키멜에게 늘 특별대우를 해주었다.

키멜은 차에 올라 서점까지 느긋하게 차를 몰았다. 그는 일요일 아침이 좋았다. 일요일이면 보통 오전부터 이른 오후까지 서점에서 보내는 편이었다. 일요일에 서점은 영업하지 않았다. 덕분에 키멜은 주중 내내 일하던 곳에서 풍요로운 여유와 넘치는 자유를 하루 동안 누릴 수 있었다. 게다가, 집보다 서점이 더 좋았다. 일요일이면 방해받지 않고 책 속에 파묻혀 있다가 점심을 먹고 졸기도 했다. 한 번도 만나지 못했지만 친한 사이인 듯한 사람들이 보낸 박식하고 엉뚱한 편지에 답장을 길게 써서 보내기도 했다. 그들은 책을 사랑하는 이들이었다. 누군가 읽고 싶어 하는 책이 뭔지 알면, 그 사람을 안다고 할 수 있었다.

키멜의 차는 1941년식 검정 쉐보레였다. 외관은 갓 뽑았을 때와 별반 다르지 않았지만 시트커버는 얼룩덜룩하고 상당히 낡았다. 키멜은 새 차를 갖고 싶었다. 네이선과 다른 이들도, 심지어 토니까지도 41년식 차를 타고 다닌다며 키멜을 놀려댔다. 그러나 키멜은 신차를 뽑을 돈이 없었다. 보상 판매로 그나마 덜 오래된 차로 맞바꾸느니 차라리 고물차를 계속 타는 게 나을 것 같았다. 키멜은 근엄하게 차를 몰았고, 속도를 내는 것을 싫어했다. 그는 친구들에게 41년식이 그에게 딱이라고 말하고 다녔다. 그러다 보니 정말 그리 믿게 되었다.

그는 두툼한 입술을 오므린 채, 돈 조반니의 〈나에게 손을 다오〉를 휘파람으로 불었다. 하늘을 올려보고, 지나가는 건물을 쳐다보았다. 지금 차를 타고 지나가는 뉴어크의 구질구질한 구역이 정말 아름다운 곳인 것처럼 말이다. 화창한 가을 아침이었다. 바삭바삭 상쾌하기 그지없었다. 키멜은 길 건너편에 보이는 건물 박공 위 검은 독수리 석상을 올려보았다. 독수리가 발톱 하나를 바깥으로 내뻗고 있었다. 독수리 석상을 볼 때마다 브레슬라우(폴란드의 남부 도시)에 있는 어떤 건물이 떠올랐지만, 사실 그곳에 가본 적은 한 번도 없었다. 그는 뉴어크가 얼마나 평화로운지, 서점과 집을 오가는 일상이 얼마나 안락한지 실감했다. 이제 헬렌과 한 집에서 살지 않게 된 후, 친구를 만나고 목공예와 독서를 즐기면서 자신이 얼마나 고요하고 행복한지 체감하고 있었다. 헬렌을 죽인 사실이 떠오르긴 했지만, 키멜 입장에서 보면 그건 조용히 칭송받을 만한 업적이었다. 그것은 세상이 인정한 업적이었다. 그를 불러 설명을 요구한 사람은 아무도 없었기 때문이다. 아무 일도 없었던 것처럼 이 세상은 그저 돌아갔다. 키멜은 이웃 사람들 모두, 그러니까 토니, 네이선, 사서 브라운 양, 톰 브래들리, 캠벨 부부, 옆집 사람들까지 모두 다 그가 헬렌을 죽였다는 걸 알면서도 전혀 신경 쓰지 않는다고 상상하기를 즐겼다. 오히려 그들은 그를 우러러 보며 타인의 행동을 다스리는 법 위에 그가 있다고 여기는 것 같았다. 헬렌이 사라진 다음, 동네에서 그의 위상은 확연히 올라갔다. 톰 브래들리는 자기 집으로 그를 초대해 유력 인사들을 소개시켜주었다. 헬렌이 그의 아내이던 시절, 톰은 단 한 번도 키멜을 초대하지 않았었다. 게다가 키멜은 조금이라도 의심받은 적이 없었다. 그는 뉴어크 경찰들과 긴밀히 지냈다. 사실 그를 취조했던 그 누구와도 잘 지냈다.

오전 9시 55분, 키멜은 서점 문을 열었다. 그는 주중에도 9시 반 전에는 절대로 서점 문을 열지 않았다. 일찌감치 일어나는 건 질색이어서 학생 손님을 많이 놓친 것 같았다. 사실 세 블록 떨어진 곳에 고등학교가 있어서 학생들이 등굣길에 서점 앞으로 지나가기 때문이다. 한 달 전까지만 해도 키멜 대신 서점 문을 열던 에디스라는 여자가 있었다. 에디스가 예민해지자, 키멜은 혹시 그녀가 임신해서 그런 건 아닌지 의아했다. 결국 에디스는 서점을 그만두었다. 키멜은 에디스가 키멜이 아내를 죽였다고 의심한 나머지 그만둔 건 아닌지 가끔은 궁금했다. 에디스는 많은 것을 지켜보았다. 부부싸움을 하다가 유리 갓이 깨지는 광경도, 헬렌이 찾아와서 돈을 달라고 했을 때 싸움으로 번져서 그가 두어 번 헬렌의 손목을 부여잡고 비튼 모습도 목격했다. 키멜이 손목을 비튼 건 아내의 입을 다물게 할 유일한 길이었기 때문이다.

키멜이 어깨를 으쓱했다. 이제 다 끝났는데 뭐.

책상 쪽으로 걸어가는 사이 보관함 속에 있는 스택하우스의 주문서가 떠올랐지만, 그는 자리에 앉자 답장을 하려고 다른 보관함 속에 넣어둔 편지들을 꺼내 책상 한복판에 늘어놓았다. 미처 다 보지 못한 출판사 카탈로그와 홍보 책자도 있었다. 키멜은 출판사 카탈로그를 좋아해서 주문 여부와 상관없이 꼼꼼히 들여다보곤 했다. 그건 미식가가 다양하고 제대로 된 메뉴판을 숙독하며 기뻐하는 모습과 비슷했다. 키멜은 사우스캐롤라이나에 사는 나이 많은 클리포드 렉샐이 보낸 편지에 답장해야 한다. 노인은 난해하고도 은밀한 포르노 서적을 하나 더 구해 달라고 했다. 그런 류의 서적을 열렬히 사 모으는 수집가들 사이에서 키멜은 이 세상에 있기만 하면 그 책을 구해오는 믿을 만한 서적상으로 명성이 자자했다. 키멜은 책을 구하러 영국, 프랑스 맨 섬(아일랜드 해에 있는 영국 왕실령 섬), 독일은 물론이거니와 심지어 터키에 사는 미국인 괴짜가 세운 도서관까지 돌아다녔다. 또한 텍사스와 페르시아 제국(오늘날 이란 영토에 근거한 여러 개의 제국)에 사는 은퇴한 석유 업자를 만나러 다녔다. 키멜이 몇 달간 공을 들이고 애타는 마음으로 편지를 여러 장 보내면, 그는 갖고 있던 값진 책들 중에서 몇 권을 찔끔 나눠주었다. 키멜이 터키에 사는 딜라드에게 포르노 서적을 간신히 빼오면 그 값은 손님이 치르게 했다.

키멜이 가스난로에 불을 붙였다. 전창 뒤에 있는 라디에이터 두 대로는 부족한 온기를 더하기 위해서였다. 그는 다시 앉아 주문서를 넣어둔 보관함으로 손을 뻗었다. 열댓 개 정도 되는 다른 주문서 틈에서 스택하우스의 주문서를 집어 들었다. 스택하우스라는 이름과 롱아일랜드 주소가 적혀 있었다. 키멜은 주문서를 그대로 접고 한 번 더 접었다. 스택하우스가 주문한 책은 아직 오지 않았다. 키멜은 스택하우스의 주문서를 없애야 할 진정한 이유는 없다고 생각했다. 그랬다간 오히려 의심을 사게 될 것이다. 그럼에도 왼쪽 하단 서랍 밑에 있는 비밀 공간이나, 몽당연필과 고무도장을 잔뜩 넣어둔 시가 박스 바닥에 주문서를 감추고픈 충동이 여전히 일었다. 접혀진 주문서를 엄지와 검지로 들고서 고민에 빠졌다.

앞문이 열리더니 웬 남자가 들어왔다.

키멜이 일어섰다. "죄송합니다만, 오늘은 영업 안 합니다."

남자는 웃으며 키멜을 향해 계속 걸어왔다. "처음 뵙겠습니다. 멜키오르 키멜 씨 맞으시죠?"

"네, 무슨 일로?" 키멜은 이렇게 물었지만 숨이 쉬어지지 않았다. 평소 같았더라면 진작 눈치챘겠지만 키멜은 남자가 그의 이름을 묻기 전까지 형사인 줄도 몰랐다.

"필라델피아 경찰서에서 나온 코비 경위라고 합니다. 잠깐 시간 되십니까?"

"물론이죠. 무슨 일이십니까?" 그는 주문서를 들고 있던 손을 바지 주머니 안으로 밀어 넣고 반대편 손도 주머니에 찔러 넣었다.

"우연한 상황이 겹쳤습니다." 젊은 경위가 키멜의 높은 책상 위에 팔꿈치를 대고 기댄 채 모자를 도로 썼다. "얼마 전 버스 휴게소 인근에서 사망한 여자에 관한 기사를 보셨습니까?"

"네, 오늘 아침에 봤습니다만." 키멜은 진지하고 진솔한 척했다. 이게 미국식이라고 생각했다. "보긴 봤습니다."

"혹시 동일범의 소행일 가능성이 있다고 생각하십니까? 혹은, 부인이 사망한 이후 어떤 정황이 드러나 특정 인물을 의심하게 되었나요?"

키멜은 슬쩍 미소를 지었다. "만일 그랬다면 경찰한테 말했겠죠. 뉴어크 경찰과 연락하고 있거든요."

"그렇군요, 저는 필라델피아 소속입니다만." 코비가 미소를 머금은 얼굴로 말했다. "얼마 전 그 사망 사건이 제 관할에서 일어났습니다."

"신문에서는 자살이라고 하던데요." 키멜이 말했다. "남편이 범인인가요?"

코비 경위가 다시 미소를 지었다. "아직 혐의가 깔끔히 벗겨진 건 아닙니다. 달리 말하자면, 아직은 모른다는 얘기죠. 그런데 그의 행동이 수상쩍어요." 코비는 담배를 집어 불을 붙인 다음 책상에서 몇 걸음 걸어갔다가 몸을 돌렸다.

키멜은 짜증스레 경위를 바라보았다. 코비의 표정을 보니 실없이 장난치는 것 같았다. 코비가 얼마나 머리가 좋은지 아직은 간파할 수 없었다.

"사실 살인 수법 치고 얼마나 간편합니까? 버스를 따라가다가 정차할 때까지 기다린다." 코비의 파란 눈이 키멜의 얼굴 위에서 맴돌았다. "실패할 수가 없죠. 왜냐하면 아내가 남편을 따라 외진 곳으로 갈 테니까요⋯⋯."

키멜은 코비의 고지식한 접근 방식에 피식 비웃음을 흘렸다. 그러나 그것을 감추려고 작은 눈을 깜빡이며 안경을 만지작거리다가 아예 벗은 다음 렌즈에 바람을 후 불어 깨끗한 손수건으로 천천히 닦으면서 김새거나 맥 빠지게 할 화젯거리를 머릿속에서 애써 찾았다.

"그런데 스택하우스는 알리바이가 없습니다." 코비가 말했다.

"무죄일 수도 있겠죠."

"스택하우스가 그렇게 아내를 죽였을 가능성이 있다고 생각하십니까?"

무슨 질문이 이래, 키멜은 생각했다. 신문에서는 스택하우스가 그런 식으로 아내를 죽였을지 모른다고 실제로 보도 중이었다. 키멜은 코비를 거만하게 바라보았다. "살인이라는 주제를 들먹이시니 기분이 울적해지는군요. 오늘 아침 그 기사를 건성으로 훑어보긴 했습니다만, 다시 읽어 보죠. 집에 신문이 있어서요." 스택하우스는 주방 식탁 위에 놓여 있었다. 키멜은 스택하우스보다 코비가 더 싫었다. 스택하우스에겐 그럴만한 이유가 있었을 것이다. 키멜은 팔짱을 꼈다. "저에게 콕 꼬집어 물어보고 싶은 게 있으신가요?"

"음. 이미 여쭈어보았습니다." 코비는 훨씬 겸손해진 목소리로 말했다. 그는 키멜의 책상과 책이 놓인 기다란 테이블 사이의 비좁은 공간에서 가만히 있지 못하고 계속 몸을 꼼지락거렸다. "오늘 아침에 제가 부인의 살인 사건 관련 경찰 파일을 훑어보았습니다. 그날 밤 극장에 계셨더군요?"

"그렇습니다만." 키멜은 왼손으로 주머니 속에 있는 휴대용 칼을, 오른손으로 접혀진 주문서를 만지작거렸다.

"토니 리코가 알리바이를 증명해 줬고요."

"네, 맞습니다."

"원한 때문에 부인을 살해할 사람이 있었습니까?"

"그건 아닌 것 같습니다." 키멜은 우스꽝스럽게 눈썹을 치켜 올린 후 조명이 환하게 쏟아지는 책상을 내려다보았다. "집사람은 쾌활한 성격이 아니었어요. 사람을 유쾌하게 대하는 법이 없었습니다. 그렇다고 아내를 죽일 사람은 아무도 없습니다. 누가 미심쩍다며 제가 이름을 댄 사람은 한 명도 없어요."

코비가 고개를 끄덕였다. "당신은 용의선상에 오르지 않았죠?"

키멜은 눈썹을 더욱 높이 올렸다. 코비가 화를 돋우려 해도 그를 건드릴 수는 없다. "저야 모르죠. 그런 소리도 못 들었고요." 코비가 그를 살피는 동안, 그는 허리를 펴고 반듯하게 자세를 잡으며 스스로를 완벽하게 제어했다.

"이번 스택하우스 건에 대한 기사를 자세히 읽어 보시죠. 원하시면 제가 경찰 기록을 보내 드릴 수도 있습니다. 공개 가능한 파일은요."

"그런데 전 그 사건에 전혀 흥미를 느끼지 않습니다. 제가 흥미를 보일 거라고 생각하셨으니 고마워는 해야겠네요. 혹시 도울 일이 있다면……
그렇지만 그런 건 없을 것 같은데요." 그는 경청하듯 고개를 기울여 다시 한 번 진실된 미국인인 척 연기했다.

"아마 없을 겁니다." 코비의 입술이 작은 갈색 콧수염 밑에서 또다시 벌어지며 미소를 지었다. "꼭 기억하십시오. 아직 아내의 살인범이 잡히지 않았다는 사실을요. 대단히 놀라운 연결 고리가 드러날 수도 있어요."

키멜은 입을 살짝 벌리고 환한 표정으로 물었다. "버스 휴게소에서 여자를 노린 사내를 찾고 계시는 겁니까?"

"네. 최소 한 명은 있겠죠." 코비는 나가려다가 도로 돌아섰다. "그럼 이만. 대단히 고마웠습니다. 키멜 씨."

"무슨 말씀을요." 키멜은 코비가 나가는 모습을 바라보았다. 녹슨 듯한 색상의 외투를 걸친 앙상한 등이 근시가 있는 키멜의 시야에서 벗어날 때까지 지켜보았다. 문이 닫히는 소리가 들렸다.

그는 주머니에서 주문서를 꺼내어 다른 주문서 사이에 도로 집어넣었다. 스택하우스가 주문한 책이 도착하면 알리지 않고 그냥 굴러다니게 둘 작정이다. 만일 경찰이 스택하우스의 주문서를 그의 책상에서 찾아낼 경우, 주문한 사람의 이름이 기억나지 않았다고 둘러댈 것이다. 혹시나 경찰이 서류를 일일이 맞춰보다가 누락된 주문을 발견한다면 주문서를 없애는 것보다 이쪽이 훨씬 안전하다.

키멜은 너무 걱정이 되고 부아가 치밀기 시작했다. 그러면 안 된다. 그가 범인일 거라고 의심한 사람은 지금껏 아무도 없었다. 그런데 느닷없이 스택하우스가 대놓고 그를 의심하더니, 이제 코비까지 그런다. 키멜은 자리에 앉아서 답장을 쓰려고 렉샐의 편지를 다시 한 번 정독했다. 렉샐은 『19세기 매음굴에 있던 유명한 개들』이라는 책을 구해 달라고 했다.

한 시간 후, 키멜은 토니의 전화를 받았다. 토니는 어떤 남자가 가게로 찾아와 그날 밤에 대해서도 묻고, 토니가 경찰에게 진술했던 내용도 다시금 물었다고 했다. 키멜은 그 말을 가볍게 넘겼다. 그 남자가 자기한테도 찾아왔었다는 소리를 토니에게는 하지 않았다. 토니는 별로 신난 목소리가 아니었다. 처음에 몇 번, 서점으로 달려와 경찰과 나누었던 얘기를 직접 해주기도 했던 토니였다.

23

장례식을 치룬 그다음 날인 월요일, 월터는 집에 있었다. 사실 집에서 할 일이 하나도 없었다. 그는 경찰한테 걸려오는 전화를 받겠다고 한 몸 바치기로 자처한 사람처럼 그저 기다리고 또 기다렸다. 대부분 그가 전혀 모르는 경찰들이었다. 게다가 클라라의 부고를 듣고 그에게 위로를 전하는 아내의 고객들이 얼마나 많은지 놀랄 지경이었다.

월터는 아무도 그를 전혀 의심하지 않는다고 생각했다. 사실 신문에서 최대한 자극적으로 기사를 작성했지만, 놀랍게도 기사 내용을 언급하는 사람은 거의 없었다. 적어도 그의 면전에 대고 그러는 사람은 없었다. 일 면식도 없는 두세 명 정도가 그를 딱하게 여기면서 부인을 구하려고 얼추 시간 맞춰 거기까지 갔는데 지독히 운이 나빴다며 비꼬듯 말했다. 그가 아내를 따라간 데에는 다 이유가 있었을 거라고 추측하는 이들도 있었다. 그 렇지만 그의 결백을 의심하는 사람은 아무도 없는 것 같았다. 존과 같이 필라델피아까지 갔다 오던 날 밤, 그를 의심하는 것 같았던 존만큼 의심하는 사람도 없었다. 버스를 따라간 동기를 존이 미심쩍어하는 느낌이 들었지만, 월터는 존이 그러는 것도 다 이유가 있다고 생각했다. 존은 그 누구보다 월터와 클라라 사이를 잘 알았다. 아이어턴 부부보다도 훨씬 많이 알고 있었다. 월터는 장례식을 치르고 나서야 리노로 가서 이혼할 예정이었음을 존에게 털어놓았다. 존은 그걸 굉장히 의아하게 여겼다. 게다가 지난 몇 주간 월터의 행동은 이상했다. 존에게 거의 전화도 안 하고, 아무도 만나지 않았다. 월터는 보기보다 존이 그를 훨씬 더 많이 의심하는 것 같은 느낌을 받았다. 존에게 죄다 털어놓고 싶은 충동이 일었다. 모두 털어놓고 후련해지고 싶었다. 키멜 얘기도, 그날 밤 버스를 쫓아간 은밀하고도 혼란스러운 의도까지도 다 쏟아내고 싶었다. 그러나 그러지 않았다.

가장 많이 아는 존이 월터에겐 여전히 가장 친한 친구였다. 존은 월터가 필요할 때마다 그 자리에 있어 주었고, 월터가 혼자 있고 싶을 때는 자리를 피해 주었다. 수요일 밤, 존이 월터의 집에 왔을 때 엘리가 전화했다.

엘리는 경찰에게 새로운 이야기를 들었는지 그저 궁금해했다. 월터는 뉴욕 경찰이 그날 아침 회사로 찾아와 질문했다는 얘기를 전했다.

"경찰이 공격적이진 않았어요. 그냥 내가 했던 얘기를 또다시 묻더라고요." 사복 경찰이 찾아와 몇 분 정도 얘기한 후 돌아갔다. 월터는 그걸 대수롭지 않게 여겼다. 만약 중요한 일이었다면 경찰은 이틀 전에 찾아와 물었을 것이다.

엘리는 언제 만날 수 있느냐고 묻지 않았다. 월터는 엘리가 일요일 신문에 기사가 실린 후론 두 사람이 만나서는 안 된다는 것을 깨닫고 그러는 것임을 눈치챘다. 두 사람이 만났다간 또다시 자극적인 동기를 보태는 꼴이 될 테니 말이다. 그럼에도 그녀를 보고 싶은 마음을 누르지 못하고 그가 불쑥 물었다. "내일 저녁에 만날 수 있어요, 엘리? 저녁 먹으러 우리 집에 올래요?"

"당신만 괜찮다면…… 물론 난 갈 수 있죠."

월터가 거실로 돌아오자 존은 구석에 웅크리고 앉아서 오래된 레코드

판을 훑어보고 있었다.

"너한테 엘리가 얼마나 의미 있는 사람이야, 월터?"

"꽤 있는 것 같아."

"얼마나 된 사이야?"

"얼마나 되긴." 월터는 약간 짜증난 목소리로 말했다.

"엘리를 사랑하니?"

월터는 머뭇거렸다. "모르겠어."

"확실히 엘리는 널 사랑하는 것 같더라."

월터는 바닥을 내려다보며 소년처럼 부끄러워했다. "엘리가 좋아. 나도 사랑에 빠진 것 같아. 그런데 잘 모르겠어."

"클라라도 엘리를 알고 있었어?"

"응, 우리가 아무 사이도 아닐 때부터."

"그렇다면 넌 엘리와 고작 몇 번 본 사이인 거네." 존이 고개를 들면서 말했다.

"딱 두 번 본 건가." 월터는 천천히 거실을 오갔다. 클라라가 이 카펫을 고르려고 고심하면서 마음에 드는 물건을 찾을 때까지 맨해튼에 있는 상점이란 상점은 죄다 들르던 모습이 떠올랐다.

"네가 엘리에게 강한 인상을 남긴 게 분명해." 존은 온화하게 싱긋 웃으며 말했다.

"그게 얼마나 오래가겠어. 실은 나 엘리를 잘 몰라."

"에이, 왜 이래, 거짓말." 존의 목소리는 곰이 정감 어리게 으르렁거리는 것처럼 들렸다.

"사실 엘리와 앞으로 뭘 어쩌겠다는 계획이 하나도 없어." 월터는 멋쩍어하며 말했다. 월터와 존은 여간해서는 여자 얘기를 안 하는 편이었다. 결혼을 앞두었을 때에만 얘기했었다. 존이 스텔라와 이혼한 후 여자를 사귀었다고 해도 얘기하지 않았을 것이다. 월터도 엘리를 만나기 전엔 여자 얘기를 꺼낸 적이 한 번도 없었다.

존은 레코드판을 잔뜩 들고 일어섰다. "그건 그렇고, 내가 엘리를 좋아한다고 다시 말해 둘게. 두 사람이 서로 좋아하는 사이라고 해도, 난 괜찮아."

존이 미소를 짓자, 월터도 미소로 화답했다. "술 가져 올게."

"아니 됐어. 나 뱃살에 신경을 써야 하거든."

"아직 34인치까지는 아니잖아! 엘리를 위해 건배해야지."

월터는 스카치로 하이볼을 넉넉히 두 잔 만들어서 커피 테이블로 가져왔다. 두 남자가 자리에 앉아 잔을 들었다. 그런데 갑자기 월터가 잔을 바스러뜨렸다. 미소 짓던 얼굴이 쓸쓸하게 일그러지기 시작했다. 눈에는 눈물이 고였다.

"월터, 괜찮아." 존이 옆으로 와서 월터의 어깨에 팔을 둘렀다.

월터는 한줌의 재로 사라져 흉한 회색 단지 속에 담긴 클라라가 생각났다. 너무나 아름답던 클라라의 얼굴과 그의 품에 안겼던 클라라의 몸이 떠올랐다. 존이 그의 손에서 잔을 빼내려 했지만, 월터는 계속 움켜쥐고 있었다. "너 날 미친놈이라고 생각하지? 지 마누라는 땅에 묻어 주지도 못했는데 여기 앉아서 다른 여자를 위해 건배나 하는 날 개자식이라고 생각하지?"

"기운 내, 월터. 왜 이래."

"여기에 이러고 앉아서 오늘 밤 너한테 나불대고 있잖아?" 월터는 고개를 숙인 채 계속 말을 이었다. "그래도 이 말은 해야겠어. 나 클라라를 정말 사랑했다. 이 세상 그 누구보다 정말 사랑했었어!"

"월터, 나도 알아."

"넌 몰라. 네가 어떻게 다 알아. 아무도 몰라." 월터는 깨진 잔이 손에 느껴졌다. 피가 줄줄 나는 손으로 둥근 유리 조각을 쥔 모습을 쳐다보다가 바닥에 조각을 내던졌다. "넌 몰라. 뭔지 모른다고." 텅 빈 계단, 헛헛한 이층 침실의 침대, 아직도 옷장 맨 위에 놓인 클라라의 화사한 스카프가 떠올랐다. 밤낮으로 내내 클라라만 기다리는 제프도 생각났다. 심지어 클라라의 목소리까지 기억났다.

월터는 누군가 그를 일으켜 세우는 느낌이 들었다. 존이 월터의 손을 씻기려고 그를 일으켜 세우고 있었다. "미안해, 존. 정말 미안해. 술 때문에 이러는 게 아니라……"

"너 한 잔도 안 마셨어!" 존은 그를 계단으로 끌고 올라갔다. "가서 손하고 얼굴 좀 씻은 다음 싹 다 잊어."

24

그 주, 월터는 사무실에서 할 일이 거의 없었다. 6주간 휴가를 떠날 예정이던 월터의 일을 딕 젠슨에게 이미 떠넘겼기 때문이다. 월터는 이때를 십분 활용해 오후가 되면 일찌감치 퇴근했다. 베네딕트 집보다 사무실에 있는 게 기분이 더 가라앉았다. 목요일 3시경, 딕의 사무실로 들어갔다.

"딕, 우리 다음 달에 여기에서 나가자. 셔먼에게 전화해서 12월 1일이나 11월 중순 즈음에 사무실을 구할 수 있으면 우리가 임대차 계약서에 서명하겠다고 전해." 월터가 말했다. 셔먼은 두 사람이 사무실을 내기로 점 찍어둔 44번가의 어느 빌딩을 관리하는 부동산 대리인이었다.

딕 젠슨이 잠시 월터를 심각하게 바라보았다. 월터는 자신이 신경질적인 말투로 말했음을 깨달았다. 딕은 월터가 클라라 때문에 예민해졌다고 생각하는 것 같았다.

"우리 상황이 잠잠해질 때까지 기다려야 할 것 같아." 딕이 말했다. "물론, 네가 이 사건과 아무 상관없다는 건 말할 필요도 없어, 월터. 그렇지만 새로 사무소를 내기엔 상황이 좋지 않아."

"우리를 찾아올 의뢰인들은 그 일에 대해 신경 쓰지도 않을 텐데, 뭐." 월터가 항변했다.

딕은 고개를 저었다. 책상 뒤에 선 그의 표정에는 근심이 어려 있었다.

"그 일이 우리에게 치명타가 될 거라곤 생각하지 않아. 있잖아 월터, 넌 그 일로 인해 네가 체감하는 것 이상으로 훨씬 격앙되어 있어. 난 우리가 뭐든 서두르지 않도록 애쓰고 있는 것뿐이야."

월터는 딕이 진심이라고 생각했다. 딕은 동업할 변호사의 나쁜 평판 때문에 망할 가능성이 다분한 새 법률사무소의 파트너 변호사가 되고 싶지 않은 눈치였다. 그런데도 딕은 지난 화요일, 자신은 월터를 신뢰하며 그의 진심을 확신한다며 꽤나 근사한 발언을 해주었다. "네가 그랬지? 분명히 다 지나갈 거라고. 12월 1일이면 다 정리가 될 거야. 그러니까 크로스에게 미리 통보하고, 한 달 정도 그에게 말미를 준 다음 우리가 홍보를 시작하는 게 나을 것 같다는 뜻이었어. 12월 1일까지 잠잠해지길 기다렸다간 우리가 첫 번째 의뢰를 받으려면 내년 1월 중순까지 기다려야 할지도 모르잖아."

"그렇다고 해도 난 우리가 기다려야 한다고 생각해, 월터."

월터는 클래식한 정장을 입은 딕의 폭신한 몸을 바라보았다. 수백 개의 베이컨과 달걀을 아침으로 먹고, 느긋하게 세 가지 코스짜리 점심을 즐겨온 복부를 감싼 조끼가 살짝 불룩했다. 딕은 쾌활하고 성격 좋은 아내가 집에 있어서 생기 넘치게 숨을 쉬고 살았다. 딕이라면 충분히 차분하게 기다릴 수 있겠지. 월터는 서류 가방을 내려놓고 외투를 걸쳤다.

"퇴근하게?" 딕이 물었다.

"응, 여기 있으면 축 처져서 말이지. 이건 집에 가서 보면 되니." 월터가 문으로 걸어갔다.

"월터……"

월터는 뒤를 돌아보았다.

"크로스에게 통보하기에 너무 이른 건 아닌 것 같아. 이건 진심이야. 크로스한테 한 달의 여유는 주어야 하니, 우리 다음 주 월요일인 11월 1일에 말하자." 딕이 말했다.

"알았어. 난 사직서를 다 써 놓았어. 날짜만 적으면 돼."

월터는 엘리베이터로 향하는 사이 문득 이런 생각이 들었다. 딕이 사전 통보하는 데에만 동의한 건, 마음이 바뀔 경우 언제든 도로 무를 수 있기 때문인 것 같았다. 딕은 새로 얻을 사무실을 계약하는 일에 대해서는 여전히 얼버무리고 있었다.

월터는 주차장으로 가는 길에 유리 장식품이 가득한 상점을 들여다보았다. 안으로 들어가 엘리에게 줄 묵직한 스웨덴 스타일의 유리 꽃병을 샀다. 엘리가 좋아할지 모르겠지만, 그녀의 아파트에 어울릴 것 같았다. 엘리는 아파트를 특정한 스타일로 꾸미는 대신, 좋아하는 물건을 보이는 대로 사다가 채워 넣었다.

그는 베네딕트에 있는 두세 군데 상점에 들러 스테이크와 버섯, 샐러드 드레싱과 메도크 포도주 한 병을 샀다. 클라우디아에게는 저녁 휴가를 주었다. 클라우디아는 지난 사흘 저녁 내내 휴가를 받았다. 월터가 존하고, 둘이서 음식을 직접 해먹는 게 더 좋았기 때문이다. 오후 내내 사무실에서 가져온 일감을 읽었다. 6시 30분이 되자 주방에서 저녁을 차리기 시작했다. 거실 벽난로에 불을 피웠다.

엘리가 7시 2분에 초인종을 눌렀다. 그는 엘리가 시간 맞춰 오리라 기대했기에 7시 정각부터 마티니를 만들기 시작했다.

"이거 받아요." 엘리가 기름종이에 싼 꽃다발을 내밀었다.

월터는 꽃을 받아 들며 미소를 지었다. "당신, 정말 재미있는 여자네요."

"왜요?"

"원래 꽃은 남자가 사오는 건데."

"아파트 주차장에 핀 꽃을 꺾어 온 거예요."

월터는 주방에서 유리 꽃병의 포장을 풀어서 그 안에 꽃을 꽂았다. 줄기가 짧은 클로버와 데이지가 꽃병 속에 거의 잠길 지경이어서 냉큼 꽃병을 들고 엘리에게 갔다. "이거 선물."

"어머나, 월터! 꽃병이요? 예쁘다!"

"다행이네요." 월터는 마음에 들어 하는 엘리의 모습을 보며 흐뭇하게 말했다.

엘리는 꽃을 꽂으려고 뭔가를 챙겨 왔다가 그걸 도로 썼다. 그리고 월터에게 선물 받은 꽃병을 작은 테이블 위에 올려놓고 둘이서 칵테일을 마시는 동안 그것을 보며 감탄했다. 엘리는 월터가 처음 보는 쥐색 실크 정장을 입고 그가 좋아하는 귀걸이를 하고 검은색 스웨이드 펌프스를 신었다. 월터는 엘리가 오늘 밤 그에게 유독 예뻐 보이고 싶어서 신경 썼음을 알 수 있었다.

"이 집에서는 언제 나올 생각이에요?" 엘리가 물었다.

"아직 생각 안 해봤는데. 꼭 그래야 합니까?"

"네, 꼭 나와야 할 것 같아요."

"그럼 다른 사람들하고도 의논해 볼게요. 나이츠브리지 사람들은 내가 생각이 있으면 알아서 처리해 주겠다고 벌써부터 말을 꺼냈어요." 월터는 해리스버그에 있는 클라라의 어머니가 남긴 유산이 불현듯 떠올랐다. 클라라가 먼저 사망했음에도 장모의 유언에 따라 유산 중 절반만 그에게 상속될 예정이었다. 헤이브먼 여사의 여동생이 펜실베이니아 주 어딘가에서 살고 있기 때문이다. 월터는 자기 몫까지 처이모에게 넘길 생각이었다.

"잠은 좀 자요?" 엘리가 물었다.

"충분히요." 월터는 엘리에게 다가가 키스하고 싶었지만 참았다. "이제, 다음 달에 이사도 가고 회사도 바꿔요. 딕이 다음 주 월요일에 사직 의사를 밝히는 데 동의했어요. 늦어도 12월 1일이면 사무소를 새로 열 수 있어요."

"잘됐네요. 딕이 신문에 난 기사 때문에 걱정은 안 하죠?"

"안 해요. 그때 즈음이면 잠잠해졌을 겁니다." 월터는 긍정적이고 자신감이 넘쳤다. 마티니 맛이 기막히게 좋았다. 마티니라면 이래야지, 할 정도로 맛이 제대로 났다. 그는 일어나 엘리 옆으로 가서 앉은 다음 팔을 그녀의 어깨에 둘렀다.

엘리가 그의 입에 서서히 입술을 포개더니 자리에서 일어나 저만치 멀어졌다. 월터는 놀라서 엘리를 바라보았다.

"당신한테 내가 어떤 의미인지 묻기엔 여기가 적당하지 않죠?" 엘리가 웃으며 말했다.

"사랑해요, 엘리. 당신은 내게 이런 사람이에요." 그는 이렇게 말하고 대답을 기다렸다. 엘리는 월터가 벌써부터 결혼하자며 프러포즈를 하지 않으리라는 건 알고 있었다. 그저 그에게서 사랑한다는 확답을 듣고 싶었을 뿐이다. 월터는 그 정도는 엘리에게 해줄 수 있을 것 같았다. 오늘 밤, 그런 마음이 강렬히 들었다.

두 사람은 마티니 한 병을 다 비우고 반병을 더 만든 다음 주방으로 가서 저녁 식사를 준비했다. 감자는 이미 오븐 속에 넣어 두었다. 엘리는 버섯을 다듬으면서 학교에 있는 천재 소년 드와이트에 대해 떠들었다. 드와이트는 강습을 받은 지 두 달도 안 돼서 모차르트 소나타를 치기 시작했다고 했다. 월터는 엘리와의 사이에서 음악에 천부적인 재능을 지닌 아이가 나올지 궁금했다. 엘리와 결혼한 모습을 상상했다. 여름이면 엘리가 그 늘씬하고 긴 다리를 이층 테라스, 아니 어느 테라스에서든 앉아 태양을 쪼이는 모습을 그려 보았다. 겨울이면 그녀가 모직 머플러를 둘둘 감고 같이 산책하는 모습도 그려 보았다. 엘리를 채드에게 소개시키는 모습을 상상했다. 엘리와 채드가 서로 잘 맞을 것 같았다.

"내 말을 안 듣고 있군요." 엘리가 짜증스레 말했다.

"듣고 있어요. 드와이트가 모차르트를 친다면서요."

"그 얘긴 벌써 5분 전에 끝났다고요. 지금쯤 스테이크를 넣어야 하는 거 아닌가요?"

월터가 스테이크를 들고 오븐으로 가는 도중 전화벨이 울렸다. 두 사람은 서로를 쳐다보았다. 월터는 스테이크를 내려놓고 전화를 받으러 갔다.

"여보세요. 스택하우스 씨?"

"네."

"코비 경위입니다. 잠시 뵐 수 있을까요? 중요한 일입니다. 오래 걸리진 않을 겁니다." 젊고 친절한 목소리가 확신에 차서 말했다. 월터는 그를 거절할 방법을 찾느라 몸부림쳤다.

"유선으로 말씀하시면 안 됩니까? 지금 제가……"

"몇 분이면 됩니다. 지금 제가 베네딕트에 왔거든요."

"알겠습니다." 월터가 대답했다.

그는 욕을 하고 허리춤에 묶인 앞치마를 잡아 빼며 주방으로 걸어갔다.

"코비예요. 지금 이쪽으로 온대요. 몇 분이면 된다는데, 당신이 여기에 없는 편이 나을 것 같아요, 엘리."

엘리는 입술을 안으로 말아 넣었다. "알았어요."

엘리가 서둘렀지만 월터는 그런 엘리를 말리지 않았다. 엘리와 코비가 현관에서 서로 마주치면 어쩌나, 월터는 그건 싫었다.

"쓰리 브라더스에 가서 술 한 잔 하고 있어요. 코비가 가면 내가 그리로 전화할게요."

"술을 또 마시기는 싫은데. 그래도 거기에 가 있을게요."

그는 엘리의 외투를 잡아 당겼다. "미안해요. 엘리."

"음…… 어쩔 수 없죠." 엘리가 밖으로 나갔다.

월터는 거실을 둘러보았다. 엘리가 마시던 마티니 잔을 집어 들었다. 그의 잔은 주방에 있었다. 아직 식탁을 차리기 전이었다. 전화가 또다시 울렸다. 월터는 몸을 돌려 벽난로 위 선반에 놓인 아이비 화분 뒤로 마티니 잔을 밀어 넣었다.

빌 아이어턴의 전화였다. 빌은 필라델피아 경찰서 소속 코비 경위가 방금 다녀갔다고 했다. 코비가 월터의 사생활과 베네딕트 주변인은 물론 클라라와의 관계까지 캐물었다고 전했다.

"있잖아, 월터. 우리가 만난 지 3년 가까이 되었으니 세월이 꽤 흘렀지. 나는 너에 대해서 나쁜 말을 한 적은 지금까지도 없었고, 이번에도 하지 않았어. 무슨 말인지 알지?" 빌이 물었다.

"그럼. 고마워, 빌." 코비의 차가 도착하는 소리가 들렸다.

"코비한테는 너희 부부가 이 세상에서 가장 행복하진 않았다고 털어놓았어. 그건 부정할 수 없더라. 그렇지만 난 네가 클라라의 죽음과 전적으로 무관하다고 생각한다고 말했어. 코비는 너희 부부가 육탄전도 했었는지 묻더라. 그래서 내가 아는 한 가장 순한 남자가 너라고 했다."

큰일이네, 월터는 생각했다. 빌의 목소리가 그의 귀에 계속 울려 퍼졌다. 월터는 거실에 있는 재떨이를 비우고 싶었다.

"나더러 너희 부부가 이혼을 앞두고 있었다는 걸 알았냐고 묻기에 그렇다고 했어."

"잘했어. 얘기해 줘서 고맙다. 정말 고마워."

"우리가 뭐 도울 일 없어, 월터?"

"없어." 초인종이 울렸다. 월터는 계속해서 느긋하고 낮은 목소리로 말하려 했다. "내가 나중에 전화할게, 빌. 베티에게도 안부 전해 줘." 그는 전화를 끊고 현관으로 갔다.

"안녕하십니까?" 코비가 모자를 벗으며 인사했다. "이렇게 방해해서 죄송합니다."

"괜찮습니다." 월터가 말했다.

코비는 거실로 들어서면서 주위를 둘러보았다. 외투와 모자를 벗어서 의자 위에 올려놓더니 벽난로로 걸어갔다. 코비가 걸음을 멈추었다. 월터는 코비의 시선이 작은 테이블 위에 놓인 재떨이에 꽂혔음을 눈치챘다. 립스틱이 묻은 담배꽁초 두 개비가 있었다.

"제가 방해했군요. 정말 죄송합니다." 코비가 말했다.

"아닙니다." 월터는 양쪽 주머니에 손을 찔러 넣었다. "뭘 묻고 싶으신 거죠?"

"아, 그냥 일상적인 질문입니다." 코비는 소파에 털썩 앉더니 다리를 꼬았다. "주변에 사시는 친구분들과 얘기를 나누었습니다. 아마 소식을 들으셨겠죠. 저희가 원래 그렇게 하거든요." 코비가 미소를 지으며 말했다. "그리고 키멜이라는 남자와도 얘기를 나누었습니다."

"키멜이요?" 월터는 긴장했다. 월터는 코비의 입에서 그가 서점에 찾아왔다고 키멜에게 들었다는 얘기가 나오기를 기다렸다.

"제가 일전에 말씀드렸던 사건입니다. 그자의 아내가 버스를 타고 가다가 태리타운 인근 숲에서 살해당했다던 건이요."

"아, 네." 월터가 대답했다.

코비는 담배 한 개비를 꺼냈다. "저는 그가 범인이라고 확신합니다."

월터도 담배를 입에 물었다. "지금 키멜 사건에 대해서 조사하시는 건가요?"

"제가 이번 주부터 조사에 들어갔습니다. 물론 8월부터 키멜 건에 대해 관심을 갖고는 있었죠. 전 미제 사건이라면 늘 눈여겨보거든요. 어쩌면 제가 해결할 수도 있으니까요." 그는 소년처럼 웃으며 설명하는 말투로 말했다. "키멜을 만나서 주변 환경을 조사해 보니, 키멜이 용의자일지도 모른다는 관심이 생겼지 뭡니까?"

월터는 아무 말 하지 않았다.

"경찰에서는 키멜이 범인이라는 확증을 아직 찾지 못했습니다. 물론 제게도 없고요." 그는 의외로 겸손하게 덧붙였다. "게다가 뉴어크 경찰에서는 그 건에 대해 그리 열심히 조사하는 것 같지 않았습니다. 혹시 키멜 건에 대해 기억이 안 나시겠죠?"

"말씀해 주신 내용만 알고 있을 뿐입니다. 키멜의 아내가 살해당했다고 제게 말씀해 주셨잖아요."

"맞습니다. 저는 키멜이 당신과는 별 상관없지만, 당신은 키멜과 관련이 많을 것 같다고 생각하고 있습니다."

"무슨 말씀이신지 모르겠습니다."

코비는 소파 목받침에 머리를 젖히고 피곤한 듯 손으로 이마를 쓸었다. 쓰던 모자를 벗어서 그런지 벌겋게 살이 눌린 자국이 이마에 가로로 죽 그어졌고, 파란 눈동자 밑은 살짝 꺼졌다. "키멜이 스택하우스 건으로 상당히 당황한다는 뜻입니다. 보기보다 훨씬 더 당황하더라고요. 키멜이 당황하면 할수록 그의 속내가 더욱 드러날 겁니다. 그게 제가 바라는 바죠." 코비가 활짝 웃었다. "그런데 그자는 속내를 그리 호락호락 드러내 보일 사람이 아니더라고요."

그 소리를 듣고 있자니, 월터는 자신이 고문을 당하는 기니피그가 된 것 같았다. 코비가 스택하우스 건을 파고들다가 키멜 건의 진실을 알게 될 것이다. 월터는 미동도 없이 귀를 기울였다. 이번에는 협조하려고 애를 쓰는 중이었다.

"키멜은 덩치가 크고 머리가 꽤 잘 돌아가는 대신, 과대망상증이 살짝 있습니다. 그는 주위 사람들, 그보다 못한 사람들의 비위를 잘 맞추는 사람입니다. 빈민가 출신이 여기까지 올라온 후 스스로를 지식인인 척 꾸미고 살죠. 사실, 똑똑하기도 하고요."

코비의 미소에 월터는 짜증이 났다. 코비는 이것을 재미있는 게임으로 여기는 것 같았다. 경찰이 강도를 잡으러 돌아다니는 놀이라고나 할까. 살인 사건에 온전히 정신이 팔린 자들은 마음 한구석 어딘가가 추잡하거나 꼬인 게 분명했다. 특히 이렇게 좋아서 날뛰는 코비의 모습은 더욱 그래 보였다. "그럼 키멜이 앞으로 뭘 어쩌기를 바라십니까?" 월터가 물었다.

"자백이죠. 종국엔. 그가 자백하도록 내가 만들 겁니다. 그 남자의 아내에 대해서도 제법 많이 알아냈습니다. 그것만 봐도 키멜은 이혼으로 도저히 채워지지 않을 불덩이 같은 심정으로 아내를 혐오해 왔음을 충분히 알 수 있습니다. 이 모든 게 키멜의 성격과 관련 있는데요, 키멜을 만나고 나니 그제야 이해가 됐습니다." 코비는 월터를 쳐다보다가 재떨이에 담배를 꾹 눌러 껐다. "집을 둘러봐도 될까요?"

손님들도 저렇게 물었었는데, 월터는 생각했다. "그러시죠."

월터는 코비를 이층으로 안내하려던 참이었다. 그런데 코비가 벽난로 앞에서 걸음을 멈추더니 아이비 화분 뒤로 손을 뻗어 그 뒤에 있던 잔을 들고 줄기를 원래대로 되돌려 놓았다. 잔 테두리엔 입술 자국이 찍히고, 바닥엔 술이 약간 남아 있었다.

"한 잔 하시겠습니까?" 월터가 물었다.

"아닙니다." 코비는 잔을 도로 내려놓더니 다 알겠다는 눈빛으로 월터에게 미소 지었다. "오늘 저녁에 브리스 양과 같이 계셨군요?"

"네." 월터는 무덤덤하게 말하며 이층으로 안내했다. 코비는 아직 엘리에게 전화조차 하지 않았다. 월터는 코비가 엘리를 어떻게 정의 내릴지 궁금했다. 여자친구? 아니면 정부? 그런 사소한 것들은 중요하지 않았다.

코비는 침실로 들어가더니 바지에 손을 찔러 넣은 채 조용히 이리저리 돌아다니다가 나왔다. 월터는 그에게 앞쪽 맞은편 구석에 있는 작은 방을 보여 주었다. 원래는 가정부 방으로 만들려고 했던 곳이었는데, 침대는 없고 간이 소파만 하나 있었다. 월터는 가정부가 입주 대신 출퇴근한다고 설명했다.

"가정부가 누구죠?" 코비가 물었다.

"클라우디아 잭슨입니다. 헌팅턴에 살죠. 하루에 두 번 출근합니다. 오전과 저녁때요."

"주소를 알 수 있을까요?" 코비가 수첩을 꺼냈다.

"헌팅턴 스프링 가 717번지입니다."

코비가 받아 적었다. "오늘 저녁엔 그분이 안 보이시네요?"

"오늘은 없습니다." 월터는 인상을 쓰며 대답했다.

"손님방인가요?" 두 사람이 복도를 걷는 사이 코비가 물었다.

"아내는 절대로 손님방을 만들려고 하지 않았습니다. 일종의 거실로 쓰는 방이죠."

코비는 무심한 눈빛으로 안을 들여다보았다. 단 한 번도 사용한 적이 없는 방이었지만 클라우디아는 늘 깔끔히 정리해 두었다. 지금 보니 백화점 모델 하우스처럼 썰렁하고 스산해 보였다.

"이 집에 계속 사실 생각이십니까?" 코비가 물었다.

"아직 결정을 내리지 않았습니다." 월터는 다른 문을 열면서 말했다. "제 서재입니다."

"멋지네요." 코비는 감탄하듯 말했다. 그는 뒷짐 진 손에 재킷을 쥔 채 책장까지 걸어가더니 걸음을 멈추었다. "책이 정말 많네요. 집에서도 일을 많이 하십니까?"

"아뇨, 안 합니다."

코비는 책상을 내려다보았다. 월터의 큼지막한 남색 공책이 한쪽 구석에 놓여 있었다. "사진첩인가요?" 코비가 손을 뻗으며 물었다.

"아뇨, 그냥 공책입니다."

"봐도 됩니까?"

월터는 한 손을 펴며 그러라며 권했다. 그러나 사실 코비가 공책에 손을 대는 것도, 그것을 펴보는 것도 싫었다. 월터는 담배를 더듬더듬 찾았지만 한 개비도 없다는 사실을 알고 팔짱을 끼었다. 창가로 걸어갔다. 창문에 코비의 모습이 비쳤다. 코비가 공책 위로 몸을 숙인 채 페이지를 천천히 넘기고 있었다.

"이게 다 뭐죠?" 코비가 물었다.

월터가 뒤를 돌았다. "일종의 여가 활동입니다. 사람들에 관한 메모를 해두었다가 나중에 에세이를 쓰죠." 월터의 인상이 더욱 구겨졌다. 그는 다시 코비 쪽으로 다가가면서 코비의 시선을 공책에서 거두게 할 말을 찾았다. 지금 코비가 기를 쓰고 읽으려 하는 작은 글씨들을 못 보게 할 말을 궁리했다. 그 순간, 신문 기사를 찢어둔 종잇조각 하나가 아래로 흘러내렸다. 월터는 그것을 쳐다보았다. 크기, 굵은 글씨의 제목이 눈에 익었다. 믿을 수가 없었다.

코비가 그걸 집어 들었다. "키멜 기사네요!" 놀랍다는 듯이 말했다.

"그렇습니까?" 월터는 목소리를 바꾸지 않고 말했다.

"와, 네!" 코비는 놀라운 미소를 지으며 고개를 돌려 월터를 쳐다보았다. "직접 스크랩하신 건가요?"

"그랬을 겁니다. 그런데 기억이 안 나네요." 월터는 코비를 쳐다보았다. 순간, 두 사람 사이에 뭔가 끔찍한 상황이 벌어졌다. 코비는 놀랄 때 나오는 자연스러운 표정을 지었지만, 그 놀라움 속에는 무언가를 발견했다는 사실이 담겨 있었다. 월터가 거짓말한 사실을 발견한 것이다. 잠시, 두 사람은 평범한 이들처럼 맞바라보았다. 월터는 치명타를 맞은 듯했다.

"기억이 안 나신다고요?" 코비가 물었다.

"안 납니다. 저 기사를 써먹은 적이 한 번도 없어서요. 제가 신문에서 이것저것 오려내는 기사가 제법 되거든요." 그는 스크랩북을 향해 손을 뻗었다. 공책 여기저기에 스크랩한 기사가 여남은 개 정도 있었다. 그런데 키멜의 기사는 분명 버린 걸로 기억하고 있었다.

코비는 기사를 다시 쳐다보더니 원래 있던 자리에 끼워 넣고 도로 허리를 숙여 공책을 읽기 시작했다. 페이지 한 면에 월터가 손으로 직접 쓴 내용은 물론, 타자기로 쳐서 풀로 붙여 놓은 종잇조각까지 읽었다. 젠슨과 크로스에 관한 내용이라서 키멜과는 아무 상관없었다. 월터는 차라리 키멜과 관련 있는 내용이었더라면 나았을 거라는 생각이 들었다.

"'어울리지 않는 우정'이라는 제목 하에 적어 놓은 글이 꽤 많습니다. 뭐 그런 식이죠. 그 기사는 나중에라도 범인이 잡힐 것 같아서 찢어 두었는데, 그러고는 이름을 잊어버렸습니다. 저는 범인과 피해자 사이의 연결 고리를 찾는 데 관심이 있었죠. 그런데 아무것도 나오지 않자 그러다 잊어버린 것 같습니다. 이런 놀라운 우연이 다 있습니까. 만일……" 월터는 갑자기 머릿속이 하얘졌다.

코비는 월터를 예리하게 노려보았다. 그러면서도 여태 놀라움이 가시지 않은 얼굴로 월터가 털어놓기를 기다리고 있었다. 월터가 유죄라는 사실에 스스로 쐐기를 박을 무언가를 말해 주기를 기다리는 중이었다. 코비가 씩 웃었다. "저 기사를 찢어내면서 무슨 생각을 하셨는지 그게 궁금하군요."

"말씀드렸잖습니까? 누가 범인인지 궁금했다고요. 그러니까……" 월터는 어느 살인 사건에서 영감을 얻어 마이크와 채드에 관한 수필을 썼다고 말하려 했다. 우정에서 비롯된 살인 사건에 관한 수필을 썼다고 말이다. 그런데 그때 스크랩해 둔 기사는 오래전에 버리고 없었다. "저는 헬렌 키멜과 범인과의 관계에 관심이 있었습니다." 월터는 그가 '헬렌'이라고 언급한 사실을 코비가 포착했음을 깨달았다.

"계속해 보시죠." 코비가 말했다.

"더는 말씀드릴 게 없습니다." 월터는 다른 누군가 키멜의 기사를 저 스크랩북에 끼워둔 거라고 둘러댈까 궁리했지만, 저걸 스크랩한 사람은 바로 그였다. 심지어 줄거리까지 잡아 두었다. 월터가 저 신문지 조각을 집어던지다가 바닥에 떨어졌는데 귀찮아서 줍지 않고 그대로 두었던 일이 불현듯 기억났다. 그런데 그게 나중에 클라우디아의 눈에 띈 것이다. "사실은, 제가 저걸 집어 던졌었는데……" 그는 말을 시작할 때처럼 끝낼 때도 불쑥 멈추었다.

월터는 이렇게까지 세세히 기억하고 있는 모습을 코비에게 들키고 싶지 않았다. 망할 클라우디아! 바지런하긴, 젠장! 클라라가 클라우디아에게 부지런해야 한다고 귀에 못이 박히게 얘기했었다. "아닙니다. 별 얘기 아니에요."

"중요한 얘기일 수도 있겠죠." 코비가 설득하는 말투로 말했다.

"중요한 얘기 아닙니다."

"키멜을 만나서 얘기하신 적이 있습니까?"

"아뇨." 월터는 이렇게 대답했지만, 곧장 대답을 정정하고 싶었다. 진실을 죄 까발리고 싶은 마음, 키멜에 관한 부분은 최대한 감추고픈 마음, 양쪽을 오가는 중이었다. 이러다가 내일 키멜이 털어놓으면 어쩌지? 월터는 복잡하게 얽힌 게임의 희생양이 된 것 같았다. 머리 위로 느닷없이 쏟아진 그물망 속에 단단히 갇혀 서서히 조여드는 기분이 들었다.

코비는 한 손을 바지 주머니에 찔러 넣은 채 월터에게 다가왔다가 주위를 빙빙 돌며 일정 거리를 유지했다. 그런 식으로 새롭게 바라보면 월터가 더 잘 보이는 것처럼 말이다.

"키멜 건에 완전히 몰두하신 것 같군요." 월터가 물었다.

"몰두라?" 코비는 변명하듯 활짝 웃었다. "제가 맡은 살인 사건만 최소 예닐곱 건이 넘습니다!"

"키멜 건에 열중하신 것 같다는 말씀입니다." 월터가 다시 말했다.

"네, 두 사건의 유사성으로 인해 키멜 건이 새로운 국면에 접어들었습니다. 말하자면요. 뉴어크 경찰은 이렇게 기록했더라고요. '범인은 단독범 혹은 두 명의 공범일 수도 있으며, 광인의 소행으로 보인다.' 절망적이죠. 그런데 당신이 이번 사건의 진상일지도 모를 모습을 우리에게 보여준 거죠." 코비는 잠시 말을 끊고 그가 충분히 이해할 수 있도록 뜸을 들였다. "키멜의 알리바이가 이 세상에서 가장 강력하진 않습니다. 사건 발생 당시 그를 목격한 사람은 아무도 없습니다. 키멜이 아내를 죽였을지도 모른다는 생각이 든 적이 있었나요? 저 기사를 스크랩할 당시나, 그 이후에라도요?"

"아뇨. 그런 적은 없습니다. 경찰에서는 키멜이……" 월터는 말을 멈추었다. 코비가 본 기사 속에는 키멜의 알리바이에 관한 내용은 없었다.

"그럼 그저 우연이었다?"

월터는 뚱하게 입을 다물었다. 코비가 비꼬는 건지 아닌지 계속해서 분간할 수 없어서 짜증스러웠다.

"이거 가져가도 되겠습니까?" 코비가 스크랩북에서 신문 기사를 집어 들며 물었다.

"물론입니다."

코비는 기사 조각을 지갑 속에 넣고 지갑을 잠근 후 안주머니에 도로 집어넣었다. 월터는 코비가 저걸로 뭘 할지 궁금했다. 키멜에게 보여 주려나?

"조만간 멜키오르 키멜에 관한 흥미로운 기사를 신문에서 보실 수 있을 겁니다." 코비가 웃으며 말했다. "이렇게 당신을 괴롭히는 일이 다시는 없었으면 좋겠네요."

월터는 한 마디도 믿을 수 없었다. 이제 그가 키멜의 신문 기사를 스크랩해서 가지고 있었다는 내용이 신문에 분명히 날 것 같았다. 그는 코비를 따라 서재를 나섰다.

코비는 의자에 벗어 둔 외투와 모자를 집더니 좁다란 얼굴을 들어 이렇게 말했다. "뭐가 타는 것 같은데요?"

월터는 잊고 있었다. 주방으로 가서 오븐을 껐다. 감자였다. 주방 창문을 열어젖혔다.

"저녁을 망쳐서 죄송합니다." 월터가 거실로 돌아오자 코비가 말했다.

"아닙니다." 그는 코비를 현관까지 배웅했다.

"안녕히 계십시오."

"안녕히 가세요."

월터는 현관에서 몸을 돌려서 전화기를 노려보았다. 코비가 차에 시동을 거는 소리가 들렸다. 이걸 엘리에게 어찌 설명해야 할까. 남들에겐 뭐라고 해야 하나. 설명이 불가능했다. 월터는 구겨진 얼굴로 오늘 밤 있었던 얘기가 신문에 실리는 모습을 상상했다. 경찰은 신문 기사를 스크랩한 죄목으로 월터를 기소할 수 없다. 아직 키멜조차 기소하지 않았다. 어쩌면 키멜이 무죄일지 모른다. 현재까지는 코비가 키멜을 의심할 뿐이다. 더불어 월터까지도.

월터는 이층으로 후다닥 올라갔다. 다른 일이 떠올랐기 때문이다. 책상 서랍 뒤쪽에서 가끔 일기를 적는 얄팍한 공책 하나를 꺼냈다. 몇 주 동안 일기를 쓰지 못하다가 클라라가 수면제를 먹고 깨어난 직후에 적은 내용이 기억났다. 맨 마지막에 적은 일기의 도입부에는 이렇게 적혀 있었다.

인생에서 가장 중대한 시기를 관통할 때면 그 누구도 절대로 일기를 쓰지 못한다는 사실이 흥미롭다. 꼬박꼬박 일기를 쓰던 사람들조차 그런 때가 되면 도저히 글로 적지 못하고 움찔거린다. 이 얼마나 큰 손실인가. 개인사를 진솔하게 적어나가려고 했는데 그러지 못하니 말이다. 일기의 가장 소중한 가치는 힘든 시절을 기록하는 데에 있다. 한 사람의 진짜 성격을 이루는 약점과 변덕, 부끄러운 증오심, 사소한 거짓말, 이기적 의도 등등, 이걸 행동으로 옮겼든 아니든 겁이 나 기록하지 못하는 시기가 바로 지금이다.

한 달 만에 적은 글이었다. 그 한 달간, 월터와 클라라는 갈등을 빚었고 결국 클라라가 자살 시도까지 했다. 월터는 그 페이지를 찢었다. 코비가 이걸 보았다면 그는 완전히 끝장났을 것이다. 월터는 라이터 불로 그 페이지를 태운 다음 일기장을 들고 아래층으로 내려갔다. 벽난로에는 아직 불씨가 남은 장작이 그득했다. 그는 일기장을 잡아 뜯어 세 조각을 낸 다음 타다 남은 장작 위에 올려놓고 그 위에 장작을 더 쌓았다.

그런 다음, 쓰리 브라더스에서 기다리는 엘리에게 전화했다. 코비와 얘기가 길어져서 미안하다고 했다.

"무슨 일 있었어요?" 엘리의 목소리에는 짜증과 지겨움이 뒤섞여 있었다.

"아무 일도 없었어요. 감자를 태워 먹은 것 말고는요."

25

"지금 막 나가려던 참이었습니다. 그러니……" 키멜이 말했다.

"대단해 중대한 사안입니다. 오래 걸리지 않아요."

"지금 집을 나서는 중이라고요!"

"금방 가겠습니다." 코비는 이렇게 말하고 전화를 끊었다.

지금 겪을 것인가, 아니면 내일 겪을 것인가. 키멜은 외투를 벗어서 기계적으로 걸다가 빨간 플러시 천 소파 한쪽 구석에 신경질적으로 밀쳐놓았다. 그는 업라이트 피아노를 둘러보다 생각에 잠겼다. 헬렌이 피아노에 앉아 〈테네시 왈츠〉를 을씨년스럽게 치는 환영이 잠시 보였다. 코비가 무슨 말을 할까? 어제처럼 별 얘기도 없는데 그냥 오는 건가? 아니면 신경을 살살 긁으려고 들르는 걸까? 키멜은 코비가 주변 조사를 열심히 한 끝에 키너드에 대해 알아냈는지 궁금했다. 키너드는 헬렌과 정을 통한 보험 영업 사원 놈팡이었다. 근처 학교에서 역사를 가르치는 키멜의 친구 네이선도 키너드에 대해 알고 있었다. 네이선은 서점으로 찾아와 그날 아침 코비가 이것저것 묻고 갔다고 했다. 그러나 에드워드 키너드의 이름은 거론되지 않았다. 키멜은 겨드랑이를 긁적거렸다. 그는 오이스터 하우스에서 저녁을 먹고 좀 전에 들어왔다. 집에서 맥주를 마시며 목각 장식품을 만지작거리다가 한 시간 정도 라디오를 들은 후 책을 들고 침대로 갈 생각이었다.

아무튼 맥주를 마셔야겠다고 생각한 키멜은 복도를 따라 주방으로 갔다. 목조 주택 바닥이 그의 몸무게에 눌려 삐거덕거렸다. 그가 도로 복도로 나오는 사이 초인종이 울렸다. 키멜이 코비를 안으로 들였다.

"이렇게 늦은 시간에 방해해서 미안합니다." 코비가 말은 이렇게 했지만 표정에는 미안한 기색이 조금도 없었다. "요즘 낮에는 다른 사건들 때문에 시간을 낼 수가 없어서 말이죠."

키멜은 아무 말 하지 않았다. 코비가 거실을 둘러보았다. 기다랗고 흰 책장 상단에 놓인 짙은 목각 장식품들을 허리를 숙여 자세히 들여다보았다. 정교하게 세공된 장식품들이 줄줄이 소시지처럼 연결되어 있었다. 코비가 저게 뭐냐고 물으면 키멜은 터무니없는 대답을 들려줄 참이었다.

"오늘 스택하우스를 다시 만나고 왔습니다." 코비가 허리를 펴며 말했다. "그런데 아주 재미있는 걸 발견했지 뭡니까?"

"내가 말씀드렸을 텐데요? 난 스택하우스 건이든, 당신이 무슨 얘기를 하든 전혀 관심이 없다고요."

"당신이 그런 말할 처지가 아닐 텐데요." 코비는 키멜의 소파에 앉으며 대답했다. "문득 당신이 유죄라는 생각이 들더군요, 키멜."

"그 말은 어제도 했습니다."

"내가요?"

"토니 리코 말고 내 알리바이를 입증할 다른 사람이 있느냐고 했잖습니까? 그 얘긴즉슨, 당신이 날 유죄로 본다고 은연중에 흘린 거죠."

"보아하니 스택하우스도 유죄인 것 같더군요." 코비가 말했다. "당신은 확실히 유죄고."

순간, 키멜은 단추를 풀어 젖힌 코비의 재킷 안주머니에 총이 들었는지 궁금했다. 총이 있을지도 모른다. 키멜은 코비 앞에 있는 낮은 탁자에서 맥주병을 집어 들고 남은 맥주를 유리잔에 마저 따른 후 병을 내려놓았다. "지금 이 상황을 내일 뉴어크 경찰에게 신고하겠습니다. 뉴어크 경찰에서는 날 의심하지도 않고, 용의선상에 올리지도 않았습니다. 내 입지가 뉴어크에서 꽤 좋거든요."

코비는 웃으며 고개를 끄덕였다. "요전 날 당신을 만나러 오기 전, 뉴어크 경찰과 얘기했어요. 당연히 키멜 건에 대해 허락을 받았죠. 왜냐, 이건 내 관할이 아니니까요. 내가 조사한다고 했는데도 그쪽에서는 아예 신경을 쓰지도 않더군요."

"내가 신경이 쓰입니다. 내 사적인 공간이 침해당하는 게 싫습니다."

"그래도 당신이 할 수 있는 게 아무것도 없어서 유감이군요, 키멜."

"쫓겨나기 전에 제 발로 걸어 나가는 게 좋을 텐데요. 내가 긴히 해야 할 일이 있어서요."

"뭐가 더 중요할까요? 내 일? 아니면 당신 일? 오늘은 뭘 하시려나? 사드 후작(인류 역사상 최고의 변태 성욕자로 알려진 프랑스의 작가)의 회고록을 읽을 겁니까?"

키멜은 호리호리한 코비의 몸을 위아래로 훑었다. 대체 코비가 저 책을 어찌 아는 걸까? 익숙한 자신감이 키멜의 몸을 타고 스멀스멀 피어올랐다. 미신만큼 강력하고 견고한 면역력 같은 느낌이 밀려왔다. 키멜은 코비에 비해 거구였다. 코비는 그를 제압할 수 없을 것이다.

"내가 했던 말 기억합니까, 키멜? 스택하우스가 버스를 따라가서 아내를 벼랑으로 꼬인 다음 떠민 것 같다고 했는데."

결국 키멜이 입을 열었다. "그래서요?"

"당신도 그랬을 겁니다."

키멜은 아무 말도 하지 않았다.

"게다가 정말 재미있는 건, 스택하우스가 그걸 눈치챘다는 사실이죠." 코비는 계속 말을 이었다. "어젯밤 롱아일랜드 스택하우스 집에 갔을 때 내가 뭘 봤는지 압니까? 8월 14일자 헬렌 키멜의 살인 사건 신문 기사가 있더군요." 코비는 지갑을 열어 웃으며 신문지 조각을 꺼냈다.

코비가 신문지 조각을 내밀자 키멜은 그걸 받아 든 다음 눈에 바싹 갖다 댔다. 살인 사건이 일어난 직후에 보도된 신문 기사였다. "나더러 이 말을 믿으라고요? 난 당신을 믿을 수 없어요." 그러나 키멜은 코비의 말을 믿었다. 그가 믿을 수 없는 건 스택하우스의 멍청함이었다.

"날 못 믿겠다면 스택하우스에게 물어보시든가." 코비는 신문 스크랩을 지갑에 도로 넣으며 말했다. "스택하우스를 만나고 싶지 않나요?"

"난 그자를 만나는 데 추호도 관심이 없습니다."

"아무튼 조만간 자리를 마련하겠습니다."

그 말을 듣는 순간, 키멜은 심장을 둔기로 얻어맞은 듯했다. 그때부터 심장이 두툼한 가슴을 뚫고 나올 듯이 쿵쾅거리기 시작했다. 키멜은 양팔을 벌리며 스택하우스를 얼마든지 기꺼이 만나겠다고 말하는 듯한 제스처를 취했다. 그러나 그럴 의도는 전혀 없었다. 키멜은 스택하우스가 서점이든, 어디든 찾아와 무너지는 모습을 상상했다. 스택하우스가 키멜을 보러 갔었다고 말할지 모른다. 그런 다음, 키멜이 헬렌을 죽였다고 털어놓았으며, 심지어 방법까지 전수해 주었다고 스택하우스가 키멜에게 화살을 돌릴지 모른다. 키멜은 그가 어찌 나올지 전혀 예측할 수 없었다. 머리에서 발끝까지 온몸이 벌벌 떨렸다. 자세를 바꾸고 거의 뒤돌아선 채 잘 보이지도 않는 앞을 응시했다.

"스택하우스의 사생활을 알아보았더니 아내를 죽일 만한 동기가 충분하더군요. 당신이 화가 머리끝까지 치솟았을 때 그 짓을 저지른 것처럼 말이죠. 그런데 당신한테는 쾌락적인 동기도 일부 있었죠. 어떤 면에서 그렇지 않습니까?"

키멜은 왼손을 주머니 속에 넣은 채 칼을 만지작거렸다. 아직도 심장이 뛰는 게 느껴졌다. 거짓말 탐지기가 떠올랐다. 만일 경찰에서 그에게 거짓말 탐지기 조사를 하자고 몰고 간다 해도 키멜은 그것을 빠져 나갈 수 있으리라 확신했다. 어쩌면 실패할 수도 있다. 사건을 추리한 건 코비가 아니라 스택하우스였다. 스택하우스는 소름끼치게 멍청해서 여기저기 흔적을 질질 흘리고 다니다가 그걸 키멜의 코앞까지 끌고 온 것이다. "스택하우스에 대해 필요한 증거는 모조리 갖고 있다는 소립니까?" 키멜이 물었다.

"이제 슬슬 겁이 나나 보군요, 키멜? 지금은 정황 증거만 갖고 있지만, 그가 곧 자백을 할 겁니다. 그런데 당신에 관한 증거는 없어요. 증거를 더 많이 확보해서 당신의 알리바이를 깨야 합니다. 당신의 친구 토니가 상당히 중요한 의미를 지니고 있더군요. 토니는 당신이 그날 밤 내내 극장에 있었다고 생각하더라고요. 그렇지만 나와 충분히 얘기하면서 달리 생각해 보라고 설득하면 토니는 쉬이 설득이 될 것 같습니다. 토니는 뭐랄까……"

순간, 키멜은 코비의 머리를 향해 잔을 내던진 후 멱살을 잡고 그를 탁자 위로 끌어 올렸다. 그러고는 코비의 목을 분지를 만큼 강력한 한 방을 날리려고 오른팔을 뒤로 뺐다. 바로 그때, 명치에 총을 맞은 것 같은 통증이 느껴졌다. 키멜이 오른손을 앞으로 쭉 뻗으며 달려들었지만 빗맞았다.

찌를 듯한 통증이 일더니 팔이 아래로 홱 꺾이고 두 발이 바닥에 닿지 않았다. 구역질이 치밀며 배가 들썩이자 키멜은 두 눈을 감았다. 몸이 허공에 붕 뜨더니 한쪽 엉덩이로 바닥을 쿵 찧으며 떨어졌다. 그 충격으로 창문이 덜컹거렸다. 키멜은 바닥에 너부러진 채 앉아 있었다. 솜털이 보송보송하고 훤칠한 코비가 그의 머리 위로 보였다. 키멜의 통통한 왼쪽 팔이 날아가는 풍선처럼 제멋대로 허공에 들려 있었다. 그는 팔을 만져보았지만 무감각했다.

"팔이 부러졌잖아!" 키멜이 외쳤다.

코비는 콧방귀를 끼며 커프스를 바깥으로 잡아 뺐다.

키멜은 고개를 돌려 양쪽을 살피고 바닥을 두리번거리면서 무릎을 대고 몸을 일으켰다. "내 안경 어디 있어?"

"여기."

키멜은 여태 허공에 쳐들린 왼손 손가락 사이로 코비가 안경을 쥐어 주는 듯한 감각이 느껴졌다. 얇은 금테에서 귀에 닿는 부분을 쥐려고 손을 오므렸지만 미끄러지는 느낌이 들더니 안경이 떨어지며 박살나는 소리가 났다. "개자식아!" 그는 고함을 치며 일어나 비틀비틀 코비에게 다가갔다.

코비가 슬쩍 옆으로 비켜섰다. "다시 시작할 생각도 마. 그래봤자 똑같은 상황이 또다시 벌어질 테니. 오히려 더 나빠질 뿐이지."

"나가!" 키멜이 고함을 질렀다. "여기에서 꺼져, 이 냄새 나는 놈아! 바퀴벌레 같은 녀석! 이 호모 새끼야!" 키멜은 급기야 몸과 관련된 성적인 욕을 퍼부었다. 코비가 키멜에게 불쑥 다가가 손을 쳐들었다. 키멜은 입을 다물고 잽싸게 몸을 피했다.

"겁쟁이 같은 녀석." 코비가 말했다.

겁쟁이는 코비라고 키멜이 되받아쳤다.

코비는 외투를 집더니 입기 시작했다. "키멜, 경고하는데, 널 가만 두지 않겠어. 이 동네 사람들한테 전부 알릴 거야. 네 조무래기 친구들한테까지. 조만간 스택하우스를 데리고 네 서점으로 찾아가지. 너희 둘은 닮은 데가 많으니." 코비는 문을 쾅 닫고 나갔다.

키멜은 그 자리에 몇 분간 그대로 서 있었다. 무기력한 몸은 긴장할 대로 긴장했고, 초점이 맞지 않는 두 눈으로 정면을 응시했다. 그는 코비가 브라운 양과 톰 브래들리에게까지 찾아가는 모습을 상상했다. 톰 브래들리는 과거 부시의원을 지낸 인물로 그가 아는 이 동네 사람 중에 가장 똑똑했다. 키멜은 브래들리와 연을 맺으려고 안간 힘을 썼고, 둘의 친분을 가장 높게 쳤다. 톰 브래들리는 헬렌과 에드워드 키너드에 관한 염문설에 대해 전혀 모르고 있었다. 일단 코비가 알게 되면 분명 모든 이들에게 떠벌리고 다닐 것이다. 코비가 추잡하고 역겨운 내용까지 주절주절 늘어놓는 것은 물론이거니와 헬렌이 길에서 키너드를 헌팅한 사실까지 소문내고 다닐 것이다. 아내와 가장 친한 친구 리나가 다 알고 있기 때문이다. 헬렌은 그걸 자랑스레 떠들고 다녔었다! 코비는 모든 사람들의 마음속에 의심의 씨앗을 심었다.

키멜은 갑자기 걸음을 내딛었다. 사실 걷는 게 아니라 앞으로 고꾸라진 것이다. 그는 가만히 서서 복도 벽면을 더듬으며 주방으로 간 다음 수도꼭지를 틀어 찬물로 세안했다. 그런 다음 거실 전화기로 돌아왔다. 다이얼을 돌리는 데에만 한참 걸렸다. 처음에는 잘못 걸어서 다시 걸었다.

"여보세요, 어이, 토니." 키멜은 기운차게 말했다. "지금 뭐 하시나?……좋아. 그런데 지금 되게 끔찍한 일이 벌어졌지 뭐야. 내가 러그에 발이 걸려서 넘어지는 바람에 안경도 깨지고 아마 다른 것들도 좀 부서진 것 같아. 그런데 안경이 산산조각 났어. 이리로 와서 나 좀 잠깐 보지. 오늘 밤에 뭘 읽을 수도, 할 수도 없어서 말이지." 토니가 지금 해야 하는 일만 끝내고 금방 오겠다고 했다. 키멜은 그 따분하고 겸손한 목소리를 꾹 참고 듣고 있자니 그가 토니에게 베풀었던 호의가 떠올라 기분이 뿌듯했다. 3년 전이었다. 토니가 여자를 임신시켜서 낙태할 곳을 애타게 수소문하는 중이었다. 키멜은 안전하면서도 그리 비싸지 않은 곳을 금방 찾아 주었다. 토니는 무릎을 꿇고 감사를 표시했다. 왜냐하면 여자의 가족은 물론 신앙심이 대단한 그의 가족의 귀에까지 들릴까 봐 겁이 났기 때문이었다.

키멜은 전화를 끊은 후, 넘어진 탁자를 일으키고 테이블 램프를 바로 세운 다음 깨진 전구를 소켓에서 빼냈다. 사람이 넘어지는 바람에 방이 난장판이 되었다고 해도 정도가 있다. 그런 다음, 책장 옆에 서서 목각 장식품들을 만지작거렸다. 각각의 부위를 이런저런 각도로 꺾으며 자세히 살폈다. 환한 색으로 칠해진 책장 위에 놓인 목각 장식품들이 흐릿하게 보이자, 흥미로운 효과가 일었다. 시가처럼 생긴 조각 끝과 끝은 철사로 안 보이게 연결되어 있어서, 어떤 장식품은 네발 달린 짐승처럼 보였다. 열 개가 넘는 조각으로 연결된 장식품은 도저히 설명이 불가능했다. 키멜은 장식품마다 이름을 붙이지 않았다. 그저 가끔 '우리 강아지들'이라고 불렀을 뿐. 그가 직접 디자인해서 각각 다르게 조각한 나무 조각들이었다. 페르시아 스타일을 모티프로 잡아 디자인한 후, 갈색으로 물들인 표면을 고운 사포로 곱게 간 거라서 만지면 정말 보드라웠다. 키멜은 손끝으로 장식품을 어루만지는 게 좋았다. 나무 조각들을 만지작거리고 있는데 초인종이 울렸다.

토니가 모자를 벗어서 손에 든 채 들어오더니 키멜이 외투를 벗으라는 말을 하기도 전에 쭈뼛거리며 의자에 앉았다. 토니는 저녁 때 키멜의 집으로 오라는 빈말을 늘 들었지만, 진짜로 들른 경우는 고작 서너 번도 되지 않았다. 키멜이 토니의 외투를 걸려고 옷장에서 옷걸이를 찾자 토니가 거들겠다며 자리에서 발딱 일어났다.

"맥주 할래?" 키멜이 물었다.

"네, 한 잔 주세요." 토니가 대답했다.

키멜은 앞이 거의 보이지 않았지만 부엌 조명을 감으로 느끼며 당당히 복도를 따라갔다. 토니는 어색하기 그지없어 직접 맥주를 가지러 가지도 못하는 것 같았다. 키멜은 눈치 없는 토니가 역겨웠다. 그럼에도 토니가 키멜의 박식한 지식과 매너는 물론, 덤으로 맥주를 같이하기에 좋은 친구라는 장점까지 존경하고 있음을 알았다. 사실 이런 건 보기 힘든 조합이라서 키멜은 기분이 우쭐했다.

"토니, 내일 아침에 우리 집에 와서 내 차를 몰고 나를 안경점까지 데려다주면 정말 고맙겠어." 키멜은 맥주와 잔을 내려놓으며 부탁했다.

"그러죠, 키멜 씨. 몇 시에 올까요?"

"음, 한 9시."

"좋아요." 토니는 긴장한 채 다리를 바꿔 꼬며 대답했다.

저 하찮고 볼품없는 녀석이, 얼굴은 곰보에 무표정한 표정으로 돌아다니는 어린놈이 여자를 임신시켰다니 놀라운 걸, 키멜은 속으로 생각했다. 그는 토니가 그 사건에 대해 생각해 본 적도 없고, 자신이 거기에 말려들었다고 추호도 의심하지 않을 거라는 확신이 들었다. 그렇기에 키멜은 이러는 게 이토록 쉬웠다. 그는 토니가 매주 어떤 여자를 만나고 다니는 것을 짐작하고 있었다. 그러나 이 동네 남자들이 데리고 자는 여자들 중 하나는 아니었다. 키멜은 골목으로 난 서점 창문을 통해서 남자들이 하는 얘기를 곧잘 엿들었다. 이 동네 사내들은 코니라는 여자를 가장 좋아했다. 키멜은 그 이름이 나오나 귀를 쫑긋 세우고 들었지만, 토니의 여자 친구인 프랜카는 단 한 번도 언급된 적이 없었다. "요즘 어떻게 지내, 토니?"

"늘 똑같죠 뭐. 가게에서 일하고, 볼링도 치고요."

늘 같은 대답이었다. 그럼에도 키멜은 누가 알아주지 않아도 예의상 꼭 물었다. "있잖아, 토니. 어쩌면 며칠 내로 경찰이 와서 뭘 더 물을 수 있어. 몇 주 후일 수도 있고. 그래도 당황하지 말게. 경찰한테 뭐라고 하면 되냐면……"

"저 당황 안 해요." 토니는 약간 겁먹은 표정으로 말했다.

"그냥 정확히 일어난 일만 말하면 돼. 네가 본 걸 정확하게 말이야." 키멜은 밝고 또렷한 목소리로 꼭꼭 집어 말했다. "넌 8시에 극장에서 좌석을 찾아가던 나를 본 거야."

"물론이죠, 키멜 씨."

26

"코비 경위님이 찾아오셨습니다. 변호사님." 조앤의 목소리가 월터의 책상 위에 놓은 인터폰 스피커에서 흘러나왔다. "기다리시라고 할까요, 지금 안으로 모실까요?"

월터는 옆에 서 있는 딕 젠슨을 바라보았다. 두 사람은 5시까지 세금 관련 보고서를 준비하느라 정신이 없었다. "잠시 기다리시라고 해요." 월터가 말했다.

"비켜줄까?" 딕이 물었다.

딕은 코비가 누구인지 알고 있었다. 코비가 아이어턴 부부에게는 두 번이나 찾아갔으니 딕과 폴리 부부에게도 찾아간 게 분명했다. 그런데도 딕은 그 얘기를 일절 하지 않았다. "그래, 혼자 만나는 게 좋을 것 같아." 월터가 말했다.

딕은 월터의 책상에서 담배 파이프를 챙겨 아무 말 없이 눈길 한 번 주지 않고 걸어 나갔다.

월터가 조앤에게 들여보내라고 하자 코비가 미소 띤 얼굴로 급히 들어왔다.

"바쁘신 거 압니다. 그러니 각설하고, 오늘 오후에 키멜을 만나러 같이 뉴어크로 가시죠." 코비가 말했다.

월터는 서서히 일어났다. "키멜을 만나고 싶지 않습니다. 해야 할 일도 있고……"

"키멜한테 당신을 보여 주고 싶습니다." 코비는 기계적으로 웃으며 말했다. "키멜은 유죄이니 우리가 이번 사건을 마무리 지어야죠. 키멜을 당신과 만나게 하고 싶습니다. 키멜은 당신도 유죄일 거라 생각해서 그 때문에 두려워하고 있습니다."

월터의 얼굴이 구겨졌다. "그럼 경위님도 제가 유죄라 생각하십니까?" 그가 조용히 물었다.

"아뇨. 그렇지 않아요. 전 그저 키멜의 뒤를 캐는 것뿐입니다." 코비가 억지로 밝은 척하며 미소를 짓자 푸른 눈이 훤해졌다. "물론 거절하셔도 됩니다."

"거절하겠습니다."

"음…… 그럼 상황을 지금보다 몇 배는 곤란하게 만들어 드리죠."

월터는 양쪽 엄지로 책상 모서리를 붙들었다. 코비는 월터가 키멜에 관한 기사를 따로 찢어둔 사실을 아직 신문사에 풀지 않았다. 이 때문에 월터는 쾌재를 부르고 있었다. 코비가 이 모든 게 우연의 연속임을 깨닫고 그를 무죄로 볼지 모른다는 일말의 희망을 품고 있었다. 월터는 키멜의 기사를 스크랩한 것을 빌미로 코비가 그를 협박하고 있음을 이제야 깨달았다. "대체 무슨 목적으로 이러는 겁니까?"

"제 목적은 진실을 밝히는 거죠." 코비는 주변을 의식하며 웃더니 담배에 불을 붙였다.

월터의 머릿속에 불현듯 어떤 생각이 스쳤다. 코비의 목적은 승진이다. 할 수만 있다면 하나가 아니라 둘을 잡아 포상을 받거나 승진하는 것이다.

순간, 코비의 거침없는 야망이 월터에게 강한 일격을 날렸다. 이게 다 코비의 이기적인 욕심 때문이라니, 월터는 이걸 미처 깨닫지 못했다는 사실에 소스라치게 놀랐다. "키멜의 신문 기사를 스크랩한 얘기를 기사화하고 싶으면 그렇게 하세요. 난 키멜을 만나고 싶지 않습니다." 월터가 말했다.

코비가 월터를 예리하게 쏘아보았다. "그냥 얘기나 일화 정도로 끝나지 않을 텐데요. 인생이 송두리째 망가질 겁니다."

"내가 당신만큼 상황을 제대로 못 봐서 그런가, 당신은 키멜이 유죄라는 것도 아직 밝히지도 못했잖아요. 게다가 특정 행동을 했다고 해서 유죄가 될 수도 없고요. 보아하니 당신은 우리 둘 다……"

"내가 뭘 밝혀냈는지 모르시잖아요?" 코비가 자신 있게 말했다. "키멜의 아내가 사망할 당시, 부부 사이에 무슨 일이 벌어졌는지 내가 정확히 재구성하는 중입니다. 그걸 키멜 앞에서 공개하면 그자는 버티지 못하고 내가 기소하는 대로 틀림없이 자백하게 될 겁니다."

'내가 기소하는 대로 틀림없이.' 월터는 코비의 오만함에 놀라서 잠시 입을 다물었다. 이 말은, 키멜이 자백함으로써, 다시 말해, 어쩌면 벌써 말했을지 모르지만 월터가 지난달에 서점에 들른 사실을 키멜이 보복하듯 털어놓게 만듦으로써 키멜 역시 같은 죄로 처넣고 월터의 자백까지 얻어내겠다는 심산이었다.

"같이 가시는 데 동의하십니까? 부탁드립니다. 약속하죠. 만일 그렇게만 해주시면 신문엔 아무것도 나지 않을 겁니다." 코비의 목소리는 진지하면서도 자신감이 넘쳐흘렀다. 게다가 월터에게 호소력까지 전해졌다.

키멜을 만나기만 하면 신문에 나지 않는다니, 월터는 고민에 빠졌다. 월터가 서점에 왔었다고 키멜이 이미 코비에게 말했을지 모른다. 그 얘기를 왜 안 했겠어? 코비는 다 알고 있으면서도 월터가 털어놓기를 기다리는 것처럼 보였다. 만일 거절할 경우, 코비가 키멜을 로펌으로 데려올 수도 있다. 코비는 어떻게든 두 사람을 만나게 할 작정이었다. "알겠습니다. 가겠습니다." 월터가 말했다.

"좋습니다." 코비가 미소를 지었다. "5시에 다시 오겠습니다. 저한테 차가 있으니 제 차로 가시죠." 코비는 손을 흔들고 문으로 향했다.

월터는 코비가 떠난 후에도 여전히 책상을 붙들고 있었다. 이제는 코비가 그를 범인으로 의심할까 봐 두려웠다. 5분 전만 하더라도 월터는 코비가 그렇게 생각하지 않으리라고 감히 믿었다. 아니, 적어도 코비가 확신이 들 때까지는 공격하지 않으리라 믿었다. 월터는 지옥으로 직행하는 길을 걷기로 약속한 것 같았다.

"월터!" 딕이 손가락을 꺾으며 뚝 소리를 냈다. "무슨 일이야? 정신이 딴 데 팔렸네."

월터는 딕을 쳐다본 후, 책상 위에 '입증 책임(재판 등에서 주장이나 증거가 진실임을 입증하는 것)'이라고 적힌 서류 뭉치를 내려다보았다.

"저기, 월터. 이게 다 무슨 일이야?" 딕은 문을 턱으로 가리키며 물었다. "아직도 경찰 조사를 받는 거야?"

"경찰 하나가 저러고 다녀. 전체가 아니라." 월터가 대답했다.

"내가 말 안 한 것 같은데, 사실 코비가 요전 날 밤 우리 아파트로 찾아와 너에 관해서 묻더라. 클라라에 대해서도 묻고."

"언제?"

"한 일주일 됐어. 좀 더 됐나."

그렇다면 코비가 키멜 기사를 스크랩한 걸 발견하기 전이었으니, 분명 질문도 예리하지 않았을 것이다. "뭘 물어봤어?"

"나한테 대놓고 묻더라. 네가 그 짓을 저지를 만한 사람이냐고. 코비는 말을 전혀 돌리지 않았어. 그래서 나도 아니라고 힘주어 말했지. 클라라가 혼수상태에서 깨어났을 때 네가 어땠는지 다 말했어. 아내를 죽이고픈 남편이 너처럼 행동했겠어?"

"고맙다." 월터는 맥없이 말했다.

"클라라가 자살을 시도한 줄은 몰랐어, 월터. 코비가 말하더라. 그 말을 듣고 나니 상황이 훨씬 이해가 되더군. 클라라는 예전에도 그랬듯이 그렇게 자살한 거야."

월터는 고개를 끄덕였다. "맞아. 넌 모든 사람들이 이해해 주리라 생각하는구나."

딕은 낮은 목소리로 말했다. "특별히 곤란한 문제가 생긴 건 아니지, 월터? 저 코비 형사하고 말이야?"

월터는 망설이다 고개를 저었다. "아니, 특별한 문제는 없어."

"정말 없어?"

"없어." 월터는 말했다. "다시 일이나 할까?" 월터는 5시에 코비를 만나러 내려갈 수 있도록 하던 일을 마무리하고 싶었다.

5시가 되자, 코비는 자기 차로 뉴어크까지 갔다가 도로 데려다주겠다는 말을 되풀이했고, 월터는 그 제안을 받아들였다. 두 남자는 아무 말 없이 홀랜드 터널로 들어섰다. 코비가 터널 한복판에서 이렇게 말했다. "절 돕겠다고 무리하신 거 잘 압니다, 스택하우스 씨. 정말 고맙습니다." 터널 안이라 코비의 목소리가 쩌렁쩌렁 울리면서도 먹먹하게 들렸다. "이번 일이 어떤 성과를 내기를 기대하고 있어요. 물론 당장 눈앞에 보이진 않겠지만요."

코비는 여러 번 가본 사람처럼 도로를 요리조리 타서 서점에 도착했다. 코비가 아무것도 묻지도 않았지만, 월터는 자기도 모르게 이 서점에 한 번도 와보지 않은 척하는 역할에 몰입했다. 텁텁하고 먼지가 풀풀 날리며 책장과 바인딩이 마르면서 썩어가는 단내 스민 서점의 냄새가 강렬하면서도 소름끼치도록 그에게 익숙했다. 서점에는 키멜뿐이었다. 월터는 키멜이 책상에서 서서히 일어서는 모습을 바라보았다. 마치 코끼리가 경계하며 일어나는 것 같았다.

두 사람이 키멜에게 다가갔다. 코비가 친근한 목소리로 인사했다. "키멜, 스택하우스 씨와 인사하시죠."

키멜의 커다란 얼굴은 무표정했다. "처음 뵙겠습니다." 키멜이 먼저 인사를 건넸다.

"처음 뵙겠습니다." 월터는 긴장한 목소리로 말했다. 키멜의 얼굴엔 아직도 표정이 보이지 않았다. 월터는 키멜이 자기 얘기를 코비에게 이미 털어놓았는지, 아니면 코비가 정곡을 찌르는 질문을 하는 순간 냉정히 진실을 말할 건지 도저히 감 잡을 수 없었다.

"스택하우스 씨도 최근에 상처하는 아픔을 겪으셨습니다." 코비는 책이 놓인 테이블 위로 모자를 툭 집어 던졌다. "버스 휴게소에서 벌어진 비극 때문이죠."

"기사를 본 것도 같네요." 키멜이 말했다.

"그랬겠죠." 코비가 웃으며 말했다.

월터는 자세를 바꿔 코비를 쳐다보았다. 코비의 태도에는 사무적인 무뚝뚝함과 사교적인 예의범절이 불쾌하면서도 믿기지 않게 뒤섞여 있었다.

"게다가 내가 이 말도 했었죠." 코비는 차분한 목소리로 말을 이었다. "스택하우스 씨가 당신 부인이 어떻게 사망했는지도 잘 알고 있다고요. 내가 스택하우스 씨의 스크랩북에서 지난 8월 신문에 실린 부인의 살인 사건 기사를 발견했거든요."

"그랬군요." 키멜은 대머리를 살짝 끄덕이며 당당하게 말했다.

월터는 상당히 당황한 나머지 입술을 씰룩이며 자기도 모르게 신경질적인 미소를 지었다. 키멜의 작은 눈이 살인자의 눈처럼 무심하고 야멸차기 그지없었다.

"스택하우스 씨가 살인마처럼 보입니까?" 코비가 키멜에게 물었다.

"그건 당신이 밝혀야 하는 일 아닙니까?" 키멜은 책상 위에 놓인 녹색 장부 위에 두툼하고 유연한 손가락 끝을 세운 채 말했다. "왜 날 찾아온 건지 이해할 수 없군요."

코비는 잠시 아무 말 없었다. 두 눈은 짜증으로 일그러져 있었다. "이번에 찾아온 목적을 조만간 알게 될 겁니다."

키멜과 월터의 시선이 맞부딪혔다. 월터가 쳐다보자 키멜의 표정이 바뀌었다. 이제 키멜의 작은 두 눈엔 호기심 비슷한 것이 어렸다. 키멜이 심장을 닮은 입술 한쪽 꼬리를 슬쩍 끌어올려 미소를 지으며 이렇게 말하는 것 같았다. '이 멍청한 남자 때문에 우리 둘 다 고생이군.'

"스택하우스 씨, 아내가 탄 버스를 따라가는 동안 키멜이 했던 행동이 마음속에 떠올랐다는 사실을 부정하진 않으시겠죠?" 코비가 물었다.

"키멜이 했던 행동이라는 게……"

"그 부분에 대해서는 우리가 얘기를 나누었을 텐데요." 코비가 예리하게 꼬집었다.

"아뇨." 월터가 말했다. "강하게 부정하겠습니다." 마지막 순간, 월터는 가슴속에서 키멜에 대한 연민이 강하게 이는 바람에 민망해져서 그걸 필사적으로 감추고 싶었다. 그는 키멜이 그가 서점에 왔다는 얘기를 분명히 코비에게 하지 않았고, 앞으로도 하지 않을 거라는 확신이 들었다.

코비가 키멜에게 몸을 돌렸다. "그렇다면 당신은 스택하우스 씨가 버스 휴게소에 갔었다는 기사를 읽으면서 스택하우스 씨가 당신이 했던 동일한 방식으로 아내를 죽였을 거라고 생각한 사실을 부정하겠죠?"

"신문마다 은근히 암시도 하고, 아예 대놓고 말하기도 하는데 그 생각이 아예 안 들 수야 없죠." 키멜은 차분히 말했다. "그렇지만 난 아내를 죽이지 않았습니다."

"키멜, 거짓말 그만하시지!" 코비가 호통쳤다. "스택하우스 때문에 네 죄가 드러났다는 걸 다 알잖아! 모든 걸 다 알면서도 아무것도 모른 척 그렇게 서 있다니!"

키멜은 당당하면서도 무심하게 어깨를 으쓱 들어올렸다.

월터는 새로운 기운이 온몸을 타고 도는 듯했다. 숨을 크게 들이쉬었다. 그는 자신이 서점에 들른 사실을 키멜이 폭로할까 봐 두려웠었다. 그런데 월터만큼이나 키멜도 월터가 서점에 들른 사실을 고백할까 봐 겁먹고 있었다는 걸 깨달았다. 할 수 있는 한 최대한 키멜은 코비에게 감추고 싶어 했다. 확실했다. 순간, 월터는 키멜이 대단히 담대하고 너그러워 보였다. 악마 같은 코비와는 딴판으로 키멜이 눈부신 천사처럼 보였다.

코비는 안절부절못하며 몸을 움직였다. 잘 자란 남학생 같은 모습이 사라지더니 키 크고 유연한 레슬링 선수처럼 보이기 시작했다. 코비는 반칙을 써서라도 이기겠다는 오기를 부리는 것처럼 보였다. "스택하우스 씨가 당신 아내의 신문 기사를 오려 두었다가, 아내가 죽던 날 밤 아내가 탄 버스를 쫓아갔다는 게 상당히 이상하잖습니까?"

"당신은 나한테 스택하우스 씨의 아내가 자살했다고 그랬잖아요?" 키멜이 놀랍다는 듯이 되물었다.

"아직 확인된 건 아닙니다만." 코비는 담배 한 개비를 뽑아서 월터와 키멜 사이를 오갔다.

"그럼 뭘 확인하려는 겁니까?" 키멜은 하얀 셔츠를 입은 팔로 팔짱을 끼고 등을 벽에 기댔다. 책상 위에 매달린 조명이 반사되자 안경테가 속이 빈 허연 두 개의 원으로 보였다.

"나도 궁금합니다." 코비가 빈정대며 말했다.

키멜은 또다시 어깨를 으쓱했다.

월터는 키멜이 그를 쳐다보는 건지 아닌지 분간이 가지 않았다. 그는 키멜이 책상 위에 펼쳐 놓은 책을 내려다보았다. 고개를 숙이자 목덜미가 뻐근했다. 성경책처럼 페이지 하나가 양쪽으로 나뉜 아주 크고 낡은 책이었다.

"스택하우스 씨. 키멜의 살인 사건 기사를 보면서 키멜이 아내를 죽였을지도 모른다는 생각은 안 했나요?" 코비가 물었다.

"전에 물었던 질문이군요." 월터가 말했다. "그런 생각은 하지 않았습니다."

키멜은 책상 위에 놓인 가죽 시가 상자를 향해 서서히 손을 뻗어 뚜껑을 연 다음 월터에게 내밀었다. 월터가 고개를 젓자 이번에는 그와 눈을 맞추지 않는 코비에게 권했다. 코비가 시가를 하나 집었다.

코비는 담배꽁초를 바닥에 버리고 발로 비볐다. "다음에 다시 오죠." 그가 고깝게 말했다. "나중에 다시 얘기합시다."

키멜은 벽에서 등을 떼더니 코비에게 향하던 시선을 월터에게 옮겼다가 도로 코비에게로 돌렸다. "다 끝났습니까?"

"오늘은 끝입니다." 코비가 모자를 들고 문으로 향했다.

키멜은 허리를 숙여 코비가 버린 담배꽁초를 집느라 잠깐이지만 월터의 길을 막았다. 책상 옆에 놓인 쓰레기통에 담배꽁초를 버린 다음 후다닥 한쪽으로 비켜서서 월터가 지나가게 길을 터준 후 입구까지 두 사람을 뒤따랐다. 키멜은 덩치가 좋아서 육중하고 근엄해 보였다. 키멜이 서점 문을 열었다.

코비는 아무 말 없이 밖으로 나갔다.

월터는 몸을 돌렸다. "그럼 이만." 키멜에게 인사했다.

키멜은 안경을 쓴 눈으로 월터를 냉철하게 살폈다. "안녕히 가십시오."

월터가 차 앞에서 말했다. "집에까지 데려다주실 필요 없습니다. 여기에서 택시를 타고 가겠습니다." 순간, 긴장감이 목구멍으로 모여들어 목통이 좁아진 것 같았다.

코비가 차 문을 연 채 잡고 있었다. "오늘 같은 밤엔 뉴욕까지 가는 택시를 잡기가 점점 힘들어질 겁니다. 아무튼 뉴욕까지 모셔다드리죠."

월터는 친구네에 들를 거라고 둘러댈까 고민에 빠졌다. 비가 살살 흩뿌리기 시작했다. 어두운 거리가 지옥으로 뚫린 터널처럼 보였다. 월터는 서점으로 도로 뛰어들어가 키멜과 얘기하고 싶었다. 그가 뭘 했는지, 왜 그랬는지 모조리 털어놓고픈 강렬한 충동이 일었다. "그러세요." 월터는 이렇게 말한 다음 서둘러 차에 오르다가 머리를 문틀에 쾅 찧었다. 잠시 머리가 땡했다.

두 남자는 아무 말도 하지 않았다. 코비는 오늘 오후의 낭패 때문에 속을 끓이는 것처럼 보였다. 차가 맨해튼에 진입할 무렵, 월터는 엘리와 만나기로 했던 약속이 떠올랐다. 허겁지겁 손목시계를 들여다보았다. 한 시간 하고도 무려 40분이나 늦었다.

"무슨 일이죠?" 코비가 물었다.

"아무것도 아닙니다."

"데이트 약속이라도 있었나요?"

"아, 아닙니다."

월터는 차를 세워둔 3번가 주차장에서 내리면서 이렇게 말했다. "이번 만남으로 원하던 바를 얻으셨기를 바랍니다."

코비는 실패를 인정하듯 멍한 표정으로 좁은 얼굴을 푹 숙였다. "고맙습니다." 그가 씁쓸히 말했다.

월터는 차 문을 쾅 닫은 후 코비가 시야에서 사라질 때까지 기다렸다가 발걸음을 재촉했다. 그러고는 다시 주위를 살폈다. 이제야 키멜의 행동을 분석하던 코비의 시선에서 벗어났다. 키멜이 월터의 비밀을 폭로해 봐야 얻을 건 하나도 없다. 그렇다고 월터를 감싸야 할 이유도 전혀 없다. 월터를 협박할 의도 말고는. 월터는 인상을 찌푸린 채 키멜의 묘한 얼굴을 떠올리며 그 표정을 해석하려 했다. 험한 얼굴이었지만 그 안에 자부심이 상당했다. 키멜은 협박하는 타입일까? 아니면 가능한 한 입을 열지 않아 귀찮은 일에 되도록 휘말리지 않으려는 것일까? 그게 더욱 그럴싸해 보였다.

월터는 코모도르 호텔에 있는 바로 들어갔다. 어디에서도 엘리가 보이지 않았다. 수석 웨이터에게 혹시 그에게 남겨진 메모가 있는지 물으려는 순간, 무슨 생각이 떠올랐다. 월터는 로비로 걸어가 엘리를 찾았다. 찾기를 포기하고 호텔 정문으로 나가려는데, 인도에서 들어오는 엘리가 시야에 들어왔다.

"엘리, 정말 미안해요. 연락할 수가 없었어요. 세 시간 동안 회의실에 붙들려 있느라 그렇게 됐지 뭡니까."

"내가 회사로 전화했어요."

"회사에서 회의한 거 아니에요. 뭐 좀 먹었어요?"

"아뇨."

"그럼 여기에서 뭐 좀 먹읍시다."

"그럴 기분이 아니에요." 엘리는 말은 이렇게 했지만 그와 같이 바로 향했다.

두 사람은 테이블에 앉아 술을 시켰다. 그는 더블 스카치를 주문했다.

"회의했다는 말, 나 안 믿어요. 코비와 같이 있었던 거 맞죠?" 엘리가 물었다.

월터는 놀란 마음에 엘리의 얼굴을 보던 시선을 내려서 그녀의 한쪽 어깨에 달린 빛나는 태양 문양 속 은색 핀을 바라보았다. "맞아요." 그가 시인했다.

"코비가 뭐라던가요?"

"몇 가지를 더 묻던데, 늘 하던 질문이었어요. 당신이 안 물어봤으면 좋겠어요, 엘리. 결국 다 잊힐 테니까요. 곱씹어 봐야 무슨 소용 있겠습니까." 그는 고개를 돌려 술을 들고 오는 웨이터를 찾았다.

"나도 그 남자를 만났어요."

"코비 말입니까?"

"오늘 오후 1시에 학교로 찾아왔더라고요. 그러면서 당신 집에서 당신이 스크랩해 둔 신문 기사를 발견했다고 했어요."

월터는 얼굴에서 피가 쫙 빠져나가는 것 같았다. 코비는 전화로도 엘리를 귀찮게 한 적이 없었다. 월터는 엘리에게 이런 얘기를 할 수 있기를 기다렸었다.

"사실이에요?" 엘리가 물었다.

"네, 사실이에요."

"어쩌다 그걸 갖고 있었던 거죠?"

월터는 술잔을 집어 들었다. "원래 내가 신문 기사를 많이 스크랩하는데 그러다 갖고 있게 된 거예요. 수필을 쓰려고 모아둔 메모들 틈에 있었어요. 집에 있는 스크랩북에 죄다 모아 두거든요."

"내가 쓰리 브라더스에 가서 기다리던 날 밤, 맞죠?"

"맞아요."

"왜 말 안 했어요?"

"코비가 지어내는 이야기가 하도 황당해서요! 지금도 그렇고요."

"코비는 나더러 키멜이 아내를 죽인 것 같다고 했어요. 코비가 그러는데, 키멜이 버스를 따라갔을 거래요. 그러면서 당신도 똑같이 따라했을 거라고 했어요."

월터는 울컥 화가 치밀면서 자신을 옹호하고픈 마음이 또다시 일었다. 코비를 향하던 분노가 이제 엘리를 향하기 시작했다. "코비의 말을 믿어요?"

엘리는 월터처럼 긴장한 채 앉아 있었다. 술잔이 앞에 있었지만 건드리지도 않았다. "그 기사를 당신이 왜 갖고 있었는지 난 도통 이해가 안 돼요. 무슨 수필을 쓰고 있었던 거죠?"

월터는 설명했다. 그 기사를 쓰레기통에 내던졌는데 클라우디아가 발견해서 도로 스크랩북에 끼워 넣은 거라고. "젠장, 그 신문 기사엔 키멜이 버스를 따라갔다는 내용은 아예 없다고요! 코비는 키멜이 버스를 따라갔다는 사실을 여태 밝히지도 못했어요. 그건 코비의 망상이에요. 내가 코비한테 그 망할 기사 스크랩에 대해서도 다 설명했습니다. 그렇게까지 했는데도 남들이 못 믿겠다면, 젠장, 될 대로 되라지 뭐!" 그는 담배에 불을 붙였다. 그러고 나니 불이 붙은 담배가 재떨이에 놓여 있는 게 보였다. "코비는 내가 집사람을 죽였다는 사실을 당신 마음속에 심어 주려는 것 같아요. 그래야 당신이 내가 살인을 저지른 동기 중 하나가 될 테니까요. 안 그래요?"

"아, 그렇군요. 예상했던 바여서 내가 그나마 잘 대처할 수 있었어요." 엘리가 말했다.

엘리가 대처하지 못한 건 신문 스크랩이었음을 월터는 짐작할 수 있었다. 그는 아직도 궁금해하는 엘리의 간절한 눈동자를 쳐다보았다. 그걸 보는 순간 가슴이 철렁했다. 코비의 터무니없는 주장 때문에 엘리까지 그를 의심하는 것 같았다. "엘리, 코비가 주장하는 내용은 처음부터 끝까지 죄다 말이 되지 않아요. 그러니까……"

"월터, 클라라를 죽이지 않았다고 나한테 맹세할 수 있어요?"

"그게 무슨 소립니까? 내가 안 죽였다고 했는데 내 말을 안 믿는다는 말인가요?"

"당신이 나한테 맹세했으면 좋겠어요." 엘리가 말했다.

"내가 당신한테 맹세해야 하는 겁니까? 그날 밤 내가 당신한테 모두 말했고, 당신은 내가 뭘 했는지 경찰만큼이나 일거수일투족 다 알잖아요."

"좋아요, 그럼 맹세해 달라고 부탁할게요."

"당신이 나한테 부탁해야만 하는 상황에도 원리 원칙이란 게 있다고요!" 그는 격렬히 따져 물었다.

"그게 그렇게 어려워요?"

"당신도 날 안 믿는군요!"

"믿어요. 믿고 싶어요. 그래서……"

"당신은 안 믿어요. 믿는다면 이렇게 부탁하지 않았겠죠!"

"좋아요, 그만해요." 그녀는 시선을 옆으로 돌렸다. "우리 큰 소리 내지 말아요."

"지금 그게 그렇게 중요합니까? 난 티끌 하나 죄 지은 게 없습니다. 그런데도 당신은 내 말을 분명 믿지 않잖아요. 당신마저 남들처럼 날 안 믿기로 했으면서!"

"월터, 그만." 엘리가 나지막이 속삭였다.

"당신은 날 의심하고 있어요, 맞죠?"

그녀는 월터를 쏘아보았다. "월터, 그냥 넘어가요. 당신이 신경이 곤두서서 그런 거라고 칠게요. 그래도 당신이 계속 이렇게 나오면 안 돼요!"

"이런, 봐주시겠다?" 월터가 비아냥거렸다.

갑자기 엘리가 벌떡 일어나더니 옆걸음으로 테이블을 빠져 나갔다. 월터는 그녀의 펄럭이는 외투 자락이 문 주위에서 사라지는 모습을 힐끔 바라보았다. 그도 일어나 더듬더듬 지폐를 찾아 5달러를 꺼내 놓고 밖으로 뛰쳐나갔다.

"엘리!" 그는 소리를 치면서 42번가의 조명과 자동차 불빛이 뒤엉킨 공간을 두리번거렸다. 건너편 인도와 모퉁이까지 살폈다. 엘리가 차를 가져

오지 않았으니 펜 스테이션에서 집으로 가는 기차를 탈 것이다. 아니, 차를 가져 왔나? 피터 슬로트니코프가 어디에 살더라? 웨스트사이드 어디라고 했는데. 젠장, 될 대로 되라지.

월터는 3번가 주차장으로 도로 걸어간 다음, 차를 몰고 집으로 갈 때마다 늘 지나다니는 이스트리버 드라이브로 향했다.

집 근처 말버러 가 위로 드리운 버드나무가 보이자 월터는 기분이 울적해졌다. 블레이크(영국의 시인이자 화가)의 판화 속 묘비와 임종 침대 위 날개 달린 섬뜩한 형상이 서성이는 모습이 떠올랐다. 차를 차고에 세웠다. 발을 디디는 순간, 나무가 밟히며 부러지는 소리에 화들짝 놀랐다. 다른 때 같았으면 발로 차 옆으로 치워 버렸겠지만, 울타리 문 맨 아래 느슨해진 나무판을 조심스레 집어 들어 가로대 위에 받쳐놓았다.

다음 날 아침 6시, 월터는 불안하기도 하고 빈속이 쓰려서 일찌감치 눈을 떴다. 낡고 누런 바지와 셔츠를 입고 낚시 갈 때 입는 플란넬 럼버 재킷을 걸쳤다. 주방을 지나가면서 빵과 치즈 조각을 대충 집어 먹고, 차고 옆 연장 창고로 갔다. 문을 고칠 참이었다.

그는 땔감으로 잘라놓은 나무를 톱으로 썰어서 울타리 맨 밑 나무판에 부목으로 댈 생각이었다. 마침 땔감이 나무판과 같은 원목이라 고치고 나니 뿌듯했다. 나무로 대강 덧대어 놓아 더는 땅에 끌리지 않았다. 그가 원래 기상하는 시각인 7시가 되려면 아직 20분이나 남았다. 그래서 월터는 창고에서 하얀 페인트와 붓을 가져와 울타리 문을 칠하기 시작했다. 페인트칠을 막 끝냈을 무렵, 말버러 가 저쪽 끝에서 발걸음 소리가 들렸다. 월터가 선 곳에서 그녀의 미소가 보이더니 이런 말소리가 들려왔다. "좋은 아침이에요, 스택하우스 씨!"

"오셨어요, 클라우디아." 그가 화답했다. 그가 겪는 모든 고통의 원흉인 클라우디아. 적어도, 최악 중에 최악의 고통을 빚은 장본인이었다. 클라우디아는 월터에게 해줄 찬거리가 든 장바구니를 들고 있었다.

"오늘은 일찍 일어나셨네요." 클라우디아가 말했다. 클라우디아는 월터가 낡은 옷을 입고 어슬렁어슬렁 돌아다니는 모습을 보며 즐거워했다.

"문을 고치기에 지금이 딱일 것 같아서요. 여기 맨 밑에 있는 계단 조심하세요. 아직 덜 말랐어요."

"정말 잘 고치셨네요!" 클라우디아가 신나서 말했다. 그녀는 그 계단을 넘어서 주방으로 갔다.

월터는 페인트를 도로 차고에 갖다놓고 붓을 테레빈유(페인트를 희석할 때 사용하는 기름)로 빤 다음 집 안으로 들어갔다. 그리고 이층 복도에 있는 전화기로 가서 엘리에게 전화했다. 엘리가 집에 있을지 확신이 서지 않았다. 전화벨이 다섯 번 울리고 나서야 엘리의 목소리가 들렸다. 엘리는 샤워 중이었다고 말했다.

"어젯밤에 미안했어요, 엘리. 내가 정말 무례했어요. 진심으로 맹세한다는 말을 하고 싶어요. 어제 당신이 나한테 부탁했었잖아요. 엘리, 내가 맹세할게요."

긴 침묵이 이어졌다. "알겠어요." 엘리는 대단히 낮고 진지한 목소리로 말했다. "그런 식으로 나오면 대화가 불가능해요. 당신은 모든 상황을 지금보다 훨씬 어렵게 만들고 있다고요. 무언가 때문에 완전히 겁을 먹고 덤비는 듯한 인상을 풍긴다고요."

그녀의 얘기는 그가 무죄라고 조금 더 항변해 주기를, 그리고 그녀를 위해서 다시 한 번 처음부터 끝까지 모든 것을 증명해 주기를 기다린다고 말하는 것처럼 들렸다. 그는 엘리의 목소리에서 여전히 감춰진 의심이 느껴졌다. "엘리, 어젯밤에 미안했어요. 다시는 그런 일 없을 겁니다. 하늘에 맹세코요!" 월터가 조용히 말했다.

또다시 침묵이 이어졌다.

"오늘 밤에 만날 수 있어요, 엘리? 우리 집에 와서 저녁 같이 할래요?"

"나 8시까지 리허설을 해야 해요."

월터는 엘리가 학교에서 추수감사절에 열리는 연극 리허설을 시작했다는 말을 떠올렸다. "리허설 끝나고 만납시다. 내가 8시에 학교로 데리러 가죠."

"알았어요." 엘리는 그러라고 했지만 전혀 신난 목소리가 아니었다.

"엘리, 왜 그래요?"

"당신 행동이 너무 이상해서요."

"아무 일도 아닌데 꼬투리 잡는 것 같군요." 월터가 대답했다.

"또 시작이군요. 월터, 당신은 날 비난하면 안 되는 거예요. 내가 어제 코비 같은 사람을 만나고 와서 당신한테 몇 가지 물었다고……"

"코비는 제정신이 아니라고요." 월터가 엘리의 말을 잘랐다.

"만일 코비가 당신을 추궁한다 해도, 당신이 왜 거짓말을 해야 했는지 난 그 이유를 도통 모르겠어요. 당신은 뭔가 숨기려는 게 진짜 있는 것처럼 오해를 사게 행동한다고요. 내가 코비 같은 남자를 만났는데 그가 믿고 있는 이야기를 내게 들이밀고, 어쩌면 사실일지도 모를 주장을 할 경우, 내가 당신한테 몇 가지 물어봤다고 해서 당신이 날 비난하면 안 되는 거라고요." 엘리는 화난 목소리로 끝까지 말했다.

월터는 엘리의 지적에 대해 하고픈 말이 있었지만 꾹꾹 눌렀다. 그런

다음 엘리의 의심을 누그러뜨릴 만한 얘기를, 그녀를 붙들어 둘 수 있는 말을 미친 듯이 찾았다. 왜냐하면 엘리가 점점 멀어지는 것 같았기 때문이다. "코비의 주장은 말도 안 됩니다." 그는 차분히 말하기 시작했다. "코비의 말대로 내가 그 일을 저지른 다음 휴게소 주변을 15분간 서성이며 이 사람 저 사람 붙들고 내가 죽인 여자가 어디 있냐고 물어봤다는 게 말도 안 되잖아요!"

엘리는 아무 말 없었다. 그는 엘리의 생각을 읽을 수 있었다. 월터가 또 흥분했네, 이게 다 무슨 소용이람?

"오늘 밤에 봐요. 8시예요." 엘리가 말했다.

그는 계속 말하고 싶었지만, 어찌해야 할지 몰랐다. "알았어요." 그는 이렇게 말하고 전화를 끊었다.

27

월터는 모퉁이에서 서성이며 주위를 살폈다. 코비가 있는지 확인 중이다.

노인이 꼬마의 손을 붙들고 길을 건넜다. 자갈이 깔린 도로는 주변 구질구질한 빌딩들처럼 모래와 세월과 죄로 더럽혀져 있었다. 월터는 서점이 있는 블록을 향해 걸음을 떼려다가 멈춘 채, 등이 굽은 말이 빈 상자가 가득 실린 마차를 끌고 가는 모습을 노려보았다. 지금이라도 전화할 수 있어, 월터는 생각했다. 처음엔 전화할 생각이었지만, 키멜이 만나지 않겠다거나 월터의 목소리를 듣자마자 전화를 끊어 버릴까 봐 두려웠다. 쇼윈도에 태피스트리가 걸린 작은 상점과 후줄근한 보석 수리점도 지나치자, 돌출된 키멜의 서점 전창이 보였다.

월터가 전에 왔을 때보다 서점 조명이 훨씬 밝았다. 두세 명이 테이블에 앉아 책을 보고 있었다. 안을 들여다보니, 키멜이 앞으로 나와 여자에게 말을 걸고 여자가 그에게 돈을 건네는 모습이 보였다. 월터는 지금이라도 돌아가야겠다고 생각했다. 이건 무모하고 멍청한 생각이었다. 그는 할 일을 남겨놓은 채 로펌에서 나왔고, 딕은 월터 때문에 짜증이 난 상태였다. 지금이라도 돌아가면 4시 15분까지 사무실에 도착할 수 있다. 월터는 서점 안을 들여다보며 고민에 빠졌다. 돌아가자, 월터는 스스로에게 이렇게 말했다. 그렇지만 이대로 사무실로, 집으로 돌아가면 똑같은 갈등과 충동에 다시 시달리게 될 것이다. 월터는 서점 문을 벌컥 열고 안으로 들어갔다.

키멜은 월터를 보더니 시선을 돌렸다가 다시 고개를 홱 돌렸다. 그는 두툼한 손으로 안경을 매만지며 월터를 노려보았다. 월터가 키멜에게 다가갔다. "잠시 얘기할 수 있을까요?"

"혼자 왔습니까?" 키멜이 물었다.

"네."

키멜에게 책을 건넨 여자가 월터를 쳐다보았지만, 관심 없다는 듯 테이블로 돌아갔다.

키멜은 책과 여자가 준 돈을 쥐고 서점 뒤쪽으로 들어갔다.

월터는 기다렸다. 다른 테이블 옆에 서서 묵묵히 기다리며 책을 하나 집어 들고 표지를 살폈다. 드디어 키멜이 그에게 다가왔다. "여기에 또 오고 싶었습니까?" 키멜은 이렇게 물으며 냉정하고 무덤덤한 갈색 눈동자로 월터를 내려다보았다.

월터는 키멜과 나란히 걸으며 모자를 벗었다.

"그냥 쓰고 있어요." 키멜이 말했다.

월터는 도로 모자를 썼다.

키멜은 거구에서 적대심을 내뿜으며 책상 뒤로 가 섰다.

"내가 범인이 아니라는 걸 당신이 알았으면 합니다." 월터가 재빨리 말했다.

"내가 그걸 꽤나 흥미 있어 하겠네요." 키멜이 되물었다.

월터는 키멜이 공격적으로 나오리라 미리 각오는 했지만, 막상 직접 마주하니 당혹스러웠다. "그래도 조금이나마 흥미는 있을 거라 생각합니다.

결국 내가 무죄라는 게 밝혀지겠지만요. 생각해 보니 내가 당신 코앞까지 경찰을 끌고 왔더라고요."

"오, 그러셨어요?"

"게다가 내가 무슨 말을 하든 부적절하다는 것도 압니다. 우습겠죠." 월터는 결연히 말을 이었다. "지금 난 상당히 난처한 상황에 처해 있습니다."

"그렇겠죠!" 키멜이 조금 목소리를 높였지만, 그 역시 월터처럼 서점에 있는 다른 이들의 이목을 끌 만큼 크게 말하진 않았다. "당연히 그렇겠죠." 키멜은 목소리를 바꾸어 말했다. 말투엔 뭔가 고소해하는 느낌이 배어 있었다. "당신이 나보다 상황이 훨씬 안 좋겠죠."

"그렇지만 난 범인이 아닙니다." 월터가 말했다.

"상관없어요. 당신이 그랬든 안 그랬든 난 상관없습니다." 키멜이 양손으로 책상을 짚은 채 몸을 앞으로 숙였다.

심장을 닮은 윗입술을 따라 두툼한 솔기처럼 이어지는 키멜의 피둥피둥한 입매는 월터가 지금껏 본 그 무엇보다 천박해 보였다. "당신이 상관 안 한다는 걸 압니다. 당신이 바라는 건, 오로지 두 번 다시 나와 마주치지 않는 거라는 것도 압니다. 내가 여기에 온 건 그저……" 월터는 말을 끊었다. 젊은 남자가 책상으로 다가와 이렇게 물었기 때문이다. "혹시 선외 모터보트 기계류에 관한 책이 있나요?"

키멜이 책상을 돌아 나갔다.

상황이 어그러지고 있었다. 월터는 키멜과 길고 긴 대화를 나눌 줄 알았다. 그러다가 키멜의 화를 돋울 수도 있겠지만 그래도 월터가 하고픈 말을 할 수 있으리라 생각했다. 그런데 지금 그 말은 꺼내지도 못했다. 키멜이 돌아오자 월터는 말을 다시 이었다.

"나 역시 당신의 유무죄엔 관심이 없습니다." 월터는 최대한 목소리를 깔고 말했다.

공책에 뭔가를 적느라 책상 위로 상체를 구부리고 있던 키멜이 월터가 있는 쪽으로 고개를 돌렸다. "그럼 당신은 어느 쪽이라고 생각하죠?" 그가 물었다.

월터는 키멜이 범인이라고 생각했다. 코비도 그렇게 생각했다. 그런데 키멜의 행동이 수상쩍은가? 월터는 그건 아닌 것 같았다.

"어느 쪽이냐고요?" 키멜은 몸을 바로 세워 만년필 뚜껑을 도로 끼우며 뻔뻔하게 물었다. "당신 생각이 제일 중요하죠. 아닙니까?"

"난 당신이 범인이라고 생각합니다. 그렇지만 그건 나한테 중요하지 않아요." 월터가 대답했다.

키멜은 잠시 난감해하는 것 같았다. "그게 당신한테 중요하지 않다니요?"

"그게 답니다. 내가 당신의 삶에 끼어들었어요. 다들 나도 유죄로 보더군요. 경찰에서도 날 용의선상에 올리고 조사하고 있고요. 우린 같은 처지입니다." 월터는 말을 멈추었지만, 할 말이 더 남아 있었다. 그는 키멜이 대꾸할 때까지 기다렸다.

"당신이 무죄인지 아닌지 내가 왜 신경 써야 한다고 생각하는 거죠?" 키멜이 물었다.

월터는 대답을 포기했다. 뭔가 더 중요한 것을 말하라는 압박을 받았기 때문이다. "당신이 꼭 하지 않아도 될 일을 해주어서 고맙게 생각합니다. 내가 전에 당신을 보러 왔었다는 걸 코비에게 말하지 않은 것 말입니다."

"천만에요." 키멜이 대꾸했다.

"그 얘기를 했어도 당신은 별로 타격을 입지 않았을 겁니다. 난 타격을 입었겠지만요. 그것도 치명적으로."

"지금이라도 코비에게 말할 수 있어요." 키멜이 차갑게 말했다.

월터는 눈을 껌뻑였다. 키멜이 내뱉은 침을 얼굴에 뒤집어쓴 느낌이었다. "말할 겁니까?"

"내가 당신을 보호해야 할 무슨 이유라도 있나요?" 키멜이 물었다. 그의 낮은 목소리가 떨리고 있었다. "당신이 나한테 무슨 짓을 했는지 압니까?"

"압니다."

"이런 상태가 끝도 없이 계속 되리라는 것도 압니까? 나에게도, 아마 당신에게도?"

"알고 있습니다." 월터는 대답은 했지만 사실 그리 생각하지 않았다. 자기는 아닐 거라 생각했다. 월터는 꾸중을 듣고 추궁당하는 어린아이처럼 키멜에게 대답했다. 그는 키멜이 앞으로 물을 질문에 대답하려고 이를 갈고 있었지만, 키멜은 더 이상 묻지 않았다. "아내를 죽였나요?" 월터가 물었다. 키멜의 추한 입매가 월터의 눈에 선명히 들어왔다. 키멜은 파르르 떨리는 한쪽 입꼬리를 말아 올리며 수상적은 미소를 지었다.

"내가 말할 거 같아, 이 오지랖 넓고 멍청한 양반아?"

"알고 싶습니다." 월터는 몸을 앞으로 숙이며 말했다. "나는 경찰이 밝히려는 당신의 유죄 여부엔 관심도 없었고, 지금도 없습니다. 그저 사실이 알고 싶은 것뿐이라고요." 월터는 키멜을 바라보며 기다렸다. 키멜이 대답해 줄 것 같았다. 벼랑 끝에 걸린 거대한 바위처럼 삶과 운명, 그 모든 것이 키멜의 답변에 따라 추락할지 말지가 결정되는 것 같았다.

"내가 유죄인지 아닌지 당신은 관심도 없다면서 지금껏 당신이 한 행동 하나하나가, 오늘 여기까지 온 것까지 해서, 다 나한테 죄를 뒤집어씌울 작정이잖아요!" 키멜은 격분했지만 낮은 목소리로 속삭였다.

"당신이 날 지켜주었으니 난 당신을 배신하지 않아요."

"절대로 대답하지 않을 겁니다. 뭘 보고 당신이 믿을 만하다는 거죠? 무죄라서?"

"맞아요. 그 때문이죠." 월터는 키멜과 눈을 맞췄다.

"나도 무죄예요." 키멜이 말했다.

월터는 키멜의 말이 믿기지 않았다. 그는 키멜이 스스로 무죄라고 믿는 지경에까지 이르렀음을 눈치챘다. 키멜이 몸을 바로세우고 기분 상한 사나운 눈으로 월터를 바라보는 도도한 태도에서 그걸 감지할 수 있었다. 월터는 그 모습에 매료되었다. 순간, 자신이 키멜이 범인이기를 바라고 있다는 것을 깨달았다. 논리적으로 따져 보면, 키멜이 무죄일 가능성도 여전히 존재했다. 그 때문에 월터는 덜컥 겁이 났다. "그런 생각을 한 적이 한 번도 없었나요?"

"아내를 죽인다는 생각 말입니까?" 키멜이 놀라서 쏘아붙였다. "아뇨. 그러나 당신은 분명 했겠죠!"

"그 신문 기사를 찢을 때만 해도 그런 생각은 하지 않았습니다. 난 다른 이유로 그걸 스크랩했거든요. 나는 당신이 아내를 죽였을 거라 생각했습니다. 솔직히 그랬습니다. 나도 내 아내를 그런 식으로 죽이고 싶다고 생각했던 사실도 인정하죠. 그렇지만 난 죽이지는 않았어요. 당신은 내 말을 믿게 될 겁니다." 월터는 책상 모서리에 몸을 기댔다.

"당신이 하는 말을 내가 왜 죄다 믿어야 합니까?" 키멜이 쏘아붙였다.

월터는 잠자코 있었다.

"당신이 곤란해진 게 나 때문이라고 내 탓을 하는 겁니까?" 키멜이 짜증스레 물었다.

"그건 정말 아닙니다. 만일 내가 유죄라면, 그러니까 그런 상상을 한 게 죄라면……"

"아, 잠시만요!" 키멜이 책상 너머로 소리쳤다. "웨인라이트에서 오셨습니까?" 키멜이 서점 입구로 걸어갔다. 거기에는 어떤 남자가 책이 든 상자를 어깨에 짊어지고 있었다.

월터는 바닥을 내려다보며 이리저리 자세를 바꾸었다. 하고 싶은 말을 할 수 없다는 절망감에 빠졌다. 여기까지 온 것도 헛수고였고, 앞으로도 아무 소용없을 거란 기분이 들었다. 그럼에도 월터는 버티고 있었다. 연주자가 무대 위에서 형편없이 연주하자 다들 비웃으며 내려오라고 소리치지만, 그럼에도 수치심과 모욕을 견디며 꿋꿋이 버티고 있는 것 같았다. 키멜이 돌아오자 월터는 한 번 더 시도하려고 마음을 추슬렀다.

키멜의 손에는 영수증 두 장이 들려 있었다. 키멜은 한 장에 사인을 하고, 다른 한 장에 도장을 찍더니 사인한 영수증을 배달원에게 건넸다. 키멜이 월터가 있는 쪽으로 몸을 돌렸다. "이제 가는 게 좋겠군요. 코비 경위가 언제 들이닥칠지 모르지 않습니까. 당신도 그런 상황은 싫을 테고."

"하나 더 말씀드릴 게 있습니다."

"뭡니까?"

"저기…… 어떤 면에서 보면, 난 우리 둘 다 유죄라고 생각합니다."

"난 죄가 없다고 당신한테 말했을 텐데요."

두 사람의 씁쓸한 대화가 낮은 목소리로 이어졌다. "난 당신이 범인이라고 생각하게 되었습니다." 월터는 여기까지 말한 다음, 모조리 쏟아 냈다. "내가 그 생각을 했었다고 말했죠? 만일 그날 밤 아내를 봤었더라면 아마 죽였을지 모릅니다. 그런데 난 아내를 보지도, 찾지도 못했습니다." 그는 키멜 쪽으로 몸을 바싹 숙였다. "이 말은 해야겠습니다. 내 말을 당신이 어떻게 판단하든 상관없습니다. 당신이 경찰한테 이 말을 전해서 그쪽에서 어떻게 받아들이든 난 상관없다고요. 무슨 말인지 압니까? 우리는 둘 다 유죕니다. 어찌 보면, 당신의 죄에 내 몫도 있는 셈이죠." 그렇지만 월터는 이 말이 월터에게만 통한다고 생각했다. 월터는 키멜이 유죄라고 믿지만, 양쪽 저울의 무게가 같아진 건 키멜이 무죄라서가 아니라 키멜의 죄가 아직 밝혀지지 않았기 때문이다. 이제야 키멜이 월터의 말을 듣기 시작하는 것 같았다. 월터가 이 사실을 눈치채는 순간, 부끄러운 나머지 말문이 막혔다. "당신이 바로 내 죄라고요!"

키멜이 손을 내저었다. "쉿!"

월터는 얼마나 크게 말했는지 알지 못했다. 아직도 서점에는 사람이 한 명 있었다. "미안합니다. 정말 미안합니다." 그는 뉘우치는 말투로 말했다.

키멜의 짜증스러운 표정이 펴지지 않았다. 그는 굵은 허벅지를 책상 모서리에 대고 공책을 몇 개 집어든 다음 심통을 부리듯 도로 책상 위로 하나씩 내던졌다. 월터는 예전에도 키멜이 이러는 걸 본 것 같은 기분이 들었다. 키멜은 불안한 듯 눈썹을 치켜 올린 채 서점 입구를 쳐다보다가 다시 월터에게 시선을 옮겼다.

"난 당신을 이해합니다만, 그런다고 내가 당신을 조금이라도 더 좋아할 것 같습니까? 난 당신이 죽도록 싫습니다." 키멜이 말을 멈추었다. 그는 분노가 차오르기를 기다리는 것 같았다. "두 번 다시 내 서점에 발 들일 생각도 말아요! 무슨 말인지 알겠습니까?"

"물론 나도 이해합니다." 월터는 이렇게 말했다. 이상하게도 갑자기 마음이 놓였다.

"지금 당장 여기서 나가요!"

"그러죠." 월터가 살짝 웃었다. 마지막으로 키멜을 바라보았다. 덩치 큰 그가 조명을 받자 뻥 뚫린 원처럼 보이는 안경과 또렷하고 음탕하면서도 지적인 입매가 또다시 월터의 눈에 들어왔다. 월터는 몸을 돌려 서둘러 문으로 향했다.

월터는 계속 조용히 걸어서 아까 망설이던 모퉁이로 되돌아왔다. 그곳에서 걸음을 다시 멈춘 후, 기쁨과 안도감을 느끼며 어둑어둑해진 주변을 살폈다. 입술 사이에 담배를 끼우고 불을 붙였다. 며칠 만에 처음으로 피는 담배처럼 연기가 향기롭고 달콤했다. 담배를 입에 문 채 차로 향했다.

월터는 키멜이 범인이라는 예감이 전보다 더욱 강렬히 들었다. 그렇다고 그렇게 생각하게 된 특별한 일이 오늘 일어난 기억도 없었다. '난 죄가 없다고 당신한테 말했을 텐데요.' 키멜의 목소리가 그의 귓가에 맴돌았다. 떨리는 목소리에 진실이 담겨 있었다. '난 당신을 이해합니다만, 그런다고 내가 당신을 조금이라도 더 좋아할 것 같습니까? 난 당신이 죽도록 싫습니다……' 월터는 발바닥에 스프링이 달린 듯 걸었다. 막대한 중압감에서 벗어난 것 같았다. 그러나 정확히 무슨 중압감이었는지는 모르겠다. 월터가 무죄든 아니든 키멜이 관심조차 없다니! 월터의 기분이 한결 나아졌다. 듣는 것조차 관심 없다는 키멜의 말이 월터가 부담감을 덜게 된 유일한 이유라는 게 믿기지 않았다. 도대체 월터는 왜 키멜이 관심을 가질 거라 생각했을까? 무죄임을 자백하는 건 대체 무슨 자백일까? '클라라를 마음으

로만 죽일 생각을 했다는 것만으로도 역시 죄를 모면할 수 없다.' 월터는
예전에 종종 그랬듯이 지금도 그렇게 생각했다. '클라라에게 손끝 하나 대
지 않고서라도 죽일 의도를 품었다면, 그것 역시 악하다.' 월터는 생각이
넘쳐 알 수 없는 곳으로 흐르고 흐르더니 격해지는 것 같은 기분이 들었
다. 키멜과 나눈 대화를 엘리에게 털어놓을 생각까지 하게 되다니! 키멜
과 했던 대화가 좋았고 행복했기에, 엘리를 사랑하기에 그 얘기를 나누고
싶었다. 그렇지만 아마 그러지 못할 것이다. 지난주에 있었던 일이 떠올랐
다. 엘리가 그녀의 아파트에서 자고 가라고 붙드는데도 월터는 집으로 돌
아가겠다고 고집을 피웠다. 월터가 있든 가든, 뭐가 증명이 되거나 되지
않는 것도 아닌데 말이다. 이제와 생각해 보니 엘리의 아파트에서 자고 가
지 않겠다고 그가 거절한 방식은 이기적이고 냉정했다. 월터는 그게 부끄
러웠다. 그리고 클라라가 아직은 이 세상 사람일 때, 그가 엘리의 아파트
에서 첫날 밤을 보냈다는 사실이 수치스러웠다. 월터는 자신의 행동을 정
당화하려고 당시 험악했던 부부 사이를 잠깐이나마 떠올리려고 애를 썼
다. 클라라의 미친 듯한 비난, 바로 그 때문에 월터가 떠밀리듯 엘리에게
간 것이다. 그렇다 해도 월터는 그때를 지금만큼 추하고, 화나고, 어긋나게
만들 수는 없었다. 적어도 그때는 클라라가 살아 있었으니까.

　월터는 차 문을 붙들고 서서 마음을 가라앉혔다. 그런데도 또다시 온몸
이 부들부들 떨렸다. 그가 가야 하는 길, 가야 하는 궤도에서 벗어났기 때
문이다. 키멜하고 얘기하던 도중에 또다시 잘못을 저질렀나? 이제야 그가
얼마나 대놓고 위험한 짓을 벌였는지 실감나기 시작했다. 월터는 주위를
두리번거리며 코비를, 사복 입은 형사를 찾았다. 형사를 신경 쓰기엔 이미
늦은 감이 있었다. 월터는 차에 올라 운전대를 잡았다. 고작 오후 4시 10

분밖에 되지 않았지만, 로펌으로 다시 들어가긴 싫었다. 엘리를 데리러 가려면 거의 네 시간이나 남았다. 엘리가 오늘 오후에도 사무실로 전화했을까? 그런 적은 거의 없지만, 그랬을 수도 있다. 그는 로펌엔 조금도 양해를 구하지도 않고, 그저 딕에게만 말했을 뿐이다. 한 시간 정도 나갔다 오겠다고, 어쩌면 바로 퇴근할 수도 있다고 했다. 만일 엘리가 전화했다면, 그녀는 월터가 이번에도 코비와 같이 있었을 거라 짐작할 것이다. 그렇다면 월터가 오늘은 코비를 만나지 않았다고 해도 엘리는 그 말을 믿지 않을 것이다.

28

월터는 학교 정문에서 강당으로 들어가는 휘어진 도로에 차를 대놓고 기다리고 있었다. 길에는 네다섯 대가 주차되어 있었지만, 모두 사람이 없었다. 큰 차체에 캔버스 탑이 덮인 보아디케아가 보였다. 얼마나 못생겼는지 나막신 같아 보였다. 월터는 차 안에 앉아 기다리는 모습이 살짝 남부끄러웠다. 아이어턴 부부나 로저스 부부처럼 아는 사람들에게 엘리를 기다리고 있는 모습을 들킬까 봐 두려웠다. 리허설은 이미 6시에 끝났고, 지금은 강사들만 남아 의상에 관해 논의 중이었다. 그는 몇 주 전 스스로 생각을 이렇게 정리했던 사실을 떠올렸다. 엘리를 계속 만날 거라면 당당히 고개를 들고 만날 테다.

엘리가 건물에서 나오자, 월터는 차에서 내려 그녀를 마중했다. 월터는 엘리가 레너트에 차를 세워 놓고 그의 차로 움직였으면 했다. 그런데 엘리는 자기 차를 가져가겠다고 고집을 피웠다. 엘리는 오늘 밤 월터가 레너트까지 오가야 하는 수고를 덜어 주고 싶었기 때문이다.

두 사람은 각자 차를 몰고 월터의 집으로 갔다. 둘 다 시장해서 곧장 저녁을 차리기 시작했다. 월터는 주방에서 술을 한 잔 마셨다. 엘리는 너무 피곤해서 술을 못 마시겠다고 했지만, 그러면서도 계속 월터에게 말을 걸며 그를 즐겁게 해주려고 했다. 엘리는 학교 재무 담당인 피어슨 부인이

「헨젤과 그레텔」 공연 의상을 구입하는데 얼마나 짜게 구는지, 그날 오후 마녀 역할을 맡은 아이들은 윗도리도 없이 치마만 입고 리허설을 해야 했다고 했다. "아이들이 반쯤 헐벗은 모습을 보고 나서야 부인이 내 말을 믿더라니까요!" 엘리는 호탕하게 웃으며 말했다. "끝끝내 받아 냈어요. 추가로 55달러를요."

월터는 엘리의 웃음소리가 좋았다. 크고 거침없이 웃는 소리가 공간을 생기로 채웠다. 엘리가 바이올린 연주를 끝낼 때 힘차게 화음을 긁는 것처럼 말이다.

두 사람은 거실에다 카드놀이용 작은 탁자를 폈다. 저녁을 먹으려고 자리에 앉으려는 순간, 초인종이 울렸다. 월터가 현관으로 갔다. 아이어턴 부부였다. 부부는 하필 저녁 식사 시간에 들이닥쳤다며 연신 사과했다. 그러면서도 몇 분이 지나자, 월터와 엘리가 식사하는 동안 부부는 좋다고 앉아 있었다. 월터는 부부가 기분이 좀 들떠서 그런 건지, 안 그래도 살짝 염탐하고 싶던 차에 오늘 밤 느닷없이 큰 건수를 올려서 무척 들뜬 모습을 숨기려는 건지 분간할 수 없었다.

"해리지 추수감사절 공연에서 피아노를 치신다면서요?" 베티가 엘리에게 물었다. "전 애그뉴 부인과 같이 갈 거예요. 아시죠? 플로렌스의 엄마예요."

"아, 그러세요?" 엘리는 알겠다는 듯이 웃으며 대답했다. "플로렌스는 뻐꾸기 합창단에 나와요."

"저희 아이는 아직 학교에 보낼 나이가 아니라서……"

베티는 지나치게 상냥했다. 월터는 입술을 살살 닦았다. 엘리의 립스틱은 거의 지워져 있었다.

"일은 어때, 월터?" 빌은 무릎을 세운 채 몸을 앞으로 기울여 유쾌하면서도 불그레한 얼굴을 월터 쪽으로 들이댔다.

"늘 똑같지 뭐." 월터가 말했다.

"최근에 조엘하고 어네스틴은 만났어?"

"아니, 지난주에 둘이서 뭘 한다며 날 초대했는데 내가 못 갔어. 이름이 뭐였더라. 까먹었네."

"보스턴 티 파티." 빌이 말했다. 이 동네 사람들은 주말 오후 4시에 시작하는 칵테일파티를 저런 은어로 불렀다.

그래도 초대는 받았군, 월터는 생각했다. 그런데 추수감사절이나 크리스마스 파티에 관해서는 아직까지 아무런 소식도 듣지 못했다는 사실이 불현듯 스쳤다. 평소라면 해마다 이맘때면 에그노그(달걀과 우유와 설탕을 브랜디와 섞어서 만든 음료) 파티다, 의상 파티다, 눈이 오면 썰매타기 파티를 하자는 얘기가 나와야 한다. 월터는 분명 이야기가 오고 갔겠지만 그에게 전해지지 않았을 뿐이라고 확신했다. 그는 불편한 마음으로 느릿느릿 식사를 하다가 포크와 나이프를 내려놓았다. 베티와 엘리는 월터가 사람들도 만나고 분위기도 바꾸는 게 도움이 될 거라는 뻔하디뻔한 대화를 예의상 주고받고 있었다. 월터는 빌과의 침묵 속에 수많은 말이 담겨 있음을 감지했다. 클라라가 죽은 지 고작 한 달밖에 안 됐는데 엘리가 이 집에서 식사를 하다니. 2주 전 어느 날 오후, 아이어턴 부부는 베네딕트의 어느 슈퍼마켓에서 월터와 엘리가 장을 보는 모습을 목격했다. 그때 빌은 월터에게 손만 흔들고 다가와 말을 걸지 않았다. 월터는 그 모습을 기억하고 있었다.

"경찰이 껄끄럽게 또 조사했어?" 빌이 월터에게 물었다.

"아니, 안 했어. 너한테도 경찰이 찾아갔었니?"

"안 왔었어. 있잖아, 코비가 클럽 사람들을 만나고 다녀. 알아둬라." 빌은 엘리와 베티의 대화에 방해가 되지 않게 조용히 귀띔했다. "서니 콜이 말해 주더라. 코비가 서니와 마빈 헤이즈 부부도 찾아갔던 모양이야. 게다가 랠프까지도." 빌이 슬쩍 미소를 흘렸다.

월터는 클럽에서 일하는 바텐더의 이름이 랠프라는 사실을 가까스로 떠올렸다. "짜증나네." 월터가 차분히 말했다. "그들이 나에 대해 뭘 알아? 내가 클럽에 안 간 지가 벌써 몇 달이나 됐는데."

"음, 너에 관해 묻는 게 아닌 것 같던데. 경찰에서는, 음…… 그러니까 그 코비라는 작자가 이것저것 묻고 다니더라, 월터. 그쪽에선 클라라가 자살한 건지, 아니면 클라라를 죽일 만한 사람이 있었는지 입증하려는 것 같더라. 혹시 모를 원한 관계가 있었는지 주변을 수소문하고 다니나 봐." 빌은 깍지 낀 두 손을 내려다보면서 손바닥을 맞대고 바람을 빨아들여 소리를 냈다.

월터는 코비가 원한 관계가 아니라 월터에 대해 묻고 다니는 것을 알았다. 이제 베티와 엘리까지 월터가 버스 휴게소에 갔었다는 얘기에 관심을 보이기 시작했다. 다들 그 얘기를 알고 있었다. 모두 월터가 설명해 주기를 기다렸다. 그가 그 짓을 저지르지 않았다고 만 번이라도 말해 주기를 기다렸다. 그러나 그는 입을 다물었다. 그저 이번에는 이들 입에서 무슨 소리가 나올지 듣고 싶었다. 이 사람들은 그가 한 말을 집으로 가져가 검증하고 맛보고 요리조리 돌려보고 냄새를 맡은 다음, 그게 사실인지 아닌지 결정을 내릴 것이다. 조금 더 정확히 말하면, 이들은 마음의 결정을 제대로 내리지 않을 것이다. 심지어 엘리조차 그럴 것 같았다. 월터는 고집스레 입을 꽉 다물고 있었다.

"코비가 우리 집에 또 찾아왔었어." 빌은 여전히 침착한 목소리로 말했다. 요전 날 밤 코비가 찾아왔다고 들뜬 목소리로 상냥히 말하던 목소리와는 사뭇 달랐다. "너희 집에서 키멜과 관련된 신문 스크랩을 자기가 발견했다고 하더라고."

빌이 키멜 건에 대해 속속들이 아는 것처럼 지껄였다. 월터는 엘리를 바라보았다. 그 짧은 사이, 그가 뭐라고 말할지 대답을 듣고 싶어 하는 엘리의 표정이 읽혔다. 아이어턴 부부의 적나라한 호기심만큼이나 사악한 표정이었다.

"보아하니 코비는 두 사건이 닮았다고 생각하는 것 같아." 빌이 말했다. 그는 민망한 듯 고개를 저었다. "난 진짜 그러고 싶지 않은데…… 그러니까 그게……"

"그게 무슨 소리야?" 월터가 물었다.

"있잖아, 상황이 안 좋아 보여. 월터." 월터가 달려들어 팰까 봐 겁을 먹은 듯 빌의 얼굴에 공포가 은근히 드리웠다.

월터는 코비가 그 얘기를 신문에 공개한 것보다 상황이 더 나쁘다는 생각이 들었다. 지금 코비가 사람들에게 모두 떠벌리고 다니는 중이다. 코비는 자신이 수집한 것들 중 그것이 가장 결정적인 증거이나, 아직은 비밀이며 파급력이 어마어마해서 신문에 공개할 수 없다는 인식을 사람들에게 심어 주고 있었다. "신문을 스크랩한 얘기는 내가 코비에게 다 설명했어. 내가 충분히 설명했다고." 월터는 이렇게 말한 후 담배를 주섬주섬 찾았다. "코비가 그걸 나쁜 쪽으로 몰고 갈 작정이라면 상황이 안 좋아 보이겠지. 그 작자는 키멜과 나, 둘 다 살인범이라고 암시를 하고 다녀. 키멜이 유죄임을 여태 밝히지 못해서 기소도 못했으면서. 물론 나도 마찬가지고."

베티 아이어턴이 허리를 세우고 똑바로 앉아서 눈을 반짝이며 귀를 쫑긋 세웠다.

"코비는 키멜도 아내를 따라갔을 거라고 생각하던데." 빌은 다시 머뭇거리며 말을 이었다. "그래서 그날 밤 거기에서 아내를 죽인 거래."

"그건 조금도 밝혀지지 않았어!" 월터가 소리쳤다.

"담배 필래요?" 엘리가 물었다.

월터는 담배를 찾지 못해서 엘리가 건네는 한 개비를 집었다. "나와 키멜 사이에 공통점은 전혀 없어. 단 하나, 아내들이 버스를 타고 가다가 사망했다는 것 말고는."

"있잖아요, 사람들이 당신을 의심하진 않아요, 월터." 베티는 힘주어 말했다. "원, 세상에!"

월터는 베티를 바라보았다. "안 한다고요? 그럼 뭘 하는데요? 이런 거 상상이나 해봤습니까? 똑같은 얘기를 하고 또 하고, 일거수일투족까지 죄다 설명을 했다고요. 그런데도 남들이 여전히 날 믿어 주지 않으면 어떨 것 같아요? 사실, 경찰에선 내 말을 믿어요. 그런데 코비가 못 믿는 거라고요. 아니 못 믿는 척한다고요. 그럼 내가 할 수 있는 건, 경찰한테 가서 코비를 말려 달려고 호소하는 일뿐이라고요!" 월터는 이미 그렇게 했다. 그렇지만 경찰이 소속 형사가 조사해야겠다고 점찍은 사람을 수사하는 걸 저지할 길은 전혀 없었다.

"월-터." 엘리는 말리는 듯한 말투로 그의 입을 막으려 했다.

월터는 냅킨을 내려다보았다. 부들부들 떨리는 손을 보니 부끄러웠다. 순간, 다들 대답을 기대하며 입 다물고 기다리는 모습을 보니 그것 역시 당혹스러웠다. 월터는 같은 말을 되풀이해도 더는 말이 통하지 않으면 결국 스스로에 대한 의심이 들기 시작한다고 불쑥 털어놓고 싶었다. 그건 중요한 사실이었지만, 차마 그렇게 말할 수는 없었다. 그랬다간 다들 그 말을 이용하려고 들 테니 말이다. 엘리 역시 그럴 것이다. 월터는 테이블에서 일어나 몇 발자국 움직이더니 갑자기 고개를 휙 돌렸다.

"빌, 지난 9월에 클라라가 자살을 시도했다는 얘기도 코비가 했는지 모르겠다."

"안 했어." 빌이 심각하게 말했다.

"클라라가 수면제를 먹었어. 그래서 입원했던 거야. 클라라는 늘 마음속에 자살을 염두에 두고 있었어. 이 얘기까진 안 하려 했지만, 이런 식이라면, 그리고 다른 사실들 때문이라도 너는 알아야 한다고 생각해."

"실은 그 얘기를 듣긴 들었어." 빌이 털어놓았다.

"풍문으로요." 베티가 조심스레 단어를 정정했다. "어네스틴한테 들은 것 같아요. 그 여자가 그렇게 짐작하더라고요. 정확한 건 몰라도 그 여자가 그런 쪽으로 눈치 하난 기막히게 빠르거든요. 어네스틴은 클라라의 상태가 상당히 심각하다는 걸 눈치챘죠." 베티는 망자에게 어울리는 예우와 정중함을 갖춰서 말했다.

베티와 빌이 여전히 기대하는 눈길로 그를 쳐다보고 있었다. 월터는 그 모습을 보고 깜짝 놀랐다. 수면제를 복용한 일화로 클라라의 자살이 충분히 입증되리라 예상했는데, 부부는 좀 전과 마찬가지로 얼굴에 같은 질문을 품은 채 그를 바라보고 있었다.

"내가 뭘 어찌해야 하는지 궁금하군." 월터의 입에서 말이 불쑥 튀어나왔다. "이런 경우 누가 뭘 증명해 줄 수 있겠어?"

"월터, 경찰에서는 당신을 조사하는 게 아닌 것 같아요." 베티가 아까 했던 말을 반복했다. "너무 그렇게 신경 쓰지 말아요. 혼자서요. 에휴!"

"말이야 쉽지. 나라도 코비와 맞서고 싶지 않을 거야." 빌이 말했다. "내 말은…… 그자가 뭘 하려는지 알겠어."

"분명 코비가 설명했을 테고." 월터가 말했다. "지금도 사람들한테 설명하고 다니겠지."

"이 말은 해야겠다, 월터. 꼭 해야 하는 건 아니지만 그래도 할게. 내가 코비한테 이렇게 말했어. 난 네가 절대로 그런 짓을 저지를 사람이 아니라고 확신한다고. 사람들이 그런 짓을 하는 사람들한테 뭐라고 떠드는지 나는 알아. 그렇다고 네가 그 사람들한테 결코 뭐라 할 수는 없는 거잖아. 나는 생각이 다르지만." 빌이 양쪽 손바닥을 펼쳐 보였지만, 그런다고 그의 말에 더욱 힘이 실리는 것 같지는 않았다. "아무리 사이가 안 좋았다고 해도, 넌 클라라를 절대로 죽이지 않았을 거야."

월터는 이 말이 헛소리로 들렸다. 터무니없는 말 같았다. 빌이 코비에게 진짜로 그렇게 말했는지조차 의심스러웠다. 월터는 코비에 대해 하고 싶은 말을 꿀꺽 삼키고, 쉰 소리로 그저 이렇게 내뱉었다. "고맙다."

또다시 침묵이 흘렀다. 빌이 베티를 쳐다보았다. 둘은 한참 심각하게 시선을 교환하더니 빌이 일어섰다.

"이제 그만 가야겠다. 여보, 가자." 빌은 가자는 말을 종종 아내보다 먼저 꺼내곤 했다.

베티도 남편의 말에 발딱 일어섰다.

월터는 딱 한 마디만 더 해서라도 두 사람을 붙들고 싶었다. 두 사람을 믿게 만들 한 마디만 더 하고 싶었다. 이 부부는 동네에서 월터와 가장 친한 축에 속했다. 월터는 주머니에 손을 찔러 넣은 채 쭈뼛거리며 두 사람을 현관까지 배웅했다. 부부는 그에게 등을 돌릴 준비를 하고 있었다. 아니 이미 등을 돌리고 있었다. 인류가 오랫동안 즐겨온 스포츠는 타인을 사냥해 쓰러뜨리는 것이다.

"잘 가!" 월터는 부부에게 인사했다. 정말 밝게 들리도록 하는데 그럭저럭 성공했다. 그는 문을 닫고 엘리를 바라보았다. "어떻게 생각해요?"

"저 사람들은 보통 사람들처럼 행동하는 거예요. 내 말을 믿어요, 월터. 다른 사람들보다 나은 편이에요."

"그럼, 당신은 나에 대해 더 나쁘게 말하는 걸 본 적 있어요?"

"아뇨, 아직은요." 그녀는 테이블을 치우기 시작했다. "만약 보게 되면 말할게요."

월터는 엘리의 목소리에서 그녀가 화젯거리를 다른 데로 돌리고 싶어하는 걸 감지했다. 그런데 엘리한테도 말하지 못한다면 대체 누구를 붙들고 얘기해야 하는가? 누군가 존에게 월터가 키멜의 기사를 스크랩했다고 일러주는 장면이 순간 머릿속에서 떠올랐다. 장이 꼬이는 것 같았다. 그는 의심의 문턱을 넘어가려는 존을 확신의 문 안으로 끌어당기고 싶었다. 그는 테이블을 치우는 엘리를 거들기 시작했다. 엘리는 이미 거의 다 치웠다. 뭘 어디에 넣어야 하는지 꿰고 있었다. 클라우디아보다 손이 빨랐다. 게다가 벌써 커피 추출기에서 커피를 내리고 있었다. 엘리는 설거지까지 할 작정이었지만, 월터는 클라우디아가 내일 아침에 와서 하게 놔두라고 했다. 주방을 다 치우자 커피가 준비됐다. 두 사람은 커피를 들고 거실로 나갔다. 월터가 커피를 따랐다.

엘리는 소파에 앉아 피곤한 듯 소파 목받침에 머리를 기댔다. 소파 끝에 놓인 조명을 받자 슬라브 혈통이 흐르는 그녀의 굴곡진 광대가 도드라졌다. 엘리는 여름보다 더 말랐고, 그을린 피부색은 거의 원래대로 돌아왔다. 월터는 엘리가 예전보다 훨씬 더 매력적으로 보였다. 그가 가까이 몸을 숙이자 엘리가 눈을 떴다. 엘리에게 입을 맞추었다. 엘리가 미소를 지었지만, 경계하면서도 궁금해하는 시선이 두 눈에 담겨 있었다. 그를 어찌해야 할지 모르는 눈치였다. 엘리는 한쪽 팔을 그의 어깨에 두르고 그를 끌어당기면서도 한 마디도 하지 않았다. 그 역시 엘리에게 아무 말 하지 않았다. 그는 엘리의 이마에, 입술에 입을 맞추었다. 품에 안긴 그녀의 몸에서 육체적 안락과 평화를 얻었다. 그러면서도 서로 한 마디도 주고받지 않는 게 어색했다. 이렇게 키스하는 건 잘못이다. 그의 입장에서는 때마침 여자가 옆에 있어서 만질 수 있기 때문이고, 엘리의 입장에서는 남자를 육체적으로 원하기 때문이다. 그는 그녀가 긴장한 채 자제하며 숨죽인 모습에서도, 그에게 몰입하는 방식에서도 그걸 감지할 수 있었다. 월터는 그런 모습이 끌리지 않으면서도 엘리를 부여안고 키스했다.

엘리가 담배를 피우려고 일어났다. 월터는 두 사람 사이를 가르는 공간 너머로 그를 끌어당기고픈 엘리의 욕망이 느껴졌다. 엘리에게 담뱃불을 붙여 주려고 월터도 일어났다. 엘리가 그의 목에 팔을 둘렀다.

"월터. 오늘 밤, 나 여기서 자고 갈래요."

"안 돼요, 여기는."

그녀가 감은 팔을 바싹 조였다. "그럼 우리 집으로 가요. 부탁이에요."

애원하는 목소리를 들으니 월터는 당황스러웠다. 게다가 어이없는 당혹감에 민망했다. "난 못 가요, 엘리. 아직은요. 이해해 줄 수 있어요?" 그는 엘리에게서 손을 풀었다.

엘리는 느릿느릿 라이터를 집어 들더니 담배에 직접 불을 붙였다. "그럴 수 있을지 잘 모르겠어요. 그래도 한번 해볼게요."

월터는 말없이 가만히 서 있었다. 이 집 때문이 아니었다. 지금이라도 설명해야 하는, 그가 설명해야 했음에도 하지 않은 오늘 밤 그의 냉담한 태도 때문도 아니었다. 그가 말문이 막힌 이유는 언젠가는 달라질 거라고, 그녀에 관한 모든 계획을 갖고 있다고는 얘기조차 할 수 없는 현실 때문이었다.

"언젠가 우리 마음이 맞는 멋진 때가 오겠죠. 서로가 느끼는 감정 말이에요." 그녀가 그를 흘겨보면서도 미소를 지으며 농담을 곁들였다. "그럼, 난 보아디케아와 집으로 갈게요."

"당신이 안 갔으면."

"나도 그러고 싶어요." 그녀가 지갑과 장갑을 챙겼다.

지금 비겁하게 구는 거야, 일부러 엘리를 이용하면서 상처주고 있잖아. 그는 혼잣말을 했다. 그는 엘리를 따라 나가 차가 있는 데까지 갔다. 엘리가 차창을 열고 발랄한 목소리로 잘 자라고 했다. 그러면서도 그의 키스를 기다리지 않았다.

월터는 휑한 집으로 다시 들어왔다. 왜 이 집을 고집하는 걸까? 나와 엘리 사이에 생긴 벽을 지켜주기 때문인가? 이 집에서 월터는 우울하지 않지만, 엘리는 우울해진다. 이 집에서 엘리와 함께 있으면 절대로 편안할 수 없다. 이 집에서 클라라가 살았고, 아직도 살고 있기 때문이다. 그가 시킨 것도 아닌데 클라우디아가 이층 침실을 새로이 정리했다. 침대를 한쪽으로 밀고, 클라라의 화장대 위에 있던 향수병과 파우더 상자, 부부가 같이 찍은 사진을 싹 치운 다음, 화장대를 창문과 창문 사이에 세워 놓았다.

그러나 옷장에는 클라라가 썼던 가방이 꼭꼭 들어찼고, 그녀가 입던 외투도 여전히 걸려 있었다. 월터는 조만간 클라라의 옷가지를 어떻게든 처리해야 했다. 버리든, 아는 사람들한테 주라고 클라우디아에게 넘기든 말이다. 그는 늘 그 일을 미루었다.

전화벨이 울렸다. 월터는 거실에 서 있었다. 전화벨이 사람 목소리처럼 들렸다. 코비가 그를 부르는 목소리처럼 느껴졌다. 벨이 네다섯 번 울리자, 월터는 가서 받으려다 말았다. 거실에 뻣뻣이 서서 가만히 듣고만 있었다. 뒷덜미 머리칼이 주뼛 섰다. 전화벨이 열두어 번 울리더니 끊겼다.

29

다섯 시간 후, 키멜은 로렌스 코비 경위의 방문으로 자다 말고 일어나 옷을 입고 뉴어크 7구역 경찰서로 왔다.

키멜은 부랴부랴 옷을 입느라 속옷을 챙겨 입지 못했다. 모직 정장 바지가 민감한 엉덩이 살에 쏠리자 반쯤 헐벗은 기분이 들었다. 추하게 생긴 경찰서 청사 정문에는 입구로 들어가는 외부 계단이 양 갈래로 놓여 있었다. 그걸 보니 바깥 층계라는 뜻의 '페론'이란 단어와 더불어 비엔나에 있는 벨베데레 궁전이 떠올랐다. 그 궁에도 저런 계단이 있다. 19세기에 지어진 못생긴 경찰서 청사 건물을 보면서 뜬금없이 궁을 떠올리다니. 키멜은 계단을 오르며 끔찍하다는 듯이 '페론, 페론, 페론'이라고 웅얼거렸다. 저 안으로 들어간 다음 그에게 닥칠지 모를 일을 막으려고 호신의 주문을 외우는 것 같았다. 코비를 따라 들어간 지하 취조실에는 넓은 화장실에서 볼 수 있는 작고 흰 육각 타일이 발려 있었다. 키멜이 조명 아래에 섰다. 타일에 반사된 조명 때문에 눈이 부셨다. 다른 건 하나도 없이 오로지 책상 하나만 덩그러니 놓여 있었다.

"스택하우스가 범인이라고 생각합니까?" 코비가 물었다.

키멜이 어깨를 으쓱했다.

"어떻게 생각하느냐고요? 스택하우스에 대한 당신 생각이 있을 것 아닙니까?"

"존경하는 코비 경위님." 키멜은 위엄을 갖춰 말했다. "당신은 모든 사람들이 살인 사건에 정신이 쏠려서 당신 손으로 직접 살인범을 끌어다 법정에 세우기 전까진 다들 마음을 놓지 못한다고 굳게 믿고 계신가 본데! 스택하우스가 범인이든 아니든 누가 신경이나 쓴답니까?"

코비는 나무 책상 모서리에 걸터앉아 한쪽 다리를 앞뒤로 흔들었다. "스택하우스가 또 뭐라고 했습니까?"

"그게 전붑니다."

"또 뭐라고 했냐고요?" 텅 빈 취조실에서 코비의 목소리가 철끈처럼 갈렸다.

"그게 다라니까요." 키멜은 근엄하게 같은 말을 반복했다. 그는 두툼한 손을 비틀고 뒤틀다가 불룩한 똥배 아래쪽에서 손끝을 가벼이 모아 붙였다.

"그럼 스택하우스가 사과만 하는데 무려 20분이나 걸렸다는 얘깁니까?"

"우리 둘이 얘기하는 도중에 여러 번 방해를 받았습니다. 스택하우스는 서점 뒤쪽에 있는 내 책상 옆에 서서 얘기했죠."

"얘기를 했다…… 그럼 스택하우스가 '정말 죄송해요, 키멜 씨. 저 때문에 모든 문제가 생겨서 어쩌나요' 이랬고, 그럼 당신은 '아, 정말 괜찮아요, 스택하우스 씨. 악감정은 없습니다' 이랬나요? 그러면서 당신이 스택하우스에게 시가를 권하기라도 했습니까?"

"내가 이렇게 말했어요. 우리 둘 다 걱정할 게 아무것도 없으니 다시는 여기에 찾아오지 않는 편이 나을 거라고요. 왜냐하면, 당신이 거기에 의미를 부여할 테니까요."

코비가 크게 웃었다.

키멜은 고개를 빳빳이 들고 벽을 노려보며 미동하지 않고 그저 손을 비틀며 살살 꼼지락거렸다. 한쪽 다리에 힘을 빼고 우아하게 짝발로 서서 몸을 코비 쪽으로 살짝 틀었다. 키멜은 그 자세가 가끔 욕실 문에 달린 긴 거울 앞에서 알몸을 비춰볼 때 취하던 조각상 자세임을 깨달았다. 무심결에 그 자세가 나온 것이다. 머릿속 은밀한 곳에 감춰둔 모습이라 민망했지만, 덕분에 침착한 태도를 유지할 수 있었다. 그는 온몸이 마비된 듯 계속 그렇게 있었다.

"유죄든 아니든, 스택하우스가 당신을 지목했다는 걸 알잖아요, 키멜?"

"그건 너무나 자명한 일이라 굳이 언급할 필요가 없을 것 같군요." 키멜이 대답했다.

코비는 책상에 걸터앉아 다리를 계속 흔들었다. 갈색 나무 책상이 허술하고 지저분한 수술대 같은 분위기를 풍겼다. 키멜은 코비가 그를 부여잡고 급기야 저 위에 메칠 생각인지 궁금했다.

"스택하우스가 신문을 스크랩한 이유를 설명했습니까?" 코비가 물었다.

"아니요."

"그럼 다 털어놓지 않았다는 말이군요?"

"스택하우스는 자백할 게 하나도 없어요. 자기가 경찰을 내 코앞에까지 끌고 와서 미안하다는 말만 했다고요."

"스택하우스가 자백할 게 많을 텐데요. 무죄라 쳐도 그자의 행동이 상당히 특이합니다. 그날 밤 왜 아내를 따라갔었는지 스택하우스가 말을 안 하던가요?"

"안 했습니다." 키멜은 여전히 무심한 목소리로 말했다.

"그럼 당신이 그 이유를 설명해 보시죠."

키멜은 입술을 앙다물었다. 입술이 부르르 떨렸다. 코비의 심문에 그저 신물이 났다. 스택하우스 역시 이런 식으로 추궁을 당했을 거라는 생각이 들었다. 순간, 스택하우스에 대한 연민이 뻔뻔스레 일더니 코비에 대한 가증스러움과 뒤엉켰다. 키멜은 스택하우스가 한 말을 믿었기에 그를 범인이라고 생각하지 않았다. "스택하우스가 무슨 말을 했는지 내가 다 털어놓았는데도 당신이 못 믿겠다면, 서점으로 형사를 보내서라도 엿듣게 하지 그랬어요!"

"우리가 형사를 보내면 당신이 귀신같이 알아보잖아요. 당신이 스택하우스한테 눈치를 주면 그가 말을 멈추었을 테죠. 아무튼 우린 끝끝내 당신 둘의 자백을 받아낼 겁니다." 코비는 웃으며 키멜에게 다가왔다. 코비는 요즘 야간 근무조라고 했다. 그럼에도 쌩쌩하고 건강해 보였다. "스택하우스를 감싸고도는군요, 키멜. 살인자를 좋아해서 그런가?"

"당신은 스택하우스를 살인자로 보지 않잖아요?"

"신문 스크랩을 발견한 후론 그를 범인으로 봅니다. 내가 그걸 발견하자마자 말했을 텐데요!"

"당신은 스택하우스를 범인으로 몰기엔 미흡한 부분이 여전히 많다는 걸 알면서도 그에게 편파적으로 굴기로 작정한 것 같군요! 왜냐, 이 특별한 사건을 해결하고 싶어서겠죠!" 키멜은 코비보다 목청을 더욱 올렸다. "두 사건을 손수 조작해서라도!"

"아, 키-멜." 코비가 말꼬리를 늘였다. "내가 당신 부인의 시신을 조작이라도 했습니까?"

"내가 거기에 연루됐다고 당신이 조작했잖아요!"

"내가 스택하우스를 서점으로 데려가기 이전에 그를 만난 사실이 있습니까?" 코비가 물었다. "만났죠?"

"아뇨."

"스택하우스가 당신을 보러 간 적이 있는 것 같은데요." 코비는 생각에 잠긴 채 말했다. "그자는 그런 타입이거든요."

키멜은 스택하우스가 서점에 간 사실을 코비에게 고백할 만큼 어리석은지 생각했다. "아닙니다." 키멜은 약간 미심쩍게 대답했다. 안경을 벗어서 입김을 분 다음 손수건을 찾았다가 안 보이자 커프스에 안경알을 문질렀다.

"스택하우스가 당신을 보러 가서 두리번거리는 모습이 상상이 되는군요. 어쩌면 그가 당신한테 연민을 표했을지 모르죠. 스택하우스는 당신이 살인자처럼 생겼는지 보고 싶어서 갔을 겁니다. 물론 당신은 진짜 그렇게 생겼지만."

키멜은 도로 안경을 쓴 다음 얼굴 표정을 가다듬었다. 공포가 작은 불씨처럼 번지기 시작했다. 두 다리를 굴러 도망가고 싶었다. 코비가 등장하기 전까지 키멜은 초자연적인 특권을 누리는 듯했다. 그런데 지금 복수의 여신 네메시스와 같은 초자연적 힘을 지닌 자는 다름 아닌 코비처럼 보였다. 코비는 엄정하지 않았고, 수사 방식도 정의롭지 않았다. 코비는 공적이고 획일화된 정의가 쥐여준 특권을 휘두르고 있었다.

"안경은 고쳤습니까?" 코비가 물었다. 그는 양손 주먹을 엉덩이에 올려 외투를 뒤로 열어젖힌 채 작은 수탉이 활보하듯 키멜에게 다가가더니 그 앞에서 걸음을 멈추었다. "키멜, 당신을 부숴 버리겠습니다. 토니는 진작부터 당신이 헬렌을 죽였을 거라고 생각하더군요. 알고 있었죠?"

키멜은 꼼짝하지 않았다. 코비의 육체가 무서웠고, 그 때문에 울화가 치밀었다. 거죽만 남은 망령 같은 코비의 몸뚱이에 겁을 먹다니. 키멜은 코비와 밀폐된 공간에 있기에 소리쳐도 아무도 도와주지 않을 현실이 두려웠다. 도살장처럼 생긴 단단한 타일 바닥에 내동댕이쳐질까 봐 섬뜩했다. 이 안에서 지상 최악의 고문이 자행되는 모습이 펼쳐졌다. 경찰이 이곳에서 인간을 도륙한 후 벽에 튄 피를 호스로 물을 뿌려 닦아 내는 모습이 머릿속에 그려졌다. 키멜은 갑자기 화장실에 가고 싶었다.

"이제 토니는 우리와 협조 중이죠." 코비는 키멜의 얼굴에 바싹 대고 말했다. "토니가 상황을 기억해 내고 있습니다. 이를 테면, 당신이 헬렌을 살해하기 며칠 전, 악처를 제거하는 여러 가지 방법에 대해 떠들던 것이라든가."

키멜은 또렷이 기억났다. 토니와 오이스터 하우스의 부스에 앉아 맥주를 마셨다. 토니는 학창 시절 친구들과 거기에 와 있었다. 키멜이 부르지도 않았는데 토니가 부스에 와 앉았다. 토니가 두 다리를 쩍 벌리고 앉은 모습에 짜증이 치밀어서 키멜은 사실 아무 말이나 되는대로 내뱉었다. "토니가 뭘 또 기억해 냈나요?" 키멜이 물었다.

"토니는 그날 밤 영화가 끝난 후 당신 집에 들렀지만 당신이 없었다고 진술했습니다. 그날 밤 자정이 넘도록 당신은 집에 없었죠, 키멜. 어디에 갔었나요?"

키멜이 화통하게 웃었다. "말도 안 돼! 토니가 우리 집에 오지 않았다는 건 내가 압니다. 이 세상에서 가장 심심하고 조용하던 그날 밤에 무슨 일이 있었는지 다시 짜 맞추려 하다니 황당하군요. 석 달도 더 지난 일을 누가 기억하고 있나요!"

"이 세상에서 가장 심심하고 조용하던 그날 밤이라." 코비가 담배에 불을 붙이더니 순식간에 손을 날렸다. 키멜의 왼쪽 뺨이 뾰족한 바늘에 찔린 것 같았다.

키멜은 더 늦기 전에 안경을 벗고 싶었지만 움직일 수 없었다. 뺨은 여태 얼얼했고 화끈거렸다. 치욕스러웠다.

"넌 두드려 맞아야 알아들을 거다. 그렇지, 키멜? 내가 얘기를 하고 사실을 들이밀어도 넌 눈 하나 깜짝하지 않아. 왜? 넌 미치광이니까. 말과 사실에 의미를 두지 않고 너만의 은밀한 세계에 갇혀서 살지. 그걸 깨고 안으로 들어갈 길은 널 때리는 것밖에 없어!" 코비가 양손을 다시 쳐들었다.

키멜이 몸을 피했지만, 코비는 때리는 대신 키멜의 안경을 벗겼다. 키멜은 갑자기 안경이 귀에서 당겨지는 듯하더니 취조실 바닥이 벌떡 일어나면서 앞이 뿌예졌다. 그는 길고 흐릿한 책상을 향해 움직이는 검은 얼룩처럼 보이는 코비에게 초점을 맞추려고 애를 썼다.

코비가 다시 왔다.

"스택하우스가 범인이라는 걸 알고 있다고 자백하란 말이야! 스택하우스가 범인이라는 확신이 들 만큼 너한테 다 털어 놓았다고 인정하란 말이다! 네가 스택하우스를 열렬히 사랑해서 그를 끝까지 지킬 거라는 걸 내가 믿을 것 같아, 키멜?"

"우린 둘 다 굉장히 비슷한 처지에 놓인 무고한 사람들이라고." 키멜은 단조로운 목소리로 대답했다. "스택하우스가 한 얘기도 바로 이거였어. 그래서 나를 보러 온 거고."

코비는 그의 복부를 가격했다. 집에서 맞을 때처럼 키멜의 몸이 반으로 접혔다. 키멜은 몸이 허공으로 붕 떴다가 바닥으로 내리 꽂히는 줄 알았지만 그런 일은 벌어지지 않았다. 키멜은 몸을 수그린 채 조금씩 숨을 골랐다. 바닥에 검은 점이 보였다. 검은 점이 점점 늘어났다. 코에서 코피가 뚝 뚝 떨어지고 있었다. 그는 입을 벌려 숨을 쉬면서 피를 맛보았다. 섬뜩하면서도 짭짤한 오렌지 맛이 났다. 코비가 키멜의 주위를 맴돌자, 키멜도 그와 같이 돌면서 검은 형체에게 등을 보이지 않으려 했다. 바로 그때, 키멜이 코를 팽 풀어 축축해진 손을 옆으로 털었다. "이 바닥에 피를 묻히겠다 이거지!" 키멜이 소리쳤다. "저 벽에 피 칠갑을 하겠다는 거지! 날 고문해서!"

코비가 키멜의 어깨를 부여잡고 복부를 무릎으로 갈겼다.

키멜은 양손과 무릎으로 바닥을 짚으며 엎어져 또다시 헐떡거렸다. 전보다 극심한 통증이 밀려왔다.

"스택하우스가 범인이라는 걸 알고 있다고 자백하란 말이야!"

키멜은 자신에 대한 연민에 휩싸여 코비의 말이 하나도 들리지 않았다. 다시 숨이 쉬어졌지만, 그건 고통스레 연달아 흐느끼며 헉헉대다가 마지못해 숨을 내쉬는 것뿐이었다. 이번엔 코비가 키멜의 엉덩이를 차자, 아니 밀자, 갑자기 키멜이 바닥으로 고꾸라졌다. 키멜은 한쪽 엉덩이를 바닥에 붙인 채 고개를 쳐들었다.

"일어나, 늙은 여우야." 코비가 호통쳤다.

키멜은 일어나고 싶지 않았지만 코비가 엉덩이를 걷어찼다. 키멜은 무릎을 대고 일어난 다음 고개를 들며 서서히 두 발로 섰다. 이렇게 무기력하고 수동적인 기분은 처음이었다. 코비가 빙글빙글 돌며 더욱 다가오자, 키멜은 코비에게 최면이 걸린 듯 몸이 더 축 처지는 것 같았다. 수십 군데가 욱신거리고 쑤셨다. 키멜은 여자처럼 마냥 연약해진 것 같았다. 욕실

거울에 비친 그의 육감적인 곡선을 살피거나, 책을 읽다가 가끔 기분전환
용으로 상상의 나래를 펼칠 때보다도 훨씬 더 나약해진 기분이 들었다. 그
런데 이런 상황이 수년간 느끼지 못했던 쾌감을 선사했다. 키멜은 또다시
구타당하기를 고대했다. 이번에는 귀를 맞을 것만 같았다.

코비가 그의 마음을 읽기라도 한 듯, 키멜의 옆통수를 가격했다.

바로 그때, 키멜의 입에서 비명이 튀어나왔다. 한 방 짜릿하게 맞는 순
간, 쾌감과 맞부딪히던 광기 어린 수치심도 같이 튕겨져 나왔다. 코비의
비웃음이 키멜에게 들렸다.

"키멜, 얼굴이 벌게졌네!" 코비가 말했다. "우리 주제를 바꿀까? 헬렌
얘기를 해보자고. 헬렌이 악에 받쳐 네 『브리태니커 백과사전』을 내동댕
이친 얘기 말이야. 네가 그 백과사전 세트를 중고로 사느라 55달러를 줬다
고 들었어. 넌 그때 그 돈도 없었다며?"

코비가 의기양양하게 뒤꿈치를 달달 떠는 소리가 키멜의 귀에 들렸다.
키멜은 민망한 나머지 코비를 쳐다볼 수 없었다. 대체 누가 코비에게 『브
리태니커 백과사전』 얘기를 했을까? 키멜은 머리를 쥐어짰다. 필라델피아
에 살던 시절, 아주 오래된 일이었기 때문이다.

"헬렌이 푼돈을 벌겠다고 친구들한테 네일을 해준 적도 있었다면서?
넌 분명 그걸 좋아했어. 왜냐, 여자들이 하루 종일 집 안을 들락거리며 앉
아서 수다를 떨었으니까. 그때 넌 헬렌을 가르쳐 봤자 네 수준에 걸맞을
만큼 끌어올리지 못한다는 걸 깨달았지."

그런데 헬렌이 네일 일을 한 건 고작 한 달뿐이었다. 그가 말렸기 때문
이다. 키멜은 또다시 주먹이 날아올까 봐 경계하며 고개를 한쪽으로 돌렸
다. 알몸에 찬바람이 닿은 듯 바지 속에서 소름이 돋았다.

"넌 그보다 훨씬 이전부터 헬렌을 건드리지 못할 지경이 되고 말았어. 아내가 널 혐오했거든. 그런데 그 혐오심이 야금야금 다른 여자들에게로 옮겨갔어. 넌 여자가 싫다고 스스로에게 그 생각을 주입했어. 여자들은 멍청하기 짝이 없고 그중에서도 헬렌이 가장 멍청하다고 생각했지. 그런데 정말 이상하지 않아, 키멜? 젊어서는 그토록 색을 밝히던 너였는데! 그래서 음란 서적으로 그걸 죄다 채우기 시작한 건가?"

"역겨워!" 키멜이 소리쳤다.

"뭐가 역겨운데?" 코비가 다가왔다. "넌 스무 살에 헬렌하고 결혼했어. 너무 어려서 여자에 대해 제대로 알 수 없었지. 당시 넌 신앙심이 하도 독실해서 여자들의 거시기를 즐기기 전에 결혼부터 해야 한다고 생각했어. 거기에 이름까지 붙이면서, 키멜!"

"너나 그랬겠지!" 키멜이 씩씩거리며 손등으로 입을 문질렀다.

"안경 쓸래?"

키멜은 안경을 받아서 썼다. 취조실과 코비의 좁은 얼굴이 다시 또렷이 보였다. 옹졸한 콧수염 밑으로 보이는 코비의 입술이 비아냥거리고 있었다.

"아무튼, 너와 결혼하던 날, 헬렌은 정말 슬펐을 거야. 필라델피아 빈민가 출신의 순진한 소녀였으니 뭘 얼마나 알았겠어. 넌 네가 발기 불능이 된 걸 헬렌 탓으로 돌렸어. 그런데 그건 그리 나쁘지 않았어. 왜냐, 그걸 헬렌의 탓으로 돌리고 아내를 증오하는 걸 즐기면 되니까."

"난 헬렌을 증오하지 않았어." 키멜이 대들었다. "사실 헬렌이 바보 같긴 했지만, 헬렌하고는 아무 상관없었다고."

"헬렌은 바보가 아니야." 코비가 말했다. "계속해 볼까? 네가 한 번 하려다 크게 낭패를 본 여자가 헬렌을 찾아와 폭로를 했지. 그래서 그때부터 헬렌이 널 무시하게 된 거잖아."

"아니야! 그런 여자는 없었어!"

"왜, 있었잖아? 로라라고. 내가 로라도 만났거든. 로라가 다 말해 주던데. 그 여잔 네가 싫대. 너 때문에 소름이 돋았대."

키멜은 수치심에 온몸이 뻣뻣해졌다. 코비의 얘기를 듣다 보니 그때 그 장면이 다시금 떠올랐다. 남편이 출근하고 없던 어느 은밀한 오후, 로라의 아파트에서였다. 그날 은밀히 일을 치르려다 이 모든 사달이 난 거라고 키멜은 스스로에게 최면을 걸었다. 원인은 모르겠지만 어쨌든 그렇게 되고 말았다. 그날 이후 키멜은 또다시 시도할 엄두조차 내지 못했다. 그다음 날, 로라가 그의 집 계단을 올라 헬렌과 얘기하는 걸 봤기 때문이다. 로라가 계단을 오르는 모습을 실제로 본 건 아니었지만, 그 장면은 늘 선명히 떠올랐다. 로라는 계단을 오를 때면 한쪽 다리를 절뚝이며 난간을 부여잡고 버둥거렸다. 두 여자가 그를 비웃으며 멍청한 애들처럼 입을 손으로 가린 채 방금 전 얘기에 민망해하던 모습이 기억났다. 그날 밤, 헬렌은 로라가 온 이유를 말하면서 계속 낄낄대며 키멜을 힐끔거렸다. 그날 밤, 헬렌이 미친 듯이 그를 조롱했기 때문에 스스로를 죽음으로 몰고 간 것이다!

"그날 후 모든 사람들이 네 실상을 알게 되었다고 넌 착각했어." 코비가 말했다. "그래서 뉴어크로 이사를 왔지. 그런데 뉴어크에서 네 인내의 한계를 뛰어넘게 한 작자가 등장하고 말았지. 바로 보험 영업 사원 에드워드 키너드."

키멜은 씰룩거렸다. "누구한테 들었어?"

"비밀인데." 코비가 말했다. "네가 헬렌 대신 에드워드를 죽이지 못해서 안타까워, 키멜. 넌 그 촌놈을 죽일 수도 있었는데. 헬렌은 창녀처럼 길

바닥에서 그 남자를 꼬셨지. 나이 서른아홉에, 살이 축 처진 여인네가 마지막 발악하는 모습에 넌 치가 떨렸을 테고! 게다가 헬렌은 자랑스러운 나머지 에드워드가 어떻게 해주는지 동네방네 떠들고 다니기까지 했어. 넌 참을 수 없었어. 남편은 미국 전역의 대학교수들과 지적인 편지를 주고받는데 아내가 그러고 돌아다니니 도저히 참지 못했겠지. 네가 뉴어크에서 일 잘하는 서적상으로 명성을 쌓아갈 무렵이었으니까."

"키너드 얘기, 누구한테 들었어?" 키멜이 물었다. "네이선?"

"그건 발설할 수 없어." 코비가 웃으며 말했다.

키멜은 네이선이 사건 전날 밤 집에 왔던 일이 떠올랐다. 그날 밤, 헬렌과 키너드가 집에 오긴 했었지만, 네이선이 그날 밤 일에 대해 말했을 것 같진 않았다. 리나가 코비에게 키너드에 대해 말했을지 모른다. 아니, 그레타 케인이 말했을까? 헬렌이 수다를 떨고 다녔던 이 동네 수준 낮은 사람들 중 누군가가 코비에게 제보했을 것이다. 제일 짜증나는 건, 코비가 온 동네를 쑤시고 다니는데도 그에게 귀띔해 준 사람이 아무도 없었다는 점이다.

"네이선은 아니야." 코비가 고개를 저으며 말했다. "그런데 네이선이 이 말은 하더군. 어느 날 밤, 당신하고 카드놀이를 하고 있는데 헬렌이 에드워드 키너드를 데리고 들어왔다고 했어. 헬렌이 옷을 갈아입은 다음 어딘가로 춤추러 간다며 키너드를 제멋대로 집 안으로 끌고 들어온 걸 보고 네이선은 사태를 파악했다고 했어. 넌 거기에 앉아 살찐 고자처럼 구는 게 나았을 테고!"

키멜은 앞으로 비틀비틀 걸어가 코비를 양손으로 붙들었다. 키멜의 복부가 붕 뜨더니 두 발이 바닥에 닿지 않았다. 무언가 그의 견갑골을 내리쳤다. 순간, 얼굴이 배에 눌리고, 두 다리가 벽에 닿더니 온몸의 뼈가 으스러질 것 같았다. 등골에 전해지는 통증이 지독해서 키멜은 움직일 생각은 하지도 못했다.

"넌 네이선이 지켜보는 앞에서 헬렌더러 집에서 나가라고 했어. 그렇게 말한 게 처음은 아니었지만 그땐 진심이었지. 에드워드는 나갔고 헬렌은 남았지. 헬렌은 전화통을 부여잡고 리나에게 울며불며 죄다 일러바쳤고."

키멜은 코비가 그의 다리를 걷어차는 것 같았다. 두 다리가 바닥을 내리치자 순간 욱신거리기 시작했다. 네이선이 여기에 대해서 한 마디도 안 해주다니, 그래서 네이선이 한동안 그를 보러 오지 않았던 거구나. 뉴어크 경찰에게 취조를 당할 당시, 키멜은 네이선이 그를 의심조차 하지 않는다는 얘기를 전해 들었다. 뉴어크 경찰은 그날 밤 일을 단 한 차례도 조사하지 않은 것 같았다. 네이선이 뒤통수를 때리다니. 신사 겸 학자라고 생각했던 고등학교 역사 교사인 그가 날 배신하다니. 네이선에 대한 씁쓸한 실망감이 은밀한 내부 지옥과도 같은 키멜의 마음속에 차오르더니 취조실이라는 외부 지옥과 수평을 이루었다. 키멜의 안경이 또다시 벗겨졌다.

"헬렌에게 올버니 언니 집에 잠시 가 있으라고 한 사람은 리나였어. 그런데 그건 상당히 불운한 행보였지. 그날 밤 너희 부부가 얼마나 시끄럽게 난리를 쳤는지 모르는 사람이 없는데도, 넌 지금까지 기막히게 요리조리 잘 빠져나갔잖아?"

키멜은 말문이 막혀 쭈그린 채 쓰러져 있었다. 별로 멀지 않은 곳에 있는 검은 점이 그의 신발 같아 보였다. 키멜은 신발을 주우려고 손을 뻗었지만 손에 차가운 것이 닿았다. 그러나 그게 바닥인지, 벽인지 분간할 수 없었다.

"네가 헬렌을 죽인 건 헬렌이 키너드와 바람이 나서가 아니라 헬렌이 멍청해서였어. 키너드는 그걸 촉발한 도화선에 지나지 않았지. 그래서 그날 밤, 넌 아내가 탄 버스를 따라가 헬렌을 죽인 거야. 자백해, 키멜!"

키멜의 혀가 입 바깥으로 축 늘어졌다. 그는 코비의 목소리가 들리는 귀조차 닫아 버렸다. 개처럼 바닥에 쭈그리고 앉아 자신이 개 같다는 걸 뼈저리게 느끼면서도 버텼다. 다른 대안이 없었다. 쉿소리를 내지르는 코비의 목소리를 어찌할 도리가 없었기 때문이다. 코비가 키멜의 어깨를 양손으로 움켜쥐고 무지막지한 힘으로 잡아끌어 벽에다 밀어붙였다. 두개골에 금이 갈만큼 벽에 세게 머리를 찧자, 키멜은 앞이 하나도 보이지 않았다. 전보다 시야가 더 흐려졌다.

"네 몰골을 봐! 이 돼지새끼야!" 코비가 고함쳤다. "스택하우스가 범인인 걸 알고 있다고 자백을 하란 말이다! 네가 여기 있는 건 전부 다 스택하우스 때문이고, 너희 둘 다 유죄라는 걸 인정하라고!"

키멜은 처음으로 스택하우스에 대한 분노가 욱하고 치밀었다. 그렇지만, 코비가 바란다고 자백하진 않을 것이다. "내 안경." 키멜은 갈라지는 목소리로 말했다. 자기 목소리가 자기 목소리처럼 들리지 않았다. 코비가 키멜의 손에 안경을 쥐여 주는 것 같았다. 그런데 키멜이 쥐여준 안경의 코받침이 부러지고 한쪽 렌즈 절반이 깨진 것이 느껴졌다. 안경을 써도 자꾸 안경이 기울며 눈 밑으로 처졌다. 뭐라도 보려면 어쩔 수 없이 안경을 쥐고 있어야 했다.

"오늘은 여기까지." 코비가 말했다.

키멜이 꼼짝하지 않자 코비가 다시 말했다. 키멜은 문이 어느 쪽에 있는지조차 감을 잡을 수 없었다. 쳐다보기도, 고개를 돌리기도 두려웠다. 그러자 코비가 키멜의 한쪽 팔을 잡아당기고 등을 떠밀었다. 키멜은 굵은 다리를 질질 끌며 걷다가 고꾸라질 뻔했다. 뭔가 바닥을 때리며 튕겨 올랐다. 코비가 던져준 그의 신발 한쪽이었다. 키멜은 신발을 신으려고 바닥에 앉아 그것을 움켜쥐었다. 바닥은 얼음장처럼 차가웠다. 키멜은 계단을 따라 경찰서 1층으로 올라갔다. 코비는 사라지고, 키멜만 남았다. 복도에 책상을 놓고 신문을 읽는 경찰이 보였지만, 그는 키멜이 지나가는데도 눈길조차 주지 않았다. 키멜은 자신이 죽어서 투명 인간이 된 것 같은 섬뜩한 기분에 사로잡혔다.

키멜이 난간을 붙들고 계단을 내려가다 보니, 난간을 부여잡고 계단을 오르던 로라가 생각났다. 그는 난간 끝을 붙든 채 지금 여기가 어딘지를 떠올렸다. 다시 걸음을 떼려다가 뒤를 돌아본 다음, 반대편으로 걸었다. 여전히 안경을 붙든 채 앞을 바라보았다. 아침이었지만 아직 해는 뜨지 않았다. 찬바람이 몸에 닿자, 바지에 오줌을 지린 사실을 눈치챘다. 이제 치아가 맞부딪히더니 달그락 떨렸다. 추위 때문인지 두려움 때문인지 알 수 없었다.

키멜은 집에 오자마자 토니의 집으로 전화를 걸었다. 토니의 아버지가 전화를 받았다. 키멜은 토니가 전화를 받을 때까지 그의 아버지와 잠시 얘기를 나누어야 했다. 토니의 아버지의 목소리는 평소와 다름없었다.

"여보세요, 키멜 씨?" 토니의 목소리가 들렸다.

"여보세요, 토니. 우리 집에 와줄 수 있겠어, 지금?"

놀란 듯한 침묵이 잠시 흘렀다. "그러죠, 키멜 씨. 집으로요?"

"응."

"그럴게요, 키멜 씨. 그런데 제가 아직 아침 식사 전이라서요."

"아침 먹고 오게." 키멜은 수화기를 내려놓았다. 그리고 축축한 바지를 입은 차림으로 최대한 근엄하게 이층 침실로 올라갔다. 바지를 벗어서 말린 다음 세탁소에 맡겨야 한다.

그는 욕실에서 꼼꼼히 신발을 닦고, 세면대에 물을 받아 양말을 빤 다음, 뜨거운 물에 샤워했다. 평소대로 아주 느릿느릿 구석구석 씻었지만, 감시당하는 듯한 기분이 들었다. 욕조에서 나와 은밀하고도 못마땅한 눈길로 긴 거울에 그저 몸을 비추어 보았다. 침실 서랍에 잔뜩 개켜진 깔끔한 흰 셔츠 한 장을 꺼내어 입고 그 위에 가운을 걸쳤다. 풀 먹인 칼라를 손끝으로 매만지면서 멍하니 감탄했다. 그는 이 세상에서 만질 수 있는 것들 중에서 흰 셔츠가 가장 좋았다.

토니가 경찰한테 무슨 증거를 넘겼을까? 키멜은 갑자기 이런 궁금증이 샘솟았다. 토니가 등을 돌렸다면 어쩌지? 그런다 해도 아무것도 밝히진 못할 것이다.

그가 커피를 내리러 아래층으로 내려가는 사이 초인종이 울렸다. 키멜이 문을 열자 토니가 쭈뼛거리며 조용히 걸어 들어왔다. 키멜은 토니의 검은 눈동자에서 근심 어린 기색을 읽었다. 강아지가 회초리를 맞을까 봐 겁을 먹은 듯한 모습이었다.

"내가 안경을 밟았지 뭐야." 키멜은 토니가 안경에 대해 질문할 것을 예상해서 선수 쳤다. "주방으로 오겠나?"

두 사람은 주방으로 들어갔다. 키멜은 토니에게 앉으라고 권한 후 커피를 준비하기 시작했지만, 안경을 쥐고 그러기가 녹록지 않았다.

"코비와 또다시 만나서 얘기했다며. 뭐라고 했지?" 키멜이 물었다.

"늘 하던 대로 말했어요."

"또 뭐라고 했는데?" 키멜이 토니를 바라보았다.

토니가 손마디를 꺾으며 말했다. "영화를 본 다음 당신을 만났느냐고 코비가 물었어요. 그래서 처음엔 아니라고 했어요. 우리 정말로 안 만났잖 아요, 키멜 씨."

"날 안 만난 게 뭐가 어떻다는 거지? 넌 날 찾지도 않았잖아, 토니?"

토니가 머뭇거렸다.

키멜은 기다렸다. 이런 멍청한 목격자가 다 있다니! 하필 왜 이렇게 멍 청한 녀석을 골랐을까? 그날 밤 지켜보고 극장 안을 둘러보았더라면 네이 선을 만났을 수도 있었을 텐데! "기억 안 나? 넌 날 찾아다녔다고 한 적이 없어. 그다음 날, 우리 만나서 서로 얘기했잖아." 키멜은 토니의 두툼한 코 위로 반지르르한 검은 눈썹이 일자로 맞붙은 것을 보고 토할 뻔했다. 토니 는 외모를 가꾸는 쪽에서는 게으른 청소년 수준을 넘지 못하는 것 같았다.

"네, 기억나요. 그런데 제가 까먹었나 봐요."

"그럼 누가 너한테 그렇게 말한 거지? 코비?"

"아니요, 음. 맞다, 코비가 그랬어요." 토니는 진지하게 인상을 썼지만, 평소와 다름없이 아둔해 보였다.

"그 작자는 네가 까먹었을 거라 말했을 거야. 게다가 내가 9시 반이나 10시까지 헬렌을 죽이러 그 멀리까지 갈 수 있었을 거라고도 했을 테고, 맞지? 어떻게 생각하느냐고 네게 물은 사람이 누구였을까?" 키멜은 분통 을 터뜨리며 으르렁거렸다.

토니가 놀란 눈치였다. "코비는 그게 가능하다고만 했어요, 키멜 씨."

"가능하긴 젠장! 가능하지 않은 일이 어디 있어! 안 그래?"

"그건 그렇죠." 토니가 끄덕였다.

키멜은 토니가 키멜의 오른쪽 턱에 생긴 벌건 자국을 쳐다보고 있는 걸 눈치챘다. 코비에게 맞아서 생긴 자국이었다. "여기까지 찾아와 너와 날 곤란하게 만들고, 이 동네를 시끄럽게 휘젓고 다닌 사람이 누구더라?"

토니는 의자 끝에 걸터앉아 정말 코비가 누구인지 생각하려고 애쓰는 것 같았다. "코비가 의사하고도 얘기했대요. 코비가 그러던데……"

"의사 누구?"

"돌아가신 부인의 주치의요."

키멜은 숨을 참았다. 코비가 펠란 박사를 알다니. 헬렌이 펠란 박사를 찾아가 한 얘기를 코비가 아는지도 모른다. 펠란 박사는 헬렌의 등에 생긴 관절염을 치료해 준 의사로, 헬렌은 그를 명의로 섬겼다. 헬렌이 죽기 한 달 전에도 그를 분명 찾아갔을 것이다. 키멜은 심지어 그때가 언제인지 기억할 수 있을 것 같았다. 당시 아내는 에드워드 키너드를 포기할 것인지, 아니면 남편을 떠나 마지막 불꽃을 마음껏 태울 것인지를 고심하고 있었을 것이다. 당연히 펠란 박사는 헬렌에게 하고 싶은 대로 하라고 조언했을 것이다. 그러나 헬렌은 남편이 자기를 말리려 한다며 펠란 박사에게 털어놓았을 것이다. "의사가 뭐랬대?" 키멜이 물었다.

"코비가 거기까진 말 안했어요." 토니가 말했다.

키멜은 토니를 보며 인상을 썼다. 지금 토니의 얼굴엔 온통 두려움과 의심이 가득 차 있었다. 토니처럼 단순한 마음이 의심을 품기 시작한다 해도 토니는 의심조차 할 수 없을 것 같았다. 의심을 하려면 마음에 두 가지 가능성을 동시에 품을 수 있는 능력이 필요하기 때문이다.

"의사가 에드워드 키너드에 대해 말했다고 코비가 그랬어요. 뭐 그런 얘기 있잖아요. 한 남자가……"

다들 알고 있었다니, 키멜은 코비가 신문처럼 여기저기 말을 퍼뜨리고 다녀서 그런 것 같았다.

토니가 의자에서 일어나더니 옆걸음질 쳤다. 키멜을 무서워하는 눈치였다. "키멜 씨, 이제 우리 자주 보는 것도 더는 하면 안 될 것 같아요. 이해해 주실 거죠?" 토니가 다급히 말했다. "전 지금보다 더는 시달리고 싶지 않아요. 이해하시죠? 악감정이 있는 건 아녜요, 키멜 씨." 토니는 온몸을 떨었다. 손을 내밀고 싶어도 너무 겁이 나서 내밀지도 못하는 것 같았다.

토니가 옆걸음질 치면서 현관으로 향했다. "키멜 씨, 무슨 말씀을 하셔도 전 다 괜찮아요. 진심이에요."

키멜은 놀라서 넋을 놓았다가 정신을 가다듬었다. "토니……" 키멜은 토니에게 다가갔지만 토니가 뒷걸음질 치자 걸음을 멈추었다. "토니, 넌 이 사건에 관련된 사람이야. 넌 목격자라고. 날 극장에서 봤잖아. 내가 너한테 바란 건 이 말뿐이었어, 안 그래?"

"맞아요." 토니가 말했다.

"그건 사실이잖아?"

"사실이에요. 제가 더는 같이 맥주를 못 마시게 되어도 화내지는 마세요, 키멜 씨. 저 무섭단 말이에요." 토니는 고개를 끄덕였지만 겁을 먹은 것 같았다. "무섭다고요, 키멜 씨." 토니는 이렇게 말한 후 등을 돌리더니 총총걸음으로 복도를 걸어 현관으로 빠져나갔다.

키멜은 잠시 그대로 있었다. 기운이 없었다. 몸에서 힘이 쭉 빠지고 머리는 몽롱했다. 그는 주방까지 왔다갔다 걸음을 옮기기 시작했다. 온갖 욕설이 한데 모이더니 그의 마음을 계속해서 흔들어댔다. 가벼운 욕에서부터 심한 욕까지, 폴란드어와 독일어로도 했지만 대부분은 영어로 욕을 했다. 그 누구에게도, 그 무엇에게도 향하지 않던 욕설이 코비에게, 그다음 스택하우스에게로, 이제 펠란 박사와 토니에게로 향했다. 그러면서도 키멜은 토니에게로 향하는 욕은 억눌렀다. 주방을 느릿느릿 맴돌며 불룩한 가슴께로 흘러내리는 두툼한 목살에 턱을 파묻었다.

"스택하우스!" 키멜이 고함쳤다. 주위에서 유리가 떨어져 박살나듯 고함 소리가 주방에서 메아리쳤다.

30

"5만 달러." 키멜이 말했다. "더도 덜도 말고."

월터는 책상 위에 있는 담배로 손을 뻗었다.

"분할도 가능하나 올해 안엔 다 받고 싶어."

"내가 시작이라도 할 것 같아? 그보다, 넌 내가 범인이라고 생각하나? 난 무죄야."

"내가 널 범인으로 보이게 만들 수 있어. 내가 널 유죄로 만들 수도 있다니까." 키멜이 나지막이 말했다. "증거가 아니라 의심이 중요하지."

월터는 키멜이 처음 그가 서점에 갔던 일을 이용하리란 것을 알았다. 월터가 서점에 갔었다는 것을 증명하기 위해 키멜은 책 주문서를 증거로 내밀 것이다. 게다가 키멜이 왜 여기에 왔는지도 알았다. 키멜의 안경이 깨져서 끈으로 묶고 있는 이유도 알았다. 마침내 키멜이 절망에 빠져 복수해야 할 처지로 내몰린 것이다. 그럼에도 월터는 키멜이 여기까지 찾아와 협박하는 모습이 무엇보다 놀랍고 충격적이었다. "그럼에도." 월터가 입을 열었다. "갈취범에게 돈을 뜯기느니 차라리 위험을 감수하겠어."

"정말 멍청하군."

"넌 내가 사지도 않을 물건을 들이대며 팔려고 설득하는 거라고."

"네가 살아남을 수 있는 방안일 텐데?"

"네가 나한테 그리 큰 타격을 줄 것 같지 않아. 무슨 증거라도 있나? 목격자 확보도 못했으면서."

"내가 말했지? 난 증거엔 관심 없다고. 네가 서점에 와서 작성한 주문서에 날짜가 적혀 있고, 그게 여전히 내 수중에 있지. 내가 그 주문서를 보낸 업자들이 날짜를 확인해 줄 거야. 그날, 네가 맨 처음 서점으로 찾아왔던 그날에 관해 내가 치명적인 소설을 써서 신문에 낼 수도 있어." 안경알 때문에 작아 보이는 키멜의 두 눈이 기대감에 가늘어졌다.

월터는 키멜의 두 눈을 살피며 그 안에 용기와 단호함, 자신감이 보이는지 찾았다. 세 가지 모두 들어 있었다. "못 믿겠는데." 월터는 책상 주위를 돌면서 말했다. "원한다면 코비한테 말해도 좋아."

"넌 크나큰 실수를 저지르는 거야." 키멜이 꼼짝 않고 말했다. "48시간 생각할 여유를 줄까?"

"아니."

"48시간 후에 내가 뭘 하는지 두고 봐."

"난 네가 뭘 할지 알아. 다 안다고."

"그게 마지막 말인가?"

"그래."

"좋아."

키멜이 일어섰다. 키멜이 월터보다 5센티미터 남짓 더 클 뿐인데도 월터의 머리 위로 우뚝 솟는 듯했다.

"오늘 아침에 내가 널 감쌌다고." 키멜이 목소리를 바꿔서 말했다. "난 폭행을 당했어. 네 아내가 죽기 전에 널 만난 적이 있느냐고 코비가 묻더니 날 고문했어. 난 널 배신하지 않았는데." 키멜의 목소리가 떨렸다. 키멜은 월터를 위해서 지옥 불을 걸었다고 확신한 나머지 그에게 받을 빚이 있다고 믿게 된 것이다. 키멜의 입장에서 보면 돈을 요구하는 게 민망하긴 했지만, 그럼에도 그 돈을 받을 자격이 있다고 여겼기에 요구한 것이다. 키멜은 오늘 아침에 여기까지 오느라 체면을 한 번 더 구겼는데, 지금 이 멍청하고 배은망덕한 얼간이한테 거절을 당하는 수모까지 겪었다.

"날 지키려고 했던 게 순전히 이타적인 마음에서 나온 행동은 아니잖아? 폭행을 당했다니 그건 안타깝지만, 네가 날 보호할 필요는 없어. 난 진실이 두렵지 않거든."

"진실이 두렵지 않다니! 내가 오늘 아침에 경찰한테 털어놓을 수도 있었어. 진실 그 이상의 것을 불어 버릴 수도 있었다고!"

월터는 키멜의 몸과 옷에 밴 서점의 끔찍한 냄새가 퍼져 나오는 것을 느꼈다. 그 때문에 어딘가에 붙들리고 갇힌 기분이 들기까지 했다. 게다가 소리를 낮추고도 격앙된 키멜의 목소리가 방음 처리된 천장 때문에 먹먹하게 들리자 상황은 더욱 악화됐다. "그랬군. 이젠 내가 코비에게 직접 진실을 털어놓을 일만 남은 거네. 이야기를 꾸미고 싶으면 꾸며 봐. 위험은 내가 감수할 테니. 대신 절대로 한 푼도 주지 않겠어!"

"용기 있군, 스택하우스. 그렇지만 넌 처음부터 끝까지 바보이자 겁쟁이일 뿐이야!"

월터는 키멜을 내보내려고 문을 활짝 열려다가 문고리를 붙든 채 동작을 멈추었다. 조앤에게 한 마디도 새어 나가게 하고 싶지 않았다. "할 말다 하셨나, 쉐퍼 씨?"

키멜이 인상을 찌푸렸다. 그의 커다랗고 둥근 얼굴이 떼쓰는 아이 같아 보였다. "내가 본명을 말했던가?"

월터는 문을 홱 열었다. "꺼져!"

키멜이 고개를 들고 가볍게 걸어 나가다가 뒤돌아보았다. "전화하지. 48시간 후에."

"그럼 너무 늦을 텐데."

월터는 문을 닫고 창가로 다가가 어느 건물 모서리 너머에 걸린 텅 빈 하늘을 응시했다. 키멜이 말하기 전에 그가 먼저 코비에게 말해야 한다는 생각이 마음속에서 녹아내리고 있었다. 말을 하면 할수록 진실이 더욱 드러나는 법. 너무 늦게 말해 봐야 그에게 더욱 불리해 보일 것이다. 그가 서점에 처음 갔던 일을 실토하는 순간, 코비가 고소해하며 비웃을 모습이 눈앞에 선했다. 코비는 월터가 우연히 서점에 들렀다는 얘기를 절대로 믿지 않을 것이다. 게다가, 거기에 간 목적이 단순히 키멜이 보고 싶어서였다는 주장도 믿지 않을 것이다. 대체 무슨 목적으로 키멜을 보러 갔을까, 코비는 이렇게 생각할 것이다. 물론, 목적이 있긴 있었다. 목적도 없고, 설명할 수도 없는 행동은 아예 존재하지 않으니.

월터는 몰래 키멜의 서점에 잠입한 후 책상을 뒤져서 주문서를 찾는 모습을 상상해 보았다. 월터가 우물쭈물 주위를 둘러본다. 키멜이 주문서를 책상에 두지 않고 숨겨 놓았을지 모른다. 아니, 지금은 아예 갖고 다닐지도 모른다. 월터는 전화기를 쳐다보며 오전 이 시간에 어디로 전화해야 코비와 통화가 가능할지 궁금했다. 차라리 48시간을 기다렸다가 키멜의 전화를 받는 편이 나을까? 그러다 무슨 일이 벌어질 수도 있다. 그런데 그게 과연 뭘까? 무슨 일이 벌어지든 월터는 그저 나락으로 더 깊이 곤두박질치다가 이 지경이 된 것이다. 월터는 엄지를 손바닥 밑으로 말아 넣고 겁먹은 심장으로 전화기에 손을 뻗었다. 그러나 존에게 사실을 털어놓을 배짱이 없었다. 이틀 전 저녁, 월터는 존과 같이 있었다. 그때 존은 대단히 자연스레 행동했는데, 월터가 키멜의 기사를 스크랩한 일을 단순한 우연으로 받아들인 것 같았다. 존은 월터가 신문에서 키멜의 기사를 따로 찢어둔 사실을 코비에게 들어서 알았다. 월터가 아는 한, 존은 월터가 키멜의 기사를 스크랩한 일에 대해서는 조금도 개의치 않았다. 하지만, 존이 월터가 키멜의 서점에 갔었다는 걸 알게 된다면…… 그럼 끝장일 것이다. 그리고 나머지 일들도 돌연 확실해질 것이다.

월터는 조용히 사무실에서 나와서 엘리베이터를 타고 내려갔다. 길 건너편에 있는 호텔로 가서 필라델피아 경찰서 살인 사건 전담반으로 전화한 다음 로렌스 코비 경위를 바꿔 달라고 했다. 전화가 다른 데로 돌아가는 동안, 월터는 기다려야 했다. 몇 분간, 수화기를 그냥 내려놓을까 갈등했다. 월터가 서점에 왔었다고, 주문서도 썼었다고 키멜이 말한다 해도 코비가 조금도 믿지 않을지도 모른다는 생각이 들었기 때문이다. 연필로 주문서를 작성했기에 키멜이 다른 사람의 주문서에 월터의 이름을 대신 적어 넣을 수도 있다. 키멜이 책을 주문하려고 다른 서점으로 보낸 발주서 속에는 월터의 이름이 적히지 않았을 것이다. 키멜은 아마 이런 식으로 월터의 뒤통수를 치려고 할 것이고, 코비도 이 수법을 알고 있을 것이다. 그러나 코비는 믿든 안 믿든 그걸 물고 늘어지면서 어디 한번 반박해 보라고 그에게 싸움을 거는 쪽을 택하리라는 걸 월터는 알았다. 사적인 판단은 코비에게 조금도 영향을 끼치지 않았다. 월터는 수화기를 움켜쥐었다.

"오늘 코비 경위는 뉴어크에 있지만, 앞으로 48시간 동안 들어오지 않을 겁니다. 저는 코비의 상관 댄 로이어 경감이라고 합니다."

"고맙습니다." 월터가 인사했다.

"실례지만 누구시죠?"

"아닙니다." 월터가 말했다.

월터는 5시 반에 뉴어크로 출발했다.

31

처음 전화한 경찰서 두 곳에서는 코비에 대해 전혀 알지 못했다. 월터는 코비가 뉴어크에서 아예 태만하게 나돌아 다니는 건 아닌지 궁금했다. 세 번째로 전화한 경찰서에서 이런 대답이 돌아왔다. 코비가 아침 일찍 이쪽으로 출근하긴 했는데 언제 돌아올지는 모른다는 것이다.

월터는 풀이 죽은 채 다시 차에 탔다. 좀 전에 전화한 경찰서로 차를 몰고 가서 전화를 부탁한다는 메모를 밀봉해 코비에게 남기기로 했다. 경찰서로 가다 보니 월터는 이 길이 키멜을 만나 결백을 얘기했던 날 그가 차를 세워둔 바로 그 길임을 깨달았다. 차를 돌려서 키멜의 서점이 있는 도로로 들어섰다. 앞으로 튀어나온 전창이 보이는 순간, 서점의 조명이 탁 꺼졌다. 월터는 속도를 줄였다. 우람한 키멜이 서점에서 나와 뒤를 돌더니 잠시 가만히 서서 문을 잠근 다음 몸을 돌렸다. 월터의 차와는 고작 3미터 거리. 월터는 키멜이 인도를 따라 여섯 걸음을 내딛는 모습을 바라보았다. 구부정하게 고개를 숙인 채 커다란 몸을 앞으로 발사하려는 듯한 자세였다. 바로 그때, 월터의 차가 키멜을 지나쳤다. 혹시나 키멜이 쫓아올까 봐 월터는 액셀러레이터를 꾹 밟았다. '세상에 이럴 수가!' 그는 속으로 계속해서 이 말만 되풀이했다.

광기가 보였다. 아침에 폭행당한 키멜이 저녁에 서점 문을 닫은 후 머릿속에 작은 지옥을 담은 채 월터에게 복수할 계획을 세우며 걷고 있었다. 그런 키멜이 뉴어크의 컴컴한 밤거리에서 낯선 이를 보게 되면 과연 무슨 일을 벌일까?

경찰서의 경찰관은 코비가 9시에서 자정 사이에 돌아올 것 같다고 했다. "이 근방에서 일어난 사건을 조사 중이시거든요. 코비 경위님이 들락 날락하세요." 그는 가볍게 말했다.

월터는 차 안에서 기다렸다. 긴장을 풀려고 차로 그 주변을 돌아다니다가 경찰서로 도로 돌아가 다시 물어본 다음 또 기다렸다. 월터는 코비에게 맨 처음 그가 키멜을 찾아간 사실을 신문에 공개하지 말아줄 것과 키멜이 그걸 신문에 내지 못하게 막아줄 것을 설득할 수 있을지 궁금했다. 키멜의 입을 통해 월터가 찾아온 얘기를 들은 코비가 그를 범인으로 생각할지, 아니면 범인으로 생각하는 척할지 궁금했다. 게다가 모든 증거를 모두 모을 때까지 참아 달라고 코비를 설득할 수 있을지도 궁금했다. 어쩌면 코비가 필요한 증거는 모두 쥐고 있다고 말할지 모른다. '그래도 난 아무 짓도 안 했잖아!' 월터는 이렇게 생각했다. 예전에는 아무 짓도 하지 않았다는 사실만으로도 마음이 가벼웠지만, 지금은 가벼운 기분조차 헛헛하고 비현실적으로 느껴졌다.

월터가 정면을 노려보는 사이, 코비의 길고 낭창한 형체가 어두운 인도에서 불쑥 튀어나왔다. 차에서 내렸다.

코비의 좁은 얼굴이 말쑥한 모자 챙 밑에서 반짝였다. "안녕하십니까, 스택하우스 씨!"

"얘기 좀 하러 왔습니다."

"들어가실까요?" 코비는 마치 경찰서가 자기 집이라도 되는 양 암울해 보이는 청사를 가리켰다.

"굉장히 은밀한 얘깁니다. 제 차에서 말하고 싶습니다."

"여기는 주차 금지 구역인데요. 그렇지만 아주 사소한 위반이니까요."
코비가 소년처럼 웃더니 차에 탔다.

차 문이 닫히자마자 월터가 얘기를 시작했다. "키멜이 오늘 찾아와서
금품을 요구했습니다. 그자가 말하기 전에 모든 걸 털어놓고 싶습니다. 사
실 키멜을 10월에 만났었습니다. 집사람이 죽기 2주 전쯤이요."

"키멜을 만났었다고요?"

"내가 서점으로 찾아갔습니다. 가서 책을 한 권 주문했어요. 난 그가 키
멜이라는 걸 알고 있었습니다. 아내가 살해당한 키멜이라는 것을요. 그 얘
길 키멜에게 했어요. 사실 난 알고 있었고, 그 말밖에 안 했어요. 그러고는
이름과 주소를 남기고 책을 주문했죠."

"이름과 주소라!" 코비는 허리를 세우며 웃었다. "그랬습니까?"

"남기지 않을 이유가 없었습니다. 지금도 그렇고요. 난 아내를 죽이지
않았으니까요!"

코비는 죄다 믿을 수 없다는 듯이 고개를 저었다. "스택하우스 씨. 그럼
아내를 죽이고 싶다는 생각을 했다는 건 인정합니까?"

"네."

"그런데 죽이지는 않았다?"

"네."

"그럼 키멜이 범행을 저지른 수법도 추리했겠네요?"

"키멜이 범행을 저질렀을지도 모를 수법이죠."

코비는 웃더니 양손을 펼쳤다. "이게 뭐죠? 지금까지 당신네 둘이서 서

로를 감싼 거네요?"

월터가 인상을 구겼다. "키멜이 범인이라는 증거를 그렇게 많이 모았다면 왜 체포하지 않는 거죠?"

"체포할 겁니다. 지금 주변에서 사실을 조금 더 모으고 있는 것뿐입니다." 코비는 주머니에서 흐물거리는 갈색 메모장을 꺼내며 말했다. "동기를 찾는 중이죠."

"동기만으로 기소할 수 있습니까? 정황 증거로 기소가 가능합니까? 변호사를 쓰지 않아도 당신이 우리를 기소할 만한 증거를 충분히 갖고 있지 않다는 걸 알겠네요, 코비. 당신이 필요한 증거를 쥐고 있다면, 우리가 감옥에 갈 테고요!"

코비는 메모장에 적다가 주위를 둘러보더니 자동차 실내등을 켜서 더 잘 보이게 했다. "키멜은 결국 무릎을 꿇을 겁니다. 그자는 특이한 정신세계를 갖고 있죠. 키멜은 잘난 척하는 남학생처럼 입으로만 나불거립니다. 잡다한 지식만 죄다 떠들고 다닌다고요. 이제 그자의 급소만 찾으면 됩니다."

"나한테선 급소 따윈 찾지 못할 겁니다."

코비는 못 들은 척했다. "키멜을 만나러 간 날짜가 며칠이었죠? 한 번 이상 갔습니까?"

"아뇨. 10월 7일경이었던 걸로 기억하고 있습니다." 월터는 정확하게 날짜를 기억하고 있었다. 처음으로 엘리의 레너트 아파트에 갔던 날이기 때문이다.

"서점엔 얼마나 있었죠?"

"한 10분이요."

"그럼 무슨 말을 했는지 죄다 말해 주세요. 둘이서 한 얘기 전부 다요."

월터는 이어서 말했고, 코비는 그걸 받아 적었다. 아주 짧았다. 둘이서 몇 마디 나누지 않았기 때문이다.

"키멜은 당신에게 내가 아내를 죽일 방법을 그와 모의했다고 할 겁니다. 그게 아니면, 내가 알고 싶어 하던 노골적인 질문을 잔뜩 물었다고 둘러댈지도 모르고요."

"당신이 뭘 알고 싶어 했는데요?"

"그러니까, 내가 캐묻고 싶어 했다고 키멜이 진술할 거라는 얘깁니다. 사실 난 키멜이 보고 싶었습니다. 그냥 보고 싶었던 마음이 전부였어요. 키멜이 아내를 죽였을지도 모른다고 생각은 했습니다. 그 사실에 매료됐어요. 키멜이 정말로 그 짓을 저지를 사람처럼 생겼는지 보고 싶었습니다."

"그 사실에 매료됐다." 코비는 흥미로운 눈길로 월터를 쳐다봤다. 소년의 미소가 또다시 번졌다. 코비는 그가 꿰고 있는 교과서 속 범인 유형과 월터를 대조하는 중이었다.

월터는 '매료'라는 단어를 쓴 게 후회스러웠다. "내 말은, 그 사실이 흥미로웠다는 얘깁니다. 그래서 이렇게 다 털어놓는 거잖아요!"

"그렇다면 왜 진작 털어놓지 않았죠?"

"그건…… 그건 내가 처한 상황 때문이었습니다." 월터는 절박하게 말했다. "키멜이 내 이름과 날짜가 적힌 주문서를 갖고서 내가 찾아왔다는 걸 증명하려 할 겁니다. 미리 당신에게 경고하자면, 키멜은 하늘만이 알고 있는 그날 방문에 대해 당신에게 꾸며댈 거라고요!"

어정쩡하게 웃는 코비의 미소가 흔들리지 않았다. "스택하우스 씨. 난 당신이 하는 말을 하나도 믿지 않습니다."

"좋습니다. 그럼 키멜한테 들으세요!"

"그럴 겁니다. 스택하우스 씨, 난 당신이 키멜과 살인을 모의했다고는 생각하지 않아요. 그러나 당신이 아내를 죽였다고는 생각합니다. 당신도 키멜처럼 범인일 겁니다."

"그렇다면 당신의 말은 앞뒤가 맞지 않아요. 내가 유죄임을 증명할 심산이라면, 당신은 사실을 직시할 능력도, 그걸 판단할 능력도 더는 없는 거라고요."

"그렇지만 난 사실을 직시하고 있어요. 누가 보더라도 사실들은 당신이 유죄임을 강력히 시사합니다. 당신이 입을 벌리면 벌릴수록, 스택하우스 당신은……" 코비는 말을 하다 말고 미소를 지었다. "아마 다음 주면 마지막 퍼즐 조각이 맞춰질 겁니다. 오늘 밤 할 얘기는 다 한 거죠?"

월터는 이를 악문 채 앉아 있었다. 쓸 수 있는 방책이든 사실이든 모조리 소진된 것 같았다. 게다가 더는 할 말도 없었다. 그는 하수구로 빨려 들어가는 듯한 기분이 들었다.

"키멜은 멍청하진 않던데, 당신은 멍청하군요." 코비는 이렇게 말하더니 차에서 내린 후 차 문을 쾅 닫았다.

코비가 빠른 걸음으로 계단을 올라 경찰서 정문으로 향했다. 그의 발자국 소리가 월터의 귀에 들렸다. 코비가 월터의 말을 믿어줄 거라 기대했다니 얼마나 어리석은가. 자신이 방금 한 말을 신문에 내지 말아 달라고 코비에게 부탁할 생각을 했으니 얼마나 바보 같은가. 키멜-스택하우스 건을 새로운 국면으로 몰고 가려면 폭발적인 무엇이 코비에게 필요하다. 그것은 신문 스크랩을 찾은 것 그 이상으로 훨씬 그럴싸한 사연이어야만 한다.

차에 앉아 있으니 월터는 호기심이 피어올랐다. 그게 뭔지 깨닫기까지 잠시 시간이 걸렸다. 그러고 나자 이해가 되었다. 월터는 포기하는 중이었다. 더는 상관없었다. 엘리에게 말해야겠다. 존한테도 말하고. 모두에게 털어놓아야지. 그는 모든 이들을 잃을지 모른다. 그리고 혼자 시궁창으로 빨려 들어갈 것이다.

월터는 차에 시동을 걸었다. 제일 먼저 엘리에게 말해야 해. 이제 9시가 넘었다. 그는 엘리가 집에 들어왔는지 확인하려고 뉴어크에서 전화부터 해야 하는 건 아닌지 고민에 빠졌다. 그러다가 「헨젤과 그레텔」 공연이 오늘 밤이라는 사실이 불현듯 떠올랐다. 오늘이 추수감사절 이브였다. 엘리는 지금 해리지 학교 강당에서 연주하고 있을 것이다. 그도 거기에 갔어야 했다. 주머니에 티켓이 있었다. 월터는 욕을 하며 차를 세웠다. 완전히 망했다는 생각이 들었다. 키멜이 신문에 내는 데 성공한다면 그 기사는 금요일자 석간신문에 실릴 것이다. 그럼 월요일에 출근하기 전까지 그가 손 쓸수 있는 건 아무것도 없을 것이다. 월요일이면 딕 젠슨은 기다렸다는 듯이 이렇게 말할 것이다. "안 되겠어. 월터, 나는 빼줘." 두 사람은 12월 1일에 새 사무실로 옮길 예정이었다. 크로스는 월터에게 이제 우리 로펌과는 끝이니 사표 쓰고 연을 끊는 게 낫다고 통보할 것이다. 월요일이 되기 전까지 월터는 로펌에 출근할 용기가 날지 궁금했다.

운전대를 잡은 두 손에서 땀이 흘렀다. 그는 터널로 향했다. 왜 공연에 못 갔는지 엘리에게 무슨 핑계를 대면 좋을까? 음, 마땅히 이 얘기를 해야지. 단박에 진실을 털어놓아야 해!

32

엘리는 11시가 되도록 집에 오지 않았다. 월터는 공연이 10시에 끝났다는 걸 알고 있었다. 그는 레너트로 가서 아파트 건너편 도로에 주차한 후 기다렸다. 눈꺼풀이 저절로 감길 정도로 졸렸지만 차에서 잠들지 않으려고 버텼다.

엘리의 차가 11시 45분경에 도로로 들어왔다. 월터는 차에서 내려서 엘리가 늘 보아디케아를 세우는 주차 지점을 향해 걸었다.

"무슨 일이에요?" 엘리가 물었다.

"올라가서 설명할게요. 같이 올라가도 되죠?"

"또 코비를 만난 거예요?"

월터가 고개를 끄덕였다.

엘리는 그를 쓱 올려다보았다. 온통 화가 나 있었다. 엘리가 문을 열쇠로 따자 두 사람은 이층으로 올라갔다. 월터는 마크크로스 상자를 들고 있었다. 오늘 아침 출근하기 전에 그곳에 들러 엘리의 이니셜이 박힌 악어백을 가져 왔다. 그는 엘리의 아파트에 들어가서 엘리에게 상자를 건네주었다.

"추수감사절 선물이에요. 오늘 못 가서 미안해요, 엘리. 공연은 어땠어요?"

"괜찮았어요. 버지니아와 피어슨 부부하고 같이 있었거든요. 작년보다 올해 공연이 더 좋았대요." 엘리는 그를 보고 살짝 웃더니 상자를 열기 시작했다.

커다란 정사각형 상자 안에 든 얇은 종이를 들추니 가방이 담겨 있었다. 엘리는 그걸 보자마자 숨을 들이켰다. 반짝이는 갈색 악어 백에 금색 버클과 끈이 달려 있었다.

"넉넉하죠?" 그가 물었다.

"여행 가방 해도 되겠어요." 엘리가 웃었다.

"제일 큰 걸로 주문했어요. 안 그랬으면 2주 전에 이미 선물할 수 있었는데."

"코비 얘기를 해봐요." 엘리가 물었다.

"뉴어크까지 가야 할 일이 있었어요." 그는 여기까지 말하고 말을 끊었다. 엘리에게 말하려니 차마 입이 떨어지지 않을 것 같은 기분이 들기 시작했다. "정말 아무 일도 없었어요." 그런 다음 이렇게 말을 이었다. "사실은…… 키멜을 만났어요."

"키멜을요! 어떻게 생겼어요?"

월터는 엘리의 얼굴에 호기심이 가득하다고 생각했다. 그저 단순한 호기심이었다. "덩치가 우람하고 마흔쯤 되었던데 똑똑하고 차갑게 생겼더라고요."

"범인인 거 같아요?"

"그건 모르겠어요."

"그렇다면 무슨 일이 있었던 거죠? 경찰서에 있다 온 거예요?"

"네. 키멜이 체포된 건 아니에요. 어쩌면 무죄일지도 몰라요. 알다시피,

코비가 열심히 수사 중이잖아요. 그 남자는 남을 희생시켜서라도 승진하려고 눈에 불을 켠 광신도 같아요."

"그러니까 무슨 일이 있었냐고요?"

월터는 엘리를 쳐다보았다. "키멜하고 나 사이에 무슨 관련이 있는지 코비가 파헤치려고 해요. 내가 찢어둔 스크랩 말고도요. 당연히 아무 연관도 없지만요." 월터는 스스로도 속아 넘어갈 만큼 절박한 목소리로 말했다. 이번이 엘리에게 고백할 마지막 기회일지도 모른다. 월터가 거짓말했다는 것을 엘리가 알게 되면, 그가 이 집에 있는 것도 마지막일 것이다. 금요일에 기사가 나지 않는다 해도 코비가 동네방네 떠들고 다닐 것이다. 월터는 계속 말을 이었다. "코비가 우리를 깎아내리진 않고, 그저 질문만 했어요."

"당신 지쳐 보여요."

월터는 소파에 앉았다. "피곤하네요."

"그리고 또요?" 엘리는 상자 속에 있던 종이를 접으며 물었다.

월터는 엘리가 나중에 쓰려고 얇은 종이를 모아 두려는 것임을 알았다. 클라라도 그랬었다. "그게 다예요. 나 이만 가볼게요. 오늘 공연 못 가서 정말 미안해요."

엘리는 그를 잠시 쳐다보았다. 월터는 그게 다였다는 그의 말을 엘리가 믿어줄지 궁금했다. 지금 그녀의 얼굴엔 적잖은 의구심이 담겨 있었다. "뭐 좀 먹기는 먹었어요?"

월터는 기억나지 않았다. 그는 대답하지 않은 채 그저 엘리를 바라보았다. 목구멍에 걸린 덩어리가 점점 불어나는 것 같았다. 마치 공포처럼, 두려움처럼 커져 갔다. 그러나 그게 뭔지 알 수 없었다. 월터는 갑자기 엘리와 결혼하고 싶었다. 클라라가 죽자마자 결혼할 걸 그랬다는 생각이 들었다. 그러나 곧바로 그런 생각을 했다는 사실이 부끄러웠다.

"스크램블 에그를 해줄게요. 집에 달걀 말고는 아무것도 없어서요." 엘리가 부엌으로 갔다. "눈 좀 붙이고 있어요. 커피하고 달걀이 다 되려면 15분 정도 걸릴 테니."

월터는 소파에 허리를 세우고 앉은 자세 그대로 있었다. 엘리가 그의 말을 받아들인 태도가 너무나 비현실적으로 보였다. 그가 오늘 공연에 가지 않은 것까지 이해해 주다니. 엘리가 괜찮은 척하다가 그를 단칼에 끊어낼지 모른다는 생각이 들자 월터는 지금 이런 분위기가 더욱 비현실적으로 보였다.

"당신 점점 마르는 거 알아요?" 엘리가 부엌에서 요리를 만들며 말했다. "끼니를 거르니까 기억도 못하잖아요."

그는 아무 말도 하지 않았다. 고개를 뒤로 젖히고 눈을 감았지만 이젠 잠이 아예 달아나 버렸다. 몇 분 후 그는 자리에서 일어나 소파 옆 커피 테이블에 상을 차리는 엘리를 거들었다. 두 사람은 토스트에 마멀레이드를 발라 스크램블 에그와 먹었다.

"우리 내일은 멋지게 보내요. 무엇 하나도 망치지 말자고요."

"그럽시다." 두 사람은 몬타우크 근처 식당에서 추수감사절 저녁 식사를 함께한 다음, 주변을 드라이브하고 엘리가 좋아하는 해안가도 거닐 계획이었다.

다 먹고 나자, 월터는 피곤한 나머지 담배를 필 수조차 없었다. 마약을 한 것처럼 팔다리가 천근만근이었다. 두 사람은 나란히 소파에 앉았다. 엘리가 그의 손을 만지작거려도 월터는 아무 느낌이 들지 않았다.

"나 오늘 밤에 여기서 자고 가도 돼요?"

"그럼요." 그가 마치 예전에도 여러 번 물었던 것처럼 엘리가 나긋이 대답했다.

두 사람은 소파에 한참 앉아 있다가 일어나 접시를 치우고 소파를 펼쳐서 더블 침대로 만들었다.

비겁자, 월터는 스스로를 이렇게 불렀다. 월터 스택하우스. 겁쟁이, 이 나쁜 자식.

월터는 엘리의 품에 누웠다. 엘리는 그와 사랑을 나눌 기대를 아예 접은 듯 그를 품에 안았다. 새벽이 다가올 무렵, 월터는 한숨 자고 일어나 일을 치렀다. 처음 사랑을 나눴을 때보다 좋았다. 처음보다 훨씬 좋으면서도 더욱 간절했다. 이번이 마지막일까 봐 두려웠기 때문이다. 그리고 몰입하는 엘리를 보니 그녀도 그걸 아는 것 같았다. 작은 창이 월터의 시야에 들어왔다. 작고 예쁜 정사각 창이 손에 닿지 않는 곳에 있었다. 저 아래로 푸르른 대지가 펼쳐져 있을 것만 같은 파란 하늘이 창 안에 가득 차 있었다.

33

딕과 피터가 후다닥 뛰어와 월터를 도우려 했다. 그렇지만 월터가 세면대를 부여잡고 헛구역질을 하는 동안 두 사람은 옆에 우두커니 서 있는 것밖에 해줄 게 없었다. 월터의 뱃속엔 아침에 마신 커피밖에 없었지만 10분이상 구역질이 이어졌다. 그는 너무 눈치가 보이는 나머지 딕과 피터에게 자기한테 신경을 끊고 도로 크로스에게 가라고 말할 수조차 없었다. 그는 거기에 쭈그리고 앉아 자그마한 연두색 세면도기를 노려보았다. 귓가에 윙윙대는 온갖 소리가 들렸다. 그는 크로스가 그와 딕에게 시킨 일이 지겹다고, 지겨워 신물 난다고 혼자 웅얼거렸다. 그 업무가 월터와 딕이 이 로펌에서 맡은 마지막 일거리 중 하나라고 해도 이런 식으로 반응하는 건 전혀 도움이 되지 않았다. 사실 월터는 48시간이 완료되는 11시 반에 걸려올 키멜의 전화를 기다리다가 이렇게 구역질하게 된 것을 알았다.

"어제 어디에서 칠면조 먹었어?" 딕이 월터의 등을 두드리며 애써 발랄하게 물었다.

월터는 아예 대답할 생각조차 하지 않았다. 그는 키멜에게 지옥으로 꺼지라고, 최대한 사악하게 굴어 보라고 쏘아붙일 참이다. 이제 그에겐 일어설 배짱도 남지 않았다. 옷은 땀에 절어 온몸에 들러붙었다. 딕이 그를 부축해 구석에 있는 가죽 소파에 앉혔다. 얼굴을 덮은 차가운 타월이 없었더라면 월터는 기절했을지 모른다.

"프토마인(세균성 식중독균) 중독인 것 같은데?" 딕이 물었다.

월터는 고개를 저었다. 크로스가 까무잡잡하고 뚱한 얼굴로 책상에 앉아 어깨 너머로 지켜보고 있었다. 짜증난 표정이었다. 지옥으로 꺼져, 월터는 이렇게 생각했다. 그는 간신히 일어나더니 사무실로 가서 정신을 가다듬어 보겠다고 했다.

"정말 죄송합니다." 월터가 크로스에게 말했다.

"나도 유감이네." 크로스가 차갑게 말했다. "몸이 안 좋으면 퇴근하든가."

월터는 책상 아래쪽 서랍에서 스카치 한 병을 꺼내어 쭉 들이켰다. 그러고 나니 기분이 살짝 나아졌다.

월터는 10시 반에 로펌을 나섰다.

집에 도착하니 11시 55분이었다. 집엔 아무도 없었다. 클라우디아가 11시에 집에서 나갔을 것이다. 월터는 키멜이 11시가 되기 전에 집으로 전화해 클라우디아와 통화를 했는지 궁금했다.

월터는 곧장 서재로 가서 휴대용 타자기를 꺼냈다. 아직도 몸이 무겁고 떨렸지만 부산히 몸을 움직이려고 했다. 컬럼비아 법대 행정실로 보낼 봉투에 주소를 적고 편지를 작성하기 시작했다. 맨해튼에서 소액 사건을 담당할 작은 법률사무소를 열 예정인데 다양한 시간대에 조수로 일할 졸업반 법대생을 두세 명 정도 구한다는 내용이었다. 그는 법대 게시판에 이 공고를 붙여서 관심 있는 학생들이 그에게 연락할 취할 수 있도록 해달라고 부탁했다. 생각한 대로 글이 매끈히 나오지 않자 월터는 편지를 다시 타이핑했다.

한창 타이핑하던 중 전화벨이 울렸다.

월터는 복도에서 전화를 받았다.

"여보세요. 스택하우스." 키멜의 목소리였다.

"내 대답은 여전히 '노'야."

"넌 지금 어마어마한 실수를 하는 거야."

"코비한테 다 말했어. 네가 보태서 말해도 코비가 네 말을 믿지 않을 거야."

"네가 코비에게 뭐라고 했든 난 관심 없어. 난 내가 신문사에다 할 얘기에만 신경을 쓸 뿐이니까. 너도 신경을 써야 할 거야."

키멜의 무섭도록 냉정한 목소리에서 분노가 서렸다. 키멜의 게임이 어그러졌기 때문이다. "그쪽에선 네 말을 믿지 않아서 기사로 내주지도 않을 텐데."

키멜이 호탕하게 웃었다. "내가 전적으로 책임지겠다고 하는 한, 그쪽에서는 내 얘기를 고스란히 신문에 실어 줄 거야. 난 기꺼이 책임질 생각이거든. 고작 5만 달러 때문에 마음을 안 바꾸겠다 이거지?"

"난 못 줘."

키멜은 아무 말이 없었다. 그럼에도 월터는 계속 수화기를 들고 기다렸다. 결국 전화를 끊은 건 키멜이었다.

월터는 다시 편지를 작성했다. 손에 힘이 없고 땀이 흥건해 느릿느릿 타자기를 눌러야 했다. 살짝 멍한 상태로 한 문단을 더 작성했다. 웬 미치광이가 갖고 있지도 않은 부동산을 팔겠다거나, 아니면 살 능력도 없는 요트를 사겠다고 신문에 광고하는 것과 비슷했다.

저는 소수의 진지한 학생들을 확보하는 데 특히 관심이 있습니다. 커리어 극초반에 이런 경우가 아니고서는 실무 경험을 쌓을 수 없는 젊은이들, 대형 로펌에서 주니어 변호사로 일할 경우 주어지는 따분하고 비정한 업무보다 이런 쪽 일을 더욱 선호할 젊은 학생들에게 관심을 가지고 있습니다.

귀하가 편리한 시간에 이 서신이 접수되었음을 알려주시면 감사하겠습니다.

월터 P. 스택하우스

월터는 크로스 마틴슨 앤드 부크먼의 주소와 전화번호는 물론, 화요일이면 월터와 딕이 44번가에 개업할 사무소 주소까지 적었다. 월터는 사무실 일을 도울 법대생 두 명 정도를 고용하는 일이 타당한지 딕과 의논했는데, 딕도 동의했다. 월터가 오늘 이 편지를 쓴 이유는 그와 같이 일할 누구라도 구하기 위해서인 것 같았다. 이제 딕을 만나면 딕이 동업하지 않겠다고 말할 거라는 걸 월터는 알고 있었다.

월터는 스카치를 스트레이트로 한 잔 마셨다. 그러고 나니 순식간에 기분이 좋아졌다. 그는 술이 주는 치유 효과가 전적으로 정신과 관련되어 있다는 걸 알았다. 뉴어크 경찰서 앞에 차를 세워 놓고 앉아 있던 수요일 밤, 이제 정신적으로 아무것도 신경 쓰지 않겠다고 마음을 먹지 않았던가? 오늘 육체적으로 쇠약해진 것 같은 기분이 드는 건 우연 같았다. 키멜이 지껄인 얼빠진 소설이 신문에 실린다 해도 알게 뭐람? 그저 거짓말이 하나 더 느는 것뿐인데. 그뿐이다. 이미 월터는 수없이 많은 거짓말을 가까스로 넘겨 왔다. 버스 휴게소까지 따라간 이유도, 키멜의 기사를 스크랩해 둔 이유도, 키멜의 서점으로 다시 얘기하러 간 이유도 무사히 빠져 나갔다. 그러니 이번 것도 잘 넘길 것이다. 정신 나간 정의의 사도들이 마침내 그를 체포하러 온다 해도, 그들은 월터가 44번가 법률사무소에서 열심히 일하는 모습을, 아마 혼자서 일하는 모습을 보게 될 것이다. 그는 스카치를 또 한 잔 가득 따라서 들이켰다.

이제 월터는 주방으로 가서 찬장에 있는 토마토 수프 캔을 따서 데우기 시작했다. 주방에서 가스불이 스으윽 하며 타는 소리 말고는 아무 소리도 들리지 않았다. 월터는 불 앞에 서서 기다리다가 침묵을 깨려고 집 안을 이리저리 돌아다니기 시작했다. 그런데 클라라가 계단을 오르는 소리가 들렸다. 순간, 월터는 동작을 멈추었다. 점점 실감이 나기 시작했다. 음악이 살짝 깔리듯 예닐곱 발자국을 내딛는 소리가 실제로 선명하게 들렸다.

정신을 차려 보니 그가 계단을 중간쯤 오르다 말고 텅 빈 복도를 쳐다보고 있었다. 클라라가 보일 거라 기대한 걸까? 월터는 자기가 계단을 오르고 있는 것도 몰랐다. 도로 내려와 주방으로 갔다. 토마토 수프가 끓어서 넘치고 있었다. 수프를 볼에 담아 주방 식탁에 앉아 퍼먹기 시작했다.

그의 귀에 약간 그늘진 목소리로 웅얼거리는 클라라의 목소리가 들렸다. 그는 고개를 젖히고 귀를 기울였다. 집중하면 할수록, 실제로 들리듯 더욱 또렷하게 들렸다. 하지만 클라라가 지금 뭐라고 하는지는 명확히 들리지 않았다. 치찰음도 섞이고 웃는 소리도 들렸다. 클라라가 제프와 놀고 있는데 클라라가 말하는 소리를 그가 엿듣는 것 같았다. 아니, 이 집에서 살기 시작한 처음 몇 달간 클라라가 여러 번 월터에게 진심을 담아 대화하던 말소리와 비슷했다. 월터는 제프가 거실 의자에 몸을 말고 있다는 걸 알았다. 만일 정말로 무슨 소리가 났다면 제프가 아마⋯⋯

월터가 일어섰다. 그가 미쳐가는 것일지도 모른다. 이 집이 미쳐가는 건가. 그는 머리칼을 손으로 쓸어내린 다음, 재빨리 창가로 가서 창문을 열어젖혔다.

그는 그 자리에 서서 생각하고 결정하고 기억하려 애를 썼다. 이곳에 살았던 클라라를 기억했다. 두 사람이 이 집에서 행복하게 지내던 시절을 떠올렸다. 너무 늦어서 기억조차 할 수 없기 전에. 그리고 미치도록 고통스러운 몇 번의 시간을 겪고 나니, 월터는 그가 생각이라는 것을 전혀 하지 않고 있다는 사실을 깨달았다. 혼돈 말고는 아무런 감정도 느끼지 못했다.

그는 전화기로 가서 나이츠브리지 부동산 중개소로 전화를 걸었다. 그 익숙함에 기분이 좋으면서도 겁이 났다. 마치 클라라가 되살아난 것 같았다. 전화벨이 계속해서 울렸다. 월터는 필포트 부부가 아직 출근 전이라는 것을 알면서도 벨이 열다섯 번이나 울릴 때까지 기다렸다가 수화기를 내려놓았다.

필포트 부인의 집으로 전화를 걸었다. 부인이 집에 있었다. 부인에게 당장 이 집을 팔겠다고 말했다. 월요일까지 집을 비울 수 있고, 내일이라도 가구 중 일부를 내다 팔 수 있도록 보여 주겠다고 했다. 부인은 거래는 아주 간단할 거라고 했다. 나이츠브리지가 이 집을 2만 5천 달러에 사겠다고 제안했다.

"그럼 내일 감정사를 데리고 가죠. 가구 감정사인데, 내일 아침에 그분하고 같이 들러도 되죠? 한 12시경에 댁에 계실 거죠?"

"그때는 집에 있을 겁니다." 월터가 말했다.

"제가 가구 감정에 대해 좀 알거든요. 그러니 속지는 않으실 거예요." 부인이 웃으며 말했다.

그날 오후, 월터는 클라우디아에게 줄 물건들을 고르기 시작했다. 아버지와 클리프가 거실 가구 중 몇 점은 기꺼이 가져갈 것 같았다. 열흘 전 동생이 보낸 편지에 대한 답장도 써야 한다. 클라라가 죽은 후 클리프가 보낸 세 번째, 아니 네 번째 편지였다. 클리프는 우애 넘치는 편지 속에 수줍게 에둘러 연민을 드러냈다. 월터는 그걸 보고 울컥했지만 여태 답장하지 않았다.

이층으로 올라가 침대보를 벗기기 시작했다. 그런데 몇 분 만에 진이 빠졌다. 클라우디아가 저녁 때 돌아와 도와줄 때까지 그냥 두기로 했다.

그는 이 집을 팔 생각이라고 엘리에게 알리려고 전화기가 있는 쪽으로 가다가 마음을 고쳐먹었다. 베네딕트로 가서 컬럼비아 법대에 보낼 편지부터 부치기로 했다. 차를 몰고 베네딕트로 향했다.

그러고 나니 오후 3시 12분이 되었다. 그는 차를 어딘가에 세우고 숲 속을 한참 산책할지, 아니면 집에 들어가 혼자 술을 마실지 고민에 빠졌다. 지금쯤이면 엘리는 떠나고 없을 것이다. 엘리는 2시경 어머니를 뵈러 코닝으로 떠나 하룻밤 자고 올 것이다. 물론 코닝에도 신문이 있다. 엘리가 오늘 밤, 늦어도 내일 아침에는 분명 신문을 볼 것이다. 엘리를 다시 만날 수 있을까? 그는 차를 돌려 뉴욕으로 향했다. 하고 싶은 일을 할 참이다. 맨해튼을 돌아다니면서 석간신문이 나오기를 기다릴 작정이다. 차를 아무 데나 세워 놓고 아무 데나 걸었다. 맨해튼 걷기는 월터가 늘 좋아하던 일이었다. 아무도 그를 쳐다보지도, 관심을 갖지도 않았다. 그는 걸음을 멈추고 반짝이는 가위와 칼이 줄줄이 걸린 쇼윈도를 들여다보았지만, 그 뒤의 정체 모를 두 개의 시선 말고는 아무것도 느끼지 못했다.

그는 걷고 돌아다니면서 기다렸다. 브랜디도 마시고 커피도 잔뜩 들이켰다. 그리고 걷고 또 걸었다. 그런데 밤 10시까지 나온 석간신문 초판에는 그 기사가 실리지 않았다. 월터는 코비에게 전화해서 키멜을 말려 달라고 자존심을 버리고 애원할까 몇 시간이나 고민했다. 갈등하는 사이, 갑자기 자존심이 하늘로 치솟았다. 오만하고 악에 받쳐 상관없다는 태도로 바뀌고 말았다. 코비를 구세주로 여기는 건 어리석은 생각이다. 이제 코비는 키멜 편으로 붙었을 것이다. 오히려 둘 중 다른 한쪽을 물어뜯는 사람을 밀어줄지 모른다.

자정 무렵에 석간신문 두 번째 판이 발행된다. 월터는 그 판을 기다렸다. 그러나 두 번째 판에도 월터에 관한 기사는 하나도 실리지 않았다. 그는 의아해지기 시작했다. 키멜이 어느 신문사에도 말하지 않기로 한 건가? 혹시 뉴어크의 어느 방에 앉아 있는 키멜이 월터가 마음이 바뀌었다고 전화해 주기를 기다리는 건 아닐까?

그게 아니라면, 오늘 밤 키멜이 또 코비에게 구타당하는 중일까? 어쩌면 키멜이 기자들을 만날 시간이 없었을지도 모른다. 그런데 키멜에게 그토록 중요한 임무가 있는데 코비가 그를 붙들고 있을 것 같진 않았다.

월터는 53번가와 3번가가 만나는 모퉁이에 서서 머리 위로 높이 솟은 낡은 건물을 올려다보았다. 끽, 하고 브레이크를 밟는 택시 소리에 몸이 움찔거렸다. 옆쪽으로 보이는 라이커스 상점의 조명에 눈이 시렸다. 고가 다리 밑에서 시커먼 터널을 올려다보았다. 괴물의 눈처럼 생긴 헤드라이트를 켜고 버스가 조용히 그를 향해 미끄러지며 달려왔다. 월터는 온몸이 떨렸다.

그는 지옥에 있었다.

34

월터는 현관을 툭 때리는 신문 소리가 들리는지 귀를 세운 채 뜬눈으로 누워 있었다. 신문은 보통 6시 45분경에 도착한다. 그때까지도 소리가 나지 않자 월터는 아래층으로 내려가 현관 조명을 켜고 계단을 살폈다. 신문은 아직 오지 않았다. 그는 도로 이층으로 올라가 옷을 입었다.

그가 현관을 나서자 신문이 와 있었다. 월터는 복도 조명에 신문을 읽었다.

뉴어크 남성, '베네딕트 여성은 계획 살인된 것' 폭로해
11월 27일 어젯밤 늦은 시각, 놀라운 사연이 『뉴어크 선』지의 사무실에 밝혀졌다. 연필로 작성된 책 주문서와 고통받은 한 남자의 우울하지만 진솔한 고백이 이 주장이 진실임을 입증해 주었다. 뉴어크에서 서점을 운영하는 멜키오르 J. 키멜은 고 클라라 스택하우스(롱아일랜드 베네딕트 거주)의 남편 월터 스택하우스가 부인이 사망하기 2주 전인 10월 어느 날 그의 서점을 방문했다고 고백했다. 키멜은 스택하우스가 키멜의 부인인 헬렌 키멜의 살인 사건과 관련된 질문을 했다고 털어놓았다.

월터는 겨드랑이에 신문을 끼고 차로 달려갔다. 당장 다른 신문들까지 모조리 수거하고 싶었지만, 차 안에 있는 실내등을 켜고 두 단짜리 박스 기사를 다시금 읽었다.

"겁이 났습니다." 키멜이 말했다. "그자를 소시오패스 범죄자라고 고발하려 했지만, 다시 생각해 본 후, 모든 일에서 제가 손을 떼기로 마음먹었죠. 그러나 후일 사건 진행 사항을 본 후, 저는 제 비겁함을 뼈저리게 후회하고 있습니다."

월터는 차에 시동을 걸었다. 아직도 컴컴했다. 헤드라이트가 말버러 가에서 그를 향해 걸어오는 클라우디아를 비추었다. 클라우디아가 길가로 급히 비켜서서 걷는 모습이 보였다. 달려오는 차보다 그를 더욱 피하고 싶어 하는 것 같았다. 클라우디아가 벌써 신문을 봤을까? 가끔 버스에서 마주치는 여자에게 말도 했을까? 월터는 궁금했다.

그는 차를 몰고 오이스터베이로 가서 처음 보이는 가판대 앞에 세웠다. 뉴욕에서 발행되는 신문들 중 두 개의 신문 1면에 기사가 실렸다. 그는 조간신문을 싹쓸이해서 차에 탄 후 모조리 읽었다. 중간중간 내용을 건너뛰면서 최악의 기사를 찾았다.

헬렌 키멜의 시신은 8월 14일 뉴욕 태리타운의 버스 휴게소 인근 숲에서 발견되었다. 클라라 스택하우스의 시신은 10월 24일 펜실베이니아 앨런타운 인근 벼랑 아래에서 발견되었다. 스택하우스 부인의 사망을 자살로 처리한 경찰은 아직 키멜의 진술에 대해 어떠한 논평도 하지 않았다.

뉴어크 서적상, '스택하우스, 버스 휴게소에서 아내 살인 계획해'

『뉴욕 타임스』의 기사는 그리 길지 않았지만, 살인이라는 명백한 혐의를 제기하면서 키멜의 발언을 다음과 같이 순화해서 표현했다. "……라고 주장하는…… 키멜에 따르면…… 키멜은 증언했다……"

뉴욕의 어느 타블로이드판 신문에 장문의 기사가 실렸다. 거기에는 키멜이 손가락을 들어 올리며 격앙된 모습으로 진술하는 모습은 물론, 월터의 이름과 날짜가 또렷이 적힌 책 주문서까지 게재되어 있었다.

멜키오르 키멜(40세)은 인상적일만큼 우람한 체격에 학자처럼 두꺼운 안경을 쓰고 갈색 눈동자로 경계의 눈빛을 보내고 있었다. 그런 그가 유려한 말솜씨와 엄청난 설득력으로 사연을 풀어 놓자 그의 발언을 믿을 수밖에 없었다고 『뉴어크 선』의 에디터 그림러는 설명했다. (중략)

키멜은 변호사 스택하우스가 『법을 왜곡하는 자』라는 책을 주문한 후 그와 살인에 관한 대화를 나누었음을 고백했다. 키멜은 그의 발언을 입증하기 위해 날짜가 적힌 책 주문서를 제시했다. 키멜은 스택하우스가 자신을 아내 헬렌의 살인범으로 여기고, 그도 '같은 방식'으로 그의 아내를 죽일 생각이라고 말했다고 주장했다. 같은 방식이란, 버스를 타고 여행 중인 아내의 버스가 휴게소에 정차했을 때 아내를 공격하는 것이다.

키멜의 설명은 계속 이어졌다. 그는 스택하우스가 차로 버스를 따라가 버스가 휴게소에 정차한 사이 아내를 설득해 은밀한 곳으로 데려간 다음 아무도 몰래 공격해 죽일 거라고 말했다고 주장했다. 스택하우스는 그것이 키멜이 썼던 방법이라고 추정하는 것 같다고 키멜은 진술했다.

"이게 바로 스택하우스가 한 짓입니다." 키멜은 어제 이렇게 말했다.

이어서 그는 스택하우스가 11월 15일 그를 또다시 찾아왔다고 주장했다. 목적은 스택하우스가 감정에 호소하는 사과를 하고 자기가 아내를 죽인 범인임을 고백하기 위해서였다고 했다. 키멜은 스택하우스가 아내의 죽음에 어떠한 책임도 없다고 발뺌하고 있다면서, "사이코처럼 내게 집착하는 바람에 고통을 겪고 있다"고 고백했다. 키멜은 스택하우스가 빈번히 찾아왔다는 사실을 넌지시 흘렸는데, 그는 "휘말리고 싶지 않았다"고 말했다. 스택하우스의 11월 15일 방문 건은 로렌스 코비 경위에 의해 확인되었다. 코비는 필라델피아 경찰서 살인 사건 전담반 형사로 지난 몇 주간 키멜과 스택하우스 사건을 수사 중이다.

키멜은 스택하우스의 석연치 않은 행동으로 인해 경찰이 키멜의 아내가 살해되던 날 밤 키멜의 알리바이에 대한 조사를 시작하면서 "일상이 방해받았다"고 주장했다. 키멜에 따르면, 바로 그 때문에 스택하우스가 10월에 찾아왔다는 사실을 뒤늦게 공개하게 된 것이라고 밝혔다.

"제가 보복하려고 이러는 게 아닙니다." 키멜이 말했다. "하지만 스택하우스는 범인이 확실한데다가 저의 개인적, 직업적 생활을 무참히 짓밟는 것은 물론, 범인이라는 오명까지 덮씌워 절 더럽히려 합니다. 응당 있어야 할 곳에서 정의가 실현되어야 해요!"

키멜의 혐의는 경찰에 의해 일찌감치 벗겨졌다. 반면, 스택하우스는 10월 23일 오후 7시 반, 아내의 사망 현장에 있었던 사실이 목격, 확인되었다. 사건 초기 스택하우스가 경찰에 진술한 바에 따르면, 그는 아내가 죽던 날 밤 롱아일랜드에 있었다고 주장했다.

10월 29일, 헬렌 키멜의 살인 기사가 스택하우스의 소지품 속에서 발견되었다. 『뉴어크 선』의 에디터 그림러가 통화한 결과, 스택하우스가 그 기사를 신문에서 찢어내 스크랩북에 보관하고 있었음을 인정한 사실이 코비 경위에 의해 확인되었다.

코비 경위는 그림러에게 다음과 같이 상기시켰다. 키멜이 아내의 살인 혐의를 완전히 벗은 것은 아니며, 스택하우스에 대한 키멜의 공격적 발언에 대해서는 그가 개인적으로 확인한 내용 말고는 어떠한 책임도 지지 않을 것이라고 했다. (하략)

하지만 월터는 코비가 키멜의 발언 내용을 모두 확인했을 거라고 추측했다. 키멜이 소설을 완성하자 설득력 있게 말하도록 코비가 내용을 일일이 확인하고, 어제 오후 내내 키멜을 가르쳤을지 모른다.

월터는 시동을 걸어 하릴없이 집으로 향했다.

클라우디아가 외투를 입고 모자를 쓴 채 손에 신문을 들고 주방에 서 있었다. 놀란 모습이었다. "마이러가 오늘 아침 버스에서 이걸 주더군요." 클라우디아는 신문을 가리키며 말했다. "스택하우스 씨. 그만두겠다고 말씀드리려고 출근했습니다. 그래도 괜찮으시다면요."

월터는 순간 말문이 막혔다. 그저 뻣뻣이 굳은 채 민망해하며 동시에 겁에 질린 클라우디아의 얼굴을 바라보았다. 그가 주방 한가운데로 걸어가자 클라우디아가 뒷걸음질 쳤다. 월터는 걸음을 멈추었다. 클라우디아가 그를 살인자로 여기고 겁을 먹어서 그런 거였다. "다 이해해요. 클라우디아. 괜찮아요. 그럼……"

"괜찮으시다면, 옷장에서 제 구두하고 몇 가지 물건을 챙기겠어요."

"그러세요. 클라우디아."

그런데 클라우디아가 가다 말고 몸을 돌렸다. "오늘 아침 마이러에게 이 소식을 듣는 순간 믿기지 않았어요. 그런데 기사를 제 눈으로 읽고 나니……" 클라우디아가 말을 끊었다.

월터도 아무 말 하지 않았다.

"그리고 늘 경찰한테 시달리는 것도 싫었어요." 클라우디아가 약간 담대히 말했다.

"미안합니다."

"코비 씨가 저더러 말하지 말라고 했어요. 그렇지만 이젠 상관없을 것 같군요. 코비 씨가 집으로 오는 걸 막을 수가 없었어요. 아무튼 전 이 일과 어떻게든 엮이고 싶지 않아요."

비열한 자식, 월터는 생각했다. 코비가 클라우디아를 사사건건 물고 늘어지는 모습이 보였다. 몇 주 전부터 그는 클라우디아에게 혹시 코비가 찾아왔었냐고 묻고 싶었지만 감히 그러지 못했다.

"전 코비 씨에게 당신에 대해 나쁜 말은 조금도 하지 않았어요, 스택하우스 씨." 클라우디아는 약간 겁먹은 목소리로 말했다.

월터는 고개를 끄덕였다. "어서 가서 구두를 챙겨요, 클라우디아." 그는 클라우디아에게 돈을 주려고 지갑을 가지러 복도 계단으로 향했다. 오늘 아침에 지갑을 두고 주머니 속에 잔돈만 넣고 나갔기 때문이다.

월터는 지갑에서 지폐를 꺼내다 말고 동작을 멈추었다. 순전히 월터의 실수 때문에 클라우디아가 이 집을 떠나려 하자 클라라가 충격을 받아 원망하며 비명을 지르는 소리가 들리는 것 같았다. 월터는 수치심과 들끓는 분노와 같은 익숙한 감정에 잠시 사로잡혔다. 클라라가 그를 나무라던 실수를 저질렀기 때문이다. 그는 돈과 수표책을 들고 계단을 뛰어내려갔다.

수표에 2주치 봉급을 써서 현찰 30달러와 함께 클라우디아에게 건넸다.

"현찰은 그동안 잘해 주셔서 드리는 겁니다, 클라우디아."

클라우디아는 그것들을 내려다보더니 수표를 되돌려주었다. "이번 주엔 고작 나흘만 일했습니다. 스택하우스 씨. 받아야 할 돈만 받고 더는 받지 않겠어요. 이 30달러만 받죠."

"그걸론 부족하잖아요." 월터가 반박했다.

"이거면 됐습니다." 클라우디아는 이렇게 말하고 나가려 했다. "이만 가보겠습니다. 다 챙긴 것 같아요."

그는 클라우디아에게 추천의 말도 해줄 수 없을 거란 생각이 들었다. 클라우디아가 원치 않을 테니 말이다. 클라우디아가 불룩한 종이 가방을 양팔로 들고 있어서 월터는 그녀를 위해 문을 열어 주었다. 월터를 지나치는 순간, 클라우디아는 그에게서 신체적 공포를 실제로 느낀 듯이 옆걸음질 쳤다. 말버러 가 끝에 있는 버스 정류장까지 태워 주겠다는 말도, 다른 말도 소용없었다. 그는 클라우디아가 경사진 잔디밭을 지나 인도로 내려가 방향을 틀더니 버드나무가 심어진 길을 따라 걸어가는 모습을 바라보았다. 다시는 클라우디아를 볼 수 없다니. 월터는 이 사실을 받아들이기 힘들었다. 그녀가 떠나가는 사실이 얼마나 가슴 아픈지 화들짝 놀랐다.

주방문을 닫았다. 갑자기 외롭고 처량한 기분이 들었다. 가정부 하나 떠났다고 이러다니. 그럼 다른 사람들은 어떻게? 엘리는? 존은? 클리프와 아버지는? 게다가 딕까지? 월터는 기계적으로 커피를 내리기 시작했다. 오늘 아침에 과연 필포트 부인이 집으로 올 것인지 궁금했다. 만일 부인이 전화로 양해를 구하거나, 아예 전화조차 하지 않으면 어쩌지?

9시가 되기 직전에 전화벨이 울렸다. 근거리 시외 통화였다. 월터는 동전이 떨어지는 소리를 들으며 수화기를 들고 기다렸다. 엘리가 코닝에서 전화하는 줄 알았는데 존의 목소리가 들렸다.

"월터?"

"응, 존."

"있잖아, 나 봤다."

월터는 기다렸다.

"어디까지가 사실이야?" 존이 물었다.

"찾아간 건 사실이야. 대부분은 사실이야. 하지만 내가 했다고 키멜이 주장한 말은 죄다 거짓이야." 아무도 믿어 주지 않기에 목소리조차 희망을 잃고 맥 빠진 것처럼 들렸다. 존은 한참을 아무 말이 없었다. 월터의 말을 못 믿는 눈치였다.

"그래서 경찰에서는 널 어쩐대?"

"어쩌긴 뭘 어째!" 월터는 폭발했다. "그런 논리론 경찰이 날 감옥에 처넣을 수 없어. 아무튼 경찰에선 증거가 없어. 뭘 증명하겠다고 시도조차 안 하고 있다고. 아무나 벌떡 일어나서 무슨 소린들 못할까. 그게 바로 경찰이 하는 술수잖아!"

"월터, 잘 들어. 네가 조금 진정이 되고 나면, 성명서를 만들어서 사람들한테 모두 밝히는 게 좋을 것 같아." 존이 깊고 차분한 목소리로 말했다. "네가 빼먹고 못한 말들을 사람들에게 모조리 털어놓고……"

"난 아무것도 빼먹지 않았어."

"서점에 갔었다며……"

"딱 세 번 갔었고, 두 번째는 내가 뭐하고 다니는지 다 알고 있는 코비와 같이 간 거였어!"

"월터. 보아하니, 매주 뭔가 새로운 사실이 드러나고 있어. 난 네가 모든 내용을 서면으로 작성한 다음 거기에 선서인증(당사자가 공증인 면전에서 작성한 증서의 기재가 진실임을 선서하는 제도) 하고 공증 받는 게 좋을 것 같아."

이제 존이 느릿느릿 말하는 목소리에서 냉정함과 초조함은 물론, 동시에 몸을 사리는 느낌까지 전해졌다.

"네가 결백하다면 말이야." 존이 슬쩍 덧붙였다.

"날 의심하는구나." 월터가 말했다.

"있잖아, 월터. 나는 네가 찔끔찔끔 말하느니 다 털어놓으라고 조언하는 것뿐이야."

월터는 전화를 끊었다.

어느 신문에 실린 기사가 떠올랐다. '키멜의 주장이 틀렸다 해도, 스택하우스가 뉴욕의 여느 서점에서 쉽게 구할 수 있는 책을 사겠다고 뉴어크의 외진 서점까지 갔다는 사실이 대단히 미심쩍다.'

월터는 브랜디 병을 쥐고 병째 들이 부었다.

이제 상황이 어디로 흘러갈 것인가? 신문사에 보낼 성명서를 작성할 수도 있다. 그 안에 사실이 담기겠지만, 누가 그의 말을 믿어 주겠는가? 진실은 너무 따분하지만, 키멜이 쓴 소설은 대단히 극적이다.

그는 제프를 데리고 산책을 나가 말버러 가 끝에 있는 숲을 돌았다. 제프는 더 이상 클라라를 찾지 않았다. 녀석은 쓰린 경험을 간직한 강아지가 되었다. 월터는 제프가 제일 좋아하는 놀이를 해주었다. 낡은 천 위에 제프를 올리고 빙글빙글 돌리면 제프가 천을 이빨로 갈기갈기 찢는 놀이었다. 그렇게 해주었는데도 제프는 클라라가 살아 있을 때 뻔질나게 짓던 건

방지면서도 멍청한 표정을 단 한 번도 보여 주지 않았다. 엘리가 그걸 눈치채고 만일 월터가 더는 제프를 키우지 않겠다면 자기가 데려가겠다고 했다. 하지만 월터는 제프를 키우고 싶었다. 클라라만큼 제프를 잘 챙기려고 애썼고, 하루에 한 번 실컷 내달리게 해주었다. 아침에도, 클라우디아가 집에 있을 때도, 월터는 제프의 밥을 직접 챙겼다. 만일 그에게 무슨 일이 일어난다면, 제프를 엘리나 필포트 부부에게 보내야겠다고 마음먹었다.

그는 버터가 발린 토스트 위에 따끈한 우유를 부어 제프의 아침밥을 만들어 제프가 먹는 모습을 서서 지켜보았다. 리놀륨 바닥을 디디고 선 발꿈치가 뻐근해서 월터가 발을 떨자, 제프는 그 소리에 밥을 먹다 말고 고개를 들었다. 월터는 바닥에 뒤꿈치를 꽉 붙였다.

전화벨이 울렸다.

필포트 부인이 지금 당장 가구 감정사인 캐머맨 씨를 만날 수 있느냐고 월터에게 물어보려고 전화했다. 월터는 그러라고 했다. 필포트 부인이 여전히 차분하고도 정중한 목소리라서 월터는 당황스러웠다. 부인이 이렇게 덧붙였다. "혹시 제가 못 가도 양해해 주시리라 믿어요, 월터. 지금 막 일이 생겨서 그쪽에 가봐야 해서 말이죠."

35

월터는 뉴욕에서 뉴어크 경찰서로 전화했다. 그쪽에서는 코비가 뉴어크에 있지만 정확한 소재는 모른다고 했다. 월터는 뉴어크로 향했다.

오후 1시 15분. 비가 살살 내리기 시작했다.

월터가 경찰서에 도착했을 때 코비는 없었다. 경찰이 월터에게 이름을 물었지만, 월터는 대답하지 않았다. 그는 도로 차에 올라 키멜의 서점으로 갔다. 서점은 닫혀 있었다. 한쪽 전창에 크게 금이 가 있었다. 뭔가 단단한 물체에 유리창이 맞아 한가운데에 금이 죽 간 것이다. 그것을 보는 순간, 월터의 마음속에서 피에 굶주린 갈망이 불끈 솟아올랐다. 그는 인도를 흘깃 보며 벽돌을 찾았지만 보이지 않았다.

월터는 주유소로 가서 기름을 넣고 전화번호부에서 멜키오르 키멜의 주소를 찾았다. 그의 이름이 거기에 없다는 사실이 기억난 월터는 이제 보우로인 가에 사는 헬렌 키멜을 찾았다. 주유소 직원은 보우로인 가가 어디인지 몰랐다. 월터가 교통 경찰관에게 물었지만 경찰관은 대략적인 위치만 알았다. 그런데 경찰이 가르쳐 준 대로 갔는데도 보우로인 가는 나오지 않았다. 월터는 그 때문에 화가 나서 인도에 있는 여자에게 길을 묻는 도중 목소리를 가라앉히기가 어려웠다. 여자는 위치를 정확히 알고 있었다. 월터는 네 블록이나 지나친 상태였다.

그곳은 목조 가옥이 늘어서 있었다. 번지수는 245. 적갈색 소형 이층집이 인도에서 뒤로 물러나 앉아 있었다. 아예 손대지 않은 아주 좁다란 잔디밭 주위에 무의미한 낮은 철제 말뚝 펜스가 둘러져 있었다. 색이란 색은 죄다 바랬다. 월터는 인도를 위아래로 살핀 다음 차에서 내려 나무 계단을 올라 비좁은 현관으로 갔다. 초인종을 누르자 날카로운 소리가 났다. 집 안에는 인기척이 전혀 없었다. 키멜이 저 뒤 그림자 진 곳에 숨어서 월터를 쳐다보는 건 아닐까, 월터는 그 모습을 상상했다. 신체적인 공포가 엄습하자 긴장한 몸으로 싸울 준비를 했다. 그러나 아무도 없었다. 다시 한 번 초인종을 더 꾹 눌렀다. 문을 흔들다가 철제 손잡이 모서리에 손을 베었다. 문은 잠겨 있었다.

　　월터는 다시 차로 돌아가 잠시 그 옆에 섰다. 공포가 낙심한 분노로 뒤바뀌었다. 다들 『뉴어크 선』지에 다시 모였을지 모른다. 어쩌면 그가 가야 할 곳은 거기일지도 모른다. 거기로 가서 스스로를 변론하는 발언을 해야 할지 모른다. 그래봤자 신문에는 실어 주지도 않을 텐데, 월터는 생각했다. 아무도 그를 믿어 주지 않는다. 그에게는 그를 믿어줄 코비가 필요하다. 근사하고 정직한 젊은 형사가 그의 말을 증명해 주었으면. 월터는 차를 타고 빙글빙글 돌다가 다시 경찰서로 향했다.

　　코비가 서에 있지만 지금 바쁘다는 대답이 월터에게 돌아왔다.

　　"월터 스택하우스가 뵙자고 한다고 전해 주십시오."

　　경사는 월터를 한 번 쳐다보더니 복도 문을 열고 계단으로 내려갔다. 월터는 그 뒤를 따랐다. 두 사람은 또 다른 복도를 따라 내려가다가 어떤 문 앞에서 걸음을 멈추었다. 경사가 문을 쾅쾅 두드렸다.

　　"뭡니까?" 코비가 목소리를 깔고 대답했다.

"월터 스택하우스 씨요!" 경사가 문에 대고 큰 소리로 외쳤다.

빗장이 옆으로 밀리면서 코비가 문을 활짝 열고 미소를 지었다. "세상에나! 오늘 오실 것 같더라니!"

월터는 외투 주머니에 손을 찔러 넣은 채 안으로 들어갔다. 코비는 혹시나 월터가 총을 소지한 건 아닌지 의심의 눈초리로 월터의 양손을 주시했다. 월터는 순간 주춤했다. 키멜이 커다란 덩치를 기괴하게 뒤튼 채 고통스레 의자에 앉아 있었다. 키멜은 월터가 누군지 전혀 알아보지 못하는 눈길로 쳐다보았다. 키멜의 얼굴에는 먹먹하고 적나라한 공포심만 가득했다.

"오늘은 자백을 받는 날이거든요." 코비가 친절하게 말했다. "토니는 이미 자백했고, 이제 키멜이 할 거고, 다음이 당신 차례입니다."

월터는 아무 말 하지 않았다. 그는 또 다른 의자에 겁먹은 표정으로 앉아 있는 검은 머리 청년을 바라보았다. 취조실은 타일이 깔려 차갑고 허옜고 조명 때문에 눈이 부셨다. 키멜의 넙데데한 얼굴은 땀인지 눈물인지 모를 것으로 축축했다. 옷깃은 찢어져 벌어지고 매듭진 타이는 덜렁거렸다.

"앉을 겁니까, 스택하우스 씨? 그런데 책상밖에 남은 데가 없네요."

문은 안쪽에 달린 거대한 빗장으로 잠겨 있었다. 육류 해체 작업을 하는 냉장창고 안쪽에 달린 빗장과 비슷했다. "내가 여기까지 온 건 앞으로 무슨 일이 벌어지는지 물어보기 위해서요. 담판 짓고 싶습니다. 시련은 얼마든지 견디겠지만, 당신이나 남들이 하는 숱한 거짓말은 받아들일 생각이……"

"당신이 뭘 했는지 자백하기만 하면 일이 간단히 끝난다고, 스택하우스!" 코비가 월터의 말을 잘랐다.

월터는 조막만 한 얼굴을 찡그린 채 우쭐대는 코비를 바라보았다. 제복 뒤에 숨어 안위를 챙기는 왜소한 선동가처럼 보였다. 순간 그는 한쪽 손으로 코비의 팔을 붙들고 한 바퀴 돌리면서 반대편 손으로 코비의 턱을 향해 주먹을 날렸다. 그런데 코비가 월터의 주먹이 턱에 닿기 직전에 주먹을 붙들어 월터를 앞으로 홱 당겼다. 월터는 타일 바닥에서 삐끗 미끄러졌다. 코비가 월터의 손목을 계속 붙든 채 그를 돌려 똑바로 세우지 않았더라면 월터는 바닥에 나뒹굴었을 것이다.

"키멜은 날 건드려서는 안 된다는 걸 배웠지, 스택하우스. 너도 알아 두는 편이 좋을 거다." 코비의 야윈 뺨이 벌게졌다. 그는 어깨를 털어 옷을 바로잡았다. 그러더니 아예 외투를 벗어서 나무 책상 위로 집어 던졌다.

"내가 물었지? 이제 무슨 일이 벌어지냐고. 아니, 깜짝 쇼가 벌어질 건가? 대체 당신 뭐야? 신문에 거짓말이나 해대고!"

"신문에 거짓말이 실린 건 하나도 없던데. 딱 하나, 있을 수도 있는 허위 사실이 실리긴 했지. 여기저기 신문에서 '확인되지 않은'이라고 적었던데, 그렇다면 그게 있을 수 있는 허위 사실이지."

끔찍하군, 허위라는 말이, 월터는 생각했다. 그는 코비가 깡마른 몸으로 거들먹거리며 키멜이 앉은 의자 주위를 맴도는 모습을 지켜보았다. 키멜은 코비가 사냥해 놓고 아직 죽이지 않은 코끼리처럼 보였다. 취조실은 냉골처럼 서늘했지만, 키멜의 얼굴과 머리는 땀범벅이었다. 코비가 옆으로 지나가자 키멜이 움찔거렸다. 월터는 그 모습을 지켜보다가 키멜이 왜 저렇게 못생기고 허전해 보이는지 그 이유를 불현듯 깨달았다. 키멜이 안경을 쓰지 않았다. 코비가 키멜을 호되게 쪼아댄 것이 분명해. 그것도 키멜이 신문사에서 성공리에 인터뷰를 끝낸 후부터 밤새도록 들볶았을 거야. 월터는 주머니 속에서 주먹을 더욱 꽉 쥐었다. 코비는 의자 주위를 한 바퀴 돌 때마다 월터를 쳐다보더니 불쑥 이렇게 말했다. "난 당신한테 조용한 방법을 썼어, 스택하우스. 그런데 잘되지 않았지."

"조용한 방법이라니, 그게 뭔데?"

"내가 알고 있는 걸 신문에 죄다 공개하진 않았어. 난 네가 진실이라고 알고 있는 사실을 감추는 게 얼마나 어리석은지 깨닫기를 바랐어. 그런데 잘되지 않았지. 그래서 앞으론 압박 방식을 쓸 거야. 오늘 신문 건은 고작 시작일뿐. 널 압박할 방법은 무궁무진해!" 코비는 두 다리를 벌리고 서서 월터를 찡그린 얼굴로 바라보았다. 치켜 뜬 한쪽 눈에 경련이 일자 코비가 주정뱅이처럼 더욱 강렬해 보였다.

"당신한테도 윗사람이 있을 테니 내가 로이어 경감을 만나겠어."

코비의 인상이 더욱 구겨졌다. "로이어 경감님은 날 전적으로 밀어 주시고 내 수사에도 백 퍼센트 만족하시지. 그 윗분들도 마찬가지고. 현장의 흔적이 고스란히 남아 있을 당시 뉴어크 경찰이 두 달을 공들여도 하지 못했던 일을 내가 단 5주 만에 해냈거든!"

히틀러보다 더하군, 미친 정신 병원보다 더 심해, 월터는 생각했다. 월터는 이런 경우를 한 번도 본 적이 없었다.

"여기 토니는." 코비는 손으로 가리켰다. "오후 08시 05분에 키멜과 만난 직후 키멜이 극장을 나갔을 수도 있다는 데에 의견을 같이하고 있지. 게다가 토니는 영화가 끝난 후 키멜의 집으로 가서 그와 만나려 했지만 키멜이 집에 없었다는 사실을 기억해 냈어."

"아니야, 토니가 날 만나려고 했다고 말한 적은 없어." 키멜은 특이한 콧소리를 내며 신경질적으로 항의했다. "토니는 자기 입으로 우리 집에 갔다는 말도 하지 않았⋯⋯"

"키멜, 넌 죄가 너무 많아. 이 구린 놈아!" 코비가 이 횅한 취조실에서 거친 목소리로 호통쳤다. "너나 스택하우스나 똑같은 범죄자라고!"

"난 아냐, 아니라고!" 키멜은 외국어 악센트가 진하게 묻어나는 말투로 콧소리를 내며 빠르게 지껄였다. 월터가 한 번도 들어 보지 못한 말투였다. 키멜이 극구 부인하는 모습에서 뭔지 모를 서글픔이 서려 있었다. 온몸의 뼈가 모조리 으스러진 몸뚱이를 마지막으로 비트는 것 같았다.

"토니는 네 아내가 에드워드 키너드와 바람난 걸 알고 있었어. 토니가 오늘 아침에 나한테 그러더라. 동네 사람들 모두 그 얘기로 쑥덕거리는 소리가 지금까지도 들린다고!" 코비가 키멜에게 고함쳤다. "네가 이런저런 이유로 헬렌을 죽였다는 걸 토니는 알고 있었어. 네가 안 죽였을까? 안 죽였냐고?"

월터는 식겁해서 쳐다보았다. 토니가 증언대에 선 모습을 상상해 보았다. 겁에 질리고 멍청한 불량소년은 돈을 받거나 증언하라고 협박을 받으면 무슨 말이든 할 것처럼 보였다. 코비의 방식은 지독히 잔인했지만 그래도 성과를 냈다. 키멜이 큼직한 기름 덩어리처럼 흐물흐물 녹아내리는 것처럼 보였다.

"난 안 죽였어, 안 죽였다니까!"

갑자기 코비가 키멜의 의자를 걷어찼다. 키멜이 앉은 좌석 밑바닥을 차는데 실패하자 코비는 의자 뒤쪽 다리 두 개를 옆으로 비틀었다. 그 바람에 키멜이 쿵하며 바닥으로 쓰러졌다. 토니는 키멜을 도우려는 듯 엉거주춤하게 일어섰지만 돕지는 않았다. 코비가 키멜을 신발 밑창으로 밀자 부상당한 코끼리가 위엄 따윈 잊은 자세로 서서히 몸을 일으켜 세웠다. 코비의 목소리가 계속해서 이어졌다. 키멜에게 자백하라고 재촉하고 변명의 여지가 없다며 몰아세웠다. 월터는 자기 차례가 되면 코비가 뭐라고 할지 정확히 알고 있었다. 코비는 월터가 키멜을 찾아간 일을 또다시 끄집어내서, 월터가 살인 사건을 도모하고 나중에 자기에게 고백했다고 한 키멜의 말을 은연중에 믿는 척할 것이다. 게다가 남들도 다 그렇게 믿고 있다면서 월터의 처지가 그 누구보다 절망적이라고 할 것이다. 월터는 코비가 온몸으로 말하며 다가오는 모습을 바라보았다. 코비가 대규모 관객에게 대사하듯 이렇게 냅다 내뱉었다. "이 남자! 바로 이 남자 때문에 네게 모든 일이 닥친 거야, 키멜! 월터 스택하우스, 저 얼간이 때문에!"

"닥쳐! 넌 내가 범인이 아니라는 걸 알고 있어! 넌 내가 범인이 아니라고 했잖아. 한 번, 두 번, 몇 번이나 그랬는지 하늘은 아시지! 그렇지만 기가 막힌 소설을 써서 멍청하고 썩어 빠진 윗대가리들한테 칭찬을 받을 수만 있다면, 네 배배 꼬인 생각이 옳다는 걸 입증하기 위해서 거짓말이든 위증이든 천 번이라도 할 사람이야!"

"배배 꼬인 생각이라!" 코비는 전혀 화나지 않은 목소리로 말했다.

월터가 주먹을 날려 코비의 턱을 후려갈겼다. 순간 코비의 두 다리가 하얀 타일 벽을 뒤로하고 공중으로 붕 떴다가 바닥으로 떨어졌다. 월터가 입고 있던 재킷을 아래로 당기며 매만졌다. 그때 코비가 월터에게 총을 겨눈 채 서서히 일어났다.

"한 번만 더 이랬다간 총알을 쏴버리겠어." 코비가 말했다.

"그럼 자백을 못 받을 텐데. 차라리 날 체포해. 경관 폭행죄로!"

"난 널 잡아넣지 않을 거야, 스택하우스. 그랬다간 네가 과보호를 받게 되거든. 넌 그럴 자격도 없는 놈이야."

코비는 미동도 없이 서서 계속해서 총을 월터에게 겨누었다. 월터는 그의 작은 얼굴과 싸늘한 푸른 눈동자를 다시금 살피면서 코비가 진심으로 자신을 범인이라고 믿는지 궁금해했다. 월터는 코비가 그렇게 믿기로 했다고 결론을 내렸다. 월터가 무죄임을 암시하는 사실이 드러난다 해도 코비는 월터가 범인이 아니라는 의심을 추호도 하지 않는다는 부정적 이유 때문이었다. 월터는 키멜을 바라보았다. 키멜도 완전히 넋이 나가고 지친 얼굴로 월터를 바라보았다. 코비가 키멜을 미치게 몰고 간 것 같았다. 월터는 갑자기 이런 생각이 들었다. 둘 다 미쳤다. 코비도 키멜도, 각자 나름대로 미쳤다. 그리고 저쪽 의자에 앉은 얼빠진 청년도 마찬가지였다.

월터가 말했다. "날 구속하든가, 내보내든가." 그는 몸을 돌려 문으로 향했다.

코비가 총을 든 채 월터와 문 사이를 막아섰다. "돌아가." 코비가 월터의 얼굴에 얼굴을 바싹 갖다 대고 말했다. 깡마르고 주근깨가 빽빽한 이마에 이슬땀이 송골송골 맺혔다. 턱에는 월터에게 맞아서 벌게진 자국이 남았다. "아무튼 지금 어디로 갈 건데? 밖으로 나가면 뭐가 있을 것 같아? 자유? 누가 너한테 말을 걸겠어? 이제 너한테 친구가 남아 있을 것 같아?"

월터는 물러서지 않고 코비의 얼굴을 바라보았다. 미치광이처럼 강렬하고 굳은 표정을 보니 클라라가 떠올랐다. "넌 뭘 할 건데? 총으로 협박해서 나한테 자백을 받아내려고? 너한테 총을 맞아도 자백은 안 해." 클라라가 그에게 퍼부을 때마다 늘 찾아오던 기괴한 냉정함이 지금 그를 또다시 찾아왔다. 월터는 저것이 장난감 총인 양 조금도 두렵지 않았다. "어서 쏴 보시지. 그럼 훈장도 받고 승진도 확실히 하겠네."

코비가 손등으로 입을 훔쳤다. "저기 키멜 옆으로 가."

월터는 몸만 살짝 틀고 발은 떼지 않았다. 코비는 여전히 월터에게 총을 겨눈 채 키멜 쪽으로 걸어갔다. 월터는 이런 생각이 들었다. 코비, 저 미치광이가 총을 들고 있는 한 이곳을 빠져 나갈 길은 전혀 없어.

코비가 반대편 손으로 턱을 문질렀다. "오늘 아침에 신문을 봤을 때 기분이 어땠는지 말해 보시지, 스택하우스."

월터는 대답하지 않았다.

"여기 토니는……" 코비가 총으로 가리켰다. "신문을 보는 순간 불이 번쩍 켜졌대. 키멜이 아내를 죽이는 게 불가능하지 않다는 생각이 든 거지. 네가 죽인 것과 같은 방식으로."

"신문을 보는 순간?" 월터가 웃었다.

"맞아. 키멜은 널 폭로할 의도였는데, 결국 자기가 부메랑을 맞았어. 키멜이 토니에게 무슨 일이 벌어졌을 수도 있는 상황을 보여준 거야. 토니는 대단히 똑똑하고 협조적인 청년이거든." 코비는 의기양양하게 말하며 겁먹고 딱해 보이는 토니 쪽으로 걸어갔다.

월터는 소리 높여 웃었다. 몸을 뒤로 젖히고 화통하게 웃자 웃음소리가 벽에 반사되어 그에게 되돌아왔다. 그는 바보같이 걱정하는 표정을 풀지 않는 토니를 본 다음, 월터의 웃음소리에 사적으로 반감이 일기 시작한 키멜을 쳐다보았다. 이제 저들 셋만큼이나 그 역시 미친 것 같은 기분이 들자 월터는 미치광이 같은 자기 웃음소리에 웃음이 터지기 시작했다. 그는 발을 구르면서도 완벽하게 차분한 머리 한쪽으로 이렇게 생각했다. '난 지금 피곤하고 지쳐서 웃는 것뿐. 내가 생각해도 내가 바보짓은 물론 얼간이 짓까지 하네. 이제 코비는 키멜이나 토니보다도 법을 대변하지 못하게 되었어. 내가 변호사라고 해도 나 역시 할 수 있는 게 아무것도 없어.' 월터가 상상하는 공정한 판사란, 회색 머리칼에 검은 법복을 입고 차분하고 현명하게 월터의 말과 변론을 끝까지 들은 다음 월터에게 무죄를 선고하는 자였다. 그러나 이런 인물은 오로지 그의 상상 속에서나 존재했다. 코비의 수사관들이 끼어들기 전까지라도 월터의 얘기를 끝까지 들어줄 사람은 아무도 없을 것이다. 그리고 정말 무슨 일이 벌어졌는지, 정말 무슨 일이 벌어지지 않았는지 믿어줄 사람도 아무도 없을 것이다.

"왜 웃어, 이 멍청아?" 키멜이 의자에서 천천히 일어나면서 물었다.

월터는 키멜의 늘어진 얼굴이 분노로 굳는 모습을 바라보다가 미소를 거두었다. 그는 정의로움을 보았다. 그가 키멜을 찾아가 무죄라고 말하던 그날 보았던 단호한 분노가 보였다. 순간, 월터는 키멜이 두려웠다.

"네가 한 짓을 보고도 웃음이 나와?" 키멜은 여전히 콧소리를 내며 말했다. 키멜의 두 손이 벌벌 떨렸다. 그는 호기심 많은 아이가 앙증맞게 움직이듯 손끝을 조물거리면서도, 눈두덩이 벌게진 두 눈으로 뚫어져라 쳐다보며 충격 받은 원망을 월터에게 쏟아내고 있었다.

월터는 코비를 바라보았다. 코비가 뿌듯한 표정으로 키멜을 바라보았다. 자기가 키우는 코끼리가 재주를 제대로 부리는 모습을 쳐다보는 듯했다. 코비의 목적은 키멜을 자극해서 월터를 더더욱 증오하게 만들어 가능하다면 키멜이 월터를 신체적으로 공격하게 하는 것임을 월터는 깨달았다. 키멜의 표정을 보니 자신은 무죄이며 자신에게 닥친 이 운명이 부당하다고 미치도록 확신하는 것 같았다. 순간, 월터는 자기가 진짜로 죄 없는 저 남자를 벗어날 수 없는 덫에 걸리게 한 건 아닌지 부끄러웠다. 자리를 뜨고 싶었다. 할 것도 없는 사과를 몇 마디 하고 등을 돌린 다음 이 방에서 도망치고 싶었다.

키멜이 월터에게 한 발짝 다가왔다. 여전히 의자 등받이에 손을 올리고 있었지만, 육중한 몸이 고꾸라지려다가 중심을 잡았다. "등신!" 키멜이 월 터에게 외쳤다. "살인자!"

월터는 코비를 쳐다보았다. 코비가 웃고 있었다.

"이제 가도 좋아. 그러는 편이 낫겠어." 코비가 월터에게 말했다.

월터는 잠시 머뭇거리다가 돌아섰다. 수치심과 더불어 도망가고픈 참 담한 심경으로 문을 향해 걸어갔다. 빗장이 단박에 옆으로 밀리지 않았다. 월터는 아래에 달린 레버를 붙들고 미친 듯이 빗장을 흔들었다. 땀이 나기 시작했다. 코비가 뒤에서 총을 겨누거나, 키멜이 뒤에서 덮치면 어쩌지? 월터는 그 모습을 상상했다. 빗장이 밀리는 순간, 손잡이를 붙들고 문을 활짝 열었다.

"살인자!" 등 뒤에서 키멜이 비명을 내질렀다.

월터는 계단을 따라 로비로 올라왔다. 무릎이 덜덜 떨렸다. 외부 계단 을 내려간 다음 난간 맨 끝에 달린 차가운 철제봉을 움켜쥔 채 잠시 서 있 었다. 숨이 턱 막히고 온몸이 마비된 것 같았다. 꿈만 같았다. 막판에 사지 가 마비되는 꿈. 그가 벗어난 지하 취조실에는 광기가 서려 있었다. 아까 만 해도 웃음이 나왔었다. 그가 웃자 키멜의 열 받은 얼굴이 떠올랐다. 월 터는 두려움에 소스라치며 난간을 밀치고 걷기 시작했다.

36

"아직도 내 말을 못 알아듣는군요." 엘리가 말했다. "만약 당신이 클라라를 죽였다면 난 그것까지도 이해하고 용서할 수 있었을 거예요. 전혀 상상이 불가능한 건 아니잖아요. 내가 용서하지 못하는 건 바로 거짓말이라고요."

두 사람은 엘리의 자동차 앞좌석에 나란히 앉았다. 월터는 엘리의 흔들림 없는 눈동자를 바라보았다. 차분하고도 또렷한 두 눈은 그가 전에 여러 번 봤던 그대로였다. 엘리는 언제나 그런 눈동자로 월터를 바라보았다. 그렇지만 완전히 똑같지는 않았다. "당신이 그랬죠? 키멜이 한 말을 믿지 않는다고." 월터가 물었다.

"난 당신이 키멜을 찾아가 살인을 모의했다는 말은 전혀 믿지 않아요. 그런데 당신은 서점에 여러 번 갔다고 인정했어요."

"두 번이었어요. 엘리, 그건 상황이 연달아 일어나 그렇게 된 거예요. 우연이었다고요. 이걸 알아 줬으면 좋겠어요. 어쩌다 그럴 수도 있는 일이고, 내가 여전히 무죄일 수도 있잖아요." 그는 엘리가 그의 무죄를 전폭적으로 믿는다고 말해 주기를 기다렸지만, 엘리는 그러지 않았다.

엘리는 그에게 시선을 고정한 채 가만히 있었다.

"내가 살인범이라고 믿는 건 아니죠, 엘리?" 그가 크게 소리쳤다.

"아무 말 하지 않는 편이 낫겠어요."

"대답해 줘요."

"아무 말도 하지 않을 권리는 있어야죠. 아무 말 않을래요." 엘리가 반박했다.

월터는 오전에 그의 전화를 받던 냉정한 엘리의 목소리에 놀랐고, 그러면서도 그와 기꺼이 약속을 잡는 모습에 또 한 번 놀랐다. 월터는 엘리가 신문을 봤을 때 어떤 기분이었는지, 앞으로 어떻게 할 것인지 어제 다 결정했다는 것도 지금에야 깨달았다.

"내 말은, 당신이 솔직하기만 했다면 난 뭐든 감수할 수 있었다고요. 이건 아니에요. 난 당신을 더는 좋아하지 않아요." 엘리는 떠나고 싶어서 안달이 난 사람처럼 손에 가죽 열쇠 지갑을 쥐고 엄지로 이리저리 문질렀다. "당신은 더 곤란해질 것도 없잖아요. 우리 둘에 대해 어떠한 계획을 세우지도 않았고, 결혼할 계획도 전혀 없었으니."

순간 월터는 엘리가 그날 밤에 그를, 아파트에서 그를 원망했다는 사실을 깨달았다. 바로 그날 밤, 월터는 키멜의 폭로 기사가 신문에 실릴 거라고 엘리에게 털어 놓으려 했다. 만일 그때 그가 아는 상황을 감추지 않고 그녀와 사랑을 나누지 않았어도 바로 그 때문에 엘리는 지금과 같은 반응을 보였을 테고 결국 그녀를 잃지 않았을까? 그는 엘리와 결혼하겠다고 마음을 먹은 적이 단 한 번도 없었다는 걸 깨달았다. 주변에 수많은 걸림돌이 있었지만, 엘리와 첫날 밤을 보낸 후 두 사람이 서로를 사랑하기에 종국엔 함께하리라고 확신하며 의기양양하던 모습이 지금에서야 쓸쓸히 떠올랐다. 엘리를 만날 수 없어서 쓰리 브라더스로 전화하던 날 밤, 엘리를 사랑한다고 확신하던 기억이 떠올랐다. 엘리가 그의 이상형에 너무나

가까웠기에 흐릇했던 기억도 떠올랐다. 성실하고 지적이고 친절하고 검소한 엘리. 클라라와는 달리 건강하기까지 했다. 이제와 생각해 보니 월터는 매번 악수를 두었다. 그것도 자청해서. 이미 저세상 사람임에도 클라라의 부정적이고 적대적인 의지에 휘말려 조종당하는 기분이 들었다.

"이번이 우리가 만나는 마지막이 될 거예요." 엘리는 조용히 말했다. 외과 의사가 메스로 심장을 가르듯 치명적이고 나지막한 목소리였다. "나 다음 주에 이사 가요. 롱아일랜드 다른 동네로요. 레너트는 아니에요. 저 아파트에서 나오고 싶어요."

월터는 초조한 손길로 엘리의 차 대시보드를 매만졌다. "키멜을 믿지 않는다고 한 말 진심인가요?"

"그게 중요해요?"

"어제 일어난 일은 그것뿐이잖아요. 바뀐 건 그것밖에 없잖아요!"

"아뇨, 그렇지 않아요. 그게 바로 내가 말하는 핵심이라고요. 당신은 10월 초에 키멜을 만났다는 사실을 인정했어요. 그러니 나한테 거짓말을 한 거라고요."

"하지만 내 말의 핵심은 그게 아니에요. 난 키멜이 클라라에 대해 한 말을 당신이 믿기로 했는지를 묻는 거예요. 내가 키멜에 대해 죄다 설명을 했는데도요."

"네." 엘리는 여전히 그를 바라보며 조용히 말했다. "어느 정도는요. 난 당신을 줄곧 의심했거든요."

월터는 벼락 맞은 듯 엘리를 쏘아보았다. 이제 그녀의 표정에는 다른 감정이 피어올랐다. 공포였다. 엘리는 월터에게 신체적으로 보복을 당할까 봐 겁먹은 것 같았다. "됐어요." 월터는 이를 악 물고 말했다. "이젠 더는 신경 쓰지 않겠어요. 무슨 말인지 이해해요?"

엘리는 그를 그저 쳐다보고만 있었다. 그녀의 긴장한 입술이 양쪽 입꼬리를 올리고 웃는 것 같았다.

"당신한테도, 다른 사람들한테도 이건 분명히 해야겠어요. 지겨워 죽겠어요! 남들이 뭐라 생각하든 이제 더는 신경 쓰지 않겠어요. 무슨 말인지 압니까?"

엘리는 고개를 끄덕이며 말했다. "알아요."

"아무도 진실을 이해하지 못한다 해도, 이젠 설명하기도 신물이 나요. 무슨 말인지 아냐고요?" 그는 차 문을 열고 뛰쳐나가려다 뒤돌아보았다. "지금 이 우리의 마지막 만남은 대단히 완벽한 것 같군요. 나만 빼고 모든 게 딱딱 들어맞으니까!" 그는 문을 쾅 닫고 성큼성큼 길을 건너 그의 차로 갔다. 술에 취해 매가리가 없는 사람처럼 몸이 휘청거렸다.

　로펌에서는 간단했다. 놀라우리만치 복잡하지 않았다. 월터는 조지 마틴슨 사무실로 막 들어섰다. 윌리 크로스가 이 자리에 있기를 바랐건만 오늘은 출근하지 않는 날이다. 월터는 퇴사하겠다고 했다. 마틴슨은 몇 마디 하지도 않고 그러라고 했다. 마틴슨은 적어도 겉으로 보기에 월터가 여태 자유롭게 나다니는 게 놀랍다는 듯이 쳐다보았다.

　다들 그런 식으로 월터를 보았다. 피터 슬로트니코프까지 그랬다. 다들 그에게 웅얼웅얼 인사를 건넬 뿐, 아무 말도 하지 않았다. 누군가 나서서 그에게 달려들어서 그를 잡아 두기를, 감옥에 처넣기를 기다리는 것 같았다. 조앤까지도 그를 겁내는 것처럼 보였다. 두려운 나머지 다정한 말 한마디도 건네지 못하는 것 같았다. 월터는 신경 쓰지 않았다. 완벽하고 순도 높은 그의 무관심 때문인지, 아니면 만취한 것처럼 온몸에 힘이 완전히 빠져서 그런 건지 모르겠지만, 그 무언가 덕분에 그는 누구에게든 무슨 일로부터든 그를 지켜주는 갑옷을 심정적으로 입은 것 같았다.

　월터가 책상을 비우고 책을 챙기는데 딕 젠슨이 사무실로 들어왔다. 월터는 허리를 펴고 그가 다가오는 모습을 지켜보았다. 딕은 생각에 잠긴 채 턱을 옷깃 속에 파묻고 있었다. 아침 햇살이 그의 조끼 주머니에 걸린 금제 회중시계 사슬에 반사되어 근사하게 반짝거렸다.

"아무 말 안 해도 돼. 정말 괜찮아." 월터가 선수 쳤다.

"어디로 가?" 딕이 물었다.

"44번가."

"그럼 혼자 개업하는 건가?"

"응." 월터는 계속해서 서랍을 비워 나갔다.

"월터, 내가 같이 못 나가는 이유를 이해해 줬으면 좋겠어. 나에겐 먹여 살려야 할 아내가 있어."

"이해해." 월터는 같은 목소리로 말했다. 일어나서 지갑을 꺼냈다. "잊기 전에 말해야겠다. 이거 네 렌트비야, 받아. 250달러짜리 수표야." 월터는 수표를 책상 한쪽 구석에 내려놓았다.

"네가 『로마법 대전』을 가져가면 이거 받을게." 딕이 말했다.

"그거 네 거잖아."

"우리 같이 보기로 했잖아."

『로마법 대전』은 딕의 아파트 서재에 있었다. "너도 언젠간 그 책을 봐야지."

"당분간은 아니야. 아무튼. 네가 가져갔으면 좋겠어. 그리고 『법률 요람』도 가져가. 내가 개업하기도 전에 그것들이 구닥다리가 될 테니."

"고마워, 딕."

"그리고 오늘 아침 신문에서 네 공고 봤다."

월터는 아직 보지 못했다. 그가 토요일 아침에 뉴어크로 가기 전, 욱하는 마음에 내달라고 요청한 작은 공고였다. "일부러 우리 이름은 안 넣었어. 네 이름 말이야. 이번 주에 실릴 두 번째 공고에도 내 이름만 나올 거야."

딕은 큼직하고 부드러운 갈색 눈을 깜빡였다. 놀란 눈치였다. "이 말은 하고 싶어, 월터. 난 네 용기를 존경해."

월터는 또 다른 말이 듣고 싶어서 기다렸다. 그러나 분명 딕은 다른 말은 하지 않을 것이다. 월터는 딕이 수표를 집어서 접는 모습을 지켜보았다. "내가 나중에 기꺼이 내 차로 책을 가지러 갈게. 네가 편한 날을 알려주면 저녁때라도 갈게. 나 오늘부터 맨해튼에서 지낼 거야. 네가 그 책 필요하다고 할 때까지 대출한 걸로 생각하고 있을게."

"내가 나중에 근무 시간 중에 갖다 줄게. 네 사무실로 말이야." 딕이 문으로 향했다.

월터는 자기도 모르게 그의 뒤를 따랐다. 딕이 아무 말 없이 월터와의 약속을 깼고 마음에 담아 둔 말을 꺼내기를 주저해도, 그와의 4년 우정을 이런 식으로 끝낼 수는 없었다. "딕." 월터가 불렀다.

딕이 몸을 돌렸다. "응?"

"하나만 묻자. 넌 내가 범인이라고 생각하니? 그래?"

딕은 인상을 쓴 후 입술을 축였다. "있잖아…… 나도 모르겠어, 월터. 정말 솔직히 말하자면……" 딕은 여전히 난감한 표정으로 월터를 바라보면서도 똑바로 응시했다. 월터가 남들의 입에서 나올 거라 예상했던 얘기를 딕이 모조리 털어놓은 듯한 표정이었다.

이제 월터는 그게 그렇다는 것도, 어쩔 수 없는 일 때문에 딕을 비난할 수 없다는 것도 알았다. 그럼에도 딕을 바라보고 있자니 그나마 남아 있던 서로에 대한 믿음, 두 사람의 우정, 둘이 했던 약속이 순식간에 쓸려 나가고 추하고 쓸쓸한 공허함이 그 자리를 차지했음을 깨달았다.

"반박할 거지? 그럼 이제 어떻게 되는 거지?" 딕이 물었다.

"난 결백해!" 월터가 소리쳤다.

"있잖아…… 그렇다면 최소한 성명서라도 작성해야 하는 거 아닌가?"

"내가 무죄라는 걸 내가 증명해야 하는 거야? 새로운 시스템은 그래?" 월터가 쏘아붙였다.

"알았어. 네 원칙이 전적으로 옳아. 하지만……"

"내가 살인마라면 여기에 있겠니? 경찰에서는 날 기소조차 못하고 있어."

"그렇지만 나 같은 사람들이 꽤 많아……"

"너 같은 사람들, 천벌이나 받으라지! 이젠 정말 질렸어. 근거도 없이 나불대는 거 지겹다고! 남들이 뭐라고 지껄이든 더는 신경 쓰지 않겠어!"

"네가 살아남았으면 좋겠다." 딕은 아주 서늘하게 말하더니 돌아서서 나갔다.

월터는 다시 책상으로 가서 계속해서 서류를 챙겼다.

그가 막 떠나려는데 조앤이 들어왔다. 조앤이 등 뒤로 문을 닫았다. "오늘 떠나시는 거예요? 법률사무소를 개업하실 거고요?"

"그래요." 그는 조앤이 민망해하자 거들고 싶은 마음에 이렇게 말했다. "조앤, 다 이해합니다. 나에게 책임감 같은 거 느끼지 말아요. 일에 관해서는요."

조앤이 주뼛거렸다. 순간, 월터는 조앤이 조용한 목소리로 이렇게 말해 줄 것만 같았다. 조앤이 아직도 그를 믿고 있으며 그가 이 모든 난관을 극복할 것이기에 여전히 같이 일하고 싶다고 말이다. 순간, 그는 감히 그러기를 바랐다. 조앤이 입을 열었다. "사직에 대한 제 마음이 바뀌었다는 말씀을 꼭 드려야겠어요. 전 이 로펌에 남는 게 나을 것 같아요."

그는 고개를 끄덕였다. "괜찮습니다." 그는 계속 조앤을 쳐다보며 그녀가 뭔가 강하고 정확하게 얘기해 주기를 기다렸다. 조앤은 2년간 그를 충직히 보좌하던 사람이었다. 순간, 월터는 조앤만큼이나 민망해졌다. "정말 괜찮아요, 조앤. 걱정 말아요." 그는 조앤을 스쳐 문으로 향했다. "당신은 정말 좋은 비서였어요." 그가 덧붙였다.

조앤이 계속 입을 다물고 있었다.

월터는 황급히 몸을 돌려서 밖으로 나갔다.

한 명 한 명, 이렇게 되는 거구나. 클라라가 살아 있을 때 친구들이 그랬던 것과 비슷했다. 이건 클라라의 본질과 비슷했다. 바로 고립이었다! 월터는 곧 고립이 뭔지 실감하게 될 것이다. 그것도 완벽하게 고립될 것이다. 그의 법률사무소에 지원할 젊은이가 아무도 없을 것만 같았다. 그의 이름을 보고 나면 아무도 지원하지 않을 것이다. 월터는 그가 정해놓은 임무를 완고히 밀고 나갈 것이다. 집에서 가구를 빼는 일을 억척스레 해낸 것처럼. 오늘 오후부터 들어가 살 아파트먼트 호텔을 찾아 두 달 치 월세를 미리 내고 들어가는 대신, 그곳에서 일주일 이상 지낼 수 있으리라는 기대는 아예 접을 것이다. 분명 어떻게든 끝은 날 것이다. 누군가 그의 어깨에 손을 올리며 총을 겨눌 수도 있고, 어둠 속에서 총알이 그에게 날아들지도 모른다. 어쩌면 키멜이 두 손으로 그의 목을 부여잡고 숨통을 조일 수도 있다. 그러나 그러기도 전에, 모두들 그에게 뒷걸음질 칠 것이다. 그에게 말을 거는 사람은 아무도 없을 것이다. 지구가 달처럼 되고 그는 달에 사는 유일한 인간인 듯 외로운 신세로 전락하고 말 것이다.

38

키멜은 필스턴 가에 있는 바슈 앤드 스캐그스 안경점으로 가서 안경을 새로 맞췄다. 벌써 네 번째였다. 이제 젊은 직원은 미소를 짓는 것에서 그 치지 않고 크게 웃기까지 했다. "안경을 또 떨어뜨리셨나 봐요, 키멜 씨? 안경에 끈을 다는 게 낫지 않을까요?"

직원의 참을 수 없을 만큼 발랄한 목소리를 들으니 키멜은 안경이 왜 깨졌는지 직원이 안다는 것을 눈치챘다. 직원이 분명 지인들에게 키멜의 안경이 깨진 사연을 말했을 것이다. 바슈 앤드 스캐그스가 가장 빨리 맞춰 주고 측정을 제대로 해줄 거라 기대하지 않았더라면 키멜은 다른 안경점 으로 갔을지도 모른다.

"선금을 걸어 주시겠습니까, 키멜 씨?"

키멜은 지갑을 열어 지폐를 넣는 칸에서 한 장을 꺼냈다. 10달러짜리 였다.

"내일 아침까지 해드리죠. 댁으로 보내드릴까요?" 직원은 괜히 챙겨주 는 척하며 물었다.

"그럼 잔금은 집에서 드리겠습니다."

키멜은 안경점을 나와 인도를 가로질러 차를 대기시켜 놓은 곳으로 갔 다. 이번엔 토니가 운전하는 그의 차가 아니라 택시였다. 집으로 가는 길에 키멜은 배가 고팠다. 한 시간 전에 아침을 잔뜩 먹었는데도 너무나 허기졌다. 그는 갈등하며 공복감을 살폈다. 마치 손가락으로 건들면 만져지는 문제처럼 왜 이리 배가 고픈지 따져보았다. 그러다 보니 호밀 빵에 양파 슬라이스를 곁들인 간소시지 샌드위치와 맥주가 생각났다.

"기사님, 24번가와 엑서터가 만나는 곳에 잠시 들릅시다. 샴로크 델리로 가주세요."

델리 앞에 도착하자 키멜은 또다시 택시에서 내렸다. 차들이 잔뜩 오가는 간선도로를 건너듯 인도를 최대한 살피며 가로질러 델리 안으로 들어갔다. 간소시지 샌드위치 하나와 캔 맥주 여러 개를 샀다. 이 집 샌드위치는 리코스 델리에 비교도 안 되지만, 그는 더는 거기로 가지 않았다. 토니가 키멜을 보면 도망갔고, 토니의 아버지도 길에서 마주쳐도 그에게 더는 말을 걸지 않았다. 키멜은 샌드위치와 캔 맥주를 들고 도로 택시에 탄 다음 기사에게 집으로 가자고 했다. 기름종이를 펼쳐서 샌드위치를 한 입 베어 물었다. 집에 도착할 무렵, 샌드위치가 4분의 1밖에 남지 않았다. 샌드위치를 두 개 시킬 것을, 키멜은 후회했다. 기사는 택시 요금이 2달러 10센트가 나왔다고 했다. 키멜은 미터기가 보이지 않아서 기사의 말을 믿지 못했지만, 그래도 달라는 대로 요금을 지불했다.

키멜은 집에서 맥주 두 캔을 마시고, 남은 샌드위치와 빵 한 조각에 크림치즈를 발라 먹은 후 거실에 앉아 기다렸다. 그저 뭐라도 읽을 수 있기를 바랐지만 그럴 수가 없었다. 기다리는 것밖에 할 수 있는 게 없었다. 키멜은 안경을 기다리고, 코비가 찾아와 또다시 안경을 망가뜨리기를 기다렸다. 금이 간 서점 유리창이 생각났다. 지난 금요일, 그가 서점에 있을 때 누군가 벽돌을 집어 던졌다. 벽돌에 맞아 전창에 구멍이 뻥 뚫리진 않았지만, 금이 대각선으로 쫙 생겼다. 이제는 낮에 서점에 있기가 겁이 났다. 아무래도 집이 아니라 서점에서 싸움이 날까 두려웠다. 키멜스 북스토어의 주인이 멜키오르 키멜이라는 건 누구나 알지만, 그가 어디에 사는지는 다들 아는 건 아니기 때문이다.

키멜은 일어나 다시 주방으로 갔다. 조각을 하려고 목재상에서 사온 마감이 된 소나무 목재를 들고 다시 거실로 간 다음, 18센티미터 정도를 깎았다. 목재는 정사각형이었는데 그걸 시가처럼 둥글렸다. 그 위에 무늬를 새길 공간이 충분치 않았지만, 그래도 구상은 했다. 그는 날카로운 칼로 빠르게 작업했다. 칼날은 여전히 단단했지만 번번이 갈다 보니 폭은 좁아지고, 면도날처럼 뾰족했던 칼끝은 길고 뭉뚝하게 변했다.

키멜은 스택하우스의 웃음소리가 또다시 들리자, 코비에게 머리를 한 방 얻어맞고 발로 걷어차인 것 같았다. 마음속에서 분노의 폭풍이 일기 시작했다. 스택하우스의 웃음소리가 떠오르자 그를 으스러뜨리고 칼로 찌르고 싶었다. 키멜은 자리에서 일어나 칼과 나무를 소파 위에 집어 던지고 헐렁한 바지 주머니에 손을 찔러 넣은 채 방 안을 빙글빙글 맴돌기 시작했다. 토니를 기억에서 완전히 지워낸 것처럼 스택하우스를 완전히 잊을 것인가, 아니면 복수하고픈 처절한 갈망을 채우기 위해 스택하우스의 몸뚱이를 뭉개 버릴 것인가. 키멜의 마음이 두 갈래로 갈렸다. 스택하우스는 살인을 저질러 놓고도 거짓말을 일삼고 피해자들을 비웃더니 죄가 드러났는데도 기적적으로 처벌을 면한 겁쟁이 철면피 같았다. 코비는 스택하우스에게 손가락 하나 대지 않았다. 게다가 돈도 많다! 키멜은 스택하우스가 롱아일랜드에서 가정부를 두 명 정도 두고─가정부가 그만둬도 스택하우스는 금방 구할 수 있을 것이다─호사스러움에 가까운 생활을 할 것 같았다. 아마 뒷마당엔 수영장도 있겠지. 이기적이고 멍청한 그 자식은 지독히 인색한 나머지 제 이름이 조금 더 더럽혀지는 걸 막아줄 5만 달러를 내놓지 않았다! 키멜은 스택하우스가 어리석은 결정을 내린 것이 못마땅했다. 게다가 스택하우스가 키멜의 삶을 망가뜨린 것에 대한 보상으로 최소한으로 잡아도 5만 달러는 받아내야 할 것 같은 기분까지 들었다.

키멜은 냉장고 문을 열고 훈제 소시지가 반쯤 담긴 접시를 꺼낸 후 빵을 가지러 브레드 박스로 갔지만, 세르블라(돼지고기와 쇠고기를 섞어서 만든 훈제 소시지)의 훈제 향에 홀려 하나를 집어 들고 한 입 베어 문 다음 치아로 껍데기를 벗겨 안쪽 살만 발라 먹었다. 그리고 캔 맥주를 하나 더 꺼내 거실로 돌아가 소파에 앉은 다음, 칼과 나무를 다시 집어 들었다.

다른 도시로 이사 가면 되지, 키멜은 생각했다. 아무도 그를 말리지 않을 것이다. 분명 코비가 따라올 것이다. 그래도 적어도 한동안은 쩨려보는 이웃도, 만나도 그에게 말을 걸지 않는 친구도, 아는 이도 없을 것이다. 만약 새로운 동네, 이를테면 패터슨이나 트렌턴까지. 끝끝내 그를 외면한다 해도, 친구들이 더는 옹호해 주지 않는 뉴어크에서처럼 고통스럽지는 않을 것이다.

키멜은 나무에 열십자로 칼자국을 내기 시작했다. 스택하우스도 친구를 모조리 잃었으면. 그는 둥근 칼 끝으로 나무 여기저기에 둥글게 홈을 팠다. 그런 다음 엄지손톱으로 정확히 각도를 감지하면서 구멍 속에 X자를 그었다. 안경이 없어서 화려하게 땋은 듯한 문양을 전혀 새길 수 없었지만, 그래도 지금 손의 감각만으로 작업했다는 게 놀라웠다. 좀 서둘러 작업했는데도 작품이 마음에 들었다. 그러다 또다시 화가 치밀며 온몸에 힘이 잔뜩 들어갔다. 스택하우스를 제대로 처단할 유일한 방법은 거세뿐이다. 그는 스택하우스의 롱아일랜드 집 주변이 얼마나 어두울지 궁금했다. 나무속을 칼로 후벼 파면서 코웃음을 쳤다. 그는 오래전부터 자신이 스택하우스를 범인으로 취급했다는 것을 깨달았다. 처음에는 스택하우스를 무죄라고 믿었다. 그러나 이렇게 생각이 바뀐 건 하나도 중요해 보이지 않았다. 스택하우스가 아내를 정말 죽였는지 아닌지는 조금도 중요하지 않았다. 코비도 분명 그와 같이 느끼고 있다는 게 흥미로웠다. 코비도 스택하우스를 무죄로 여겼었다. 그는 그걸 똑똑히 기억하고 있었다. 심지어 헬렌의 사망 기사를 발견했을 때도 코비는 스택하우스를 무죄로 생각했다. 코비는 말로만 스택하우스를 범인으로 생각한다고 떠들어 대더니 진짜로 범인 취급하기 시작했다. 스택하우스가 유죄든 무죄든 어차피 결과는 같았을 것이다. 아내는 죽었고, 스택하우스가 아내를 죽인 것처럼 보였다. 게다가 스택하우스는 그전까지만 해도 완벽하고 평화롭게 살던 한 남자를 지옥으로 끌어내리지 않았는가. 키멜은 스택하우스를 유죄로 여기는 편이 더 낫다는 걸 알았다. 스택하우스의 죄에다 면책을 누리는 모습까지 더해져 스택하우스가 더욱 지긋지긋해졌기 때문이다. 키멜은 스택하우스가 절친한 친구들과 같이 있는 모습을 상상했다. 스택하우스 같은 남자가 살인이라는 짐승 같은 범죄를 저지를 수 없다고 믿는 척하면서 몹시 거만하고 상류층의 고상함을 갖춘 충직한 친구 두어 명이 곁에 있다. 그들은 고급 스카치를 마시면서 스택하우스가 끔찍한 음모의, 가장 재수 없는 일련의 상황의 희생양이 된 거라며 애써 스택하우스에게 장담한다. 어쩌면 비웃는지도 모르겠다! 키멜은 나무를 반 토막 내려는 듯 나무 한가운데를 후벼 파고 있었다. 그 사실을 문득 깨달은 후, 동작을 멈추고 홈이 팬 부분을 갈기 시작했다. 그러나 이젠 그 모습이 마음에 들지 않았다. 결국 작품을 완전히 망치고 말았다. 초인종이 울리자 자리에서 벌떡 일어났다.

키멜은 발자국 소리를 전혀 듣지 못했다. 복도가 어두운 탓에 문에 걸린 커튼 자락에 매달려 지그시 살폈다. 모자와 양쪽 어깨의 어슴푸레한 실루엣이 보였다. 코비였다.

"열어, 키멜. 안에 있는 거 다 알아." 코비는 키멜이 보이는 듯이 말했다. 키멜은 코비가 정말로 안 보이는지 자신할 수 없었다.

키멜이 문을 열었다.

코비가 들어왔다. "서점에 가서 널 찾았잖아. 이젠 거기서 더는 일을 안 하나 봐? 아, 또 안경 때문인가!" 코비는 웃으며 말했다. "물론 그렇겠지." 그는 키멜을 지나쳐 거실로 들어갔다.

키멜의 발에 러그가 걸렸다. 곧장 소파로 가서 일단 칼부터 주운 다음 나무를 집어 주머니 속에 쑤셔 넣었다. 그리고 옆으로 손을 내려 엄지와 손가락 끝 사이에 칼 손잡이를 쥐었다.

"혼자서 뭘 하고 계셨나?" 코비가 자리에 앉으며 물었다.

키멜은 대답하지 않았다. 코비는 새벽 3시까지 키멜을 붙들고 있었다. 코비는 키멜이 뭘 했는지 꿰뚫고 있었다. 두 사람이 경찰서에 있던 시간 이후에도 키멜이 누굴 만났는지 모조리 파악하고 있었다. 아무도 만나지 않았지만.

"스택하우스가 44번가에서 개업했어. 혼자서. 오늘 아침에 거기로 가서 만나고 왔지. 스택하우스는 그럭저럭 잘 지내더군."

키멜은 계속 서서 기다렸다. 그는 코비의 이런 방문에도, 코비가 새똥처럼 찔끔찔끔 흘리는 정보에도 익숙해졌다.

"넌 스택하우스를 비난했는데도 별로 득을 보지 못했어. 안 그래, 키멜?

돈도 못 받았지, 적들이 새로 생겨서 서점 문까지 닫았잖아. 그런데도 스택하우스는 자기 이름을 걸고 새로 개업까지 했어! 키멜, 행운의 여신은 네 편이 아니네. 안 그래?"

키멜은 코비의 입 속에 칼을 찔러 넣고 싶었다. "스택하우스가 뭘 하든 관심 없어." 키멜이 냉랭히 말했다.

"어디, 칼 좀 볼까?" 코비가 손을 뻗으며 말했다.

키멜은 코비가 소파에 몸을 웅크리고 앉은 모습을 보는 것도 지겨웠고, 달려들어 봤자 코비가 피할 거라는 걸 알고 있는 것도 짜증스러웠다. 코비에게 칼을 건넸다.

"근사한데." 코비가 감탄하며 말했다. "어디서 났지?"

키멜은 살짝 음울하게 웃었지만 그래도 기뻤다. "필라델피아에서. 평범한 칼이야."

"충분히 위협적이네. 이 칼로 헬렌도 죽였나?"

키멜은 그렇다고 불쑥 말하고 싶었지만, 아무 말 없이 두툼한 입술을 맞붙인 채 계속 서서 기다렸다. 겉으로는 차분한 척했지만, 속에서 독이 오르듯 분노가 요동쳤다. 그 바람에 머리가 약간 띵하고 속이 살짝 울렁거렸다. 키멜은 그다음을 기대하는 중이다. 코비가 일어나 그의 얼굴을 갈기고 배를 걷어찬다. 키멜이 어떤 식으로든 보복하려 하면 코비는 더욱 세게 때릴 것이다. 키멜은 두 손으로 코비의 모가지를 붙든 모습을, 그것도 한 손으로 부여잡은 모습을 상상하는 게 좋았다. 그럴 수만 있다면, 코비가 키멜의 어디를 어떻게 때리려 해도 절대로 공격을 퍼붓지 못할 것이다. 오늘 그런 상황이 벌어질 수도 있다고 생각하니 키멜은 희망 속에서 한 가닥 위안을 얻었다. 혹은, 코비가 떠나려고 할 때 뒷목에 칼을 꽂으면 아주 간단히 끝날 것이다. 혹은, 그랬다간 전처럼 거실 바닥에 헐떡이는 살덩이처럼 누워 있게 되려나?

"스택하우스의 상황이 흥미롭지 않나? 그 작자의 인기가 조금도 수그러들지 않았잖아." 코비는 칼을 폈다 접었다 했다.

키멜은 코비의 손에서 들리는 익숙한 칼 소리가 듣기 싫었다. "내가 말했잖아, 관심 없다고!"

"안경은 언제 오지?" 코비가 무심히 물었다.

키멜은 대답하지 않았다. 코비가 키멜의 안경을 깨먹는 바람에 260달러나 들게 생겼다.

코비가 일어섰다. "또 보지, 키멜. 어쩌면 내일도 보자고." 코비가 거실을 걸어 나갔다.

"내 칼은!" 키멜이 쫓아가며 요구했다.

코비가 현관 앞에서 돌아서더니 칼을 건넸다. "네가 이거 없이 뭘 하겠어?"

39

그다음 날 밤, 키멜은 차를 몰고 롱아일랜드 베네딕트로 갔다. 일단 호보컨으로 가서 마지막 순간 페리에 올라 맨해튼으로 들어가 우회하는 길을 한참 타고 서쪽으로 올라갔다가 파크 가로 내려온 다음 동쪽으로 넘어가 미드타운 터널로 갔다. 코비의 부하를 떨구기 위해서였다. 키멜은 집에서부터 남자가 따라붙었다는 것을 알았다. 면전에서 코비에게 모욕당하는 것만큼 미행당하는 것도 짜증스러웠다. 사실 코비가 매번 남자를 교체했지만, 서점이나 상점에 가는 길에 남자가 눈에 띄면 키멜은 그때마다 분통이 터져 붉으락푸르락 달아오른 얼굴로 몸서리를 쳤다. 그러면서도 불쑥 체면을 차리고픈 충동이 일자 당황한 나머지 남자에게 아무 짓도 못하고, 심지어 아무런 감정조차 일지 않았다. 다만, 남자가 그의 손에 잡힐 거리에 있다면 모기를 죽이듯 두 손으로 그자의 목숨 줄을 끊고 싶은 잔잔하고 잔인한 욕망만 타올랐다. 키멜이 베네딕트로 가던 날 밤, 남자는 보이지 않았다. 논리적으로 따져 봐도 분명 남자를 떨구어 냈을 거라 확신이 든 이후에도 머릿속에 남자의 모습이 떠나지 않자, 키멜은 짜증이 날 대로 났다. 기분이 언짢고 어수선했다.

키멜은 주유소에서 지도를 한 장 얻었다. 그러나 지도가 자세하지 않아서 베네딕트의 말버러 가까지 나오지 않았다. 그는 베네딕트 외곽에 있는 쇼핑센터 내 델리로 들어가 물어보았다. 델리에 있는 남자는 말버러 가가 어딘지 알면서도 키멜의 묻는 말에 전혀 관심을 보이지 않는 것 같았다. 유리 계산대 뒤로 감자 샐러드와 롤몹스(독일식 청어 절임), 소시지가 신선해 보였지만, 키멜은 출출하지 않아서 아무것도 사지 않았다.

키멜은 말버러 가로 진입하는 측면 도로 인근 중심가에 주차한 후, 차를 잠그고 걷기 시작했다. 말버러 가는 짙은 흙길이었고 어둠 속에서 보니 고작 두세 채밖에 보이지 않았다. 번지수가 하나도 보이지 않자 키멜은 펜라이트를 들고 길가 우편함에서 이름을 살폈다. 스택하우스의 이름은 보이지 않았다. 그는 나무 뒤편으로 보이는 흰 저택을 향해 계속 걸어갔다. 뒤를 살폈다. 자동차 라이트도 보이지 않았고, 아무 소리도 들리지 않았다. 우편함으로 가서 펜라이트의 희미한 불빛을 비추었다. W. P. 스택하우스. 집에는 불이 켜진 창이 하나도 없었다. 시계를 보았다. 고작 밤 9시 33분이었다. 스택하우스가 그를 믿어 주는 친구와 같이 저녁을 먹으러 나간 것 같았다. 그럼에도 키멜은 조심스레 잔디를 가로질러 집으로 다가갔다. 까치발로 걷자 육중한 체중 때문에 몸이 양쪽으로 기우뚱거렸다. 다가가는 그의 모습에서 기름진 우아함이 엿보였다. 그냥 걸을 때보다 훨씬 우아했다. 그는 정원에 낮게 걸린 덩굴을 피하려고 몸을 살짝 숙였다가 계속 걸어서 집을 한 바퀴 돌았다. 불빛은 전혀 보이지 않았다.

다시 현관으로 돌아온 키멜은 초인종을 누를지 말지 고민에 빠졌다. 초인종 소리에 스택하우스가 초조해져서 자신의 신체적 안위를 진지하게 걱정하게 된다면 신이 날 것만 같았다. 스택하우스는 아직 걱정다운 걱정은 제대로 하지 않았으니 말이다. 오늘 밤 키멜은 스택하우스를 죽일 수도 있다. 이제 그를 미행하던 남자도 떼어 냈으니 알리바이는 내 알 바 아니다. 키멜은 흔적 하나 남기지 않을 것이다. 또 거짓말하면 된다. 그의 두 손으로 스택하우스의 목을 아작 내는 상상을 하자 온몸이 떨렸다. 바로 그 때, 그가 지금 어디에 서 있는지 퍼뜩 정신이 들었다. 여기에 있다간 스택 하우스가 희미한 가로등 불빛만으로도 키멜을 알아볼지 모른다. 오늘 밤 그가 여기까지 온 건 스택하우스가 어디에 사는지 궁금했던 마음을 달래 기 위해서였다. 스택하우스가 집에 없을 확률이 컸다. 녀석이 집을 비워서 다행이다. 덕분에 키멜은 스택하우스의 집을 훨씬 자세히 살필 수 있었다.

키멜은 현관으로 스르륵 다가가 펜라이트를 유리창 위쪽에 대고 실내 를 들여다보았다. 라이트 덕분에 휑한 복도의 일부분과 매끈매끈한 짙은 색 바닥이 보였다. 고작 1미터 남짓밖에 보이지 않았지만 복도는 텅 비어 있었다. 건물 측면 1층에도 창이 나 있었다. 키멜은 그쪽에서 빛을 쏘았다. 하얀 벽과 텅 빈 바닥이 보였다. 커튼도 없었다. 그걸 보는 순간, 키멜은 스 택하우스가 이사 나갔을지도 모른다는 생각이 들었다. 갑자기 온몸이 짜 증으로 휘감겼다. 키멜은 잽싸게 현관으로 돌아왔다.

초인종을 눌렀다. 은은한 차임벨이었다. 그는 기다렸다가 다시 눌렀다. 짜증도 나고 배도 고팠다. 그 지루한 먼 길을 운전해서 여기까지 왔는데 헛수고라니 화가 났다. 스택하우스가 그를 허탕 치게 만들었다니 열이 받 았다. 그가 이 집에 도착하기 5분 전, 스택하우스가 짐을 모조리 챙겨서 빠 져나간 것처럼 분통이 터졌다. 그는 초인종에 기대고 선 채 박자에 맞춰서 벨을 눌렀다. 텅 비고 컴컴한 집 안이 거듭 울리는 뻔한 차임벨 소리로 채 워졌다. 그는 엄지가 저릴 때까지 누르다가 그만두었다. 그리고 돌아서면 서 큰 소리로 욕을 내뱉었다.

스택하우스를 만나고 싶으면 만날 수 있을 것 같았다. 아무도 키멜을 말릴 수 없다. 코비의 부하도 못한다. 스택하우스가 다니던 로펌에서 그가 새로 개업한 사무실의 주소를 선뜻 내줄지 모른다. 그가 사는 데까지 쫓아 가려고 키멜이 사무실 아래에서 기다리고 있는 모습을 보면 스택하우스 가 어떤 표정을 지을까? 식겁하겠지. 키멜은 스택하우스가 서점으로 왔던 날 이후로도 그런 모습을 본 적이 있었다. 키멜은 스택하우스를 실색하게 만든 다음, 오늘 같은 밤 어느 곳에서 해치우고 싶었다. 오늘 그가 집을 비 웠다니 아쉬운 걸. 오늘 모든 일이 전부 벌어질 수도 있었는데.

키멜은 불쑥 현관에서 돌아서서 무심한 척 고개를 빳빳이 들더니 통통 한 양쪽 팔을 덜렁거리며 잔디를 가로질렀다. 키멜이 상상했던 바로 그런 집에서 스택하우스가 살고 있었다. 하얀 벨렘 가죽으로 감싼 책 바인딩처 럼, 널찍하고 꽤 비싸지만 그러면서도 튀지 않는 집이었다. 스택하우스는 꽤 고급스러운 취향을 가진 남자였다. 재력, 사회적 지위, 앵글로색슨 계의 수려한 외모라는 방벽 뒤에서 자신의 특권을 누리며 우쭐대는 자였다. 키 멜은 길가 버드나무 아래에 서서 오줌을 갈겼다.

40

월터가 수화기를 들었다. "여보세요?"

"여보세요. 스택하우스?"

"네." 월터는 문 안쪽에서 서성거리는 남자를 쳐다보았다.

"멜키오르 키멜이다. 좀 만나야겠는데. 이번 주에 약속을 잡을까?"

월터는 남자가 나가기를 바랐다. 얘기를 막 끝냈는데도 남자는 가지 않고 월터를 쳐다보고 있었다. "이번 주는 시간이 없습니다만."

"중요한 일이야." 키멜은 갑자기 건조하게 말했다. "이번 주 중에 저녁 때라도 보자. 만일 시간이 안 된다면, 내가……"

월터는 목소리를 막은 채 수화기를 천천히 내려놓고 서서히 일어나 문 앞에 선 남자에게 갔다. "다음 주 초에 법원에 사건을 접수하겠습니다. 판결이 나오는 대로 알려 드리죠."

남자는 월터의 말을 못 믿겠다는 듯이 쳐다보았다. "사람들이 절대로 집주인하고 싸우지 말라고 그러던데요. 남들이 그랬어요. 아예 시도조차 하지 말라고요."

"그래서 제가 있는 거 아닙니까. 한번 해보죠. 우리가 이길 겁니다." 월터는 이렇게 말하며 문을 열어 주었다.

남자는 고개를 끄덕였다. 월터는 남자의 얼굴에 드리웠던 의심이 그저 걱정 때문이었다고 결론지었다. 의뢰인은 지난 8개월간 사기 친 집주인에게 추가 지불한 225달러를 되돌려 받지 못할까 봐 전전긍긍하고 있었다. 월터는 남자가 복도를 따라 엘리베이터로 향하는 모습을 지켜보다가 돌아서서 사무실로 들어왔다.

월터는 책상 위에 놓인 서류 두 장을 내려다보았다. 한 장은 집주인 관련 사건이었고, 또 한 장은 음주 때문에 부당하게 감금된 건이었다. 이게 다였다. 이제 사무실이 고요해졌다. 전화도 조용했다. 이제 고작 여드레째. 어쩌면 월터가 오전에 이틀이나 도서관에 가느라 사무실을 비우는 바람에 전화를 못 받아서 그런 건지도 모른다. 월터에게 일자리를 얻으려는 법대생이 전화했을 수도 있다. 어쩌면 전보다 더 크게 광고를 또 내야 할지 모른다.

그는 책상 한쪽 구석에 접혀진 채 놓인 신문을 바라보며 가십 칼럼 속 기사를 떠올렸다. 제목은 '귀신의 집?'으로 시작했다. '아내의 사망 사건과 관련하여 젊은 변호사의 연루 여부가 여전히 미궁에 빠져 있다. 그러나 그의 행방은 명확히 밝혀진 상태다. 그는 굴하지 않고 맨해튼에 법률사무소를 개업했다. 지금 매물로 나온 그의 롱아일랜드 저택처럼, 고객들이 모조리 발길을 끊을지 궁금하다. 주민들에 따르면 저택은 귀신의 집처럼……'

구인 광고를 이보다 더 잘 낼 수는 없다. 월터는 한쪽 입꼬리만 올린 채 웃으며 복도에서 들리는 발소리에 귀를 기울였지만, 그냥 지나쳐 가는 발소리였다. 우체부였다면 얼마나 좋을까. 오늘 아침에는 무슨 우편물이 올까, 월터는 궁금했다.

키멜이 또다시 돈을 요구하는 걸까? 아니면 그가 날 죽이고 싶어 하는 건가? 코비는 지금 뭐 하지? 코비가 일주일째 잠잠하다. 코비와 키멜이 둘이서 무언가를 작당하는 걸까? 월터는 고개를 들고 생각하려 했지만 할수가 없었다. 머리 앞이 벽으로 가로막힌 것 같았다. 그는 몸을 움직여 그벽을 옆으로 밀어 버리려는 듯 자리에서 일어나 책상 주위의 좁은 공간을 돌아다니기 시작했다.

허연 것이 문 옆으로 뚝 떨어졌다. 월터는 달려가 그것을 주웠다. 편지네 통이었다. 주소가 타이핑된 평범한 봉투부터 골랐다.

스탠리 어터라는 학생이 보낸 편지였다. 자신은 스물두 살 법대 3학년으로 형법을 전공하기 때문에 현재 받은 수업으로도 충분히 자격을 갖추었기를 바란다고 했다. 그러면서 약속을 잡고 싶으니 전화를 해달라고 요청했다. 굉장히 진중하고 예의 바른 편지였다. 이 편지는 월터가 그동안 사적으로 받은 그 어떤 편지보다 마음에 와 닿았다. 아마 스탠리 어터는 월터가 찾던 젊은 법대생일지 모른다. 그가 지원자 열 명의 몫을 해낼 수 있을지도 모른다.

월터,

크로스가 네 변호사 자격을 박탈할 모든 방법을 강구하고 있다는 사실을 알려줘야 할 것 같다. 네 유죄가 입증되지 않는 한, 저들이 물론 널 제명시킬 수는 없어. 그렇지만 크로스는 새로 개업한 네 사무실의 평판을 망칠 만한 연기는 충분히 피울 수 있는 사람이야. 너에게 무슨 조언을 해줘야 할지 모르겠다만, 그래도 이건 알리는 게 옳다고 생각했다.

딕

월터는 편지를 접은 다음 바로 찢어 버렸다. 그는 이럴 거라 예상하고 있었다. 다른 것들도 죄다 이렇게 될 것이다. 그들이 정식으로 그의 자격을 박탈할 수는 없다. 절대로. 오로지 비공식적으로만 가능하다. 월터를 제명시켜 법조계에서 몰아내자고 그저 얘기를 꺼내는 것만으로도 충분하다.

41

모두에게 한 번은 더 기회를 줘야 하나?

월터가 웃었다. 신경질적으로 웃으며 안으로 걸어 들어가자 공포와 수치심에 어깨가 굽어졌다. 빨간색과 녹색이 어우러진 카펫이 깔린 바닥을 내려다보았다.

이 방은 기다리고 있었다. 등받이가 높은 의자 두 개가 벽에 기댄 채 기다리고 있었다. 평범하면서도 휑한 침대, 멈춰 버린 도금된 시계가 그를 기다리고 있었다. 제프를 뺀 모두가 그를 기다리고 있었다. 제프는 집에서도 늘 그랬듯이 암체어에서 잠을 자고 있었다.

그런데 엘리, 존, 딕, 클리프, 아이어턴 부부와 맥클린톡 부부, 이들까지도 분명 기다리고 있었다. 무슨 일이 일어나기를, 월터가 졌다고 시인하기를 기다리고 있는 게 확실했다.

"월터, 오늘은 기분이 어때?" 사흘 전, 빌 아이어턴이 전화했다. "조만간 보자." 월터는 수화기 저 반대편 끝에서 몸을 숨긴 채 거짓말을 해대는 위선과 감춰 둔 호기심만 느껴질 뿐, 의미 없이 공허하고 끔찍한 말들에 인상이 찌푸려졌다. 빌이 다시 전화하고 싶을 만큼 호기심을 충분히 채웠을까, 월터는 궁금했다.

월터는 서서 제프를 내려다보았다. 오늘 제프에게 밥을 줬는지 기억하려 했지만 생각나지 않았다. 좁은 부엌으로 가 냉장고를 여니 반쯤 남은 강아지 사료 캔이 보이는데도 전혀 기억나지 않았다. 월터는 그걸 꺼내 팬에 붓고 데운 다음 제프에게 갖다 준 후, 제프가 천천히 모두 먹어 치우는 모습을 바라보았다.

스탠리 어터에게 쓴 편지를 부치러 나가야 했다. 편지는 이미 현관 테이블 위에 올려 두었다.

월터는 존에게 전화를 걸고 싶었다. 무슨 희망이 남아서 그런 건 아니었다. 그동안 절대로 꺼내지 못했던 말을 마지막으로 하고 싶어서였다. 지난 주, 그는 존에게 전화를 걸어서 존이 롱아일랜드로 전화했을 때 뚝 끊어 버려서 미안하다고 사과했다. 존은 장거리 전화를 하던 그 목소리로 화내지 않고 이렇게 말했다. "네가 진정이 되면 나한테 다 말해도 좋아, 월터." "난 진정했어. 그래서 내가 전화한 거잖아." 그러고는 언제 만날 수 있는지 월터가 물으려는 찰나, 존이 입을 열었다. "네가 겁을 먹어서 사실을 외면하는 짓을 이제라도 그만둔다면, 그 사실이 뭐든……" 그 순간, 월터는 사람들이 예전 그 자리에 그대로 서 있다는 것을 깨달았다. 그러자 사실을 마주하기가 겁이 났다. 아무도 그를 믿어 주지 않아서 두려웠다. 월터가 지금껏 장황하게 일일이 반박했는데도 존마저 그의 말을 믿어 주지 않을까 봐 무서웠다. "우리 아무 말도 하지 말까?" 결국 월터가 존에게 말했다. 그렇게 두 사람은 가만히 있다가 전화를 끊었고, 존은 여태 전화하지 않았다.

"정말로 무슨 일이 벌어지면 연락해, 형." 클리프도 지난 주 편지를 보냈다. "형이 진짜로 무슨 일이 있었는지 말하기 전까진, 이건 끝나지 않아……"

"오, 그런가요." 코비가 말했었다. "당신이 자백하지 않는 한 영원히 계속될 겁니다."

엘리도 이랬다. "내가 용서 못하는 건 거짓말이에요…… 사실 줄곧 당신을 의심했거든요."

월터는 존에게 전화해서 이렇게 말하고 싶었다. "나 옴짝달싹 못 하게 되었어. 다 뒤집어씌우라고 해. 날 봐! 날 보니 고소하지! 너희들 다 신나겠어! 너희들이 이기고, 내가 졌다!"

나 같은 사람은 어떻게 될까?

변변찮은 인간이 되겠지, 월터는 생각했다. 언젠가 클라라와 같이 베네딕트에 있는 누군가의 잔디밭에 술잔을 들고 서 있을 때도 이런 기분이 들었다. 나는 왜 여기에 있으며 어디로 가는 걸까? 그리고 왜일까? 이렇게 스스로에게 물었건만, 단 하나의 해답도 찾지 못했다.

그는 의자에 있는 제프를 바라보았다. 사랑해 클라라, 월터는 생각했다. 내가 그랬었나? 변변찮은 인간에게 사랑할 능력이 있을까? 하찮은 자가 사랑할 수 있다니 말이 되지 않는다. 그럼 뭐가 말이 되지? 클라라라가 여기에 있었으면. 이것은 월터가 가진 단 하나의 확고한 소망이었지만, 가장 말이 되지 않았다.

월터는 옷장에서 외투를 꺼내서 후다닥 입다가 안에 재킷을 입지 않았다는 걸 알고도 그냥 내버려 두었다. 목에 모직 목도리를 두르다가 오늘 밤 날씨가 대단히 매섭다는 사실을 기계적이면서도 완벽히 무덤덤하게 떠올렸다. 스탠리 어터에게 부칠 편지를 집어 들었다.

그는 서쪽으로 걸음을 옮겨 센트럴파크로 갔다. 어둡고 넓은 숲이 보였다. 숲은 마치 정글 같은 피신처가 되어 주는 것 같았다. 우체통을 찾았지만 하나도 보이지 않았다. 편지를 외투 주머니에 넣고 장갑을 끼지 않은 맨손을 주머니에 찔러 넣었다. 만일 공원이 정글이라면 그는 계속 더 깊숙이 들어가 아무도 그를 찾지 못할 곳까지 갈 생각이다. 급사할 때까지 걷고 또 걸을 것이다. 그럼 그 누구도 시신을 찾지 못할 테니 그는 홀연히 사라지게 된다. 흔적 하나 남기지 않고 자살하려면 어찌해야 할까? 온몸을 화산에 녹이거나, 폭사하면 된다. 요전 날 꿈에서 다리가 폭발하는 장면이 떠올랐다. 실제로 일어난 일처럼 생생했다.

그는 공원으로 들어갔다. 굽어진 산책로가 눈앞에 펼쳐졌다. 가로등이 하나만 켜진 회색 시멘트 길이었다. 휘어진 산책로가 끝나면 또 다른 길로 이어졌다. 너무 추워서 공원엔 아무도 없어 보였다. 그러다 텅 빈 벤치가 줄줄이 놓인 곳에 어느 커플이 앉은 모습이 보였다. 둘이 서로 부둥켜안고 입을 맞추고 있었다. 월터는 산책로에서 벗어나 언덕을 오르기 시작했다.

월터는 어둠 속에서 돌부리에 발이 걸려 넘어질 뻔했다. 철사 같은 덤불이 바짓단에 걸리기도 했다. 그는 성큼성큼 꾸역꾸역 언덕을 올랐다. 아무 생각이 들지 않았다. 기분이 상쾌해서 거기에만 집중했다. '아무 생각도 하지 않는 것만 생각하는 중이다.' 이게 가능한가? 바로 지금, 생각에서 배제한 사람이나 일을 정말로 생각하지 않는 걸까? 만일 무언가를 배제해야겠다고 생각한다면, 그 생각을 정말로 하고 있는 건 아닐까?

그는 엘리가 또박또박 말하는 목소리가 들리는 것 같았다. "사랑해요, 월터." 월터는 그 소리가 들리자 갑자기 걸음을 멈추었다. 엘리가 몇 번이나 저 말을 했던가? 진심이었을까? 클라라가 사랑한다고 말하던 진심의 절반에도 못 미치는 것 같았다. 월터는 다시 걷기 시작했지만 이내 걸음을 멈추고 뒤를 돌아보았다.

신발이 돌부리에 걸리는 소리가 월터의 귀에 들렸다.

그는 저 아래 어둠 속을 응시했다. 지금은 아무 소리도 들리지 않았다. 산책로를 찾으려고 주위를 둘러보았다. 지금 여기가 어디인지 도통 모르겠다. 월터는 가던 방향으로 계속 걸었다. 아마 상상 속에서 들린 소리 같았다. 그런데 키멜이 뒤에서 씩씩거리며 언덕을 오르며 격분한 채 월터를 찾는 모습이 떠오르는 순간, 그는 바보처럼 겁에 질렸다. 한참 동안 아주 느릿느릿 걸음을 옮겼다. 이제 내리막길이 시작되었다.

뒤쪽에서 잔가지가 부러졌다.

월터는 남은 내리막길을 성큼성큼 걷다가 드디어 큰 바위 면에서 산책로로 훌쩍 뛰어내렸다. 그다음, 머리 위로 가지를 드리운 나무 그림자 밑으로 몸을 잽싸게 숨겼다. 가로등이라곤 몇 미터 멀리 있는 것뿐이라 산책로는 어둑어둑했지만, 그가 뛰어내린 높은 바위는 물론, 바위 반대편의 완만한 비탈면과 그 아래로 이어지는 산책로까지 다 보였다.

발자국 소리가 월터의 귀에 들렸다.

키멜이 바위 위를 비추는 조명 속에서 나타나 주위를 두리번거리더니 비탈면을 걸어 내려가는 모습이 월터의 시야에 들어왔다. 키멜은 산책로에 들어서더니 양방향을 살핀 후 월터가 있는 쪽으로 걸어오기 시작했다. 월터는 언덕에 있는 비스듬한 바위 면에 몸을 밀착시켰다. 키멜은 걸으면서 그 큰 얼굴을 좌우로 돌렸다. 키멜의 오른손이 거북해 보였다. 소매 속에 칼을 펼쳐서 날을 숨기고 있는 것 같았다. 키멜이 지나가고 나자 월터는 키멜의 손부터 기를 쓰고 살폈다.

키멜이 아파트에서부터 날 미행한 게 분명해, 사무실 건물도 지켜보았을 거야, 월터는 생각했다.

월터는 키멜이 아주 멀어져 그의 발자국 소리를 듣지 못할 때까지 기다린 후, 산책로에 올라서서 반대 방향으로 걸었다. 몇 걸음을 떼다가 뒤돌아보았다. 그런데 월터가 돌아보는 바로 그 순간, 키멜도 뒤를 돌아보는 것이 아닌가. 가로등 조명 속에서 키멜이 또렷이 보였다. 바로 그때, 월터는 그대로 굳고 말았다. 키멜도 그를 본 것 같았다. 키멜이 그가 있는 쪽으로 즉각 움직였기 때문이다.

월터는 공포에 질린 사람처럼 뛰었다. 그런데 마음은 차분히 걸으며 논리적으로 이렇게 묻는 것 같았다. "왜 뛰는데? 키멜하고 한판 붙고 싶어 했잖아. 바로 지금이야." 심지어 이런 생각까지 들었다. 어쩌면 키멜이 날 못 봤을지 몰라. 근시라서. 그런데 이제 키멜도 뛰고 있었다. 월터는 시멘트로 포장된 터널을 막 빠져 나왔지만, 그 안에서 우렁차게 달리는 발자국 소리가 귀에 윙윙 울렸다.

월터는 지금 여기가 어디인지 전혀 감을 잡지 못했다. 위치를 파악할 만한 건물을 찾았지만 아무것도 보이지 않았다. 산책로를 벗어나 언덕으로 올라갔다. 덤불을 부여잡고 몸을 끌어 올렸다. 몸을 숨기고 싶었다. 어디로 가야 공원을 빠져나갈 수 있을지, 가능하면 보고 싶었다. 언덕이 그리 높지 않아서 어두컴컴한 벽처럼 두르고 선 나무숲에 건물이 죄다 가려졌다. 월터는 걸음을 세우고 귀를 기울였다.

키멜이 저 아래 산책로를 잰걸음으로 지나가고 있었다. 헐벗은 나뭇가지 사이로 거대하고 시커먼 그림자 같은 키멜이 보였다. 월터는 3, 4분 정도 흘려보낸 다음, 언덕을 내려가기 시작했다. 갑자기 기운이 쭉 빠졌다. 아까 달릴 때보다 지금이 훨씬 숨이 가빴다.

키멜이 되돌아오는 소리가 들렸다. 월터는 내리막길을 거의 다 내려가서 나뭇가지를 잠시 붙들고 섰다. 그런데 월터의 신발이 미끄러지는 순간, 그를 향해 곧장 달려오는 키멜의 발자국 소리가 들렸다. 이제 몇 걸음 남지 않았다. 더는 숨을 곳이 없다. 월터는 깨달았다. 다시 언덕을 기어 올라갔다간 키멜에게 그의 발을 보이거나 발자국 소리를 확실히 들키고 말 것이다. 월터는 욕이 튀어나왔다. 왜 언덕을 아예 넘어가지 않았을까! 그는 온몸에 힘을 준 채 키멜에게 달려들 태세를 취했다. 바로 밑, 바로 앞에 시커먼 형체가 다가오는 순간, 몸을 날렸다.

두 남자가 쾅하고 뒤엉키며 바닥으로 쓰러졌다. 월터는 온 힘을 다해 그를 짓눌렀다. 한쪽 무릎으로 그를 제압하고 최대한 빠르게 얼굴을 향해 된 주먹을 날린 다음, 손을 뻗어 목을 움켜쥐었다. 월터가 이기고 있었다. 미치도록 짜릿한 느낌이 퍼졌다. 무쇠팔이 된 듯한 기분에 양쪽 엄지로 총알처럼 깊고 세게 그의 목을 후벼 팠다. 월터는 그의 큼지막한 머리를 들어 올렸다가 시멘트 바닥에 내리찍고 또 찍었다. 팔이 아프고 움직임이 점차 둔해질 때까지 계속해서 그의 머리를 들었다가 짓이기기를 반복했다. 그런데 가슴을 찌르는 듯한 통증이 일면서 숨을 쉴 수 없었다. 월터는 마지막으로 그의 머리를 바닥으로 내리꽂은 후, 무릎을 꿇은 채 몸을 뒤로 젖혀 공기를 천천히 들이마셨다.

발자국 소리가 들리자 월터는 휘청거리며 일어나 도망치려 했다. 그런데 키가 큰 형체가 다가오는 순간, 꼼짝없이 그대로 얼어붙었다.

키멜이었다.

역겨움과 몸서리치는 전율이 월터를 엄습했다. 그는 한 걸음 뒤로 물러났다. 그러나 키멜이 그를 때리려고 굵은 오른팔을 쳐든 채 다가오고 있었다. 그는 달릴 수가 없었다.

357

키멜이 월터의 옆얼굴을 가격하는 순간, 월터는 쓰러졌다. 죽은 남자의 딱딱한 정강이가, 월터의 몸에 깔렸다. 월터는 허둥지둥 도망치려 했지만, 키멜이 시커먼 산처럼 월터를 덮치며 제압했다.

"멍청이! 이 살인자!" 키멜이 고함쳤다.

키멜이 월터의 뺨에 주먹을 날렸다. 월터는 차디찬 공기 속에서 또 하나의 복잡한 세상 같았던 키멜의 서점에서, 키멜의 옷에서, 키멜의 몸에서 나는 쿰쿰하고 달착지근한 냄새를 맡았다. 월터의 양쪽 팔에 팬한 경련이 일었다. 키멜이 한쪽 손으로 월터의 목을 더듬거리더니 움켜쥐는 느낌이 들었다. 월터는 비명을 지르려 했다. 키멜이 오른손을 드는 모습이 보였다. 월터는 벌어진 입 속으로 칼날이 혀를 가르며 들어오는 게 느껴졌다. 그다음, 뺨도 찌르는 것 같았다. 이젠 칼날이 이에 부딪히며 갈리는 소리도 들렸다. 목구멍에서 인 화끈거리는 통증이 가슴을 타고 내려가며 번졌다. 이게 죽는 거구나. 얄팍하고 서늘한 것이 월터의 이마를 스쳤다. 칼이었다. 꾸준히 치는 우레처럼 으르렁거리는 소리가 귓가에 울려 퍼졌다. 저게 끝이고 저게 키멜의 목소리군. 키멜이 월터를 살인마, 병신, 얼간이라고 부르자 월터의 몸을 깔고 앉은 산처럼 저 단어들의 뜻이 사실로 단단히 굳어졌다. 월터는 더는 맞서 싸울 의지가 없었다. 이제는 새가 되어 멀리 날아가는 것 같았다. 작고 푸르른 창이 보였다. 엘리와 같이 있을 때 봤던 창에는 밝은 햇살이 가득했지만 너무 작고 멀어서 그리론 빠져 나갈 수가 없었다. 클라라가 고개를 돌리더니 그를 보며 미소를 지었다. 맨 처음 클라라와 만나던 시절처럼 그녀가 보드랍게 살포시 웃어 주던 살가운 미소였다. "사랑해, 클라라." 월터는 이렇게 말하는 자신의 목소리가 들렸다. 이제 고통이 빠르게 잦아들기 시작했다. 마치 이 세상 모든 통증이 체를 빠져 나간 듯 허전하면서도 홀가분한 느낌만이 남았다.

키멜은 일어나 주위를 둘러보았다. 미끄덩거리는 칼을 아무렇게나 눌러서 닫은 다음 헉헉대는 호흡 위로 다른 소리가 들리는지 귀를 세웠다. 이윽고 더 어두운 쪽으로 몸을 돌려 걷기 시작했다. 어디로 가는지도 모르고 그저 컴컴한 곳으로만 향했다. 미치도록 피곤했지만 통쾌했다. 헬렌을 해치운 후에도 이런 기분이었다. 키멜은 숨을 살살 가다듬으며 귀를 기울였다. 현재까지는 주변에 아무도 없다는 확신이 들었다.

시신이 두 구네! 키멜은 너무 재미있어서 웃음이 터질 지경이었다. 나머지 하나는 경찰에서 신원 확인을 하겠지 뭐!

아무튼 스택하우스도 있다니! 제1의 주적! 코비가 두 번째다. 키멜은 사악함이 치솟더니 온몸을 타고 도는 것 같았다. 만일 코비도 혼자 여기에 왔더라면 그의 목숨까지 끊어 놓았을 것이다.

저 앞쪽에 불이 켜진 건물 유리창이 보였다.

"키멜?"

키멜이 몸을 돌렸다. 3미터 남짓 떨어진 곳에서 한 남자가 보였다. 뭉뚝하게 반짝이는 총신이 그를 겨누고 있었다. 남자가 다가왔다. 키멜은 움직이지 않았다. 처음 보는 얼굴이었지만, 키멜은 그가 코비의 부하임을 직감했다. 벌써부터 키멜은 온몸이 마비되고 말았다. 남자가 다가오자 키멜은 자신이 움직이지 않으리라는 걸 알았다. 총이나 죽음이 두려워서가 아니었다. 어린 시절 기억 속에 아주 깊이 박힌 무언가 때문이었다. 그것은 막연한 권력에 대한 두려움이었다. 조직적인 단체가 휘두르는 권력에 대한 공포, 권위에 대한 혐오감 때문이었다. 바로 지금, 키멜은 그걸 뼈저리게 깨달았다. 사실 천 번도 더 알고 있던 사실이라 키멜은 두려움을 무릅쓰고 스스로를 설득했다. 움직여야 해. 그럼에도 그 어느 때보다 더 움직일 수 없었다. 양쪽 팔이 저절로 올라갔다. 이건 키멜이 가장 혐오하는 짓이다. 남자가 바싹 다가와 총으로 손짓하며 뒤돌아서서 걸으라고 했다. 키멜은 아주 태연히, 조금도 두려움이 없이 뒤돌아서서 걷기 시작했다. 이제 나는 끝장이다. 나는 죽을 것이다. 그러나 키멜은 조금도 두렵지 않았다. 마치 두려워해 본 적이 없었던 것처럼. 그저 그 남자가 자신보다 왜소하다는 사실이 수치스러웠고, 그들이 이런 식으로 엮이게 된 게 끔찍할 뿐이었다.

옮긴이의 말

1954년 9월에 발표된 『아내를 죽였습니까』는 『열차 안의 낯선 자들』, 『캐롤』에 이은 퍼트리샤 하이스미스의 세 번째 소설이자 서스펜스로는 두 번째 작품이다. 원제인 '블런더러'는 실수를 뜻하는 '블런더 blunder'에 접미사 '-er'이 붙은 것으로 '실수를 저지르는 자, 머저리'를 의미한다. 『아내를 죽였습니까』의 주인공 월터는 부유하고 전도유망한 로펌 변호사다. 까다롭고 신경질적인 아내 클라라와의 결혼 생활에 염증을 느낄 무렵, 그는 우연히 신문에서 미제 살인 사건 기사를 읽는다. 어떤 여자가 고속도로 휴게소 인근 숲에서 시신으로 발견되었으나, 범인이 잡히지 않았다는 것이다. 변호사인 월터는 기사를 읽자마자 그 여자의 남편이 범인임을 직감하고 직접 남편을 만나러 간다. 그러면서 동시에 자신도 아내를 저렇게 죽이고 싶다는 은밀한 상상을 마음속에 품는다. 그러던 어느 날, 아내와 이혼 얘기가 오가던 와중에 임종을 앞둔 엄마를 만나러 떠난 클라라가 낭떠지에서 떨어져 죽었다는 전화를 받게 된다. 월터가 의도한 건 아니었지만 모든 정황이 기사 속 미제 살인 사건과 완벽히 맞아 떨어지고 월터는 범인으로 몰리게 된다.

하이스미스는 책의 서두에서 이 작품을 L에게 바친다고 적었다. 여러 하이스미스 평전에 따르면, 그 주인공은 하이스미스가 1953년부터 1년간 짧은 열병을 앓듯 사랑한 여배우 지망생 린 로스라고 한다. 하이스미스는 린 로스와 사귀기 직전 앤 스미스와 연인 사이였는데, 린 로스 역시 앤 스미스의 옛 연인이었다. 1954년 봄 로스와 헤어진 후, 하이스미스는 조울증을 앓았다. 린 로스와의 관계는 끝났어도, 하이스미스는 그녀를 잊지 못하고 자신의 작품 속에서 린 로스를 닮은 사랑스럽고 날씬하고 세련되면서도 변덕스러운 금발 여성의 타입을 확립해 나갔다고 한다.

하이스미스는 『아내를 죽였습니까』에서 스토리텔링의 귀재다운 재능을 마음껏 발휘한다. 작가는 심리 스릴러가 뭔지 계속해서 증명해 보이며 독자들이 숨도 못 쉬게 몰아붙이다가 막판 기막힌 반전으로 우리의 심장을 오그라뜨린다. 안타까운 '블런더러'인 주인공 월터는 거듭되는 악수로 우리의 복장을 터지게 만들고, 악처 클라라는 사이코의 진면목을 보이며 우리를 어이없게 만든다. 아내를 죽이고도 완벽한 알리바이로 법망을 빠져 나간 뻔뻔한 서적상 키멜도 등장한다. 이 작품에서 눈여겨봐야 하는 인물이 있는데, 살인 사건 해결에 뛰어든 형사 코비다. 코비는 출세를 위해서는 남이야 어찌 되든, 진실이 뭐든 상관하지 않는다. 그저 자신의 영달에만 혈안이 되어 사실 왜곡과 고문도 서슴없이 자행한다. 하이스미스는 서스펜스 소설 작법에 관한 저서 『플로팅 앤드 라이팅 서스펜스 픽션 (Plotting and Writing Suspense Fiction)』에서 다음과 같이 밝혔다. 작가는 텍사스에서 『아내를 죽였습니까』를 집필하던 중 탈고를 앞두고 자신이 묘사한 경찰 고문에 대한 사실성을 확인 받기 위해, 텍사스 포트워스의 살인 사건 전담반 형사에게 경찰이 어디까지 거친 행동을 하는지 자문을 구했다고 한다. 형사는 이 소설의 내용을 읽은 후, 유력 용의자일 경우 주저

없이 작업에 들어간다고 증언했다. 그럼에도 하이스미스는 또다시 소설의 배경이 되는 로어 맨해튼 경찰서 소속 형사에게 같은 질문을 던졌고, 소설 속 경찰처럼 그런 고문이 실재한다는 확답을 받았다. 그 후 하이스미스는 『코스모폴리탄』 에디터에게 경찰에게 공식 확인 받은 내용임을 전하고 이 작품을 판매할 수 있었다고 한다.

묘하게 닮은 두 개의 사망 사건으로 시작된 한 남자의 몰락과 인간의 사악한 본성이 생생하게 그려진 이 작품을 번역하면서 내 입에서 가장 많이 튀어나온 말은 '바보'였다. 젊고 똑똑하고 아내에게 충실한 변호사 월터가 하도 안타깝고 답답해서 '이런 바보!'란 말을 혼자 계속해서 중얼거렸다. 작품 속 클라라의 말처럼 '변호사면 변호사답게 지적으로 굴어야지. 그 좋은 머리로' 대체 왜 저러는 거지? 하며 울분을 토했다. 요즘은 그랬다간 큰일 나지만, 과거만 해도 낯설지 않았던 경찰의 고문 현장에서는 살이 떨렸다. 그러다 마지막 페이지에서는 한숨을 쉬며 책을 탁 덮은 기억이 난다. 범인이 누군지 첫 장에서부터 밝히고 시작하면서도 팽팽한 긴장감을 잃지 않다가 막판에 망치로 머리를 때리는 충격을 가하는 이 작품은 발표된 지 60년이 흐른 지금까지도 서스펜스의 걸작임을 여실히 뽐낸다.

김미정

아내를 죽였습니까

초판 1쇄 인쇄 2016년 11월 11일
초판 1쇄 발행 2016년 11월 17일

지은이 | 퍼트리샤 하이스미스
옮긴이 | 김미정
펴낸이 | 정상우
주간 | 정상준
편집 | 이민정 김민채 황유정
디자인 | 박수연 김해연
관리 | 김정숙

펴낸곳 | 오픈하우스
출판등록 | 2007년 11월 29일 (제13-237호)
주소 | 서울시 마포구 동교로13길 34(04003)
전화 | 02-333-3705 팩스 | 02-333-3745
openhousebooks.com
facebook.com/vertigo.kr

ISBN 979-11-86009-87-1 04840
      979-11-86009-19-2 (세트)

VERTIGO (주)오픈하우스의 장르문학 시리즈입니다.

이 도서의 국립중앙도서관 출판예정도서목록(CIP)은 서지정보유통지원시스템 홈페이지(http://seoji.nl.go.kr)
와 국가자료공동목록시스템(http://www.nl.go.kr/kolisnet)에서 이용하실 수 있습니다.
(CIP제어번호: CIP2016026298)